Daniela Knor

DAS GEHEIMNIS DES KÖNIGS

RHIANA DIE AMAZONE 3

Ein Roman aus der Welt des Rollenspiels
»Das Schwarze Auge«

Piper München Zürich

Aus dem Zyklus »Rhiana die Amazone« liegen bei Piper Boulevard vor:
Daniela Knor: Das Geheimnis des Königs (9103)
Hans Joachim Alpers: Verschwörung in Havena (9104)

Serienredaktion: Hans Joachim Alpers

Originalausgabe
November 2004

Umschlagkonzept: Zero, München
Umschlaggestaltung: Nele Schütz Design, München
Umschlagabbildung: Krasny via Agentur Schlück GmbH
Gesamtherstellung: Clausen und Bosse, Leck
Printed in Germany ISBN 3-492-29103-1

www.piper.de

Zu diesem Buch

Die Flüchtlinge von Talania wollen verzweifelt den Häschern des Flammenbundes entkommen und verstecken sich in der düsteren, halb überfluteten Hafenstadt Havena. Nur die Druidin Maruna kennt den wahren Grund für die Nachstellungen der Verschwörer: Rhianas Vater König Arlos war der Hüter eines mächtigen Artefakts, das der Flammenbund unbedingt in seinen Besitz bringen will. Das Artefakt ist auf der Insel der Nebelgeister mitten in einem Sumpfdelta des Großen Flusses versteckt. Rhiana und ihre Gefährtin, die Halbelfe Finni, müssen es um jeden Preis zuerst finden. Doch der Flammenbund ist dem Geheimnis bereits auf der Spur, und die gespenstische Insel wird von einer Armee untoter Krieger bewacht…

Daniela Knor, geboren 1972 in Mainz, studierte Anglistik, Geschichte und Psychologie. Sie lebt heute mit ihrem Mann, zwei Pferden und etlichen Hühnern auf einem Bauernhof in der Nähe von Regensburg. Sie hat mehrere erfolgreiche Fantasy-Romane veröffentlicht, die ebenso wie dieser Band in der Welt des »Schwarzen Auges« spielen.

Daniela Knor
Das Geheimnis des Königs

Gewidmet

Sarah Nick

Danke für alles!

Außerdem danke ich ganz besonders Catherine Beck für ihre unschätzbare, kritische Unterstützung, Ulrich Kneiphof für seine Tipps zu Tobrien und seine herrliche Dialektübersetzung, Torsten Bieder für hilfreiche Kritik und endlose Geduld, Thomas Römer für seine Hilfe bei der Recherche und Hans Joachim Alpers für die Chance, die er mir gegeben hat.

Ein herzliches Dankeschön geht auch an alle Leser, die im Internet Rezensionen zu meinen Romanen geschrieben haben. Mehr Infos zu meiner Arbeit gibt es im Netz unter www.daniela-knor.de.vu

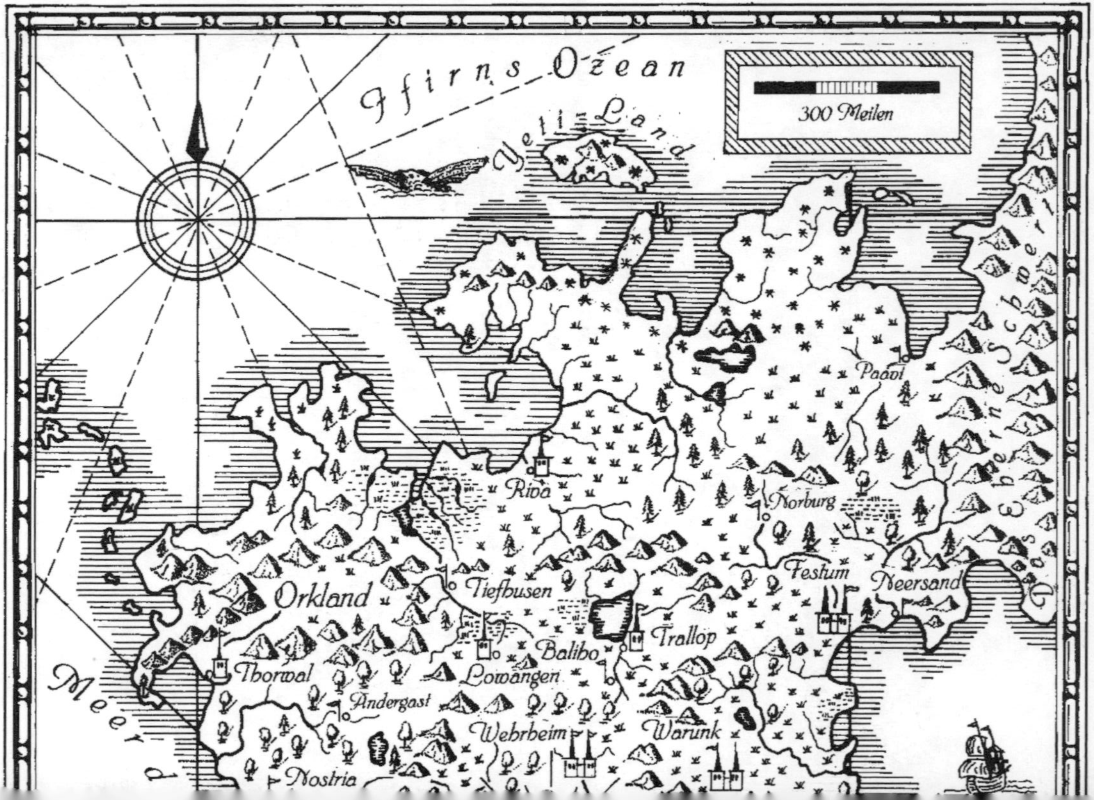

Ifirns Ozean
Yeti-Land
300 Meilen
Orkland
Riva
Paavi
Norburg
Festum
Neersand
Tiefhusen
Trallop
Balibo
Thorwal
Lowangen
Andergast
Wehrheim
Warunk
Nostria
Meer d
Schwere Daos

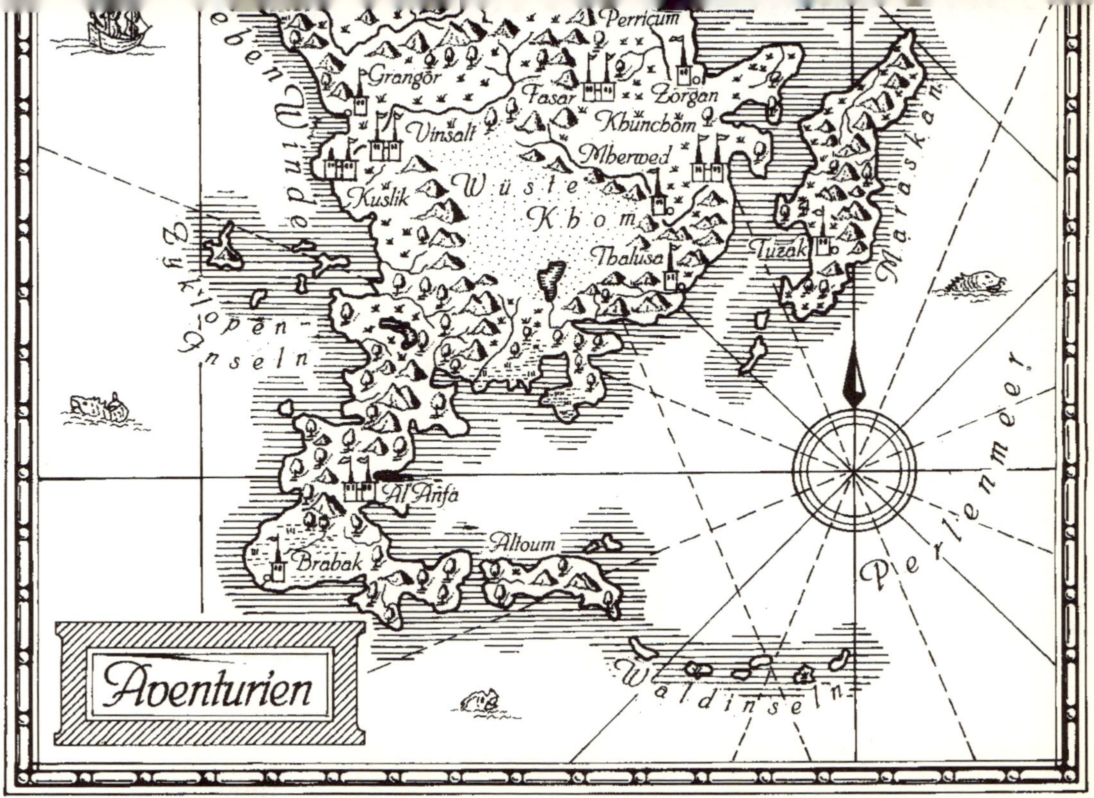

Perricum
Grangor
Fasar
Zorgan
Vinsalt
Khunchom
Mberwed
Kuslik
Wüste Khom
Thalusa
Tuzak
Maraskan
Zyklopen-Inseln
Al'Anfa
Altoum
Brabak
Perlenmeer
Waldinseln
Aventurien

Die Personen:

Die Talanier:

Rhiana – Prinzessin von Talania
König Arlos – Rhianas verstorbener Vater; König von Talania
Maruna – Druidin; Regentin der talanischen Flüchtlinge und Rhianas Ziehmutter
Neel – erfahrene Amazone; Rhianas Lehrmeisterin
Tjalmar – ermordeter militärischer Anführer der Flüchtlinge, der für Rhiana eine Vaterfigur war
Muir – Rhianas Zofe
Ayka – seit Tjalmars Tod Waffenmeisterin der Flüchtlinge
Susmin Turibai Montas – talanische Adlige
Vilko Turibai Montas – Susmins Zwillingsbruder
Usmida – talanische Heilerin
Lardan – Schmiedelehrling, für den Muir schwärmt

Die Gaukler:

Connair – Söldnerveteran, der die Gaukler anführt
Branwen – Wahrsagerin; teilt sich mit Connair die Verantwortung
Gomm – Connairs bester Freund; Ringer und Faustkämpfer
Natalju – junges Mädchen, das Kartentricks und Messerwerfen vorführt
Albin – Kunstreiter; Bruder von Thorla
Boruntin – Kunstreiter
Thorla – Kunstreiterin; Schwester von Albin
Eillyn – magiebegabte Artistin

Jerrilu – Possenreißer
Nogaba – Feuerschlucker
Tsalita – Ziehmutter von Natalju; kann ihr Gesicht verändern

Bewohner von Havena:

Emerthon III. – Fürst von Albernia
Callan – Kleinganove aus Havena
Conneff, Bran – Stadtgardist
Dinan, Idra – Stadtgardistin
Finn – Stadtgardist
Ulfert Fiskin – Rhianas Führer im Muhrsape
Bel Ghadi – Führendes Mitglied der Havener Unterwelt

Die Tobrier:

Kunibrand von Ehrenstein – Herzog von Tobrien
Rodebert von Ehern – Baron zu Willbergen
Luidprant Lauting – Ritter zu Granelfels
Cadox, Sohn des Crudrim – Leiter der Kohlemine im Drachengau
Dankrat – Bauer aus Wulfroth
Haldoran Winsheymer – Bauer aus Wulfroth
Answin – tobrischer Bauer
Lindgard – Bäuerin aus Wulfroth
Hugen – Sohn von Dankrat

Bewohner des Muhrsape:

Lughaid – Dorfältester von Fiering
Bennwir Curran – Alchimist, der angeblich im Muhrsape lebt
Lyn – arme Fischerin; Troms Ehefrau
Trom – armer Fischer; Lyns Ehemann

Weitere Personen:

Finni – eigentlich Fianna; Rhianas beste Freundin
Rashid ay Thalusa – Abenteurer; Novadi
Dragor Atamur – Anführer des Flammenbundes
Elidana – Adlige aus dem Königreich Brabak
Sarja Galban – Baronin zu Abilacht
Elim – Prinz von Talania, Sohn von Sarja Galban
Ritter Mortenberg – Mitglied des Flammenbundes; Flammenrat Salamander
Graf Tedesco von Perricum – Reichsverweser und -marschall
Zaraldus – für den Flammenrat tätiger Zauberer

Kapitel 1

Urwald zwischen Brabak und der Echsenstadt H'Rabaal, 912 BF

Das erste fahle Licht des Tages sickerte durch die Ritzen der Hütte aus Brabakrohr und verwandelte das Dunkel der Nacht in verwaschenes Grau. Dragor Atamur gab endgültig auf, es sich in der aus Fasern der Seidenliane geknüpften Hängematte bequem machen zu wollen. Eine Hängematte, pah! Was bildeten sich diese ärmlichen Kreaturen eigentlich ein? Wussten sie nicht, dass er die Erste Flamme war, Führer des mächtigen Flammenbundes und Gebieter über unzählige Untergebene, die auf ein Wort von ihm zu allem bereit waren?

Während er vergebens auf den erlösenden Schlaf gewartet hatte, war ihm mehr als einmal der Gedanke gekommen, sich einfach auf den blanken Boden zu legen. Ungemütlicher konnte es kaum werden. Aber seine Gastgeber hatten ihn vor allerlei giftigem Getier gewarnt, das des Nachts über den Boden der Hütte kriechen mochte, und so hatte er in der Hängematte ausgeharrt, in der er sich eingeschnürt fühlte wie ein gefangener Fisch im Netz.

Der Dragor hob die Hand zum Gesicht, um sich an der Schläfe zu kratzen, hielt jedoch in der Bewegung inne, bevor seine Finger in den langen, goldfarbenen Handschuhen die glatte Oberfläche der goldenen Drachenmaske berührten. Wie auch immer der verfluchte Moskito es geschafft hatte, ihn unter der Maske zu stechen, Atamur blieb nun nichts anderes übrig, als das Jucken auszuhalten.

Die Tücken, die der schwache menschliche Körper so für seine Träger bereithält, sinnierte er.

Das ließ sich im Augenblick nicht ändern, aber er war schließlich nicht zur Ersten Flamme aufgestiegen, indem er seine Kräfte an Kleinigkeiten verschwendete.

Die ungemütliche Nacht war zu einem guten Teil auch der Maske und dem verschwitzten Gewand zu verdanken gewesen, dessen Stoff nun klamm an seinem Körper klebte. Aber die Macht des Dragors beruhte auch auf dem Geheimnis um seine wahre Identität, über die alle seine Anhänger nur Vermutungen anstellen konnten. Zwischen den ungleichmäßigen Stangen, aus denen die Hüttenwand bestand, blieben zu viele Spalten, durch die ein neugieriges Auge das Rätsel hätte lösen können. Deshalb hatte Atamur es vorgezogen, sich nicht zu entkleiden.

Das zunehmende Licht ließ ihn sämtliche Details des fensterlosen Verschlages wieder erkennen. Da es absolut nichts zu sehen gab, denn die Hütte war bis auf seine Hängematte und einen irdenen Becher mit Wasser leer, setzte der Dragor sich auf und schwang sich nach einem prüfenden Blick auf den festgestampften Boden von seinem ungewohnten Bett. Keine Spur eines Skorpions oder einer Vogelspinne weit und breit.

Draußen erwachte nicht nur das kleine Dorf, sondern auch der Dschungel zu neuem Leben. Die heiseren Schreie der nächtlichen Jäger waren einem wilden Durcheinander von summenden Insekten, kreischenden Affen und zwitschernden Vögeln gewichen. Über Nacht hatte es abgekühlt, aber die unerträgliche Luftfeuchtigkeit war geblieben, und nun heizte sich dieses riesige natürliche Treibhaus von neuem auf. Der Dragor wappnete sich für einen weiteren Tag an dieser schwülen Brutstätte für Krankheiten und Geziefer, die nur noch von Mishkharas Niederhölle übertroffen werden konnte.

Vor der Hütte näherten sich leise Schritte. Der Dragor strich kurz über die zerknitterte, purpurfarbene Seide seines für diese Reise angefertigten Gewandes. Für gewöhnlich bevorzugte er schweren Samt, der majestätischer wirkte, aber Seide war in diesen Breiten wahrlich die vernünftigere Wahl. Atamur zog seine Kapuze tiefer in die Stirn. Auch seine schlichte

Maske war ein Zugeständnis an die Umstände. Aus purem Gold getrieben, stellte sie noch immer eine Kostbarkeit dar, die so manchen Dieb und Halsabschneider in Versuchung führen musste, aber verglichen mit dem edelsteinverzierten Kunstwerk, dass der Dragor bei den Sitzungen des Flammenrates trug, handelte es sich um ein unauffälliges Stück.

Eine mit grünlichen Schuppen besetzte, mit kurzen Krallen bewehrte Hand hob die Bahn aus grobem Stoff zur Seite, die als Tür diente, und gab den Blick auf den frühen Besucher frei. Der Dragor hatte mit Flammenrat Alligator gerechnet, doch an dessen Stelle stand ein fast neun Spann großer Achaz.

Nein, eine *Achaz,* korrigierte sich Atamur, denn der wenige Finger breite, gezackte Hautkamm, der sich von dem schlanken Schädel des Echsenwesens bis zur Mitte des Schwanzes über den Rücken zog, war von leuchtend roter Farbe und wies seine Trägerin damit als Weibchen aus. Wie alle Angehörigen ihres Volkes besaß sie ansonsten eine grünliche, geschuppte Haut und ging aufrecht auf zwei Beinen. Ihr schlanker Körper lief in einen langen, quergestreiften Schwanz aus, von dem der Dragor nicht wusste, ob sie ihn wie ein drittes Bein als Stütze benutzte oder einfach nur am Boden abgelegt hatte.

»Ich nehme deine Anwesenheit zur Kenntnis«, begrüßte der Dragor sie in seinem höflichsten Echsisch. Es war an ihm, das Gespräch zu eröffnen, da die Achaz unaufgefordert sein Refugium betreten hatte.

»Und ich die deine«, erwiderte sie ebenso steif. Die fehlende Beweglichkeit ihres Gesichts verlieh ihrem Blick etwas Starres, Gefühlloses. »Wir hoffen, du hattest eine angenehme Zeit des Stillhaltens.«

In ihrer Rechten hielt sie ein aus großen, dunkelgrünen Blättern zusammengefügtes Gefäß, das sie dem Dragor nun mit einer leichten Verneigung reichte. Er nahm es ebenso huldvoll entgegen, ohne auf den Inhalt zu achten.

»Wenn du die Morgennahrung zu dir genommen hast, erwarten dich deine Führer am Rand des fließenden Wassers«, erklärte sie dann.

Dragor Atamur nickte, woraufhin sich die Achaz zurückzog. Fließendes Wasser bezeichnete einen Fluß, im Gegensatz zum stehenden Wasser eines Sees. Die Echsenmenschen, die ihn endlich zu den wichtigen Anführern der Achaz bringen sollten, standen also am Mysob bereit. Atamur ließ sich im Schneidersitz auf dem Boden nieder und fragte sich einmal mehr, weshalb ein Volk mit einer so uralten, einst hochentwickelten Kultur nicht wenigstens Bastmatten besaß, um nicht auf der blanken Erde sitzen zu müssen.

In der flachen, improvisierten Schüssel vor ihm lagen mehrere Streifen gebratenes Fleisch zu einem Fächer angeordnet, der die Strahlen der aufgehenden Sonne symbolisieren sollte. Atamur vermutete, dass es sich um Schlangenfilets handelte, aber daran störte er sich nicht. Er aß die scharf gewürzten Streifen nach Echsenart mit den Fingern und trank das schale Wasser aus dem Becher dazu. Bevor er die Hütte verließ, sammelte er sich, um seine Aura von Macht und Magie umzulegen wie einen kostbaren Mantel.

Die Ansammlung von einfachen Unterkünften wirkte unter den Baumriesen des Urwaldes winzig und verloren, obwohl der Dragor schätzte, dass hier mindestens fünfzig Echsenfamilien lebten. Die Höhe der Bäume war schwindelerregend, wenn man zu ihren Kronen hinaufblickte, und es erforderte bereits mehrere Männer, um einen der schlankeren Stämme zu umfassen. Aus dem grünen Blätterdach drang ein vielfältiges Keckern und Schwatzen, dessen Verursacher jedoch im Laub verborgen blieben.

Am Ufer des Mysob war es heller als unter den Bäumen, aber die Sonne blieb eine blasse Scheibe hinter dem Dunst, der aus Fluß und Urwald aufstieg. Bunte Schmetterlinge flatterten taumelnd um die Blüten von Lilien und Orchideen. An zahlreichen Holzgestellen hingen die Fischernetze der Achaz aufgespannt, um geflickt zu werden, aber bislang war noch niemand bei der Arbeit. Zwischen hohen Gräsern und Schilf ragte ein hölzerner Steg über die Wasseroberfläche, wo mehrere Einbäume unterschiedlichster Größe vertäut lagen. Dragor

Atamur hielt auf die Gruppe von Achaz zu, die sich dort versammelt hatten, um vier Echsenkrieger zu bestaunen, deren Auftreten sich deutlich von dem der einfachen Echsen unterschied. Sie trugen zwar – wie alle Achaz – keine Kleidung, aber ihre Gürtel waren aus besonders auffällig gefärbtem Kaimanleder, und in ebensolchen Scheiden steckten lange Dolche. Mit der linken Hand hielten sie beeindruckende vielzackige Schilde aus den Schädelplatten von Hornechsen, auf deren drei nach vorn ragenden Spitzen ein unvorsichtiger Feind bereits aufgespießt werden konnte, ohne dass der Speer in der rechten überhaupt zum Einsatz kam.

Den Dragor konnten die Krieger damit allerdings nicht aus der Ruhe bringen. Er hatte auf Anraten von Flammenrat Alligator auf ein waffenstrotzendes Gefolge verzichtet, das in Brabak nur unnötiges Aufsehen erregt hätte. Die Achaz sollten sich nicht von ihm bedroht fühlen. Er war hier, um sich ihrer Unterstützung im Kampf für die Rückkehr Pyrdacors zu versichern. Das ließ sich nicht erzwingen und wäre dann auch keinen Kreuzer wert gewesen. Er hatte jedoch auch keine Leibwächter nötig. Diese vier Krieger würden ihm kaum mehr als ein astrales Hüsteln abverlangen, sollten sie so dumm sein, ihn anzugreifen. Viel mehr störte ihn, dass von Flammenrat Alligator weit und breit nichts zu sehen war. Wo, zum Henker, steckte der Kerl?

Einer der Echsenkrieger trat nun vor, um den Dragor zu begrüßen.

»Ich nehme deine Anwesenheit zur Kenntnis«, zischelte er im Dialekt der Selemer Achaz.

»Und ich die deine«, antwortete Atamur ernst.

»Meine Anweisung lautet, dich zu den ehrwürdigen Dienern der H'Ranga zu bringen. Steige in dieses Boot!«, wies der Krieger ihn mit einer Geste hin zu einem der Einbäume an. Miene und Tonfall erlaubten keine Rückschlüsse, ob die Aufforderung eine Bitte oder einen Befehl darstellte.

»Die Einladung ehrt mich«, erwiderte der Dragor höflich. »Aber wir müssen noch auf meinen Begleiter warten.«

»Er befindet sich bereits am rechten Ort«, eröffnete ihm der Achaz.

Atamur runzelte hinter seiner Maske die Stirn. Alligator hatte sich einfach so entfernt, ohne ihn darüber zu informieren? Eine solche Missachtung hätte dieser Wurm niemals gewagt. Hier stimmte etwas nicht.

»Dann können wir aufbrechen«, sagte der Dragor nach außen hin gelassen.

Wollen doch mal sehen, was diese Possen bedeuten sollen, dachte er, während zwei der Echsenmänner gewandt in den Einbaum kletterten, ihre Schilde und Waffen ablegten und auf den hintersten Bänken Platz nahmen.

Das Boot war ungefähr einen Schritt breit. Vom Kiel bis zum Heck verlief eine naturgetreue Schnitzerei, die dem Einbaum Ähnlichkeit mit einem Krokodil verlieh, das im Wasser schwamm. Atamur schloss daraus, dass man ihn tatsächlich beeindrucken wollte, denn die anderen Boote waren völlig schmucklos. Er betrat den schwankenden Untergrund und machte keine schlechte Figur dabei, bis in die Mitte zu balancieren und sich dort zu setzen. Nach ihm stiegen auch die beiden anderen Krieger ein. Der Letzte löste das Tau von dem kleinen Steg, dann griffen die Achaz nach ihren Paddeln und lenkten den Einbaum auf den Fluß hinaus. Sie würdigten die gaffenden Dorfbewohner dabei keines Blickes. Der Dragor tat es ihnen gleich. Herzlichkeit lag ihm ebenso fern wie den Echsenmenschen.

Der Mysob floss an dieser Stelle breit und träge dahin. Das Wasser war von Erde und Laub dunkel und zu trüb, um bis auf den Grund zu sehen. Gelegentlich schwamm ein länglicher Umriss vorüber, der wie Treibgut wirkte, aber in Wahrheit einem Krokodil gehörte. Im seichteren Uferwasser stelzten weiße Reiher mit leuchtend blauen Schnäbeln auf der Suche nach Nahrung umher. Die Echsenkrieger fanden ihren Rhythmus, und das leise Platschen der vier eintauchenden und wieder herausgezogenen Paddel verschmolz zu einem sanften Murmeln.

Der Dragor schob den Gedanken an den verschwundenen Flammenrat beiseite. Die Dinge würden sich schon aufklären, wenn es an der Zeit war. Stattdessen beobachtete er die fremdartige Umgebung. Das Boot näherte sich der Einmündung eines kleineren Flusses. Die Achaz bogen in dieses Gewässer ab, das von grünlicher Farbe war, und mussten nun gegen die kaum spürbare Strömung paddeln.

Das Ufer wurde immer schwieriger zu erkennen. Bäume standen auf hohen Wurzeln mitten im Wasser. Das dichte Unterholz vermischte sich mit Schachtelhalm und Schilf, während rankende Schlingpflanzen und Lianen es mit den Bäumen verwoben. Die Luft fühlte sich noch drückender an und trieb Atamur den Schweiß aus allen Poren. Lästige Moskitos umschwirrten ihn, aber auch große, funkelnde Libellen schossen über das Wasser. Sie wetteiferten an Farbenpracht mit den Kolibris, die über Orchideen und Roten Pfeilblüten gleichsam in der Luft standen. Eine blaugrau gebänderte Mysobviper schlängelte sich neben dem Boot vorüber. Dragor Atamur wurde bewusst, dass sie die Sümpfe erreicht hatten.

Bald erschien ihm der Urwald wie eine einzige Wasserfläche, unterbrochen von kleinen Bollwerken festeren Bodens und schwimmenden Inseln aus vermoderndem Grünzeug. Einmal glaubte er zwischen den wuchernden Pflanzen den hohen Rücken eines Waldelefanten auszumachen, aber das konnte auch Einbildung gewesen sein.

Keine Täuschung war jedoch die hölzerne Plattform, die sich schließlich vor ihm aus dem Dunst schälte. Die Achaz hatten mehrere auf Pfählen errichtete Hütten zu einem über der Wasserlinie schwebenden Dorf verbunden. Auch diese Behausungen waren klein und fensterlos, aber das Leben spielte sich ohnehin im Freien ab.

Während seine Führer auf die Ansiedlung zuhielten, konnte der Dragor immer mehr Details erkennen. Rund um das Pfahldorf hatten mindestens dreißig Einbäume angelegt, aber eines der Boote stach ihm besonders ins Auge. Obwohl es über zwanzig Schritt lang und drei Schritt breit war, lag es ebenso flach im Wasser wie die anderen. Wie viele Handwerker mussten daran gearbeitet haben, einen solchen Urwaldgiganten mit Steinbeilen zu fällen, zu halbieren und auszuhöhlen? Doch die wahre Meisterschaft zeigte sich erst aus der Nähe, denn auch dieser Einbaum war mit Schnitzereien geschmückt, die den Eindruck erweckten, dass die Insassen von einer ganzen Kaimanherde getragen wurden.

Es gefällt den Achaz, sich die geistig weniger entwickelten Geschuppten als ihre Diener vorzustellen, schloss Atamur daraus. *So, wie sie selbst sich als Untergebene der Gottechsen sehen.*

Seine Führer steuerten ihr Boot zu einer Leiter und bedeuteten ihm, nach oben zu klettern. Der Dragor zögerte nicht, dieser Aufforderung nachzukommen. Oben auf der Plattform standen etliche Echsenmenschen in kleinen Gruppen zusammen. Überall zischelten und schnarrten die Laute des Rssah, der Sprache der Achaz. Atamur spürte die starren Blicke auf sich, die ebenso Ablehnung und Feindlichkeit wie schlichte Neugier bedeuten konnten. Er sah sich um, entdeckte jedoch Flammenrat Alligator auch hier nicht.

Die Achaz, Männer wie Frauen, waren fast alle bewaffnet. Einige führten sich besonders laut auf, schwangen eigentümliche Spießäxte, stachelten sich noch gegenseitig dazu an und nahmen immer wieder einen Schluck aus einer Art Kalebasse. Auf Atamur wirkte es, als würden sie sich Mut antrinken.

»Quinja«, erklärte eine Stimme neben ihm plötzlich. »Verleiht den Jägern Tapferkeit.«

Der Dragor zuckte die Achseln.

»Findet denn heute eine Jagd statt?« erkundigte er sich wie beiläufig.

Die Achazfrau machte eine vage Geste. »Eine Jagd, bei der der Gejagte nicht die Beute sein wird.«

Das wird ja immer besser, dachte Atamur. *Welche Rolle haben sie wohl mir in diesem Spielchen zugedacht?*

»Die ehrwürdigen Diener der H'Ranga erwarten dich«, fuhr die Achaz fort. »Folge mir.«

Sie ging voran auf eine der Hütten zu. Der Dragor folgte ihr, ohne die Umgebung aus den Augen zu lassen. Er sah, wie die aufgeputschten Quinjaschnaps-Trinker ihre Runde auflösten und zu Schilden aus großen Schildkrötenpanzern griffen. Dann verschwanden sie erstaunlich flink über den Rand der Plattform.

Noch bevor Atamur die Unterkunft erreichte, traten zwei unbewaffnete Achaz heraus und hielten den Eingang ehrfürchtig für einen dritten Echsenmann offen, vor dem die Frau sich verneigte.

»Ehrwürdiger, unser Gast ist eingetroffen«, sagte sie und trat zur Seite, um den Blick auf Dragor Atamur freizugeben.

Der Angesprochene musterte die Erste Flamme zunächst wortlos. Er trug eine hohe Mitra aus feinem Schlangenleder, die mit Ornamenten aus kleinen Buntschreierfedern verziert war.

»Du bist der, der sich *Dragor* nennt?«, fragte er.

»Das ist mein Name und Titel«, bestätigte Atamur.

»Warum schmückst du dich mit dem Namen der höchsten Wesen, die jemals diese Welt mit ihrer Anwesenheit geehrt haben?«, wollte der Achazpriester wissen.

»Warum nennst du mir nicht erst einmal deinen Namen, damit ich weiß, mit wem ich spreche?« gab der Dragor ungerührt zurück.

»Die Diener der H'Ranga legen solche Eitelkeiten wie einen Namen ab«, erklärte der Priester. »Du bist hier, weil wir erfahren wollen, wer den Namen des Drachenkaisers so leichtfertig im Munde führt. Deshalb wirst du meine Fragen beantworten müssen.«

»Pyrdacor selbst muss mich erwählt haben, diesen Titel zu tragen, denn sonst hätte ich nicht das Oberhaupt des Flammenbundes werden können, der nur ein Ziel kennt: die glorreiche Wiederkehr unseres Gebieters«, behauptete Atamur.

Wenn es überhaupt im Bereich des Möglichen lag, versteinerten sich die Mienen der Achaz bei diesen Worten noch mehr.

»Auch dein Abgesandter, der sich Alligator nennt, wird nie

müde, von diesem Vorhaben zu reden«, meinte der Priester. »Wir fragen uns jedoch, weshalb *Sterbliche* wie ihr so etwas wünschen solltet.«

»Und ich frage mich, wo der Flammenrat abgeblieben ist«, hielt der Dragor dagegen.

»Wir werden dich zu ihm bringen, sobald ich mir ein Urteil über dich gebildet habe«, versprach der Ehrwürdige. »Du hast diesen Mann zu uns geschickt, damit er uns von deinem Vorhaben berichtet. Ich frage dich, welche Rolle die Achaz in deinen Plänen spielen sollen. Wozu brauchst du unsere Hilfe?«

»Natürlich könnte der Flammenbund auch ohne die Echsenvölker sein Ziel verfolgen«, prahlte Atamur. »Die Vielzahl unserer Unterstützer und meine Magie verleihen uns große Macht, die wir täglich zu mehren wissen. Aber ich glaube, auch für die Achaz wäre es von großem Vorteil, den Gottdrachen zurückzuholen, und gemeinsam kämen wir schneller und leichter voran. Pyrdacor erwartet unseren Erfolg mit Ungeduld. Deshalb sollte dein Volk sich uns anschließen, um bei der Beschaffung der Mittel zu helfen, die unsere Pläne erfordern.«

»Welche Dinge sind das?« hakte der Priester nach.

»Alles erfolgt im Geheimen, daher kostet es eine Menge Geld, die Vorbereitungen zu treffen«, erklärte der Dragor. »Wir besetzen einflussreiche Positionen in allen Ländern mit Menschen, die uns gewogen oder verpflichtet sind. Auch dies verursacht hohe Ausgaben. Und nicht zuletzt forschen wir nach altem, vergessenem Wissen und verlorenen Artefakten, die für das Ritual notwendig sind.«

»Und warum sollten wir euch mit unseren Schätzen dienen?« erkundigte sich der Ehrwürdige. »Weshalb bringt ihr nicht das, was ihr bereits gesammelt habt, nach H'Rabaal und übergebt es unseren Priestern?«

Atamur musste hinter seiner Maske schmunzeln. *Was für eine lächerliche Vorstellung!*

»Ehrwürdiger, ich will aufrichtig sein«, antwortete er, um einen neutralen Ton bemüht. »Dein Volk ist schwach. Es leistet den Menschenkönigen Tribut und ist an Zahl weit unterlegen.

Kein einflussreicher Mann würde sich einer Verschwörung anschließen, die von euch angeführt wird. Ihr habt nicht einmal genügend Zauberer und Krieger, um die Artefakte, von denen ich spreche, vor Raub und Missbrauch zu schützen. Arbeitet mit mir zusammen! Nur so werden wir Erfolg haben.«

Der Priester machte eine abwehrende Geste.

»Ich habe genug gehört«, schnappte er. »Wir werden jetzt aufbrechen.«

Der Dragor verzog im Schutz seiner Maske das Gesicht. Offenbar hatte dem Echsenmensch nicht gefallen, was er ihm sagen musste. Atamur hatte dafür wenig Verständnis. Die Fakten waren nun einmal so und nicht anders. Man erreichte seine Ziele nicht, indem man die Wirklichkeit schön redete.

Eine starke astrale Aura erregte plötzlich seine Aufmerksamkeit. Aus einer anderen Hütte war eine weitere unbewaffnete Achaz erschienen, die von zwei Begleiterinnen sanft geleitet und gestützt wurde. Die Echsenfrau befand sich in einer magischen Trance. Der Dragor war versucht, einen Zauber zu wirken, um zu ergründen, was sie vorhatte, aber er wurde durch die nun einsetzende Geschäftigkeit zu sehr abgelenkt.

Der Hohepriester und seine Untergebenen stolzierten an ihm vorüber zum Rand der Plattform. Augenblicklich sammelten sich Achazkrieger, um den Ehrwürdigen zu folgen, und bedeuteten Atamur unmissverständlich, dass von ihm dasselbe erwartet wurde. Alle hielten auf die große Prunkbarke zu, die dem Dragor bereits bei seiner Ankunft aufgefallen war. Einige Achaz saßen bereits darin, andere waren den Priestern behilflich, einzusteigen. Die Echsenhexe und ihre Schwestern kletterten die Leiter knapp vor Atamur hinunter und nahmen im Bugbereich Platz. Der Dragor wurde angewiesen, sich so niederzulassen, dass er ihnen den Rücken zukehrte, aber dafür den Priestern gegenüber saß. Insgesamt zählte er auf jeder Seite zwölf Achazkrieger, die nun die Paddel ergriffen und das schwerfällige Boot in gemächliche Fahrt brachten.

In eisiges Schweigen gehüllt, glitten sie noch tiefer in die dampfenden, faulig riechenden Sümpfe, bis der Hohepriester gebieterisch die Hand hob. Die Achaz bremsten die Barke durch ein paar gegenläufige Ruderschläge ab und hielten sie dann in dem ruhigen Gewässer mühelos an der gewünschten Stelle. Erst jetzt konnte der Dragor hören, dass sich in der Ferne ein neues Geräusch in die ewigen Laute des Dschungels gemischt hatte. Zwischen all dem Zirpen, Kreischen und Zwitschern stach ein gleichförmiges, langsames Trommeln heraus. Die meisten Echsenkrieger legten ihre Paddel ab, griffen nach Spieß und Schild und standen auf, um mit verhaltenen Schlägen der Speerschäfte gegen die Schildkrötenpanzer in den Takt einzustimmen.

Atamur blickte sich um, während er und die Priester sich ebenfalls erhoben. Die Achazhexe stand im Bug und zischelte leise ihre Zauberworte. Ihr Echsengesicht verriet keine Anspannung, aber ihr Körper schwankte. Wieder griffen ihre Schwestern sacht nach ihr, damit sie nicht stürzte.

Der Dragor ließ seinen Blick über das Ufer schweifen. Die Achaz hatten den Platz mit Bedacht gewählt. Ein breiter Schilfgürtel trennte das tiefere Wasser, in dem das Boot schwamm, von festerem Grund. Dahinter ragten nur vereinzelte Baumriesen in den dunstigen Himmel auf, doch der nächstgelegene stand nah genug, dass Atamur den blutverschmierten Körper eines Mannes erkennen konnte, den man an seinen gefesselten Handgelenken aufgehängt hatte. Er zweifelte nicht daran, um wen es sich handelte.

Was für ein elender Versager, schoss es ihm durch den Kopf. *Wie hat er doch immer damit aufgeschnitten, dass er die Achaz schon in der Tasche hat! Scheint, als hätten sie ihn jetzt ein wenig aufgeschnitten.*

»Warum?« wandte er sich schlicht an den Hohepriester.

»Er ist anmaßend und ohne Achtung vor meinem Volk«, erwiderte der Achaz. »Er dachte, er könnte uns zu seinen Lakaien machen, genau wie sein Herr.«

»Und wenn ich nun die mir von Pyrdacor verliehene…«,

begann der Dragor, doch der Echsenpriester fiel ihm scharf ins Wort.

»Schweig, Sterblicher!« fauchte er. »Du beschmutzt den Namen des Drachenkaisers durch deine Anmaßung! Wie kannst du glauben, Auserwählter eines geschuppten Gottes zu sein? Du gefällst dir darin, dich mit seinem Namen zu schmücken, und versteckst dich hinter der Glorie seines Angesichts, aber was bist du? Was weißt du von den Mysterien des Gottkaisers? Nichts! Kennst du die 1664 mal 1664 Weisheiten des Güldenen? Hast du die Schriften in den Pyramiden von H'Rabaal studiert? Nein!«

Atamur beherrschte nur mühsam seinen Zorn. Der unfähige Alligator hatte ihm ein völlig falsches Bild vermittelt, hatte so getan, als seien die Achaz zwar misstrauisch, aber im Grunde hocherfreut, dass sich der Flammenbund Pyrdacor verschworen hatte. Offensichtlich waren sie jedoch zutiefst beleidigt, dass die vermeintlich minderwertigen Menschen sich einbildeten, besser mit einem Echsengott paktieren zu können als die Achaz selbst.

»Schweig!« wiederholte der Priester. »Werde Zeuge dieses Opfers an Kr'Thon'Chh, den Gott, der das warme Blut des Schwächeren fordert, denn der Sieg des Stärkeren ist sein Gesetz!«

Das Trommeln in der Tiefe des Waldes war näher gekommen. Eine Bewegung am Himmel lenkte die Aufmerksamkeit des Dragors auf sich. Über den Wipfeln der Bäume fegten zwei prächtige Flugechsen heran. Sie trugen jede einen Achazkrieger als Reiter auf ihrem Rücken und tauchten nun ab, um niedriger über die Barke hinwegzufliegen. Ihre Geschwindigkeit verursachte einen Sog, der kurz an Atamurs Gewand zerrte, bevor die beiden sich mit kräftigen Flügelschlägen wieder in den Himmel hinaufschwangen.

»Er kommt«, hatte einer der Reiter gerufen.

Der Dragor sah sich augenblicklich wieder nach der Lichtung um, wo Flammenrat Alligator hing wie die Beute einer riesigen Spinne, die sich den Braten für später aufbewahren wollte. Er glaubte keine Sekunde daran, dass der Echsengott höchstpersönlich auftauchen würde, aber irgendeine Wesenheit erwarteten die Achaz offenbar. Atamur warf einen weiteren Blick auf die Echsenhexe.

Sie ist es, ging ihm auf. *Sie ruft diese Kreatur herbei.*

In diesem Moment sprangen mehrere Achaz aus dem Unterholz hinter dem Opferbaum. Auch sie schlugen im Laufen mit ihren Speerschäften gegen ihre Schilde und hatten das ferne Trommeln verursacht. Jetzt hetzten sie auf das Schilf zu. Der Dragor hörte ihr Platschen im morastigen Ufer, aber darüber erklang ein urzeitliches Brüllen, das in jeder Zelle seines Körpers widerhallte. Selbst der gequälte Mann, den Atamur für bereits tot gehalten hatte, hob ruckartig den Kopf.

Warmes Blut. Natürlich. Er muss noch leben, damit das Wesen sein Opfer annimmt, erkannte der Dragor.

Plötzlich erbebte die Erde. Zitternde Wellen liefen über das Wasser und ließen die Barke schaukeln, sodass die Insassen um ihr Gleichgewicht kämpfen mussten. Das Trommeln der Krieger verstummte. Hinter Atamur brach die Achazhexe mit einem triumphierenden Schrei zusammen, aber alle Blicke waren auf die Lichtung gerichtet, wo nun unter dem Krachen und Knacken splitternden Holzes ein geschupptes Ungetüm durch das Dickicht brach.

Dem Dragor erschien es wie ein grotesker Riesenechsenmensch. Der giftig grüne Körper ragte auf zwei mächtigen Hinterbeinen an die vier Schritt in die Höhe. Die verkümmerten Vordergliedmaßen wurden durch den großen Schädel, aus dem unzählige Reißzähne blitzten, mehr als wettgemacht. Mit bösartigen kleinen Augen suchte das Monster die Umgebung ab, während sein drei Schritt langer Schwanz das Unterholz peitschte. Sein Atem ging schwer von der Verfolgungsjagd, aber dennoch blieb ihm genügend Luft, um seinen Ärger über das Verschwinden der Achazkrieger herauszubrüllen.

Dann entdeckte es den hilflosen Flammenrat, der verzweifelt strampelte und an dem Strick zerrte, an dem er hing. Der Schlinger zögerte nicht. Mit einem Satz war das Ungetüm unter dem Opferbaum und schnappte nach dem zappelnden Mann. Atamur glaubte, trotz Alligators Schreien das Knirschen der Knochen hören zu können. Für einen Augenblick reizte ihn die Vorstellung, mit einer Zurschaustellung seiner Macht den Achaz das Ritual zu verderben. Er dachte nicht aus Mitleid mit dem verstummten Flammenrat daran. Für diesen unfähigen Wichtigtuer, den das Monster gerade mitten entzwei biss, hatte er keine Verwendung mehr. Aber dann entschied er sich dagegen. Die Echsenmenschen musste er auf andere Weise für sich gewinnen.

Die riesige Raubechse schlang die untere Hälfte ihres Opfers zwischen bluttriefenden Fängen herunter, während die Achazjäger in kleinen Kanus hastig aus dem Schilfgürtel hervorgepaddelt kamen. Das Monster packte den Oberkörper seiner Beute und zerrte mit heftigen Rucken daran, bis die Schultergelenke nachgaben. Selbst der Dragor konnte bei diesem Anblick ein magenverkrampfendes Unbehagen nicht unterdrücken.

»Der gewaltige Kr'Thon'Chh hat unser Opfer angenommen«, verkündete der Hohepriester über das Schnaufen und Schmatzen der Bestie hinweg, die sich nun daran machte, die verbliebenen Arme von dem Seil zu beißen.

»Heißt das, dass ich nicht für den zweiten Gang vorgesehen bin?« fragte der Dragor lakonisch.

»Bei meiner vergangenen Haut!«, schnappte der Ehrwürdige aufgebracht. »Deine Unverfrorenheit hätte es wahrhaftig verdient, in den Kiefern des Gottes zu enden. Du bist Zeuge unserer Macht geworden. Denke darüber nach, was du gesehen hast! Jetzt geh uns aus den Augen!«

Der Hohepriester deutete auf einen der kleinen Einbäume, der neben der Prunkbarke längsseits gegangen war, sodass Atamur mit einem beherzten Schritt das Boot wechseln konnte. Der Dragor kam der Aufforderung gelassen nach. Es bereitete ihm heimliches Vergnügen, dass die Echsenkrieger bereits wieder zu ihren Paddeln gegriffen hatten, um endlich mehr tiefes Wasser zwischen sich und den Schlinger zu bringen.

Das Ungetüm hatte seine Mahlzeit beendet. Rasch tauchten die Achaz ihre Ruder ein und setzten die Einbäume in Bewegung. Der Schlinger stapfte grollend in den trügerischen Untergrund des Ufers. Sein hohes Gewicht ließ ihn schnell einsinken, sodass er die Verfolgung nach wenigen Schritten aufgab. Ein weiteres Mal brüllte er seine Enttäuschung heraus, während die Boote davonglitten. Die Jäger, zu denen der Dragor eingestiegen war, trennten sich von den anderen, um ihren ungeliebten Gast zurückzubringen.

Atamur schenkte dem Sumpf bereits keine Beachtung mehr. Er dachte voraus. Der Flammenbund brauchte einen neuen Botschafter. Einen, der sich besser auf die Echsen verstand als der unselige Alligator. Jemanden, den sie ernst nehmen und schätzen würden, weil er ihnen nahestand. Eine solche Person würde sich schon finden. Der Dragor wusste auch bereits, wo er danach suchen musste.

Kapitel 2

Havena, Anfang Boron 914 BF

Rhiana fröstelte unter ihrem vor Nässe schweren Umhang. Seit dem Mittag hatte es mehrere Stunden ununterbrochen geregnet, wie so oft in den letzten Tagen, seit sie und Finni aus dem verwunschenen Farindelwald entkommen waren. Auch wenn es nun schon seit einer Weile aufgehört hatte, war der Stoff noch voll Wasser gesogen, sodass nun auch ihr Hemd und die langen, blonden Haare feucht an Kopf und Körper klebten.

Wahrscheinlich habe ich Gänsehaut bis an die Fußspitzen, vermutete sie. *Bei diesem Wetter im Sattel sitzen zu müssen, wünscht man seinem ärgsten Feind nicht.*

Sturmbraut schnaubte, als ob sie die Gedanken ihrer Herrin teilte. Die Stute war so nass, dass ihre dunkle Haut durch das weiße Fell schimmerte. Feine Dampfwolken stiegen von ihr auf und hüllten ihre Reiterin in den Geruch von feuchtem Tier, den die Prinzessin mittlerweile jedoch nicht mehr wahrnahm. In ihrer Rechten hielt Rhiana den aufgequollenen Zügel, an dem sie den Rappen Rabe als Packpferd führte. Nicht dass sie nach ihrer Flucht aus Abilacht und den Strapazen im Farindel noch nennenswertes Gepäck besessen hätten, aber die Prinzessin hatte den Hengst in ihrem ersten Gefecht auf Leben und Tod erbeutet und konnte sich einfach nicht mehr von ihm trennen.

Sie blickte über die Schulter zu Eisfell, dem großen Wolfshund, und ihrer Freundin Finni. Die Halbelfe bedachte Rhiana unter ihrer tropfenden Kapuze hervor mit einem freudlos schiefen Grinsen. Regen und Schlamm schlugen selbst ihr auf das meist fröhliche Gemüt.

Die Prinzessin war heilfroh, als sich endlich die Silhouette Havenas gegen das Licht der untergehenden Sonne abzeichnete. Über den Dächern und Türmen der großen Stadt vermischte sich der Rauch aus unzähligen Kaminen mit der orange-roten Abendstimmung zu einem wabernden Schleier. Je näher die Freundinnen kamen, desto mehr wurde der Anblick allerdings von dem beeindruckenden, schwarzen Band der Stadtmauer dominiert, die trutzig und abweisend vor ihnen aufragte.

Obwohl es bald dunkel sein würde, herrschte noch immer ein dichtes Gedränge von Fußgängern, Reitern und Fuhrwerken auf der Reichsstraße. Die meisten beeilten sich, in die Stadt zu kommen, bevor die Tore für die Nacht geschlossen wurden, aber es gab auch viele ländlich gekleidete Leute, die zurück in ihre Dörfer strömten, nachdem sie ihre Waren in Havena verkauft oder selbst Einkäufe getätigt hatten.

Rhiana und Finni ließen sich mit der Menge zum prächtigen Garether Tor treiben, das von einem Karree aus vier Türmen flankiert wurde. Sie nahmen die Kapuzen ab und verbogen sich wie alle Reisenden die Hälse, um zu dem exzellent gearbeiteten Relief hinaufzublicken, das Szenen aus der bewegten Geschichte der Hafenstadt zeigte.

Die Wachsoldaten pickten sich nur noch halbherzig Gestalten heraus, die sie verdächtigten, Bettler zu sein, oder denen sie unterstellten, Ware verzollen zu müssen. In Gedanken waren sie bereits beim Feierabend und warteten ungeduldig auf ihre Ablösung. Die beiden Reiterinnen mit dem schlammbespritzten Hund winkten sie gelangweilt durch.

Während die Pferde über das Pflaster des Torhauses klapperten, zogen Rhiana und Finni rasch wieder ihre Kapuzen über, die sie nur abgenommen hatten, um bei den Wachen kein Misstrauen zu erregen. Schon jetzt fühlte die Prinzessin sich beobachtet. Jeder Passant konnte ein Spitzel des Feindes sein.

Sie folgten der belebten Garether Straße zwischen den Anwesen wohlhabender Havener hindurch. Rhiana fragte sich nicht zum ersten Mal, wie sie in diesem Labyrinth aus Straßen und Gässchen jemals das neue Versteck der Flüchtlinge finden sollte. Sie parierte Sturmbraut durch, um Finni aufholen zu lassen, was jedoch sofort den wütenden Protest eines Kutschers provozierte, der drei nebeneinander stehende Pferde in diesem Gewühl nicht mehr überholen konnte.

»Bewegt euch da vorne! Glaubt ihr, ich hab' die ganze Nacht Zeit?«, regte er sich auf.

»Ist ja schon gut!«, rief die Halbelfe gereizt. »Immer mit der Ruhe, Mann!«

Sie dirigierte ihren Falben in einem Halbkreis vor Rhianas Stute, sodass die Pferde Kopf an Kopf standen. Auf diese Art konnten die Reiterinnen sich wenigstens ins Gesicht sehen und mussten nicht ganz so laut schreien, um sich zu verständigen. Unter wüstem Fluchen lenkte der Kutscher sein Gefährt durch den Gegenverkehr um die Freundinnen herum.

»So ein Mist!«, ärgerte sich die Prinzessin. »Wie sollen wir jetzt weiter vorgehen? Wenn wir uns einfach zur Unterstadt durchfragen, kann ich auch gleich in der ganzen Stadt verkünden, dass ich angekommen bin und mich dort verborgen halte. Eine blonde Frau mit einem Schimmel, einem Rappen und einem Wolfshund. Nach der Beschreibung finden Zaraldus und dieser Lando mich doch sofort.«

»Nicht zu vergessen, dass du auch noch die Frechheit hattest, den ganzen Verkehr lahmzulegen«, feixte Finni. »Und das wird gleich wieder passieren.« Sie deutete auf einen mit Holz beladenen Ochsenkarren, der hinter Rhiana in Sicht kam. »Ich denke, wir sollten als erstes die Pferde loswerden. Es muss hier doch irgendwo einen Mietstall geben.«

Sie ritten weiter Richtung Innenstadt, während die Dämmerung Havena in immer tiefere Schatten tauchte. Die Straße verengte sich, auch die Häuser rückten immer näher zusammen.

Wir sind schon zu weit, erkannte die Prinzessin. *Wer sollte hier Platz für fremde Pferde haben?*

»Lass uns umkehren!«, rief sie ihrer Freundin zu. »Wir müssen wieder aus diesem Gedränge heraus.«

Finni nickte und wendete Windspiel.

Wir rennen wirr herum wie aufgeschreckte Hühner, dachte sie. *So komme ich nie aus diesen nassen Sachen heraus.*

Sie schwang sich aus dem Sattel, um nicht wie eine vornehme Herrschaft vom hohen Ross herab jemanden anzusprechen. Als Gauklerin wusste sie nur zu gut, wie einfache Leute sich dabei fühlten. Ihre großen, rehbraunen Augen wanderten über die Gesichter der Passanten, bis sie eine freundlich wirkende, ältere Frau entdeckte, die sie ihrem Gefühl nach für eine Einheimische hielt.

»Guten Abend«, grüßte sie die Fremde. »Meine Freundin und ich suchen einen Mietstall, um unsere Pferde einzustellen. Kannst du mir sagen, wo wir so etwas finden?«

»Na, da braucht ihr bloß da runter«, meinte die Havenerin und wies auf die nächste Querstraße. »In Unterfluren gibt's für jeden Geldbeutel Quartier.«

»Rhiana? Rhiana!«, rief plötzlich eine andere Stimme hinter ihr, sodass die Halbelfe sich verwundert umdrehte. Die Fremde ging weiter, und Finni schickte ihr hastig ein »Dankeschön!« nach, bevor sie sich wieder der Prinzessin zuwandte, die aus dem Sattel gesprungen war, um eine junge Frau mit braunen, lockigen Haaren und hübschem, offenem Gesicht zu umarmen.

»Susmin!«, freute sich Rhiana. »Oh, und Vilko ist auch da.«

Die Prinzessin herzte in ihrer Erleichterung auch den jungen Mann, der trotz des Oberlippenbärtchens seiner Zwillingsschwester sehr ähnlich sah. Finni stellte amüsiert fest, dass es den beiden adligen Talaniern peinlich war, so innig von ihrer zukünftigen Königin begrüßt zu werden. Auch Rhiana merkte, dass sie zu impulsiv gehandelt hatte, und setzte rasch eine würdevollere Miene auf, während Eisfell die alten Bekannten schwanzwedelnd mit der Nase anstupste.

»Entschuldigt, meine Freunde«, bat die Prinzessin. »Ich war nur schon ganz verzweifelt, wie ich Euch finden soll, und da erscheint Ihr einfach so aus dem Nichts.«

»Auch wir danken den Göttern, dass sie Euch heil zu uns zurückgeführt haben«, stellte Susmin voller Aufrichtigkeit klar. »Mir sind zuerst die beiden Pferde aufgefallen, und als ich dann auch noch Eisfell entdeckte...« Sie tätschelte kurz den Hund, damit er von ihr abließ. »... wusste ich, dass nur Ihr es sein könnt.«

Rhiana winkte Finni heran.

»Darf ich Euch Fianna, genannt Finni, vorstellen? Sie ist mir in den gefahrvollen Wochen, die hinter mir liegen, als treue Gefährtin zur Seite gestanden«, erklärte sie. »Finni, das sind Susmin und Vilko Turibai Montas.«

Die jungen Leute nickten einander freundlich zu, aber die Halbelfe konnte das Gefühl nicht abschütteln, dass Susmin insgeheim die Nase darüber rümpfte, einer Frau vorgestellt zu werden, die nur einen Namen besaß. Vilko nahm Finni fast noch weniger wahr, denn er hatte nur Augen für seine Prinzessin.

Wer kann ihm das verdenken?, seufzte die Halbelfe bei sich, obwohl es ihr einen Stich versetzte, so übersehen zu werden. *Manchmal verstehe ich es nicht. Wir haben beide von der Kälte rote Schniefnasen, aber bei ihr stört das niemanden.*

»Was für eine glückliche Fügung, dass Ihr uns gefunden habt«, betonte Rhiana noch einmal. »Hat Maruna geahnt, dass ich komme?«

Vilko grinste nur spitzbübisch.

»Nein, die Thronregentin ist von unseren Ausflügen ganz und gar nicht entzückt«, behauptete Susmin. »Sie hätte am liebsten, dass niemand das Versteck verlässt, bis wir abreisen, aber drei Monate in diesen feuchten Ruinen... Das hält kein Mensch aus! Wir wären vor Langeweile schon gestorben. Ich glaube, Maruna weiß das auch, sonst hätte sie eine strengere Anordnung erlassen.«

»Solange wir nichts ausplaudern, ist es doch auch albern, uns einzusperren wie kleine Kinder«, fügte ihr Bruder hinzu.

»Maruna würde sich bestimmt niemals zu albernen Befehlen hinreißen lassen«, sagte Rhiana überzeugt, wusste jedoch selbst nicht, ob sie ihre Ziehmutter gegen Vilkos versteckte Kritik überhaupt verteidigen musste.

Jetzt erinnere ich mich wieder, weshalb mir das Leben unter den Flüchtlingen manchmal so viel schwerer vorkommt als ohne sie, ging es ihr durch den Kopf. *Zu viele Menschen machen die Dinge immer schwieriger.*

Finni zuckte die Achseln.

»Ich unterbreche dich ja nur ungern, aber wir stehen mitten auf der Straße, und ich würde mich gern endlich aufwärmen«, beschwerte sie sich. »Da hinten soll es Mietställe geben. Bringen wir die Pferde jetzt dahin, oder können wir sie mitnehmen?«

Rhiana bewegte ihre ausgekühlten Zehen in den klammen Stiefeln und musste ihrer Freundin zustimmen. Sie spürte nach den vielen Tagen im Sattel jeden Knochen in ihrem Leib. Überall in der Stadt wurden Laternen angezündet, und aus den Häusern schien einladendes Licht, aber einsetzender Nieselregen verdarb die anheimelnde Atmosphäre. Es wurde höchste Zeit, ein Dach über den Kopf zu bekommen.

»Wir können die Pferde nicht bei uns unterbringen«, antwortete Vilko bedauernd. »Im Boot wäre kein Platz, um sie überzusetzen.«

»Im Boot?«, wiederholte die Prinzessin.

Aber natürlich!, fiel ihr ein. *Die Unterstadt ist ja während des Großen Bebens überflutet worden. Nur deshalb hielt Maruna sie für ein gutes Versteck. Arme Finni. Hört sich so an, als würden wir uns heute noch mehr nasse Füße holen.*

Zunächst wurde es den beiden Freundinnen jedoch wärmer, denn nachdem sie Sturmbraut, Rabe und Windspiel bei Heu und Hafer zurückgelassen hatten, marschierten sie in flottem Tempo hinter den Montas-Zwillingen her durch die Stadt. Sie überquerten den Kaiserplatz und bogen vor dem in der Dunkelheit prächtig erleuchteten Fürstenpalast auf die breite Allee, die sie schließlich am üblen Viertel *Orkendorf* vorbei zum Flussufer führte.

»Es tut mir Leid, Euch nach dem langen Ritt noch einen so weiten Weg zumuten zu müssen«, entschuldigte sich Susmin.

»Aber die Unterstadt liegt genau am anderen Ende Havenas, an der dem Meer zugewandten Seite.«

»Ja, natürlich«, murmelte Rhiana müde, während sie über die Brücke auf die dicht bebaute Krakeninsel hinübergingen.

Rasch durchschritten sie den sauberen, von kleinen, weiß gekalkten Fachwerkhäusern geprägten Stadtteil, wo die Einheimischen ihnen misstrauisch nachblickten, und erreichten über einen Damm *Fischerort*. Der Geruch nach verrottendem Seegetier lag selbst im Boron über dem Viertel, das Havena mit Fisch und Meeresfrüchten versorgte. Eisfell wollte sich schon absetzten, um den verlockenden Düften nachzugehen, aber Rhiana rief ihn schnell zurück. Auch wenn der Wolfshund sie bis jetzt stets wiedergefunden hatte, wollte sie nicht Gefahr laufen, dass er ausgerechnet in dieser riesigen Stadt verloren ging.

Susmin und Vilko führten sie über den Platz vor dem uralten Efferdtempel mit seinem vom Relief zweier Delphine eingefassten Portal. Dahinter erstreckte sich zur Rechten nur noch die verregnete Nacht, während zur Linken, unterhalb eines weiteren Dammes, auf den die Montas-Zwillinge vorausgingen, ein Durcheinander von Ruinen aus tintenschwarzem Wasser ragte. Auf der ungeschützten Dammkrone wehte ihnen eine kalte Brise ins Gesicht und rief den Freundinnen unbarmherzig ihre nassen Kleider ins Gedächtnis. Trotz ihrer Erschöpfung beschleunigten sie noch einmal ihre Schritte.

Der Weg endete vor dem rankenüberwucherten Tempel der Göttin Tsa. Um das niedrige Gebäude herum fiel das Ende des Dammes unter dichtem Gestrüpp steil ab.

»Hier entlang, Shastra!«

Vilko bog ein paar Zweige zur Seite, die den Zugang zu einem Trampelpfad zwar längst nicht mehr verbargen, aber zumindest weniger offensichtlich machten. Rhiana und Finni schlitterten den rutschigen, abschüssigen Weg hinter dem jungen Mann hinab. Seine Schwester war mit Eisfell bereits am Fuß des Hanges verschwunden, wo sie gerade an eine schäbige Hütte klopfte, als die anderen aufholten.

»Dat wurd' aber ooch Zeit«, raunzte der ältere Mann in dunkelblauer, vielfach geflickter Fischertracht, der aus dem Bretterverschlag schlurfte. »Wat för'ne Schnapsidee, bei dem Wetter spaziern zu gehn!«

Susmin und ihr Bruder straften den grummelnden Kerl mit eisigem Schweigen. Sie hielten es für unter ihrer Würde, sich vor diesem heruntergekommenen, nach Alkohol stinkenden *Etwas* zu rechtfertigen.

»Achtet nicht auf ihn, Shastra«, riet Vilko Rhiana. »Bel Ghadi hat ihn dazu abgestellt, uns bei Bedarf zu rudern, weil er alle Untiefen in diesem Gewässer kennt.«

»Jawohl, dat tu ich«, bestätigte der ältere Mann ungefragt, bevor er in das kleine Boot kletterte, das vor seiner Hütte vertäut lag.

»Bei Tag sieht man die Ruinen unter der Wasseroberfläche ganz gut, obwohl ich nicht schätzen kann, wie tief unten sie wirklich liegen«, erklärte Vilko, während die jungen Leute ebenfalls in den schaukelnden Nachen stiegen. »Wie *er* das nachts macht, weiß wohl nur Efferd, oder wer immer ihm dabei hilft.«

»Ruhe jetzt, ihr jämmerlichen Landratten!«, forderte der Fischer und stieß sich mit Hilfe eines Ruders vom Ufer ab. »Mit euerm Gequatsche lockt ihr noch sämtliche Seeungeheuer an.«

»Es gibt hier Seeungeheuer?«, erkundigte sich Finni verunsichert.

Unwillkürlich ließ sie ihren Blick über das finstere, in seiner Undurchsichtigkeit beängstigende Wasser schweifen.

»Einer unserer Bauern behauptet sogar, ein Neckerkind gefangen zu haben«, räumte Susmin ein. »Aber da er es nicht vorzeigen kann, weil es ihm angeblich wieder entwischt ist, glaube ich kein Wort davon.«

»Gor nüschts wisst ihr«, spuckte der Fischer. »Also haltet endlich den Mund! Mit den Meerwesen is' nüscht zu spaßen!«

Die Montas-Zwillinge setzten grimmige Mienen auf,

behielten jedoch genau wie Rhiana und Finni sorgsam die dunklen Fluten im Auge, in denen man sich nur zu leicht lauernde Monster vorstellen konnte. Der Ältere ruderte immer weiter in die Schwärze hinein, die weder von den Sternen noch dem Madamal gemildert wurde. Sie glitten an einem wuchtigen Turm vorüber, der auch nach dem Großen Beben noch hoch über das Wasser hinausragte. Ein bedrohliches Gefühl der Beklemmung, in das sich ein vager Eindruck von Vertrautheit mischte, ergriff Rhiana bei seinem Anblick.

»Nahemas Turm«, flüsterte Vilko ihr zu. »Von dem erzählen sie sich in den Tavernen noch schaurigere Geschichten als von der ganzen Unterstadt.«

»Schscht!«, zischte der Fischer.

Das düstere Bauwerk verschwand bald wieder in der Dunkelheit, vor ihnen tauchten neue Gemäuer daraus auf. Rhiana hörte über das Plätschern der Ruder hinweg leises Gluckern hinter sich und drehte sich wachsam um, doch außer dem feinen Nieseln konnte sie auf der Wasseroberfläche nichts erkennen. Widerstrebend sah sie wieder nach vorn, hielt den Blick starr geradeaus, obwohl sie sich einbildete, das Geräusch noch einmal zu vernehmen. Wie von selbst suchten ihre Finger den Schwertgriff.

Schon wieder!, durchzuckte es sie, und sie fuhr heftig herum.

»Ist da etwas?«, wollte Finni sofort wissen.

Die Prinzessin schüttelte missmutig den Kopf. Sie sah nichts.

»Wir sind da«, verkündete Vilko.

Der Fischer lenkte sein Boot an die Front eines verfallenen Hauses heran, von dem eine große Ecke komplett weggebrochen war, sodass sich bei passendem Wasserstand ins Innere hineinrudern ließ. Er setzte seine Passagiere an einer breiten Treppe ab, die das Gebäude als ehemaliges Anwesen eines begüterten Haveners auswies, und machte sich dann grußlos davon.

Vilko eilte voraus ins nächste Stockwerk, um Maruna ihre

Ankunft zu melden. Die Prinzessin und ihre Freundin folgten mit Susmin langsamer nach. Rhiana hatte nach diesem langen Tag Mühe, noch die Füße zu heben. Die Anspannung der gespenstischen Überfahrt fiel allmählich von ihr ab und gab der Erschöpfung Raum. Sie nahm kaum wahr, dass Maruna zu ihr sprach und Muir, ihre Zofe, herbeigeeilt kam. Zitternd und vor Müdigkeit blinzelnd sank sie auf irgendein Lager, zu dem Muir sie führte, und schlief auf der Stelle ein.

Kapitel 3

Fürstenpalast zu Havena, Anfang Boron 914 BF

Sarja Galban, Baronin zu Abilacht, nahm die bewundernden Blicke der Männer, an denen sie vorüberschritt, mit Genugtuung zur Kenntnis.

Offensichtlich beherrsche ich noch immer die Kunst eines wirkungsvollen Auftritts, stellte sie zufrieden fest. *Wollen wir hoffen, dass Emerthon angemessen beeindruckt ist.*

Die Höflinge und Gardisten, Bittsteller und Würdenträger, deren Augen sie unwiderstehlich auf sich zog, sahen eine große, langbeinige Frau mit verlockenden Rundungen, die sich sinnlich unter ihrem bis zur Hüfte eng geschnittenen Seidenkleid abzeichneten. Unterhalb der Taille umspielte der smaragdgrüne Stoff sie in immer üppigeren Falten. Was der Baronin jedoch die besondere Faszination verlieh, war ihre aufrechte, stolze Haltung und das lange, rotblonde Haar, das beim Gehen im Gleichklang mit einem kostbaren, pelzbesetzten Samtumhang über ihre Schultern wallte.

Von Rahja mit so reichen Gaben gesegnet, hatte es Sarja nicht nötig, sich mit Schmuck herauszuputzen, aber sie liebte es, mit Gold und Edelsteinen ihren Rang zu unterstreichen. Deshalb trug sie an beiden Handgelenken filigrane, goldene Reifen, und unter ihrer Lockenpracht blitzten Smaragdohrringe hervor.

»Sarja Galban, Baronin zu Abilacht«, verkündete der Zeremonienmeister lautstark, als sie den Thronsaal betrat.

Es war nicht leicht, das dort herrschende Stimmengewirr zu übertönen. Obwohl der Fürst bereits seit drei Stunden Audienz hielt, wimmelte es in der prächtigen Halle noch von

Menschen, die ihre Gespräche zwar aus Rücksicht auf Fürst Emerthons Arbeit dämpften, aber nicht einstellten. In dem Gedränge konnte Sarja nicht mehr so entschlossen auftreten wie auf dem Weg hierher, was ihre angeborene Ungeduld augenblicklich anstachelte. Sie hatte nicht vor, sich eingekeilt zwischen ungewaschenem Bauerngesindel und jovialen Kaufleuten die Füße platt zu stehen, bis der Fürst Zeit für sie fand.

Mit arroganter Miene und spitzer Zunge bahnte sie sich eine Gasse zum Kopfende des Saales, wo ihr bereits ein Page des Fürsten entgegeneilte. Der hübsche Junge verbeugte sich rasch vor ihr.

»Seine Durchlaucht, Fürst Emerthon, entbietet Euch seine Grüße und heißt Euch in seinem Palast willkommen«, richtete er aus. »Seine Durchlaucht bedauert, Euch nicht umgehend empfangen zu können, aber Ihr werdet gebeten, seine Ankunft im Kabinett zu erwarten. Folgt mir bitte!«

Die Baronin nickte huldvoll. Sie konnte es kaum erwarten, die stickige Luft und den Lärm hinter sich zu lassen. Der Page öffnete ihr eine Tür, hinter der sie augenblicklich wohltuende Stille umfing. Ihre Schritte hallten in dem nahezu menschenleeren Gang, den der Junge sie entlangführte, bevor er ihr höflich den Vortritt ließ, um das Kabinett des Fürsten zu betreten.

»Wenn Ihr hier auf seine Durchlaucht warten wollt, Herrin«, sagte der wohlerzogene Jüngling und ließ Sarja allein.

Die Baronin sah sich angenehm überrascht in dem Raum um. Sie hatte eines der üblichen kahlen Zimmer mit weiß gekalkten Wänden und wenigen düsteren Möbeln erwartet, doch dieses Kabinett gefiel ihr ausgesprochen gut. Es hatte drei große Fenster aus undurchsichtigem Butzenglas, die jedoch viel Licht hereinließen und vom Reichtum des Fürsten zeugten. Eines stand weit offen, damit die milde Luft des sonnigen Spätherbsttages hereinwehen konnte. Das kalte Mauerwerk und die Decke waren komplett mit Holz vertäfelt, das über die Jahre eine schimmernde Patina angenommen hatte. Sarja bewunderte die detailreichen Abbildungen aus der Geschichte Aventuriens, die ein begabter Künstler zwischen fließenden

Ornamenten aufwendig in die Platten geschnitzt hatte. Die zierlichen Stiefel der Baronin sanken in die weichen Teppiche, mit denen der Boden ausgelegt worden war.

Wahrlich, unser Fürst versteht es zu leben, dachte sie. *Ich sollte mir auch ein so behagliches Gemach einrichten lassen.*

Auf dem Gang erklangen Schritte, aber sie hörten sich nicht nach einem Mann an. Eine Dienerin erschien mit einem Tablett, das sie auf dem schweren, ebenso mit Schnitzereien verzierten Eichentisch abstellte, bevor sie sich schweigend wieder zurückzog. Sarja nahm den silbernen Weinkelch und naschte von den kandierten Früchten, die in einer Kristallschale danebenstanden. Bis Emerthon kam, konnte es wohl noch eine Weile dauern. Sie setzte sich auf einen der massigen, mit Samt gepolsterten Stühle, um den erlesenen Almadaner in Ruhe zu genießen.

Der stilvolle Empfang in diesem Kabinett, das wichtigen, aber angenehmen Gästen vorbehalten zu sein schien, versöhnte die Baronin mit ihrem Fürsten. Sie war ein wenig verärgert darüber gewesen, dass ihr Liebhaber, Ritter Mortenberg, mittlerweile bei Emerthon ein und aus ging, obwohl er nur durch ihren Einfluss überhaupt Gelegenheit bekommen hatte, den Fürsten kennen zu lernen, während sie weiterhin in Burg Abilacht versauern und sich vom Honinger Grafen gängeln lassen musste.

So sind sie eben, die Männer. Steck' zwei zusammen und sei sicher, dass sie sich gegen dich verbünden werden! Insgeheim wollen sie uns Frauen eben doch von der Macht fernhalten. Wahrscheinlich amüsieren sie sich prächtig über Stutenbissigkeit, wenn sie von meinen Plänen gegen Rhiana erfahren. Als ob mir nicht auch lieber wäre, wenn Arlos einen schmucken Prinzen hinterlassen hätte. Den würde ich schon um meinen Finger wickeln.

Von draußen drangen Stimmen und Schritte an ihr Ohr und rissen sie aus ihren Gedanken. Dieses Mal war es tatsächlich Emerthon, der seine Schreiber und Berater entließ, bevor er zu der Baronin ins Zimmer trat und die Tür hinter sich schloss.

»Sarja, meine Liebe«, begrüßte er sie herzlich.

Die Baronin hatte sich erhoben, um vor dem Fürsten in einen tiefen Knicks zu sinken.

»Euer Durchlaucht«, erwiderte sie ernst.

»Nur nicht so förmlich, Baronin«, bat Emerthon und half ihr galant auf. »Wir kennen uns doch schon lange genug, um auf die steife Etikette zu verzichten, wenn wir unter uns sind. Nehmt wieder Platz, wenn es Euch beliebt.«

»Danke, mein Fürst.«

Sarja schenkte ihm ihr wärmstes Lächeln, was ihr bei seinem Anblick nicht schwer fiel. Obwohl Anspannung und Erschöpfung nach dem langen Tag im Thronsaal ihre Spuren in seinem Gesicht hinterlassen hatten, war er ein anziehender Mann mit markanten Zügen und gewinnendem Charme. Die Baronin bedauerte einmal mehr, dass er seiner Gattin so zugetan war, dass ihn andere Frauen anscheinend nicht in Versuchung führen konnten.

»Findet Ihr nicht auch, dass von Jahr zu Jahr mehr Dummköpfe mit immer absurderen Zankereien an Euch herantreten?«, fragte Emerthon in Anspielung auf die soeben beendete Audienz.

Als Baronin sprach Sarja auch Recht über ihre Untertanen und wusste, wie ihr Fürst sich fühlte.

»Ja, das könnte man denken«, lachte sie. »Aber ich glaube, mit der Zeit verlieren wir einfach nur die Geduld mit diesen kleinlichen Streitigkeiten. Es gibt eben wichtigere Sorgen, als die Frage, wem die Rübe gehört, die genau zwischen zwei Äckern gewachsen ist.«

»Ich sehe, wir verstehen uns«, meinte Emerthon schmunzelnd.

Er nahm sich den zweiten Silberkelch vom Tablett und ging zum Fenster, um einen Blick hinaus zu werfen. Sarja merkte plötzlich, dass die Worte des Fürsten auch als Aufforderung aufgefasst werden konnten, ihn nicht mit weiteren belanglosen Angelegenheiten zu belästigen. Unterstellte er, dass sie ihn wegen einer solchen Nichtigkeit aufgesucht hatte? Ärger und

Verwirrung regten sich in ihr. Mit einem Mal hatte sie ihre ganzen sorgfältig zurechtgelegten Worte vergessen und wusste nicht, wie sie das Thema anschneiden sollte, das seit einigen Wochen ihr ganzes Sein ausfüllte.

Vielleicht hätte ich doch Mortenberg in meine Pläne einbeziehen sollen. Er ist ein ausgesprochen geschickter Diplomat, ging es ihr durch den Kopf. Aber der Gedanke fachte ihre Wut nur noch mehr an. *Ich bin nicht auf die Hilfe meines ach so treuen Freundes angewiesen. Talania ist allein meine Sache.*

Fürst Emerthon III. hatte seine Worte tatsächlich als dezenten Hinweis darauf gedacht, dass er nach den vielen Stunden hoher Aufmerksamkeit müde war und nicht mehr lange aufgehalten werden wollte. Während er an seinem Wein nippte, wurde ihm klar, dass die Baronin ihm gegenüber dennoch nicht so dreist sein konnte, sofort mit der Tür ins Haus zu fallen. Die Höflichkeit gebot, zunächst über das Wohlergehen seiner Familie und des Landes zu plaudern. Wenn er sich das ersparen wollte, musste er seinen Gast schon selbst zum Bruch mit der Etikette auffordern.

»Nun, Sarja, was führt Euch zu mir?«, erkundigte er sich.

Die Baronin atmete erleichtert durch, weil Emerthon ihr die Aufgabe abnahm, auf geschickte Weise das Gespräch auf ihr Anliegen zu lenken.

»Es geht dabei weniger um mich als um Albernia«, stellte sie klar.

Der Fürst äußerte sich nicht dazu, aber seine Erfahrung sagte ihm, dass meistens das genaue Gegenteil der Fall war, wenn sein Gegenüber so eine Behauptung aufstellte.

»Mir sind einige Hinweise zugetragen worden, die ich Euch unbedingt persönlich weitergeben möchte, da sie die Sicherheit unseres Landes betreffen«, fuhr Sarja fort. »Wusstet Ihr, dass sich seit zwanzig Jahren über 200 bewaffnete Männer und Frauen aus einem anderen Königreich in Albernia verstecken?«

Emerthon hob überrascht die Augenbrauen. Sollte die Baronin tatsächlich auf eine brisante Sache gestoßen sein?

»Seit so langer Zeit? Ohne dass ich davon erfahren habe?«, wunderte er sich. »Wo befinden sie sich? Wie zuverlässig sind diese Neuigkeiten?«

Er wusste es wirklich noch nicht!, freute sich Sarja. *Jetzt wird er nicht mehr denken, dass ich seine Zeit verschwende.*

»Ich bin absolut sicher, dass alles wahr ist«, sagte sie. »Es ist mir gelungen, einiges an Einzelheiten zusammenzutragen. Ich wollte mich selbst vergewissern, wie viel man auf diese Hinweise geben kann, bevor ich damit an Euch herantrete.«

»Lasst hören!«, forderte der Fürst sie auf.

»Es ist zu befürchten, dass es sich um eine Verschwörung gegen Euch handelt, denn diese Leute haben sich nicht nur die ganze Zeit in den Wäldern des Abagund verborgen, sondern sie bilden so etwas wie ein Reich im Reich mit eigener Monarchie», eröffnete ihm die Baronin.

»Das klingt sehr ernst«, gab Emerthon zu. »Wer maßt sich an, sich mitten in meinem Fürstentum als König titulieren zu lassen?«

»Es ist eine junge Frau, die von ihren Anhängern für eine Prinzessin gehalten wird«, antwortete Sarja wahrheitsgemäß. »Ihr Name ist Rhiana.«

»Von einer Prinzessin Rhiana habe ich noch nie gehört«, sagte der Fürst kopfschüttelnd. »Aber wenn sie ihr ›Reich‹ in meinem Land errichten will, tut sie auch gut daran, sich vor mir zu verbergen. Was wisst Ihr noch darüber?«

»Nun, bis vor kurzem hat niemand etwas von der Anwesenheit dieser Leute geahnt, weil sie in ihrem Versteck stillgehalten haben«, erklärte die Baronin. »Ich erfuhr von ihnen, weil mein Spion sie beobachtet hat, wie sie von dort in unauffälligen kleinen Gruppen nach Havena gezogen sind.«

Sie machte eine Pause, um ihre Worte wirken zu lassen.

»Sie sind hier? Gleich vor meiner Nase?«, fuhr Emerthon beunruhigt auf.

»So ist es«, bestätigte Sarja selbstzufrieden.

Der Fürst runzelte die Stirn. Wie passte das alles nur zusammen?

Wahrlich höchst verdächtig, dachte er. *Welches Spiel wird hier hinter meinem Rücken getrieben? Welche Ziele verfolgen diese Leute?*

»Wisst Ihr, was sie als Nächstes vorhaben?«, erkundigte er sich.

»Nein«, antwortete die Baronin bedauernd. »Aber offensichtlich planen sie irgendetwas, sonst hätten sie sich nach so langer Zeit nicht plötzlich in Eure unmittelbare Nähe begeben, nicht wahr?«

»In der Tat«, stimmte Emerthon ihr zu. »Die Angelegenheit erfordert eingehende Nachforschungen. Wenn sie in meiner Hauptstadt sitzen, müssen sie zu finden sein.«

Sarja nickte. »Selbst Havena ist nicht groß genug, um zweihundert Bewaffnete zu verstecken. Rhiana wird von meinem Spion außerdem als sehr gut aussehende Kriegerin mit langen, blonden Haaren beschrieben. Sie scheint also keine unauffällige Gestalt zu sein.«

»Was habt Ihr sonst noch in Erfahrung bringen können?«, fragte Emerthon, der seine wachsende Besorgnis hinter einer sachlichen Miene verbarg.

»Das ist leider alles, mein Fürst«, bedauerte die Baronin.

In Wahrheit wusste sie sehr genau, dass die Flüchtlinge weder ein Attentat noch einen Staatsstreich im Schilde führten, wie sie das dem Fürsten suggeriert hatte. Doch wenn sie ihm eröffnete, dass die Talanier sich lediglich einschiffen wollten, um das Land zu verlassen, stufte Emerthon die Heimlichkeiten womöglich nur noch als Ärgernis ein und sah keine Notwendigkeit, sie aufzuhalten. Nur wenn er Rhiana für gefährlich hielt, räumte er sie für Sarja aus dem Weg. Und darauf kam es der Baronin ausschließlich an. Sie setzte damit einiges aufs Spiel, denn die Flüchtlinge würden kaum zögern, Sarjas eigene Verstrickung in ihre Geschichte preiszugeben, aber dieses Wagnis ging sie bewusst ein. Wie glaubwürdig waren die Talanier schon, nachdem sie Emerthon zwanzig Jahre zum Narren gehalten hatten? Alle Beweise dafür, dass ihr verstorbener Mann gar kein verarmter Adliger, sondern

König Arlos von Talania gewesen war, befanden sich in ihrer Obhut und würden niemals in die falschen Hände geraten.

»Dann seid bedankt für diese äußerst wertvollen Hinweise. Wenn ich im Gegenzug irgendetwas für Euch tun kann, scheut Euch nicht, darum zu bitten«, bot Emerthon an.

»Es genügt mir, Euch einen Dienst erwiesen zu haben«, behauptete Sarja bescheiden. »Da es sich um eine so beängstigend große Verschwörung handelt, fürchte ich jedoch, dass uns noch mehr Enthüllungen und vielleicht sogar Auseinandersetzungen mit weiteren solcher geheimen Nester von Intriganten bevorstehen. Ich möchte Euch deshalb ersuchen, mich davon in Kenntnis zu setzen, was Ihr in dieser Sache aufdeckt, und vor allem, was Ihr gegen diese Machenschaften unternehmen werdet. Es würde mir zu einem weitaus ruhigeren Schlaf verhelfen, wenn ich wüsste, wie es um die Sicherheit Albernias bestellt ist.«

Der Fürst lächelte dünn.

»Ich werde Euch geeignete Nachrichten zukommen lassen«, versprach er.

Doch in einem Winkel seines Verstandes regten sich erste Zweifel an Sarjas Aufrichtigkeit. Hatte sie ihm die volle Wahrheit gesagt? Ihr Anteilnehmen an der weiteren Entwicklung der Angelegenheit hatte zu dringend geklungen, um reiner Besorgnis um das Land zu entspringen. Die Baronin steckte tiefer in dieser Sache, als sie vorgegeben hatte. Davon war er fest überzeugt. Sie verfolgte persönliche Ziele, aber welche?

Emerthon unterbrach seine sich überschlagenden Gedanken, um Sarja zu verabschieden. Es hatte keinen Sinn, sie offen auf ihre Verstrickung anzusprechen, denn sie würde nur leugnen und bei zukünftigen Gesprächen mehr auf der Hut sein. Er musste geschickter vorgehen und seine eigenen Erkundigungen einziehen. Offenbar war es höchste Zeit, diesen undurchsichtigen Scharaden ein Ende zu machen.

Kapitel 4

Havena, Anfang
Boron 914 BF

Rhiana schritt durch ein Meer von Lilien. Bis zu ihren Hüften reichten die langen Stiele herauf und hinterließen feinen Blütenstaub auf Haut und Tunika. Die orange-roten, offenen Kelche der Feuerlilien leuchteten in einem Licht, das nicht vom seltsam dunklen Himmel kam. Weinrot, blau und violett schillerten die zugleich zarten und doch majestätischen Blüten der Iris, deren steife Schwertblätter gefährlich scharf Rhianas nackte Beine ritzten.

Die junge Frau ahnte, dass es ein Frevel war, auch nur eine dieser herrlichen Blumen zu beschädigen, aber wie vorsichtig sie ihre Füße auch aufsetzte, konnte sie nicht vermeiden, immer wieder Stiele zu knicken. Verzweifelt blieb sie stehen und blickte hilfesuchend auf. Um sie war nichts als Meile um Meile lilienbedeckter Ebene.

Was ist das hier? Eine solche Landschaft gibt es doch gar nicht, rätselte sie.

Kein Windhauch spielte mit ihren langen, blonden Haaren. Keine Sonne schien auf sie herab, und doch fühlte sie angenehme Wärme.

Die Blüten. Müssten sie nicht durchdringend duften? Aber ich rieche nichts.

Fernes Grollen drang an ihr Ohr. Plötzlich – Rhiana konnte nicht sagen, ob sie wie von Geisterhand an eine andere Stelle versetzt oder die Landschaft selbst verschoben worden war – stand sie am Rand des Lilienmeeres. Vor ihr erstreckte sich nur noch leer gefegte, festgestampfte Erde von dunkelroter Farbe.

Rhiana erstarrte. Eine hochgewachsene Gestalt kam über den Platz auf sie zu. Kraft und Eleganz schwangen in den

Schritten der Kriegerin mit, die einen antiken Bronzekürass und einen ebensolchen Streifenschurz trug. Ihre schlanken, aber muskulösen Glieder waren mit Arm- und Beinschienen aus dem gleichen Material geschützt. Eine schwarze Lockenmähne umwallte das gesenkte Haupt und reichte bis zum Schwertgurt hinab.

Die Frau, zu der selbst die nicht gerade kleine Rhiana aufblicken musste, blieb in zwei Schritt Entfernung stehen. Als sie den Kopf hob, traf Rhiana ein wilder Blick aus smaragdgrünen Augen.

Rondra!

»Ich grüße dich, meine heißblütige Tochter«, sagte die Göttin mit einer Spur von Spott.

Rhiana schüttelte ihre Ergriffenheit ab.

»Womit Ihr nur wieder andeuten wollt, dass Ihr tatsächlich meine Mutter seid«, brauste sie auf. »Ich glaube Euch aber nicht. Niemals!«

Die Wächterin Alverans lachte triumphierend. »Dein Temperament verrät dich.« Sie funkelte Rhiana an. Der Donner grollte lauter. »Du begreifst dein wahres Schicksal nicht. Viele würden alles hingeben, mir zu dienen. Aber du weist mich stets zurück. Ahnst du überhaupt, was du da ablehnst?«

Die Göttin zog mit einer herrischen Geste ihr Schwert, und blendendes Wetterleuchten tanzte über den violetten Himmel. Rhiana zuckte unwillkürlich zurück. Die Klinge des Zweihänders blitzte silbern auf, als Rondra sie mühelos mit der Rechten in weitem Bogen schwang.

»Mein ist die Kraft, die Welt von allem Übel zu reinigen«, erklärte sie stolz. »Dies ist das Erbe, das du von dir weist.«

Sie legte die Waffe auf ihre Handflächen und hielt sie Rhiana hin. Über den beiden Schneiden rankten rotgoldene Ornamente hinauf zu Parierstange und Griff, wo eingebettete Rubine Rhiana an das Blut erinnerten, das sie bereits im Kampf vergossen hatte.

»Du solltest die Geschenke deiner Göttin nicht leichtfertig ausschlagen«, sagte eine neue Stimme.

Die junge Frau sah überrascht zur Seite. Ein Mann war aus dem Schatten Rondras getreten. Sein nobles Gesicht, diese Augen…

»Vater?«, hauchte Rhiana erschrocken, doch das Bild verschwamm, während sie das Gefühl hatte zu fallen.

Keuchend riss sie die Augen auf. Der Eindruck von Wärme war mit einem Schlag verschwunden. Sie saß kerzengerade auf dem dicken Lager aus Binsen, das sie mit Finni und Muir teilte. Die Halbelfe murmelte etwas im Schlaf und zog an der rauen Wolldecke, die Rhiana mit sich gerissen hatte, als sie aufgeschreckt war.

Schon gut, Finni. Ich will ja auch nicht frieren.

Eisfell blickte sie aus treuen Augen vom Fußende her an und wedelte verhalten mit dem Schwanz.

Schau mich an, mein Guter, dachte sie belustigt, und die Anspannung fiel von ihr ab. *Eine schöne Prinzessin bin ich! Liege hier mit meinem Hund und meinen Freundinnen zusammengekuschelt wie ein paar Bettelkinder. Keine Spur von weichen Kissen in Spitzenbezügen und einem Himmelbett.*

Sie legte sich zurück und zog die Decke wieder zurecht, sorgsam darauf bedacht, dass nicht einmal eine Zehe mehr herausragte. Aber in der feuchtkalten Seeluft war die Wolle klamm geworden und wärmte kaum noch. Sehnsüchtig dachte Rhiana an ihr Zimmer in dem alten Gutshof zurück, der ihr und den anderen Flüchtlingen aus Talania so viele Jahre als Versteck gedient hatte. Seit die Söldner des Flammenbundes sie dort aufgestöbert hatten, waren sie nirgends, wo es ein Bett gab, länger als ein paar Tage geblieben. Zuletzt hatte sie mit Finni mehrere Wochen auf einer von Feenwesen verzauberten Lichtung im Farindelwald verbracht, ohne zu bemerken, wie schnell die Zeit in der wirklichen Welt verging. Die Talanier hausten nun schon drei Monate in der überfluteten Unterstadt Havenas, um sich dort mit Kurs auf eine neue Heimat einzuschiffen, und Bel Ghadi, der ihnen gegen Geld Unterschlupf in seinem Herrschaftsbereich gewährte, wurde allmählich ungeduldig. Bald wurde die Schifffahrt auf dem Meer der sieben Winde bis zum Frühling eingestellt, aber noch immer hatten sich nicht genügend große Schiffe gefunden, um alle Flüchtlinge zu transportieren. Für Maruna kam nicht in Frage, die Gemeinschaft zu teilen. Zu ungewiss erschien ihr, ob sie je wieder zusammenfinden würden. Bel Ghadi hatte ihr ein neues Angebot gemacht, gegen entsprechende Bezahlung unter seinem Schutz zu bleiben, doch den Flüchtlingen fehlte es an barer Münze. Alles, was sie noch besaßen, wobei es sich fast nur noch um Rhianas geerbten Schmuck handelte, musste aufgespart werden, um die Schiffe zu bezahlen.

Wenigstens haben wir ein Dach über dem Kopf, tröstete sich die Prinzessin, aber der Gedanke machte das vom Meer umspülte Gemäuer auch nicht trockener, in dem sie sich nun einquartiert hatten. Von dem einst sicher beeindruckenden, wohnlichen Herrenhaus standen nur noch die nackten Wände, von denen selbst der Putz mittlerweile abgebröckelt war. Das Wasser nagte Tag und Nacht an dem Mörtel, der die Steine zusammenhielt, sodass nur jemand, der sich in einer verzweifelten Situation befand, auf die Idee kommen konnte, die durchnässten Mauern für ein sicheres Versteck zu halten. Die Fenster waren nur noch ausgebrochene Löcher und die Decken längst eingestürzt. Wie ein Unfall in einer der anderen Ruinen gezeigt hatte, konnte das jederzeit auch mit den einzelnen Stockwerken passieren, in denen die Flüchtlinge sich in Verschlägen aus Brettern und Zeltbahnen eingerichtet hatten. Die ärmliche Unterkunft der drei jungen Frauen duckte sich in eine Ecke des alten Gebäudes und verfügte daher über den Luxus von zwei gemauerten Wänden, die zumindest den ärgsten Wind abhielten. Den Steinen entströmte jedoch kühle Feuchte, sodass kein Gefühl von Behaglichkeit aufkam.

Rhiana schmiegte sich enger an Finni und spürte selbst durch Hemd und Hose deren wohltuende Wärme.

Es dämmert bereits. Ich sollte aufstehen und das Feuer wieder in Gang bringen, wenn ich schon wach bin, ermahnte sie sich.

Eigentlich war das die Aufgabe ihrer Zofe Muir, aber Rhiana brachte es nicht über sich, das Mädchen für etwas zu wecken, das sie genauso gut selbst erledigen konnte. Entschlossen schlüpfte sie unter der Decke hervor und beeilte sich, ihre Füße in die bereitstehenden Stiefel zu stecken, bevor die Kälte durch die abgewetzten Socken biss.

Eisfell stand sofort auf und streckte sich genüsslich wie eine Katze. Die Prinzessin strich liebevoll über seinen dichten, bläulichen Winterpelz, der ihm in den letzten Wochen gewachsen war, bevor sie zur Feuerstelle hinüberging. Der Hund warf ihr noch einen Blick zu, wie um sich davon zu überzeugen, dass es ihr gut ging, dann verschwand er zwischen den schweren Stoffbahnen nach draußen. Rhiana streifte eine wattierte Lederjacke über, die einst als leichte Rüstung für Übungskämpfe gefertigt worden war, aber nun das wärmste Kleidungsstück der Prinzessin darstellte. Seufzend stellte sie fest, dass kaum noch Holz vorhanden war. Wo sollte es in einer Ruine mitten im Meer auch herkommen? Trockenes Brennmaterial war Mangelware, weshalb um angeschwemmtes Treibholz oft heftige Streitereien ausbrachen, doch davon wusste Rhiana noch nichts. Sie war erst vor zwei Tagen eingetroffen und hatte dank Muirs Fürsorge Zeit gehabt, sich von der langen Reise zu erholen.

Während sie die alte Glut zu neuem Leben anfachte und einen kleinen Kessel mit Wasser über die Flammen hing, damit sie sich mit heißem Tee stärken konnten, dachte die Prinzessin noch einmal über ihren Traum nach.

Nein, ein simpler Traum war das nicht. Rondra hat mir wieder einmal eine Vision geschickt. Sie wird niemals aufgeben. Aber war das wirklich mein Vater neben ihr? Bedrängt er mich jetzt etwa auch? Ich muss mit Maruna darüber reden. Vielleicht gibt es ja doch einen Hinweis auf die Wahrheit, den sie bislang nicht erwähnt hat.

Nach einem geruhsamen, wenn auch kargen Frühstück mit ihren Freundinnen machte Rhiana sich auf den Weg zu Maruna, deren Unterkunft sich im Westflügel des Gebäudes befand. Durch die Fensterlöcher sah die Prinzessin, dass tief hängende Wolken die Praiosscheibe verdeckten und neuen Regen ankündigten. Entsprechend gedämpft war die Stimmung unter den Flüchtlingen. Es blieb ihnen unter diesen beengten Verhältnissen schon bei Sonnenschein wenig anderes übrig, als beschäftigungslos herumzuhocken. Wenn das Wetter auch noch schlecht war, zog es nur noch die Rastlosesten aus ihren Behausungen, die zumindest vor der Nässe von oben schützten. Einige hatten sinnvolle Aufgaben wie das Auffüllen der Trinkwasservorräte, und andere durften zur Stadt übersetzen, um frische Nahrungsmittel von den Märkten Havenas zu holen, solange noch etwas Geld übrig war. Nur die Kinder tobten einfach so herum, um sich aufzuwärmen.

Die meisten saßen jedoch, von der Langeweile gereizt, in ihren Verschlägen. Rhiana hörte etliche zornige Stimmen, als sie zwei Etagen durchquerte, um dann über einen zwei Schritt breiten Sims in den anderen Trakt des verfallenen Anwesens zu wechseln. Sie grüßte jeden freundlich im Vorübergehen. Schon immer hatte sie an manchen Tagen wenig Lust dazu verspürt und wäre am liebsten in eine große Stadt wie Havena gezogen, wo sie niemand kannte und nichts von ihr erwartet wurde. Aber andererseits hing sie doch an diesen Menschen, unter denen sie aufgewachsen war und die sie als ihre – zugegeben große – Familie empfand.

Ayka, die Hauptfrau der Wachen, teilte lautstark ihre Untergebenen für eine morgendliche Fechtübung ein, obwohl sich unter ihrem Mantel unverkennbar eine neue Schwangerschaft bemerkbar machte. Die Prinzessin nahm sich vor, die übereifrige Soldatin in einer ruhigeren Minute zu bitten, sich mehr zu schonen. In so vielen Gesichtern hinterließ die harte Zeit in diesem Versteck seine Spuren. Das Einzige, was viele noch aufrecht hielt, war die Hoffnung, dass sie schon bald ein neues Talania gründen würden. Weit im Süden, auf einer sonnigen, neu zu besiedelnden Insel…

Marunas Unterkunft unterschied sich kaum von Rhianas, wies aber doch ein wenig mehr Komfort auf. Dünne Bretterwände verlängerten eine Mauernische, in der sich ein Kamin befand, und verhalfen der Thronregentin zu etwas Abgeschiedenheit, da es keine Fenster gab, durch die Neugierige womöglich hineingespäht hätten, um das geheimnisvolle, magische Treiben der Druidin zu beobachten. Um Material zu sparen und weniger Wärme zu verlieren, wohnten die meisten Flüchtlinge nur durch Zeltwände voneinander getrennt, sodass Marunas Raum geradezu Luxus darstellte. Als Thronregentin stand ihr eigentlich eine bessere Unterbringung zu, aber mehr hatten die bescheidenen Mittel nicht zugelassen.

Rhiana klopfte an die schiefe Tür, die in Lederschlaufen anstelle von Angeln hing, und rief: »Maruna? Seid Ihr da?«

»Ja, kommt herein, mein Kind!«, tönte es von drinnen.

Die Druidin saß in ihrer gewohnt aufrechten Haltung auf einem Kissen beim Feuer. Neben ihr lag der Luchs lang ausgestreckt, der sie immer begleitete, und blickte die Besucherin lässig aus halbgeschlossenen Augen an. Maruna trug ein in der Taille mit einer Kordel gegürtetes Kleid aus dunkelgrüner Wolle. Ihre Füße steckten in Schuhen aus Kaninchenfell. Als Rhiana eintrat, strich sie sich die langen, grauen Haare aus dem Gesicht und sah von den Runenstäben auf, die vor ihr auf dem Boden lagen.

»Uns stehen Neuigkeiten ins Haus«, prophezeite sie mit einer knappen Geste zu den kleinen Knochenstückchen, in die eine kundige Hand Zeichen geritzt und dann rot eingefärbt hatte. »Ich habe eine Abreise gesehen.«

»Das ... das ist gut, oder?« fragte Rhiana verblüfft. Maruna sprach so selten über ihre Magie, dass die Prinzessin in doppelter Hinsicht überrascht war. »Wenn ich allerdings das Wetter da draußen sehe ...«

»Das wird für eine Weile der letzte Regen sein. Die Luft ist frostig, und es zieht noch kein neuer Sturm auf«, meinte die Druidin zuversichtlich. »Aber Ihr seid sicher nicht hier, um Euch meine Ansichten über das Wetter anzuhören.«

Sie schenkte ihrer Ziehtochter ein kleines Lächeln.

»In der Tat, das bin ich nicht«, erwiderte Rhiana schmunzelnd und setzte sich ihr gegenüber. Es tat gut, eine optimistische Maruna zu sehen. Die Sorge um die ihr anvertrauten Menschen würde sie früh genug wieder ernst und verschlossen machen. Die Prinzessin hatte ihr am Vortag ausführlich von den Ereignissen in Abilacht und im Farindel berichtet, was Maruna nur darin bestärkt hatte, dass sie Albernia rasch verlassen mussten, bevor der Feind sie in Havena entdeckte.

»Ich brauche Euren Rat.«

Die Druidin nickte verstehend. Fast immer wenn die Prinzessin sie um ihre Meinung ersuchte, war eine bestimmte Göttin im Spiel. »Welche Botschaft hat sie Euch dieses Mal geschickt?«

»Ach, das Übliche.« Rhiana winkte ab. »Was mich jedoch erschrocken hat und mir nicht mehr aus dem Kopf geht, ist der Mann, der bei ihr war. Er sah aus wie mein Vater.«

»Rondra hat Euch König Arlos gezeigt?« wunderte sich Maruna.

»Ich weiß nicht … Ich war acht, als er ermordet wurde. Meine Erinnerung ist nur noch verschwommen, aber ich bin mir doch auch sicher, dass er es war.«

»Hat er zu Euch gesprochen?« wollte die Druidin wissen.

»Ja, er sagte, ich solle Rondras Geschenke annehmen«, antwortete Rhiana und geriet darüber erneut in Wut. »Jahrelang habe ich ihrem Drängen standgehalten und nun … Glaubt Ihr, es war wirklich mein Vater, der zu mir gesprochen hat?«

»Wer kann das wissen?« erwiderte Maruna ausweichend. »Ihr müsst darauf vertrauen, was Euer Herz Euch sagt. Wenn es Euren Vater erkannt hat, wird es stimmen.«

Die Prinzessin schlug die Hände vor ihr gerötetes Gesicht. »Aber heißt das dann nicht auch, dass ich tatsächlich *ihre* Tochter bin?« stöhnte sie. »Das kann nicht sein.«

»Nur weil uns etwas nicht gefällt, heißt das noch lange nicht, dass es nicht wahr ist«, meinte die Druidin tadelnd. »Das dürfte selbst Eurem kleinen Sturkopf bereits aufgefallen sein. Vielleicht ist es an der Zeit, zumindest in Erwägung zu ziehen, dass es wahr sein könnte.«

»Und das bedeutet?«, fragte Rhiana mit mühsam unterdrücktem Zorn.

»Warum seht Ihr es stets nur von der schlechten Seite? Ja, es bedeutet eine Last, Verantwortung zu tragen«, gab Maruna zu. »Ich weiß, wovon ich spreche.«

Das weiß sie tatsächlich. Sie opfert sich seit Jahrzehnten für uns alle auf, erkannte die Prinzessin, und ihre Wut verrauchte.

»Ihr werdet nicht das freie Leben einer Gauklerin führen können wie Finni«, fuhr die Druidin fort. »Aber ist Eure Freundin glücklich dabei? Fühlt sie sich nicht vielmehr entwurzelt und einsam, sodass sie sich nichts sehnlicher wünscht, als bei Euch zu bleiben und Eure Bürde mitzutragen?«

Rhiana musste sich eingestehen, dass Marunas Weisheit sie wieder einmal beschämte. Obwohl die Druidin Finni kaum kannte, hatte sie der Halbelfe bereits ins Herz geblickt und entdeckt, was Rhiana nicht sehen wollte. Den Flüchtlingen den Rücken zu kehren und ein »eigenes« Leben zu führen, bedeutete auch, alles Vertraute zurückzulassen und in der Fremde allein und ohne Ziel durchs Leben zu wandern.

»Ihr habt wie immer Recht«, gab sich die Prinzessin geschlagen. »Im Grunde habe ich mich längst entschieden, bei Euch zu bleiben und die Nachfolge meines Vaters anzutreten. Aber das heißt noch lange nicht, dass ich auch diesen Unfug über meine göttliche Mutter…«

Ein neuerliches Klopfen an der Tür unterbrach Rhianas Ausbruch. Der Luchs schlug ob dieser weiteren Störung gereizt mit seinem Stummelschwanz.

»Was gibt es?« rief Maruna, die nicht aufstehen und sich von ihrem wärmenden Kamin entfernen wollte.

»Ein Brief für Euch, erhabene Regentin«, antwortete ihr Susmin Turibai Montas. »Der Bote kam soeben vom Hafen herüber.«

»Bringt mir das Schreiben herein!« forderte Maruna die junge Adlige auf.

Susmin schloss schnell die Tür wieder hinter sich, um die

Kälte auszusperren, obwohl der Wind ohnehin durch sämtliche Ritzen zog. Sie nickte Rhiana freundlich zu und reichte der Druidin das Pergament.

»Ich habe den Mann am Ufer beim Bennain-Damm aufgegabelt. Er sagt, er kommt von der *Efferdliebe*«, berichtete sie. »Das Siegel ist unbeschädigt. Ich habe den Brief an mich genommen, damit der Bote gar nicht erst in unser Versteck kommt.«

»Danke, meine Liebe. Auf Euch ist Verlass«, lobte Maruna. »Meldet die Angelegenheit auch Ayka! Vielleicht wurde der Bote verfolgt, deshalb müssen wir die Wachen verdoppeln. Dann könnt Ihr auf Euren Posten zurückkehren.«

Die junge Kriegerin schluckte ihre Neugier hinunter und ging. Rhiana konnte gut nachfühlen, wie schwer Susmin das fallen musste. Sie hätte am liebsten selbst den Brief an sich gerissen, um die Nachrichten zu lesen, die nur ihre baldige Abreise betreffen konnten.

»Geduld«, sagte Maruna gemessen, »ist eine Tugend, die einer zukünftigen Königin gut ansteht.«

»Nun spannt mich schon nicht länger auf die Folter!«, bat die Prinzessin aufgeregt. »Wollt Ihr denn überhaupt nicht wissen, was der Kapitän schreibt?«

»Das haben mir doch schon die Runen gesagt«, behauptete ihre Ziehmutter gelangweilt, aber ein kleines Funkeln in ihren Augen verriet, dass sie sich einen Spaß erlaubte.

In aller Ruhe entfaltete sie das Pergament und überflog die Zeilen. Rhiana beobachtete sie erwartungsvoll.

»Hier steht, dass es ihm tatsächlich gelungen ist, zwei weitere geeignete Schiffe aufzutreiben«, sagte Maruna zufrieden. »Sie werden uns auf jeden Fall bis zu den Zyklopeninseln bringen. Alles, was darüber hinausgeht, müssen wir mit den beiden Kapitänen selbst aushandeln.«

»Das ist ja wundervoll«, jubelte Rhiana. »Wann soll es losgehen?«

»Die Seeleute schlagen vor, spätestens Mitte des Monats auszulaufen«, las die Druidin vor. »Sie hoffen, noch vor den

Winterstürmen wärmere Gewässer zu erreichen, aber je früher wir aufbrechen, desto besser ist es natürlich.«

Die Prinzessin sprang begeistert auf.

»Das muss ich sofort den anderen erzählen«, meinte sie und war bereits auf dem Weg zur Tür. »Alle werden erleichtert sein …«

»Wartet!«, befahl Maruna. In ihrer Stimme lag eine solche Dringlichkeit und Bedeutungsschwere, dass Rhiana sich völlig ernüchtert umdrehte. »Es gibt da noch etwas, worüber wir sprechen müssen. Bitte setzt Euch wieder.«

Die Prinzessin kam der Aufforderung nach und sah die Druidin fragend an.

»Ihr werdet Albernia also mit uns anderen verlassen?«, vergewisserte sich Maruna noch einmal.

»Ja«, erwiderte Rhiana. »Das habe ich beschlossen.«

»Dann ist es meine Pflicht, Euch in ein Geheimnis einzuweihen«, eröffnete die Druidin ihr. »Zumindest so weit, wie ich selbst darüber unterrichtet bin. Es betrifft Euren Vater.«

Die Prinzessin war zu überrascht, um etwas zu sagen.

»Ihr erinnert Euch vielleicht, dass es schon einmal in Erwägung gezogen wurde, im Delta des Großen Flusses die Zuflucht für unsere Gemeinschaft zu errichten«, fuhr Maruna fort. »Die Idee wurde fallen gelassen, weil der karge Moorboden uns nicht ernähren konnte. Aber König Arlos hatte einen Grund, weshalb er die Nähe der Flussmündung suchte. Ich glaube, dass es mit seinem Geheimnis zusammenhing. Er war der Hüter eines mächtigen magischen Artefakts. Dieser Gegenstand ist es, den unser Feind sucht.«

»Ihr meint, dieses Artefakt ist unseren Gegnern so wichtig, dass sie dafür meinen Vater ermordet und uns verfolgt haben? Dass sie deshalb auch mir nach dem Leben trachten?«

Maruna nickte.

»Ich weiß nicht, worum es sich handelt«, behauptete sie. »Aber möglicherweise ist das die große Aufgabe, für die Rondra und Euer Vater Euch vorgesehen haben. Vielleicht sollt Ihr seine Nachfolge als Hüterin dieser Macht antreten.«

Ein Schauder rieselte Rhiana über den Rücken.

»Wenn…wenn das wahr ist«, begann sie in dem Versuch, diese Enthüllung zu begreifen, »warum hat er mir dann nie etwas davon erzählt?«

»Würdet Ihr einem achtjährigen Kind solches Wissen anvertrauen?«, hielt die Druidin dagegen. »Bedenkt auch, dass er es Euch womöglich sagen wollte, sobald Ihr das passende Alter erreicht gehabt hättet, aber vorher ermordet wurde.«

»Ja, natürlich«, hauchte Rhiana, und ihre Augen wurden feucht.

»Leider hat er sich auch mir nicht völlig anvertraut«, bedauerte Maruna. »Es gibt jedoch einen Hinweis, dem Ihr nachgehen solltet, bevor wir Albernia verlassen. Deshalb spreche ich jetzt davon.«

»Was wisst Ihr?«

»Während unserer Zeit in Abilacht, als Euer Vater mit Baronin Sarja verheiratet war«, erinnerte sich die Druidin, »da ist er einmal mit Tjalmar in das Muhrsape geritten. Niemand erfuhr damals, wohin die beiden gereist sind, aber nach König Arlos' Tod hat Tjalmar einmal angedeutet, dass sie weit draußen in den Sümpfen an einem Ort waren, den er ›Insel der Nebelgeister‹ nannte. Er wollte allerdings nur Euch berichten, was sich dort zugetragen hat. Nun ist auch er von uns gegangen und hat das Geheimnis mit sich genommen.«

Rhiana fühlte die Tränen über ihre Wangen perlen und herabtropfen. Maruna erhob sich. Sie strich ihrer Ziehtochter sanft über den Scheitel, bevor sie den Brief des Kapitäns weglegte, um eine der Truhen öffnen zu können, die neben ihrem Lager die einzigen Einrichtungsgegenstände darstellten. Den schweren Deckel mit der linken Hand aufhaltend, wühlte sie mit der rechten in ihren Habseligkeiten herum, die unter anderen Umständen Rhianas Neugier geweckt hätten. Aber die Prinzessin weilte in Gedanken bei dem alten Thorwaler, der ihr nach Arlos' Ermordung den Vater ersetzt hatte, bis er selbst das Opfer eines heimtückischen Dolchstoßes geworden war.

Erst als Maruna ihr ein kleines Stoffbündel vor die Nase

hielt, wischte sie sich die Tränen ab und blinzelte die Druidin wieder zuversichtlicher an.

»Was ist das?«, schniefte sie.

Maruna legte ihr die alte, vergilbte Seide in die Hand.

»Das habe ich in Tjalmars Sachen gefunden, nachdem Ihr aufgebrochen wart, um seine vermeintliche Mörderin zu jagen«, erklärte die Druidin. »Dieser Zettel lag dabei. Es ist König Arlos' Handschrift.«

Die Prinzessin las: *Für Rhiana.* Ergriffen wickelte sie das Päckchen auf.

»Ich habe lange darüber meditiert und die Runen befragt, warum Euer Vater Euch dieses seltsame Stück zugedacht hat«, gestand Maruna.

Im flackernden Licht des Feuers kam ein ungewöhnliches Amulett zum Vorschein.

»Es ist ein Auge«, stellte Rhiana verwundert fest.

Eine silberne Fassung, die geschwungenen Lidern nachempfunden war, hielt gleichsam als Augapfel einen großen, dunklen Karneol. Dunkelrote Granat- und schwarze Onyxsplitter symbolisierten die Wimpern. Die Prinzessin drehte das kleine Kunstwerk, sodass das Licht die Edelsteine funkeln ließ. Die Rückseite war flach und glatt bis auf ein in den Karneol geschnittenes Zeichen: ein fünfspeichiges Halbrund.

»Ein Boronsrad? Was hat das zu bedeuten?«, wollte Rhiana wissen.

»Das weiß ich leider nicht«, gab Maruna zu. »Die Runen zeigen mir immer wieder das Symbol der Insel und das des Schlüssels. Ich vermute, dass es mit dem geheimen Ort im Muhrsape verknüpft ist. Ihr solltet es bei Euch tragen, wenn Ihr Euch auf die Suche macht.«

»Ihr glaubt, dass mein Vater dort in den Sümpfen das Artefakt versteckt hat, hinter dem unser Feind her ist?«, folgerte die Prinzessin daraus.

»Und dieses Amulett ist der Schlüssel dazu«, bestätigte die Druidin. »Ich kann mich irren, aber Ihr solltet sicher gehen, bevor wir abreisen.«

Rhiana wickelte das Erbstück wieder in seine unscheinbare Hülle und stand auf.

»Ich werde sofort einen Führer suchen und mich gleich morgen auf den Weg machen«, entschied sie.

»Denkt daran, dass wir auslaufen müssen, bevor die Rondrikane drohen«, erinnerte Maruna sie. »Wir müssen spätestens in zehn Tagen in See stechen.«

»Ich werde da sein«, versprach Rhiana.

»Möge Sumu über Euch wachen, mein Kind!«

Kapitel 5

Wulfroth, Mark Osterfelde, Tobrien, Peraine 914 BF

Geisterhaft und doch bodenständig zugleich hallte der getrommelte Marschrhythmus aus dem düsteren Nadelwald um das Dorf Wulfroth. Die Frühlingssonne blitzte auf den letzten Schneeresten, aber ihr Strahlen trog. Von der Schwarzen Sichel wehte ein kühler Wind herab, und Bauer Dankrat war alles andere als licht und warm ums Herz.

Praios verdamm mich!, fluchte er im Stillen. *Dat Mädken hätt Rech hebt. Se komm'n totsächlich schon weer. De Kunibrand is schlimmer am Wüten, wie domals dat wilde Swien vonne Küst, de olle vermaledeite Mendenische Eber. Nur dat uns diesmohl kein tapferen Herzoch zu Hilf kömmt, denn de Eber is den Titel selvs am tragen.*

Dankrat nickte seinem erschrocken dreinblickenden Knecht aufmunternd zu. Der junge Mann stellte die Mistkarre ab und rannte in die Tenne des langgestreckten Hauses. Bauer Dankrats Vater hatte es auf den Fundamenten eines älteren, verfallenen Hofes errichtet. Wie die beiden anderen Hallenhäuser von Wulfroth besaß es Wände aus Fachwerk und ein mit Holzschindeln gedecktes Dach. Über dem großen Tennentor an der Stirnseite prangten in sechs Schritt Höhe die beiden frisch gekalkten gekreuzten Wolfsköpfe. Diese Giebelschnitzerei stellte Isegrimm, einen Wolf aus Firuns Gefolge dar, dem der Gott selbst die Tobrier anvertraut hatte. Dankrats Augen wanderten enttäuscht zu dem Abbild hinauf.

Wat hev wi nu gedohn, dat du uns so hart prüfs?, fragte er sich. *Ick kann min Lück nich nochmol friekopen. Et is kein Geld mehr do.*

Durch das Trommeln alarmiert, kamen sein Sohn und seine Schwiegertochter aus dem Gemüsegarten angelaufen. Die junge Frau bewegte sich trotz der fortgeschrittenen Schwangerschaft noch flink, aber Dankrat sah, wie sie sich stützend eine Hand in den Rücken stemmte, als sie neben ihm anhielt. Auch sein alter Vater humpelte auf einen Stock gestützt heran, und Dankrats Frau und die Magd, ihr kleines Töchterchen auf der Hüfte, eilten aus dem Haus herbei. Es war gut, wenn die Familie in schweren Zeiten zusammenstand. Nur Raimund, der Knecht, blieb verschwunden. Dankrat hoffte, wenigstens ihn retten zu können.

Unter den Bäumen tauchten zwei Reiter auf schnaubenden Rossen auf. Den Linken kannte der Bauer nicht. Der fremde Ritter trug ein Kettenhemd unter einem rot-weißen Waffenrock und ein Schwert an seiner Seite. Dankrat hatte auch das Wappen auf dem Schild des jungen Adligen noch nie gesehen. Auf dem zur Hälfte weißen und zur Hälfte roten Untergrund wirkte der schwarze Amboss eher unheilverkündend als nobel. Wie anders nahm sich dagegen das gelbe Eichenlaub auf blauem Grund des zweiten Reiters aus, der dem Bauern wohl bekannt war. Dankrat und seine Familie verbeugten sich, als der Blick ihres Barons auf sie fiel. Der Grundherr war ebenfalls mit einem Schwert bewaffnet, schützte seinen Körper jedoch mit einem blank polierten Reiterharnisch. Von seiner Kappe aus blauem Brokat, die er im Falle eines Angriffs rasch gegen den am Sattel baumelnden Helm austauschen konnte, bis zu den silbernen Sporen hinab war Rodebert von Ehern zu Willbergen eine aristokratische Erscheinung. Seinem Begleiter Luidprant Lauting, Ritter zu Granelfels, hatte er an Alter und Erfahrung einiges voraus, was ihm eine Ausstrahlung gelassener Autorität verlieh.

Hinter den beiden Rittern marschierten ein hochnäsiger Page und die unermüdliche Trommlerin in Sicht. Weniger geordnet folgten sechs einfache Tobrier mit ihren unverzichtbaren Langbögen. Die Frauen und Männer führten die herrschaftlichen Packpferde oder schleppten selbst an der Ausrüstung, die der Baron für diese Reise benötigte. Dankrat fragte sich, wie viele von ihnen wohl freiwillig mitgekommen waren. Um jene, die nur widerwillig ihrem Herrn Gehorsam zollten, von Fluchtversuchen abzuhalten, bildeten fünf, dem Ritter treu ergebene Gardisten die Nachhut. Einer der Soldaten führte eine braungrau gescheckte Bracke an der Leine.

Der Trupp näherte sich Dankrats Hof. Raimund konnte zwischen den Trommelschlägen die Tritte von Hufen und Stiefeln hören. Der Knecht duckte sich tiefer zwischen das raschelnde Stroh und die Wand des Heubodens. Er hielt den Atem an, um auf die Stimmen vor dem Haus zu lauschen.

Baron Rodebert lenkte sein Pferd auf seine Untertanen zu, die sich soeben wieder aus ihrer Verbeugung aufrichteten. Er wusste, dass sie ihn nicht freudig empfingen, und erwartete keine heuchlerisch fröhlichen Gesichter. Wie sie so dastanden, drei Generationen aufrechter Tobrier, die Männer in ihren Lederwesten, die Frauen ihre ebenso reich bestickten Schultertücher umgelegt, erfüllten sie ihren Herrn mit Stolz. Gemeinsam mit diesen wehrhaften Bauern hatte seine Familie über Jahrhunderte Goblins und Wölfen, Harpyien und sogar Drachen getrotzt. Sie würden auch diesen Sturm überstehen, den der ehrgeizige Herzog entfesselt hatte.

Die Ritter zügelten ihre Tiere, woraufhin der ganze Tross zum Stehen kam. Nur der Korporal der Garde begab sich zügig nach vorn und baute sich stolz an der Flanke von Rodeberts Pferd auf.

»Auf Geheiß unseres hochwohlgeborenen Herzogs Kunibrand von Ehrenstein befiehlt Euer Herr, Baron Rodebert von Ehern zu Willbergen, alle waffenfähigen Männer und Frauen der Mark zum Dienst in der Landwehr!«, rief er mit geschulter Stimme. »Zum Ruhme Tobriens und zur Rettung des Reiches!«

Dankrat konnte nicht verhindern, dass sich Skepsis auf seinem Gesicht zeigte, aber er sagte nichts zu den feierlichen und so folgenschweren Worten.

Wi all wissen, dat dat Reich nich in Gefoahr is, dachte er bei sich. *Hier geit et einzig um den Kunibrand sein Ruhm un Ehr. Un wi solln dafür bluten.*

Sein Baron winkte ihn näher. Dankrat fürchtete nicht um sich. In seinem Alter gehörte er nur noch zum letzten Aufgebot vor dem Untergang. Weder er noch seine Frau befanden sich in Gefahr, eingezogen zu werden.

»Wie war dein Name doch gleich? Dankrat?«, erkundigte sich der Adlige. »Du hast im letzten Jahr deinen Hof von der Wehrpflicht freigekauft. Wie steht es dieses Mal?«

Der Bauer trat einen Schritt vor. »Ein Gödderloop wor nich genuch, um dat Geld nochens opzutreiben, Euer Hoch'bor'n«, erklärte er.

In seiner Stimme schwang ein Vorwurf mit. Ritter Luidprant runzelte missbilligend die Stirn, aber Rodebert von Ehern tat, als hätte er nichts gehört. Stattdessen musterte er Dankrats versammelte Familie. Aus dem Augenwinkel bemerkte er, dass im ganzen Dorf die Menschen vor ihren Häusern zusammenliefen. Der Baron hatte bereits im letzten Jahr persönlich die Landwehr ausgehoben. Manch anderer Grundherr überließ diese Arbeit seinen Bütteln oder zumindest einem arroganten, jungen Eiferer wie dem Ritter zu Granelfels, aber Rodebert nutzte die Gelegenheit, um sich einen Eindruck vom Zustand seiner Baronie zu verschaffen. Außerdem fand er das Ergebnis vieler Werber unbefriedigend. Sie rekrutierten ohne Verstand und Augenmaß, was zu unnötig vielen Deserteuren und mangelnder Moral und Disziplin führte. Rodebert legte Wert darauf, dass seine Willbergener Truppen sich aus diesem mühselig geordneten Chaos löblich hervorhoben.

»Nun, Herr Ritter«, wandte er sich an Luidprant. »Wen würdet Ihr mitnehmen?«

»Alle drei jungen Leute«, antwortete Lauting achselzuckend. »Sie sind gut gewachsen, kräftig und sehen gesund aus.«

Rodebert schüttelte den Kopf. Der Hitzkopf hatte immer noch nichts begriffen, obwohl sie bereits mehrere Weiler besucht hatten.

Sieht er denn nicht, dass die Schwiegertochter des Bauern schwanger ist? Soll sie ihr Kind auf dem Schlachtfeld gebären? Und das Kind der Magd ist gerade der Brust entwöhnt. Mütter, die man gewaltsam von so kleinen Sprösslingen trennt, laufen reihenweise wieder nach Hause, sobald sie eine Gelegenheit wittern.

Dankrat war bei den Worten des Ritters erbleicht. Er störte sich nicht daran, dass die Männer über seine Familie sprachen wie er über sein Vieh. Das war eben die Art der hohen Herren. Praios hatte es so gefügt. Aber die Vorstellung, dass sein Sohn nicht mehr zurückkehren könnte, bereitete ihm schon Kummer genug. Wollten sie ihm wirklich auch noch den Enkel und alle Arbeitskräfte nehmen?

»Nein, die Frauen bleiben hier«, entschied der Baron. »Aber dein Sohn soll seinen Bogen holen und sich den anderen anschließen. Hattest du nicht mehr Gesinde?«

Dem Knecht in seinem Versteck trat der Schweiß auf die Stirn. Wenn die Gardisten das Haus durchsuchten, fanden sie ihn, und es setzte Hiebe. Auch Dankrat schluckte. Seinen Grundherrn zu belügen, zog eine drastische Strafe nach sich.

»De Raimund is wech'gangen, Herr«, rang er sich ab. »De wollt nich zu de Landwehr einzogen wern.«

»Aha«, machte Rodebert und legte die Miene des Bauern als Ausdruck von Scham aus.

Es kam immer wieder vor, dass Leute flohen, wenn ihnen zu Ohren kam, dass die Werber unterwegs waren. Das ließ sich selbst in einem so dünn besiedelten Landstrich wie der Mark Osterfelde nicht verhindern. Der Baron kam zu langsam voran, um überraschend auftauchen zu können.

»Dann bleibt es bei deinem Sohn«, legte er fest. »Möge Peraine dir eine gute Ernte bescheren, Dankrat!«

»Hebt Dank, Herr. Die Gödder mit Euch!«

Er verbeugte sich, als die Adligen weiterritten. In seinem Kopf schwirrte es vor Aufregung. Noch war Raimund nicht in Sicherheit, solange der Baron im Dorf weilte, aber vorläufig hatte es geklappt. Leise Vorwürfe nagten an ihm.

Hätt ick datselv nich besser für min Sohn dun solln? Wat, wenn de fallen tut? Ever wat wör dann aus ihm worn? Nem Knecht tut keiner Beachtung schenken, doch min Jung soll mol Herr vonnen Hof hier wern. Der kann sich nich schändlich vonne Landwehr drücken und dann sin Baron wedder unner die Augen treten. Nee, do giv dat kein annern Ausweg.

Er schob die sinnlosen Gedanken beiseite und schloss sich wie alle anderen dem Gefolge seines Herrn an, um zu sehen, wen sie noch in den Krieg mitnahmen. Der Korporal verkündete seine Botschaft bereits vor der kleinen Kate, die Dankrats Hof am nächsten lag. Dort lebte nur noch ein altes Mütterchen, dessen Schwiegersohn bereits eingezogen worden war und das sich seit dem Tod der Tochter im Kindbett allein um seine beiden Enkel kümmern musste. Baron Rodebert ließ der alten Frau einige Silbertaler auszahlen, um die ärgste Not zu lindern, bevor er zum nächsten Häuschen weiterzog.

Der junge Mann, der ihn dort mit seiner Frau und einer alten Magd erwartete, wirkte gefasst. Er hielt seinen Bogen bereits in der Hand und fügte sich in sein unabwendbares Schicksal.

»Ick wör dann so wiet, Herr, aber ick bitt Euch, min Wiev zu verschonen. Die is in gute Hoffnung, auch wenn mannet nonnich sehn kann«, erklärte er.

»Stimmt das auch wirklich?«, ließ der Ritter sich vernehmen und drängte sein Pferd näher an die zurückweichende Kätnerin heran.

»Et is wohr«, beteuerte ihr Mann rasch und stellte sich schützend vor die verängstigte Frau. »Ick schwör et bei unsere gude Moder Perain.«

»Lasst es gut sein, Luidprant!«, mahnte der Baron. »Die Bauern berufen sich nicht leichtfertig auf die Göttin.« Er nickte dem jungen Tobrier zu. »Sie bleibt hier. Reih' dich unter deinen Kameraden ein!«

»Nee!«, rief die Frau und klammerte sich an ihrem Mann fest. »Ick ertrach dat nich! Lot mi mitgehn! Wat soll denn allein aus mi wern?«

Tränen rannen über ihre Wangen.

»Du bis nich allein. Du hes Janne«, versuchte ihr Gatte, sie zu trösten. »Sie wörd dir zur Hand gehn, bis ick weer do bin.«

Er wollte sich von ihr lösen, aber sie packte seinen Ärmel nur noch fester.

»Nee, du komms nich weer, du gehs für immer«, weinte sie. »Dann will ick lieber mit dir zusamm sterm!«

»Das reicht jetzt!«, donnerte Ritter Luidprant und wedelte ihr drohend mit einer Reitpeitsche vor dem Gesicht herum. »Ins Haus mit dir!«

Die alte Magd beeilte sich, ihre schluchzende Herrin von dem wütenden Reiter wegzuzerren. Dankrats Frau kam ihr zu Hilfe, und gemeinsam gelang es ihnen, die verzweifelte Kätnerin aus Luidprants Reichweite zu schaffen.

»Lass auch ihr eine Kleinigkeit zukommen!«, befahl der Baron seinem Pagen. »Aber gib das Geld vor Zeugen der Magd. Die Frau wird es jetzt nicht annehmen.«

Der Junge nickte und Rodebert wandte sich seinem Korporal zu. »Zum Nächsten!«

»Ich verstehe nicht, wie Ihr ein Banner zusammenbringen wollt, wenn das so weitergeht«, sagte der Ritter missmutig. »Das ist das größte Dorf, seit wir losgezogen sind, und wir haben bis jetzt nur zwei Rekruten.«

»Geduld, mein Freund«, erwiderte Rodebert ruhig, obwohl die unangenehme Szene auch an seinen Nerven gekratzt hatte. »Das Land hier ist karg, wie Ihr wisst. Aber bis wir aus dem Drachengau zurück sind, wird das Banner vollzählig sein.«

»Seid Ihr sicher? Seht Euch nur diesen erbärmlichen Haufen an!«

Der Ritter deutete auf die versammelten Bewohner eines großen Hallenhauses. Der Hof hatte schon bessere Zeiten erlebt. Der einst weiße Putz war vergilbt, und das Tor bestand nur noch aus Flickwerk. Neben der Bäuerin, die das wehrfähige Alter längst überschritten hatte, stand ein schmales, hohlwangiges Mädchen, das ihr offenbar als Magd diente. Ein junger Mann – den ähnlichen Zügen nach zu urteilen ihr Sohn

– starrte mit finsterem Blick zu Boden. Rodebert kam er bekannt vor, aber der stämmige Knecht lenkte ihn zunächst ab. War ein schielender Kerl in der Landwehr zu gebrauchen?

Der Baron kam jedoch auch bei diesem Gedanken nicht dazu, ihn zu Ende zu führen, denn kaum hatte der Gardekorporal seinen Spruch aufgesagt, verlor die Altbäuerin ihre Beherrschung und stürzte auf Rodebert zu. Sein Soldat fing sie geistesgegenwärtig ab, bevor sie ihren Grundherrn erreichte. Mit ausgestreckten Armen sah sie zu ihm auf.

»Ick bitt Euch, Herr, lasst Gnade walten!«, flehte sie. »Nehmt ner ollen Witwe nich den letzten Sohn! Drei Kinner heb' ich dem Herzoch schon gebn.«

Ja, verflucht, ich erinnere mich. Und jetzt weiß ich auch wieder, weshalb mir der Mann bekannt vorkommt, fiel dem Baron ein.

Er überhörte die Bäuerin vorläufig und seufzte innerlich, als das kränkliche Mädchen sich unter bellendem Husten krümmte. Das Geräusch von gelöstem Schleim konnte kein noch so gerissener Komödiant vorspielen. Sie war tatsächlich nicht in der Lage, im Heer zu dienen.

»Du«, wandte er sich an den schielenden Knecht. »Kannst du mit einem Bogen umgehen?«

Bei dem entstellenden Grinsen, das der Mann aufsetzte, ahnte Rodebert bereits, dass die Antwort wohl nicht von Belang war.

»Dat kann ick wohl, Herr«, lallte der im Geist kindlich gebliebene Knecht. »Ever ick treff nie wat.«

»Einen Knüppel wird er schon schwingen können«, mischte Luidprant sich ein. »Dazu braucht man keinen Verstand.«

Der Baron lächelte dünn.

»Zweifellos«, stimmte er dem Ritter zu. »Habt Ihr schon einmal einen solchen Tölpel im Kampf erlebt?«

»Nein, aber ich will ihn sicher nicht neben mir haben«, scherzte jener.

»Das könnte Euch völlig gleich sein«, meinte Rodebert. »Diese Sorte schmeißt sich kreischend vor Angst auf den

Boden, wenn es losgeht. Er wäre lediglich ein lebender Stolperstein für seine Truppe, und ich werde keinen nutzlosen Fresser mitschleppen, nur um mein Soll zu erfüllen.«

»Ich verstehe«, behauptete Luidprant, sah jedoch sehr unzufrieden aus.

Er hat nicht einmal Lust, sich Gedanken zu machen, stellte der Baron fest. *Gib ihm einen Gegner, auf den er sich stürzen kann, dann steht er seinen Mann. Für etwas anderes ist er wahrhaftig nicht nütze.*

»Es tut mir Leid«, erklärte er der verwitweten Bäuerin und verhärtete sein Herz für ihr Schluchzen. »Da du eine starke Arbeitskraft behältst, muss dein Sohn seine Pflicht erfüllen. Zumal ich mich entsinne, dass er beim Wettschießen im letzten Rondra der beste Schütze war und ich ihn nur wegen seines Alters vom Dienst zurückgestellt hatte. Verabschiede dich von deinen Leuten, Junge!«

Beim nächsten Mal werden nur noch Alte und Schwachsinnige übrig sein, überlegte Rodebert. *Vielleicht sollte ich dann doch Luidprant allein losschicken, denn ich kann nicht über meinen Schatten springen. Soll das wirklich Praios Wille sein? Herrscher Alverans, verweise unseren Herzog auf den ihm gemäßen Platz, denn nur dir steht dieses Recht zu!*

Ganz ähnliche Gedanken gingen Bauer Dankrat durch den Kopf. Er konnte nicht ahnen, dass sein Herr sich genauso machtlos fühlte wie er selbst. Auf ihre Weise schlugen sie beide Herzog Kunibrand ein Schnippchen – der Baron, indem er nicht mehr Soldaten aushob als unbedingt notwendig, der Bauer, indem er seinen Knecht versteckte – und doch mussten sie sich seinem selbstsüchtigen Regiment beugen.

Na, beim Woldemar wern die hohen Herrn Spaß ham, dachte Dankrat naserümpfend. *De würd am lievsten selvs inne Schlacht ziehn, wenn ihn sein Krütz nich so plagen tät. Möglich dat der selvs sinne ollen Eltern zur Heerschau schicken würd!*

Dankrats ausgesprochen wohlbeleibter Nachbar sah allerdings eher zerknirscht aus, als er vor seinen Grundherrn trat.

»Herr, ick bin untröstlich«, begann er mit einer weiteren Verbeugung. »Wenn ick wüsst hätt, dat weitere Streiter für unser Sach braucht wern ... Wie sollt wi davon wissen?«

Womöglich hätte der wirre Vortrag noch eine Weile angedauert, aber der Baron konnte keine Geduld mehr aufbringen, um abzuwarten, wann Woldemar auf den Punkt kommen würde.

»Verschwende nicht meine Zeit, Mann!«, wies er den Bauern zurecht. »Ich weiß, dass du nicht mehr zum Kämpfen taugst. Deine Magd hat einen Klumpfuß, wie ich sehe. Also komm zur Sache! Hattest du nicht mehr Gesinde? Und wo stecken deine Kinder?«

»Dat isset ja, Herr«, jammerte Woldemar. »Mein Ältesten wär so stolz wesen, mit Euch zu ziehen. Ever er und min zweiten Knecht flößen dat Holz fürn Winters auffem Bendrom no Warunk. Ick kann nichma sagen, wann die wedder do sin. Dat hängt dovon av, ob die von wem auffem Wagen mitnommen wern un ...«

»Schweig!«, bellte Luidprant, da der Bauer zu einer neuen Tirade ansetzte.

»Was ist mit dem da?«, fragte Rodebert und deutete auf den Mann neben Woldemars rüstigen, aber dennoch vom Alter gezeichneten Eltern.

»Der geit natürlich mit Euch«, meinte der Bauer entrüstet darüber, dass der Baron daran gezweifelt hatte.

Seine hoch gewachsene Frau, die beiden kleinen Kinder mit einer Geste zu den Großeltern schickend, war aus dem Haus getreten. Ihre schweren, dunklen Zöpfe reichten bis zum Gürtel hinab. Über ihrer Schulter ragte ein Köcher mit Pfeilen hervor, und in der Hand hielt sie einen Bogen aus sorgsam geglättetem, rötlichem Holz. Sie stolzierte auf die beiden Reiter zu, die von diesem Auftritt angemessen beeindruckt waren.

»Et is mi ne Ehr, innen Krieg zu ziehen, um nen tobrischen Kaiser auffem Thron vonnet Reiches zu sehn«, verkündete sie.

Die Adligen nickten zufrieden, während Dankrat nur den

Kopf schüttelte. Er hatte es aufgegeben, mit Woldemar und Lindgard über diese Angelegenheit zu streiten.

Wie kann en normalen Mensch sin Leven för sonnen Irrsinn wegwerfen?, fragte er sich nicht zum ersten Mal. *Wat hebt wi denn davon, wenn Kunibrand künftig den ollen Lehnsessel mit sein Hintern warm hält? Wern unser Kinners dodurch vonne Toten opstohn? Wird et unsern drögen Boden fruchtbarer machen? Nix wirdet uns bringn!*

Baron Rodebert schlug den Weg zur letzten kleinen Kate ein, vor der ihm eine junge Frau mit einem Säugling auf dem Arm entgegenblickte. Bauer Woldemar lief wichtigtuerisch neben seinem Herrn einher und deutete auf das Häuschen.

»Do müsst Ihr gor nich nachfragen, Herr Baron«, behauptete er. »De Haldoran is innen Wald gerannt, als er die Trommeln hört het. Ick hev dat genau sehn.«

»Tatsächlich? Danke, Woldemar, du kannst jetzt gehen«, erwiderte Rodebert.

Der Bauer blieb verwundert stehen. Wohin sollte er denn? Er war doch in diesem Dorf zu Hause. Er kratzte sich im dichten Vollbart und grübelte, ob ihm eine Anweisung seines Herrn entgangen war. Auf diese Art bemerkte er die bösen Blicke nicht, mit denen die meisten Wulfrother ihn gerade bedachten.

»Wat fürn Verräter!«, knurrte Dankrat seiner Frau zu. »Dat geit den doch gor nix an, wenn Haldoran sin Wiev nich verlassen will.«

»Schscht!«, machte sie leise. »Nich vor all den Lüt hier!«

Der Baron bedeutete dem Hundeführer, sofort nach vorn zu kommen.

»Ich bin sicher, Ihr werdet den Mann finden«, sagte er zu Ritter Luidprant, der erfreut nickte. »Kommt mit ihm nach! Ich muss diese Rekruten aus ihrem Dorf schaffen, sonst ziehen sich die Abschiedsszenen endlos hin. Korporal, lass dir von der Kätnerin ein Kleidungsstück ihres Mannes geben! Notfalls holst du es dir selbst aus der Hütte! Der Hund soll die Spur des Flüchtigen aufnehmen. Alle anderen kommen mit mir. Luidprant, ich übertrage Euch das Kommando über meinen besten Fährtensucher.«

»Danke, Euer Hochgeboren, ich werde den Feigling sicher rasch einholen«, versprach der Ritter und wartete darauf, dass der Korporal seinen Auftrag ausführte.

Endlich eine Aufgabe nach meinem Geschmack, freute er sich. *Eine kleine Menschenhatz wird mich für all das Geheule und Gejammer entschädigen.*

Baron Rodebert hatte die teure Bracke ursprünglich mitgenommen, um unterwegs der Jagd frönen zu können, wenn er Lust dazu verspürte. Aber bei allem Verständnis für die Nöte seiner Untertanen war er bereit, hart durchzugreifen, wenn sie sich ihm offen widersetzten. Ein wehrfähiger Mann durfte sich nicht ungestraft seiner Pflicht entziehen. Wenn ein Spürhund dazu gebraucht wurde, dieses Vergehen zu ahnden, hatte er das Tier wenigstens nicht nur zum Vergnügen dabei. Er schmunzelte bei dem Gedanken, dass Ritter Luidprant selbst Bluthund genug war, um diese Verfolgung auch ohne Vierbeiner zu meistern. Amüsiert lenkte er seine Aufmerksamkeit wieder auf den Abmarsch der immerhin um fünf Rekruten angewachsenen Truppe.

Der Korporal kehrte mit einem schmutzigen Hemd aus der Kate zurück und reichte seine Errungenschaft an den Hundeführer weiter. Während die Trommlerin das Signal zum Sammeln ertönen ließ, hielt der Gardist der Bracke den Leinenstoff unter die Nase und befahl ihr: »Such!«

»Geh lieber gleich dort zum Waldrand!«, ordnete Luidprant an. »Hier vor dem Haus wimmelt es sicher von seinen Spuren.«

Der Hundeführer kam der Aufforderung nach und ließ sein Tier noch einmal an dem Kleidungsstück schnuppern. Die Bracke lief unschlüssig hin und her, mal den Fang am Boden, dann wieder in die Luft witternd. Gleichmütig folgte der Gardist dem Zickzackkurs, bis der Hund plötzlich die Nase nicht mehr hob und ihn aufgeregt wedelnd unter die Fichten und Firunsföhren zerrte.

»Ausgezeichnet!«, lobte der Ritter. »Der Fährte folgen!«

Er lenkte sein Pferd hinter dem Hundeführer her in den Wald hinein. Wurzeln, alte Stümpfe von durch die Bauern gefällten Bäumen und moosbewachsene Steine machten das Gelände unwegsam, aber nicht gefährlich. Für Luidprant waren tief hängende Äste sehr viel ärgerlicher. Er setzte seinen Helm auf, um sich vor den kratzigen Nadeln zu schützen.

Der dumme Kerl ist bestimmt nicht weit gelaufen und versteckt sich hinter irgendeiner dicken Eiche, vermutete er. *Glaubt er wirklich, er kommt damit durch?*

Haldoran Winsheymer lehnte an einer hoch aufgeschossenen Tanne. Von den älteren Bäumen eingekeilt und vom Licht abgeschnitten, hatte der Baum einen kerzengeraden Stamm gen Himmel geschickt, aus dem erst in luftiger Höhe Zweige sprossen. Ringsumher herrschte die Stille des Waldes. Der junge Bauer war so lange gerannt, bis er die Trommel der Werber nicht mehr hören konnte. Dann hatte er seinen Weg langsamer fortgesetzt und schließlich unter der Tanne Halt gemacht, um nachzudenken. Im letzten Jahr musste ein wohlmeinender Gott seine Hand über ihn gehalten haben, vielleicht Peraine, vielleicht aber auch der Wolf Isegrimm. Damals hatte Dankrats Sohn sich beim Holzfällen ins Bein gehackt, und Haldoran war für ihn eingesprungen, als es ans Flößen der Baumstämme ging. Nur dieser – wenigstens für ihn – glücklichen Fügung hatte er es zu verdanken, dass der Baron ihn nicht schon längst mitgenommen hatte.

Wie lang wern mich die Gardisten wohl söken? Bin ick weit genuch vonnet Dorf wech? Ick hätt nicht so kopplos wechrennen solln! Wenn ick an mien Bogen und mien Felljack dacht hätt, könnt icket schon ein paar Tach hier im Frein aushalten. Ever so...Isset sicher, heut Abend zu de Fru un dat Kleene zurückzugehn, oder wern se im Dorf auf mich warten? Ick sollt nach Lärchengrund gehn. Do sin die Werber bestimmt schon widder wech. Raimunds Vetter wörd mi bestimmt en büschen in seine Kate verstecken.

Ein leises Geräusch ließ ihn erstarren.

Wat wor dat? En Köter? Wat für einen is mi denn nachlopen? Oder is dat nur en ollen Streuner?

Die Erkenntnis, dass der Baron über eine ganze Meute ausgezeichneter Jagdhunde verfügte, traf Haldoran wie ein Blitzschlag. Blindlings hastete er los, stolperte über den unebenen Waldboden, schlug Haken um die mit einem Mal in böser Absicht im Weg stehenden Bäume.

»Da vorne ist er!«, rief Luidprant. »Lass den Hund los!«

Der Gardist löste die Leine vom Halsband der Bracke, die die Nähe ihrer Beute längst gerochen hatte und nun befreit davonsauste. Der Ritter zog sein Schwert. Ein kurzes Schnalzen genügte, um sein für Lanzengänge ausgebildetes Pferd in Galopp zu versetzen, auch wenn es in diesem Terrain nicht seine volle Geschwindigkeit entwickeln konnte. Dem Soldat blieb nichts anderes übrig, als hinter Herr und Hund herzurennen, bis ihm die Puste ausging.

Haldoran hörte den hechelnden Atem in seinem Rücken, dann das Dröhnen der Hufschläge, widerstand jedoch der Versuchung, sich umzublicken. Eine solche Drehung hätte unweigerlich einen Sturz bedeutet. Sein Herz pochte wie wild, in seiner Seite stach ein jäher Schmerz. Plötzlich fühlte er sich an der Hose gepackt und zu Fall gebracht. Die Bracke ruckte knurrend an seinem Bein. In seiner Not riss Haldoran sein Messer heraus und fuhr der geifernden Bestie damit über den Fang. Aufjaulend ließ der Hund von ihm ab. Haldoran rappelte sich auf, den Griff seiner Waffe fest umklammert, und hetzte weiter.

Na, warte, du Mistkerl!, ärgerte sich Luidprant. *Das Tier ist mehr wert, als du in deinem ganzen Leben in die dreckigen Finger kriegen wirst!*

Sein Pferd hatte erfasst, dass es den fliehenden Mann verfolgen sollte, und sprang ohne Zutun seines Reiters unter den Bäumen dahin. Der Ritter duckte sich tief auf den Hals des Tieres, während sie sich Stück für Stück näher an Haldoran heranschoben.

Wenn du das Messer gegen mein Pferd erhebst, hack' ich dir den Arm ab!, schwor Luidprant bei sich.

Das Ross setzte sich neben den keuchenden Flüchtling, und der Ritter beugte sich aus dem Sattel, um Haldoran die Breitseite der Klinge über den Schädel zu ziehen. Der junge Mann fiel zu Boden wie ein ins Herz getroffenes Wild.

»Ha!«, triumphierte Luidprant und parierte sein Pferd durch.

Mit grimmiger Befriedigung sah er auf seine Jagdbeute hinab.

Kapitel 6

Havena, Anfang Boron 914 BF

»Ins Moor wollt Ihr? Gütige Götter, warum denn nur?«

Die Betreiberin des Mietstalls, in dem Rhiana und Finni ihre Tiere untergebracht hatten, regte sich auf, als hätten die jungen Frauen sie aufgefordert, mit in die Sümpfe des Deltas zu ziehen.

»Natürlich geht mich dat nix an«, schob sie unter Neels grimmigem Blick rasch nach. Mit ihren Tätowierungen im Gesicht und der düsteren Augenklappe konnte die große, drahtige Amazone wirklich Furcht erregend aussehen. »Aber ich will Euch ja nur warnen. Vom Muhrsape hört man nix Gutes. Schreckliche Ungeheuer hausen da un' ziehen einen in die Tiefe. Un' es wimmelt nur so von Piraten un' solchem Gelichter, die sich die Fremden vorknöpfen. So wat kennt man ja. Nicht zu vergessen, dat es…«

»Wir müssen leider dort hin«, unterbrach Rhiana den Vortrag, bevor die Frau noch weitere Schauermärchen vom Stapel lassen konnte. »Daran ist nicht zu rütteln. Wir brauchen nur noch einen ortskundigen Führer.«

»Also, hm, niemand geht freiwillig in das Muhrsape, dat is' man klar«, meinte die Havenerin. »Fragt mal den ollen Cuil! Der is' Torfhändler, gleich da vorn um die Ecke.«

»Danke sehr. Wir kommen dann wieder, um die Pferde abzuholen«, verabschiedete sich die Prinzessin und ging rasch in die angegebene Richtung davon.

Finni lächelte der Frau noch einmal freundlich zu, bevor sie und Neel Rhiana folgten. Sie wollte sicher gehen, dass ihre Eile keinen schlechten Eindruck hinterließ, denn bis jetzt waren sie zufrieden damit, wie Rabe, Windspiel und Sturmbraut hier versorgt wurden, und daran sollte sich möglichst nichts ändern.

Das Haus des Torfhändlers zu finden, stellte keine Schwierigkeit dar. Als Rhiana und ihre Freundinnen in die bezeichnete Straße einbogen, fuhr gerade ein schwer mit schwarzen Erdblöcken beladener Karren aus dem Hoftor. Der Mann, der das Ochsengespann lenkte, hatte vom Aufladen dunkle Flecken auf Gesicht und Händen. Gemeinsam mit seinem schwarzen Bart und den dicken Augenbrauen färbten sie seine Miene so finster, dass seine erstaunlich weißen Zähne unnatürlich daraus hervorleuchteten.

»Die Zwölfe zum Gruße«, rief Rhiana ihn an. »Bist du Cuil?«

»Ja, ganz recht«, bestätigte der Händler ein wenig misstrauisch angesichts der drei unter ihren Kapuzen halb verborgenen Fremden, von denen zwei offensichtlich bewaffnet waren.

»Wir haben etwas im Muhrsape zu erledigen«, erklärte die Prinzessin ohne lange Umschweife. »Weißt du, wo wir jemanden finden können, der uns den Weg durch die Sümpfe weisen kann?«

»Wenn Ihr da auf meine Torfstecher spekuliert, muss ich Euch enttäuschen«, erwiderte der Mann ohne echtes Bedauern. »Ich krieg' mein' Torf von der Moorburg. Sagt Euch nix, was? Da sitzen die Zuchthäusler ein. Die müssen jeden Tag raus in das Drecksloch, und keiner überlebt lang von denen. Besonders im Herbst nicht. Da spukt es da draußen.«

»Ach so«, machte Rhiana enttäuscht. Sie hatte sich das Ganze einfacher vorgestellt, wollte aber noch längst nicht aufgeben. »Wen könnten wir denn sonst noch fragen?«

Cuil zuckte die Achseln. »Keine Ahnung. Wer sein' Verstand beisammen hat, geht da nicht hin. Außer er hat was ausgefressen.«

Mit einem vielsagenden Blick trieb er seine Ochsen weiter.

»Das läuft ja prächtig«, kommentierte Neel. »So wie es aussieht, ist das Muhrsape kein Zuckerschlecken. Außer Verbrechern treibt sich da keiner herum.«

»Der Eindruck drängt sich auf«, stimmte Rhiana ihr zu. »Ich bin wirklich froh, dass Ihr Finni und mich begleiten wollt. Scheinbar wird dort jede Klinge gebraucht.«

»Ich hab' Euch ja nicht so lange ausgebildet, damit Ihr mir jetzt in einem Schlammloch abhanden kommt«, sagte die Amazone ernst, doch in ihrem Mundwinkel zuckte es verdächtig. »Schlimm genug, dass ich nicht zur Stelle war, um diesen Lando in die Niederhöllen zu jagen.«

»Wenn Ihr nicht aufpasst, hört Ihr Euch noch an wie eine Mutter«, lachte die Prinzessin, woraufhin Neel warnend den Zeigefinger hob, bevor sie selbst grinsen musste.

»Eine Mutter braucht Ihr wohl nicht mehr«, gab sie zu. »Aber so wie Ihr Euch in die Gefahr stürzt, könnte ein ganzes Heer von Leibwächtern nicht schaden. Ihr dürft nicht vergessen, wer Ihr seid.«

»Das tue ich nicht«, behauptete Rhiana und wechselte rasch das Thema. »Finni, was meinst du? Was sollen wir jetzt machen?«

»Mir fällt nichts Besseres ein, als in den Tavernen herumzufragen«, antwortete die Halbelfe. »Den Wirten kommt immer viel zu Ohren, und sie kennen eine Menge Leute.«

»Ich fürchte, uns wird tatsächlich nichts anderes übrig bleiben«, seufzte Rhiana.

Das ist alles zu auffällig, dachte sie. *Jeder wird sich an die drei Frauen erinnern, die nach einem Führer in die Sümpfe gefragt haben, die kein Mensch betreten will. Besonders Neel vergisst so leicht keiner. Wenn der Flammenbund seine Spione in der Stadt hat, stolpern sie früher oder später über uns. Aber es lässt sich nicht ändern. Wir können nicht auf eigene Faust in dieses riesige Delta waten.*

»Mach dir nicht so viele Sorgen!«, unterbrach Finni sanft die düsteren Gedanken. »Wer weiß, ob Lando und Zaraldus überhaupt in der Nähe sind. Es ist weit vom Farindel hierher. Sie können unsere Spur längst verloren haben.«

»Das glaube ich leider nicht. Für jeden am Weg waren wir nicht zu übersehen«, meinte die Prinzessin. »Ich habe keine

Angst vor den beiden. Nicht um mich. Aber ich hoffe um der anderen Talanier willen, dass sie erst eintreffen, wenn wir schon auf hoher See sind.«

»Wenn Euch die Sumpfranzen am Leben lassen, kriegen Euch die Untoten. Jedenfalls ist schon so mancher Reisende nie mehr aufgetaucht, der sich in die Mursape gewagt hat. Es soll sogar Räuber geben, die sich als Führer...«

»...ausgeben und dann ihren Kunden das Licht ausblasen«, ergänzte Neel gereizt. »Ja, danke, das erzählt hier jeder. Kannst du uns nun weiterhelfen oder nicht?«

»Nein«, blaffte die Wirtin verärgert. »Wollt ihr drei nun etwas bestellen oder nicht? Ich hab' auch noch zahlende Kundschaft.«

»Sie hat es nicht so gemeint«, versuchte Finni zu beschwichtigen, doch die Wirtin ließ sie einfach stehen.

»Lass gut sein, Finni. Wir sind alle müde, und ich habe diese Geschichten genauso satt wie ihr«, gestand Rhiana.

Sie waren den ganzen Nachmittag durch Havena gezogen und hatten in zehn Gasthäusern vergeblich ihr Anliegen vorgetragen. Überall schlugen ihnen Unverständnis, Warnungen und die abenteuerlichsten Gerüchte über das Delta des Großen Flusses entgegen, aber niemand schien jemals selbst das Muhrsape betreten zu haben. Stattdessen wusste stets einer der Anwesenden von einem Vetter dritten Grades oder einer Urahnin zu berichten, die auf mysteriöse Weise im Moor ums Leben gekommen waren.

»Es hat keinen Sinn«, stellte die Prinzessin fest. »Wir werden uns wohl allein durchschlagen müssen. Gehen wir nach Hause und ruhen uns aus, damit wir morgen endlich aufbrechen können.«

Sie verließen die verräucherte Hafenkneipe in einer der unzähligen engen Gassen der Stadt. Die Sonne war bereits untergegangen, sodass die Dunkelheit sich mit vom Ruß der vielen Kamine ergrautem Nebel über Havena senkte. Rhiana wollte schon einen Passanten nach dem Weg fragen, aber Finni hatte durch eine Seitenstraße Masten und Segel entdeckt, bevor sie in die Taverne gegangen waren. In dieser Richtung musste daher das Ufer zu finden sein.

Bei den Anlegeplätzen war bereits Ruhe eingekehrt. Die wenigen Schiffe, die im Boron noch Albernia ansteuerten, hatten ihre Ladung gelöscht, solange es noch hell war. Die Besatzungen hatten sich Quartiere gesucht oder stürzten sich in das Nachtleben der großen Stadt. Nur ein paar Möwen strichen noch über das Wasser, aus dem mitten im Fluss die Boroninsel mit dem schwarzen Tempel des Totengottes aufragte. Rhiana wandte schaudernd den Blick ab.

Im Umkreis von Havena scheint alles düster und unheimlich zu sein, ging es ihr durch den Kopf. *Die überschwemmte Unterstadt, die Sümpfe, diese Insel voller Gräber... Gibt es hier denn überhaupt nichts Lichtes, das Hoffnung und Zuversicht zu spenden vermag?*

Die drei Frauen schlenderten zwischen den Schiffen und den Häusern entlang um das Hafenbecken. Nördlich der schaurigen Boroninsel mit ihren Gebeinfeldern lag die Krakeninsel im Fluss, den sie überqueren mussten, um zurück ins Versteck der Flüchtlinge zu gelangen. Je weiter sie kamen, desto weniger Boote lagen am Kai und desto verwahrloster präsentierten sich die Gebäude zu ihrer Rechten. Ruinen, die seit den Tagen der schrecklichen Flutwelle darauf warteten, dass sie jemand abriss oder wieder aufbaute, mischten sich mit notdürftig reparierten Häusern und auf dem Schutt errichteten Hütten. Dazwischen lungerten zerlumpte Gestalten und streunende Hunde herum. Rhiana zuckte zusammen, als sie flinke Ratten zwischen alten Tauen davonhuschen sah. Neel schob vorsorglich ihren Umhang zurück, um ihren Säbel griffbereit zu haben. Der viele Regen der letzten Tage hatte den Unrat, der sich in allen Nischen sammelte, zu einem widerlichen Brei durchweicht und in braunen Rinnsalen zum Fluss gespült. Finni tänzelte darüber hinweg wie ein nervöses Vollblut, damit ihre weichen Schuhe sich nicht mit der ekligen Brühe vollsogen.

Für das Moor braucht sie unbedingt festere Stiefel, erkannte Rhiana, doch sie war nicht ganz bei der Sache. Schon seit geraumer Zeit beschlich sie das Gefühl, dass sie verfolgt wurden. In der belebten Innenstadt hatte sie die Ahnung als Unsinn abgetan, aber hier auf dem einsamen, kaum beleuchteten Ufer wünschte sie sich plötzlich, sie hätte ihr Kettenhemd unter den Umhang gezogen. Auch wenn es noch so unbequem war.

Vor ihnen führte der Weg zwischen die Wasserlinie säumenden Bootsschuppen und den verwahrlosten Häusern von Orkendorf hindurch. Stimmen zischten sich in den Schatten unverständliche Worte zu, woraufhin Finni ihren Eiertanz um die Pfützen unterbrach und angespannt stehen blieb, bis Neel und Rhiana aufgeholt hatten. Leise Geräusche verrieten hektische Bewegungen, plötzlich auch hinter ihnen, als eine Bande heruntergekommener Halsabschneider aus ihrer Deckung hervorsprang.

»Finger weg von den Waffen!«, befahl ein feister, grobschlächtiger Kerl, der eine mit Nägeln beschlagene Keule schwang. »Wir wollen nur euer Geld.«

»Pech für dich, dass wir das nicht hergeben«, erwiderte Neel höhnisch und hielt ihre Klinge bereits in der Linken, während sie mit rechts ihren Parierdolch zog.

»Pech für euch, wenn ihr als Fischfutter endet«, gab der Räuber kaltblütig zurück.

Die Amazone schüttelte ihre Kapuze ab, die ihre Sicht behinderte, was Finni und Rhiana sogleich nachahmten.

»Schnappt sie euch!«, forderte der Anführer seine Kumpane auf, die sich das nicht zweimal sagen ließen.

Rhiana kreiselte mit erhobenem Schwert um ihre eigene Achse, was ihr Zeit verschaffte, ihre Gegner zu zählen und abzuschätzen, während Neel und der feiste Kerl aufeinander losgingen. Die Prinzessin hatte jedoch keine Gelegenheit, ihre Freundinnen im Auge zu behalten, denn sie entging nur knapp einem Wurfdolch, als sie einen anderen aus der Luft schlug. Der dritte wurde von ihrem in der Bewegung wehenden Unhang abgelenkt und landete klappernd auf dem Boden.

Noch bevor Rhiana sich nach dieser Attacke gefasst hatte, drang eine bullige Kämpferin auf sie ein, die einen Kettenstab herumwirbelte. Als die Prinzessin versuchte, diese seltsame Waffe mit ihrem Schwert zu parieren, wickelte sich die Kette um ihre Klinge, sodass die Banditin Rhianas Arm herunterzerren und eine Faust an ihre Schläfe schmettern konnte. Rhiana taumelte zurück, ließ jedoch ihr Schwert nicht los, von dem die Kette endlich abgeglitten war. Hinter ihr schrie Neel vor Schmerz auf. Die Prinzessin führte einen Befreiungsschlag gegen die Frau mit dem Kettenstab, um der Amazone zu Hilfe kommen zu können, doch dabei hatte sie ihre eigene Flanke aus den Augen verloren. Wie aus dem Nichts legte sich eine heimtückische Schlinge um ihren Hals und schnürte ihre Kehle zu. Rasch griff Rhiana nach dem dünnen Strick, während sie mit ihrer Klinge hinter sich nach dem hinterhältigen Angreifer stocherte.

»Hört sofort auf, ihr stinkende Orkbrut!«, brüllte eine zornige, junge Stimme. »Diese Frauen stehen unter dem Schutz von Bel Ghadi! Wollt ihr Ratten euch etwa mit ihm anlegen?«

Rhianas Gegnerin prallte zurück, als hätte sie einen Hieb in den Rücken bekommen. Die Prinzessin spürte voller Erleichterung, wie sich die Schlinge um ihren Hals lockerte. Unwillkürlich strich sie sich über die geschundene Haut und sog gierig Luft ein, anstatt sich nach der Gestalt umzuwenden, die widerstrebend losgelassen hatte. Finni saß einem großen, dürren Kerl im Nacken, dem sie gerade ihren Dolch zwischen die Rippen treiben wollte, bevor die Wegelagerer erstarrt waren. Jemand humpelte mit einer blutenden Wunde in die Ruinen, andere hatten sich noch eiliger aus dem Staub gemacht, als der Name Bel Ghadi gefallen war. Der Anführer stand über der gestürzten Neel, die ihm gnadenlos den Säbel in die Eingeweide jagte, als er sich von dem Neuankömmling ablenken ließ. Angewidert trat die Amazone den stöhnenden Mann zur Seite, damit er nicht über ihr zusammensackte.

»Los, weg mit euch! Alle!«, herrschte der rothaarige Bursche die noch zögernden Banditen an.

Weder seine Stimme, die sich zu überschlagen drohte, noch der schmale Dolch in seiner Hand konnten erklären, warum die Räuber sich tatsächlich trollten. Rhiana verschwendete jedoch zunächst keinen Gedanken daran, sondern riss sich die Schlinge über den Kopf und warf sie in die Schatten, bevor sie an Neels Seite eilte, da die Amazone, nun gegen einen Mauerrest gelehnt, noch immer auf dem Boden saß und ihren Arm abtastete.

»Hat er Euch erwischt?«, erkundigte die Prinzessin sich besorgt.

»Nein«, schnappte Neel ungehalten. »So ein Stümper könnte mir nicht einmal die Haut ritzen. Ausgerutscht bin ich in diesem verflucht glitschigen Dreck! Hat mich gegen die Steine hier gehauen.«

Sie sandte ihrem Gegner, der sich mit den Händen den Bauch hielt, während der Blutfleck auf seinem Hemd immer größer wurde, einen giftigen Blick zu.

»Geschieht dir Recht, verdammter Lumpenhund!«, spie sie. »Der Arm ist gebrochen.«

»Mist!«, fluchte Rhiana. »Finni, bist du in Ordnung?«

»Mein Umhang ist zerfetzt. Das ist alles«, meldete die Halbelfe.

»Kommt, Neel, ich helfe Euch auf!«, bot die Prinzessin an. »Usmida wird den Arm schienen. Dann verheilt es sicher gut.«

»Tut mir wirklich Leid, dass ich nicht schneller eingreifen konnte«, entschuldigte sich der schlaksige junge Mann mit dem sommersprossigen Gesicht, während die Prinzessin die Amazone stützte, damit sie aufstehen konnte, ohne die verletzten Knochen versehentlich zu verschieben.

»Ich bin schon froh, dass du überhaupt aufgetaucht bist«, meinte Finni. »Wer bist du, dass diese Halunken so einfach vor dir abhauen?«

»Oh, die hatten ja nicht vor mir Angst«, wehrte der Bursche geschmeichelt ab. »Mein Name ist Callan. Sie wissen, dass ich für Bel Ghadi arbeite. Vor dem kuschen hier alle.«

Die Halbelfe nickte verstehend.

»Wir verdanken dir wahrscheinlich unser Leben, Callan«, ergriff Rhiana das Wort. »Dafür stehen wir tief in deiner Schuld. Ich hoffe, wir können uns angemessen bei dir revanchieren.«

Der junge Mann errötete, obwohl er das letzte Wort nicht einmal verstanden hatte.

»Ich hab' doch gar nichts getan«, wehrte er nervös ab. »Bin nur zufällig hier lang gekommen.«

Finni konnte sich des Eindrucks nicht erwehren, dass er log, aber sie wollte nicht unhöflich sein, nachdem Callan sie gerade gerettet hatte.

»Du weißt nicht auch zufällig, wie wir an einen Führer kommen können, der sich im Muhrsape auskennt?«, fragte Rhiana einer Eingebung folgend.

Ihr war eingefallen, dass alle Havener gesagt hatten, nur die Verbrecher gingen in die Sümpfe. Wer sollte ihnen dann besser helfen können als der ungekrönte König der Unterwelt, Bel Ghadi?

Callan verzog nachdenklich das Gesicht.

»Kommt darauf an, was Ihr da wollt«, behauptete er.

»Das darf niemand erfahren«, stellte die Prinzessin klar. »Er sollte uns nur zu einem Ort bringen können, der *Insel der Nebelgeister* genannt wird.«

»Nie gehört. Aber da lässt sich bestimmt was machen«, sagte er zuversichtlich.

»Ich will nicht unverschämt sein«, betonte Rhiana, »aber wegen unserer bevorstehenden Abreise ist es sehr dringend. Wir würden gern schon morgen aufbrechen.«

Der junge Mann stieß einen leisen Pfiff aus.

»Das wird eine lange Nacht. Na ja, wär's wahrscheinlich ohnehin geworden. Wenn ich so schnell jemanden auftreiben kann, schick' ich ihn für morgen Vormittag auf den Efferdplatz. Einverstanden?«

»Natürlich«, versicherte die Prinzessin, die ihr Glück kaum fassen konnte. »Wie sollen wir dir jemals für all das danken?«

Er winkte verlegen ab.

»Ich werde gut dafür bezahlt«, eröffnete er ihnen, und seine Kleider waren tatsächlich in tadellosem Zustand, soweit sich das im Halbdunkel erkennen ließ. »Ich muss los, wenn ich bis morgen früh jemanden auftreiben soll.«

»Was wird aus dem da?«, erkundigte sich Finni mit einer Geste zu dem verletzten Räuber hin, der die Augen geschlossen hatte, aber noch immer atmete.

»Sollen sich seine eigenen Leute um ihn kümmern«, antwortete Callan gleichgültig und marschierte davon.

»Lass den Dreckskerl liegen, Mädchen, und komm!«, knurrte Neel. »Mein Arm schwillt elendig an.«

»Ich hatte nicht vor, ihm zu helfen«, verteidigte sich die Halbelfe. »Die hätten uns schließlich auch umgebracht.«

Sie folgte der Amazone, die es nun eilig hatte, zu Usmida, der alten Heilerin, zu kommen. Nur Rhiana warf noch einen letzten Blick auf den sterbenden Mann und fragte sich, ob es angemessener wäre, ihm den Gnadenstoß zu geben wie einem waidwunden Wild.

Aber er liegt da jetzt ganz friedlich. Ich kann niemanden töten, der mich nicht darum bittet. Wäre das Gnade, ihn ungefragt zu erlösen?

»Kommt endlich, Shastra!«, rief Neel verärgert.

Mögen die Götter deine Seele gnädiger wiegen als ich, Mann, wünschte Rhiana.

Kapitel 7

»Geh' ruhig noch einmal zu ihr und verabschiede dich richtig!«, drängte Finni. »Du bist es ihr schuldig. Eisfell und ich warten dann beim Boot auf dich.«

Sie zauste dem Wolfshund aufmunternd durch das Fell, obwohl er bereits vor Freude über die Aufbruchstimmung bellend um sie herumsprang. Rhiana nickte dankbar. Sie wusste selbst, dass es keinen Sinn ergab, das Gespräch mit Neel länger vor sich herzuschieben. Wenigstens hatte Muir sich mittlerweile damit abgefunden, dass die Prinzessin sie bei gefährlichen Unternehmungen nicht dabei haben wollte, und sich damit getröstet, dass sie dafür in der Nähe des Schmiedelehrlings Lardan bleiben durfte.

Mit der kampferprobten Amazone sah die Lage jedoch ganz anders aus. Rhiana wäre froh gewesen, wenn Neel sie auf dieser Mission begleitet hätte. Nervös und gedankenverloren zog sie ihre dünnen Lederhandschuhe an und wieder aus, während sie sich dem improvisierten Fechtübungsplatz im untersten Stockwerk, das noch über die Wasserlinie ragte, näherte. Die Amazone trug den geschienten Arm in einer Schlinge und saß auf einem leeren Fass, um mit finsterer Miene den Wachsoldaten zuzusehen, die mit abgepolsterten Klingen aufeinander eindroschen, als könnten sie damit ihre gestrenge Lehrerin besänftigen.

»Manchmal glaube ich, sie werden von Tag zu Tag schlechter«, knurrte Neel.

»Das kommt Euch sicher nur so vor«, sagte Rhiana rasch. »Aber vielleicht fehlt ihnen auch Euer gutes Vorbild. Wenn Ihr erst wieder selbst…«

Sie verstummte unter dem zornigen Blick aus Neels einzigem Auge. Wenn die Amazone so üble Laune hatte, gab es einfach nie die richtigen Worte.

»Falls Ihr gekommen seid, um Euch zu verabschieden, macht es kurz!«, schnappte Neel.

Rhiana war klar, dass die Wut der Amazone nicht ihr galt, und nahm die grobe Behandlung hin. In Wahrheit haderte Neel mit sich selbst, weil sie glaubte, die Prinzessin im Stich zu lassen. Mit ihrer Verletzung konnte sie zwar noch laufen, aber was nützte das schon? Einzig auf ihren Schwertarm kam es an, doch an die Belastungen eines Kampfes war nicht zu denken. Sie warf sich vor, ungeschickt und nachlässig gewesen zu sein, obwohl niemand sonst auf die Idee gekommen wäre, die Schuld bei ihr anstatt beim schmierigen Boden zu suchen.

Früher wäre mir das nicht passiert, redete sich die Amazone ein. *Da hatte ich ein besseres Gleichgewicht.*

Sie fühlte sich alt und unnütz dabei, und nun brach Rhiana ohne sie zu irgendwelchen Abenteuern auf.

»Ich wollte Euch auch nur sagen, dass Ihr Euch keine Sorgen machen sollt«, behauptete die Prinzessin. »Wir sehen uns bald wieder, und ... bis ich wirklich gefährlichen Gegnern gegenüberstehen muss, werdet Ihr bestimmt Eure gewohnte Stärke zurückerlangt haben.«

»Ihr wisst, dass Ihr nirgendwo sicher seid«, hielt Neel barsch dagegen.

»Ja, aber niemand wird mich erkennen«, meinte Rhiana. »Seht her! Wenn ich die Kapuze überziehe wie jetzt, könnte ich jederfrau sein.«

Einer von Neels Mundwinkeln zuckte verdächtig, als die Prinzessin das amazonische »Jederfrau« benutzte, aber der grimmige Ausdruck kehrte umso heftiger zurück.

»Werdet Ihr nun endlich gehen, oder muss ich Euch zu Eurem Boot tragen?«, fuhr sie Rhiana an.

»Ich bin ja schon weg«, erwiderte die Prinzessin verletzt. »Schwert für Gerechtigkeit, Neel.«

»Schwert für Gerechtigkeit«, murmelte die Amazone und wandte sich ab.

Rhiana kehrte bedrückt zu Finni zurück, die ihre Satteltaschen bereits in dem Kahn des alten Fischers verstaut hatte.

»So schlimm?«, erkundigte sich die Halbelfe nach einem Blick in die Miene ihrer Freundin.

»Ich dachte, gleich erschlägt sie mich«, behauptete Rhiana, obwohl ihr nicht nach Scherzen zumute war. »Alle wollen sich mit mir in die Gefahr stürzen, und Neel ist sogar eingeschnappt, weil sie es nicht kann. Was ist nur los mit euch allen? Warum machst *du* das? Du könntest hier bleiben wie die anderen auch.«

Die zierliche Finni kletterte mit der ihr eigenen Leichtigkeit in das Boot.

»Hast du das immer noch nicht kapiert?«, fragte sie, als ob Rhiana ein begriffsstutziges Kind sei. »Ich gehe genau dahin, wo du hingehst. So macht man das unter Freunden. Man steht sich dann bei, wenn's hart kommt. Bei Tee und Kuchen zusammenhocken kann doch jeder.«

»Vorausgesetzt, man hat Kuchen«, warf der alte Fischer grummelnd ein, in dessen Leben Süßigkeiten sicher knapp bemessen waren.

Finni verdrehte die großen Mandelaugen.

»Was ich sagen wollte war, dass du ohne meine immensen Zauberkräfte ziemlich aufgeschmissen wärst und schließlich jemand auf dich aufpassen muss«, fuhr sie grinsend fort.

Zufrieden stellte sie fest, dass ihr Aufmunterungsversuch erfolgreich war. Rhiana musste bei der Erinnerung daran, wie die Halbelfe sich bei ihrer ersten Begegnung durch missglückte Magie selbst gefesselt hatte, unwillkürlich lachen.

»Also dann, du Meisterin der arkanen Künste«, witzelte die Prinzessin und schwang sich zu ihr und dem aufgeregten Eisfell in den Kahn. »Wahrscheinlich zittern die Muhrsapenmonster bereits vor dir.«

Außer Neel und Muir war niemand unter den Flüchtlingen darin eingeweiht worden, dass Rhiana an diesem Morgen mehr vorhatte, als nur einen Ausflug nach Havena hinüber zu machen. So erregte die kleine Truppe auch keine große Aufmerksamkeit, als sie das Lager verließ und auf die Gewässer der Unterstadt hinausruderte. Ein paar Leute winkten zum Abschied, dann gingen sie wieder ihren alltäglichen Verrichtungen nach.

Rhiana stellte fest, dass sie sich immer freier fühlte, je weiter sie sich von diesem Versteck entfernte. So sehr sie ihre Landsleute auch liebte, es tat ihr gut, wieder unterwegs zu sein und das beengte Leben im Lager zurückzulassen.

Der Führer, den Callan geschickt hatte, war ein seltsamer Kauz. Wind und Wetter hatten tiefe Furchen in sein Gesicht gegraben, aber sie gaben ihm kein ernstes, verschlossenes Aussehen wie so vielen anderen Seebären und Waldläufern. Über seinen ergrauenden Bartstoppeln huschten listige, kleine Augen ständig umher, als könnte ihnen etwas entgehen, wenn sie auch nur einen Moment innehielten, und sein Mund wirkte zu breit, vor allem wenn er grinste. Was er erstaunlich oft tat. Dann gaben die dünnen Lippen den Blick auf seine gelbbraunen Zähne frei, die sich vom ewigen Kauen des Priems verfärbt hatten. Ob er tatsächlich jemals zur See gefahren war oder diese Marotte einfach nur aus Solidarität mit den meisten Bewohnern des Hafenviertels teilte, wollten Rhiana und Finni gar nicht so genau wissen.

Die beiden Frauen trafen den Mann auf dem Platz vor dem Efferdtempel, wo er sie ansprach. Es herrschte wenig Betriebsamkeit, da alle Welt sich um diese Zeit auf See oder auf dem Fischmarkt herumtrieb, und so hatte er Rhiana und Finni nicht übersehen können.

Er verbeugte sich linkisch, wobei er seinen zerbeulten Hut abnahm und anschließend wieder über seinen lichten Scheitel stülpte. An seiner linken Seite ragte ein Rapier hervor, während er rechts eine pralle Tasche geschultert hatte.

»Ulfert Fiskin ist mein Name«, stellte er sich vor. »Ganz zu Euren Diensten.«

»Guten Morgen, Ulfert«, begrüßte Rhiana ihn bemüht, sich ihre Enttäuschung über die heruntergekommene Gestalt nicht anmerken zu lassen. Es stand ihr nicht zu, den Mann dafür zu verurteilen, dass er sich keine bessere Kleidung leisten konnte. Sie fragte sich allerdings, ob die Sachen deshalb auch voller speckiger Flecken sein mussten, als wären sie noch nie gewaschen worden. »Du bist also der Führer, den Callan uns empfohlen hat?«, vergewisserte sie sich.

»So ist das wohl, Herrin«, bestätigte er grinsend.

Finni tarnte ihre Grimasse angesichts seines Gebisses als Lächeln. »Und du weißt tatsächlich, wo diese *Insel der Nebelgeister* ist?«, fragte sie.

»Klar«, behauptete er im Brustton der Überzeugung. »Die kennt doch jeder im Delta.«

»Ach«, machte Rhiana mit irritiert gehobenen Augenbrauen. »Aber Callan hat gesagt, er habe noch nie davon gehört.«

Ulfert zuckte unbeeindruckt die Achseln.

»Das Jungchen ist ja auch noch grün hinter die Ohren, nicht wahr?«, meinte er nur. »So grün, wie Eure Ohren spitz sind, Herrin«, fügte er zu Finni gewandt hinzu. »Wenn mir so 'ne Bemerkung gestattet ist.«

»Aber nur einmal«, warnte die Halbelfe.

»Ich denke, wir sollten die Pferde holen und nicht länger hier herumtrödeln«, sagte Rhiana schnell, um vom Thema abzulenken.

»Pferde?«, wiederholte Ulfert. »Nee, Herrin, lasst die Pferde man hier. Die sind zu schwer und sinken viel mehr ein als wir. Ihr würdet sie immer bloß führen müssen.«

Ein Fußmarsch also, dachte die Prinzessin und spürte das Gewicht ihres Kettenhemdes gleich noch einmal so drückend. Sie erwog, die Rüstung in Havena zurückzulassen, entschied sich aber dagegen. Auch wenn sie vorsichtig waren, stand zu befürchten, dass ihre Gegner Wind von der Unternehmung bekamen und sie verfolgten. Sie wollte in einem Kampf nicht völlig schutzlos dastehen.

»In Ordnung, dann gehen wir eben zu Fuß«, willigte sie ein.

Diese Änderung ihrer Pläne erforderte jedoch, dass sie ihre

Ausrüstung daran anpassten. Ihr Führer wartete geduldig auf der Straße, während Rhiana und Finni bei einem Schuster gebrauchte, feste Stiefel für die Halbelfe erstanden und ihre Satteltaschen zu Geld machten, um sich Rucksäcke kaufen zu können, auf die sie auch die Decken schnallten, die für gewöhnlich so praktisch auf den Pferderücken unterkamen.

»Puh, ist das schwer«, maulte Finni, als die kleine Gruppe endlich losmarschierte. »Wir sollten wenigstens einen Lastesel mitnehmen.«

»Esel vertragen die Feuchtigkeit im Sumpf ganz schlecht«, behauptete Ulfert. »Die werden krank davon.«

»Und wer fragt, ob ich das aushalte?«, beschwerte sich die zarte Halbelfe. »Wir könnten ja menschliche Träger anheuern.«

Rhiana schob das ungewohnte Gewicht auf ihrem Rücken zurecht und warf Finni einen besorgten Blick zu. Ihre Freundin war sehr schmal, aber viel stärker, als sie auf den oberflächlichen Betrachter wirkte.

»Ich weiß, dass es anstrengend wird, aber wenn wir noch mehr Leute mitschleifen, können wir auch gleich einen Aushang am Markt aufhängen«, meinte sie.

»Auch wieder wahr«, gab Finni zu. »Wir werden es schon schaffen.«

»Und das Gepäck wird ja auch jeden Tag leichter«, vertröstete Rhiana sie. »Der Proviant schwindet bestimmt schneller als uns lieb ist.«

Eisfell stand mit aufmerksam gespitzten Ohren im Bug des Nachens, mit dem Ulfert Fiskin sie über den See ruderte. Rhiana und Finni saßen im Heck und bemühten sich, dem Mann nicht allzu schadenfroh beim Arbeiten zuzusehen, obwohl sie nach dem zweistündigen Marsch von Havena nach Gwydin froh waren, ihr Gepäck absetzen und die Beine ausstrecken zu können.

Der Weg hatte sie durch einige Dörfer geführt, wo man die Fremden unter ihren Kapuzen misstrauisch beäugt, aber ihren

Gruß doch höflich erwidert hatte. Je weiter sie sich von der Stadt entfernt hatten, desto seltener waren die Ansiedlungen geworden und desto ärmlicher die Bauernkaten. Es sah aus, als würden die ohnehin niedrigen Häuser von den dicken Reetdächern immer weiter in den weichen Boden gedrückt. Am Ende der allmählich zum schmalen Pfad geschwundenen Straße hatten sie Gwydin erreicht, wo abgemagerte Kinder in löchrigen Lumpen sie umringt und um Brot gebettelt hatten. Während Ulfert sich rasch aus dem Staub gemacht hatte, um ein Ruderboot aufzutreiben, waren Rhiana und Finni mit den hungrigen Kleinen zurückgeblieben und hatten eine volle Tagesration Proviant verschenkt. Zu sehen, wie die Kinder mit schmutzigen Fingern und ängstlichen Blicken zu den älteren Kumpanen Zwieback und Äpfel in sich hineingestopft hatten, konnten die Freundinnen kaum ertragen.

»Warum sind die Menschen hier so entsetzlich arm?«, erkundigte die Prinzessin sich nun, da sie wieder für sich waren, bei ihrem Führer. »Sie haben doch Felder und Vieh.«

Ulfert grunzte. Es gelang ihm nur schlecht, seine Ungehaltenheit über die Naivität seiner Auftraggeberin zu verbergen.

»Habt Ihr die Tiere nicht gesehen, Herrin?«, fragte er. »Die bestehen doch nur aus Haut und Knochen. Die Frau Peraine spendet dem Moor keinen Segen. Der Boden nährt seinen Bauern hier nicht. Wir sagen: Das Muhrsape ist nicht Fisch und nicht Fleisch.«

»Und was heißt das?«, wollte Finni wissen.

Ulfert hatte zu seinem ewigen Grinsen zurückgefunden. »Dass der Sumpf zwischen Efferds Reich und Peraines liegt, aber keiner will ihn so recht haben«, erklärte er.

»Sieht so aus, als ob das den Nagel auf den Kopf trifft«, meinte Rhiana und stellte fest, dass sie dringend ein wenig über Landwirtschaft lernen musste, wenn sie ihren Talaniern zu einer brauchbaren neuen Heimat verhelfen wollte.

Die Sonne durchbrach den morgendlichen Dunst, der sich bald völlig aufgelöst hatte, und stand nun schon am höchsten Punkt. Rhiana und Finni wurde es unter ihren Umhängen sogar zu warm, sodass sie sie ablegten. Weit und breit waren nur noch Wasser und das einsame, meist mit Schilf bestandene Ufer des Sees zu sehen. Sich unter Kapuzen zu verstecken, wirkte eher lächerlich.

Ulfert geriet bei seiner Arbeit ins Schwitzen, was die Frauen an dem Geruch merkten, der bei jedem Ruderschlag zu ihnen geweht wurde. Ihr Führer wählte nicht den geradlinigen Kurs über die etwa eine Meile breite Wasserfläche, sondern hielt sich westlich. Nach einer weiteren Stunde verschwanden die Rauchfahnen über den Häusern von Gwydin endgültig hinter einer Landzunge, wo Ulfert in einen schmalen, natürlichen Kanal hineinsteuerte. Verblichene Sauergräser säumten diesen Weg, und Finni fragte sich, wie es möglich war, dass die Seggen vertrockneten, obwohl sie doch im Wasser standen. Vereinzelt flogen kleine, unscheinbare Vögel aus dem Ried auf. Ansonsten erblickten die Freundinnen kein Anzeichen von Leben, was trotz des freundlichen Sonnenscheins auf ihre Stimmung drückte. Der Winter streckte seine Fühler nach dem Delta aus, das mit jedem Tag tiefer in totgleichen Schlaf sank, um vom fernen Frühling zu träumen.

Da es nichts Spannendes zu sehen gab, hatte Eisfell sich längst am Boden des Nachens zusammengerollt, als Ulfert das Ende des engen Wasserlaufs erreichte und das Boot auf einen Arm des Großen Flusses hinausruderte.

»Wenn das so weitergeht, wird die Reise gar nicht so anstrengend wie befürchtet«, freute sich Finni.

»Tja«, schnaubte ihr Führer. »Damit ist aber gleich Schluss. Wir legen da drüben an, und dann müsst Ihr doch ein wenig laufen.«

»Ich hab's geahnt«, sagte die Halbelfe lachend.

Ulfert lenkte den Nachen an eine sandige Stelle des gegenüberliegenden Ufers. Offenbar legten hier auch andere Moorgänger an, denn ein weiterer Kahn dümpelte im behäbig dahinfließenden Wasser, und ein schmaler Pfad wand sich zwischen verfilztem Weidengestrüpp hindurch. Eisfell spürte, dass etwas vor sich ging, was ihn sofort auf die Beine brachte.

Er sprang mit einem eleganten Satz an Land und erkundete das neue Terrain. Seine menschlichen Begleiter kletterten nicht ganz so geschickt aus dem Boot, das Ulfert an einem Strauch vertäute, aber es gelang ihnen, keine nassen Füße zu bekommen. Sie schulterten ihr Gepäck und marschierten los.

Hinter dem Gesträuch verlor sich der viel versprechende Trampelpfad jedoch sogleich in einer feuchten Wiese. Rhiana und Finni folgten ihrem Führer, der südwestliche Richtung einschlug und auf einen entfernten Wald zuhielt. Der Boden gab unter ihren Schritten stets ein, zwei Finger nach, aber unter einem Sumpf verstanden die beiden doch etwas anderes.

Die Praiosscheibe eilte immer schneller dem Horizont entgegen. Die Tage waren Anfang Boron schon zu kurz, um ordentlich voranzukommen. Ulfert entschied, an einer trockenen Stelle des Erlenbruchwaldes das Nachtlager aufzuschlagen, um nicht in nasserem Gelände von der Dunkelheit überrascht zu werden. Eine Wache aufzustellen, hielt er nicht für nötig, aber Rhiana schärfte Eisfell ein, gut aufzupassen, und schlief mit der Hand am Schwertgriff. Sie tat es allerdings weniger aus Angst vor wilden Tieren, sondern weil sie ihrem Führer nicht ganz traute. In Havena kursierten genügend Geschichten von Reisenden, die von Räubern in die Sümpfe gelockt worden und nie zurückgekehrt waren.

Am nächsten Morgen packten die drei Wanderer ihre klammen Decken ein und brachen wieder auf. Trotz der sternenklaren Nacht folgte kein herrlicher Sonnenaufgang. Stattdessen stieg aus den feuchten Niederungen immer mehr Nebel auf. Im Schutz der kahlen Bäume, an deren Zweigen nur noch wenige hartnäckige Blätter klebten, hatte es zwar keinen Frost gegeben, aber die feuchte Kälte kroch Mensch und Tier lähmend in die Glieder. Alle schritten eilig voran, um ihre Körper von innen zu wärmen.

In dem grauen Dunst konnten Rhiana und Finni nur schätzen, in welche Richtung Ulfert sie führte. Es ging noch eine ganze Weile über die raschelnde Laubdecke des weglosen

Waldes, dann wechselten nasse, mit Weiden- und Erlendickicht bestandene Senken mit trockeneren, aber sehr weichen Wiesen. Kurz nach der Mittagsrast kam die Sonne wieder zum Vorschein, und die Freundinnen stellten fest, dass sie mittlerweile wieder nach Südwesten gingen, obwohl Finni geschworen hätte, ursprünglich Richtung Osten gegangen zu sein.

»Du wirst dich im Nebel eben getäuscht haben«, vermutete Rhiana. »Was für einen Sinn hätte es schon, uns im Kreis zu führen?«

»Was weiß denn ich?«, flüsterte die Halbelfe. »Findest du nicht auch, dass er plötzlich viel fröhlicher ist? Er pfeift sogar ein Liedchen vor sich hin. Das hat er gestern den ganzen Tag nicht gemacht.«

»Deswegen ist er verdächtig?«, fragte Rhiana zweifelnd.

»Ach, vergiss es!«, zischte Finni und lächelte Ulfert zu, der sich umgedreht hatte, weil seine Begleiterinnen zurückgeblieben waren.

Vor ihnen tauchte ein weiteres Waldstück auf. Zwischen weit ausladenden Silberweiden ragten einige mächtige Eschen empor. Finni blickte eher zufällig nach oben, weil ein großes Krähennest im nackten Geäst ihre Aufmerksamkeit erregt hatte, aber plötzlich packte sie die Prinzessin am Arm.

»Da war etwas!«, hauchte sie. »Eine Bewegung in dem hohen Baum.«

Rhiana musterte angestrengt den Waldrand, konnte jedoch nichts Auffälliges entdecken.

»Was auch immer es war, es ist weg«, stellte sie fest. »Ich hoffe, du fängst nicht an, Gespenster zu sehen, nur weil wir in diesem feuchten Loch herumtappen.«

Die Halbelfe wollte gerade zu einer zornigen Antwort ansetzen, als Eisfell innehielt und gebannt auf die Bäume starrte.

»Da ist wohl doch etwas im Busch«, musste Rhiana nun zugeben.

Die beiden Frauen beschleunigten ihre Schritte, um zu

Ulfert aufzuschließen. Der Wolfshund folgte ihnen, blieb aber immer wieder stehen und prüfte, ob der schwache Wind ihm eine Witterung zutrug. Ihr Führer hielt ein kurzes Stück vor dem Waldrand an.

»Ich höre Stimmen«, raunte er.

Tatsächlich drangen nun entfernte Ausrufe und Gelächter an ihre Ohren, aber durch das dichte Unterholz war nicht zu erkennen, was unter den Bäumen vor sich ging. Unschlüssig sah die Prinzessin ihre Freundin an, da gellte ein weiblicher Hilfeschrei zu ihnen herüber. Rhiana zögerte nicht länger, sondern zog ihre Klinge und rannte mitten in den Filz aus dornigen Brombeerranken, Efeu, altem Hopfen, der sich an Äste und Zweige klammerte, und sperrigem Strauchwerk. Finni sah Ulfert an, bevor sie der Prinzessin folgte, aber der hob abwehrend die Hände.

»Das sind bestimmt Piraten. Von denen wimmelt es hier«, behauptete er.

»Feigling!«, schimpfte die Halbelfe und hastete hinter Rhiana her.

Die Prinzessin bahnte sich mit aller Kraft ihren Weg durch das Dickicht. Selbst wenn sie Wert darauf gelegt hätte, die mutmaßlichen Räuber zu überraschen, wäre das in diesem Gelände kaum möglich gewesen, ohne sehr viel Zeit zu verlieren. In den Schreien der unbekannten Frau vermischten sich Wut und Angst, was Rhiana nur noch mehr anspornte. Vor ihr lichtete sich das Unterholz und gab den Blick auf vier üble Gestalten frei, die eine weitere festhielten. Ein Mann und eine Frau hatten die Arme des Opfers gepackt, während einer an dem aufgerissenen Seidenhemd der Gefangenen zerrte, um ihre Brüste vollends freizulegen. Der vierte Kerl war im Begriff, seine Hose zu öffnen.

»Das werdet ihr bitter bereuen!«, fauchte die Erfüllung seiner Begierde und wand sich im Griff ihrer Peiniger wie eine Schlange.

»Und ob! Lasst sie sofort los!«, brüllte Rhiana über den Tumult hinweg.

Die Räuber, allesamt in derbem Leinen, Wolle und rissigem Leder und deutlich besser bewaffnet als gekleidet, drehten sich gelassen um.

»Komm nur her, dann besorg' ich dir's auch!«, lachte der, der sich gerade entblößen wollte.

Er hob ein schartiges Beil und einen Schild vom Boden auf, während sein Kumpan zwei Wurfmesser zog.

Verflucht sei dieses Rondra gefällige Ehrgetue, dachte Finni, als sie hinter Rhiana auf der Bildfläche erschien. *Warum hat sie die Kerle nicht einfach niedergemacht, solange sie konnte?*

Sie griff ebenfalls an ihren Gürtel, um ihre Dolche zu ziehen, erstarrte jedoch mitten in der Bewegung. Eine unmissverständliche Spitze bohrte sich ihr den Rücken.

»Mach' ma' halblang, Lüdde!«, forderte Ulfert. »Hände hoch, wo ich sie sehen kann!«

Rhiana hörte den Mann nicht. Sie konzentrierte sich ganz auf ihren Gegner und wünschte, sie hätte ebenfalls einen Schild, denn der gab dem Räuber einen enormen Vorteil.

»Noch kannst du dich ergeben, Blondchen«, höhnte der. »Wär' doch schade um dein hübsches Gesicht.«

»Quatsch nicht so viel, sondern kämpfe!«, gab die Prinzessin bissig zurück und täuschte einen Ausfall an.

Ich muss ihn zwischen mir und dem Kerl mit den Messern halten, schoss es ihr durch den Kopf. Der Räuber fiel auf die Finte herein, riss seinen Schild hoch, konterte aber sofort mit einem Hieb seines Beils. Rhiana sprang zur Seite, aber der andere Mann war nicht mehr da, wo sie ihn zuletzt gesehen hatte.

Die beiden übrigen Bandenmitglieder hatten ihre Gefangene losgelassen, um zu den Waffen zu greifen. Ihr Opfer riss jedoch blitzschnell der Räuberin neben ihr den Dolch aus dem Gürtel und rammte dem Messerwerfer die Klinge in den Rücken, bevor er Rhiana gefährlich werden konnte. Er sackte zusammen und fiel in träger Bewegung zu Boden.

Finni hörte hinter sich ein leises Knacken, dann ein Knurren und spürte, wie die Rapierspitze verrissen wurde. Sie hechtete aus der Reichweite ihres Gegners, wobei sie sich bereits im Sprung drehte, um ihn wieder im Blick zu haben. Mit der Körperbeherrschung der geschulten Akrobatin balancierte sie ihre Landung auf dem holprigen Untergrund aus. Eisfell hatte seine Zähne in Ulferts Handgelenk geschlagen und den Betrüger damit gezwungen, seine Waffe fallen zu lassen. Der fluchende Mann schwenkte wild den Arm in dem Versuch, den Hund abzuschütteln, aber Eisfell hielt eisern fest. Finni sah, wie Ulfert mit der ungeschickteren Linken schon nach seinem Messer tastete, um den Wolfshund auf andere Art loszuwerden. Mit zwei schnellen Schritten war sie bei ihm und trieb ihm sein eigenes Rapier ins Herz.

»Du wirst keine ahnungslosen Reisenden mehr in den Tod führen«, prophezeite sie dem Sterbenden.

Die Prinzessin und der Anführer der Bande umkreisten sich lauernd. Rhiana durfte nicht Gefahr laufen, dass ihr Schwert sich mit dem Beil ihres Gegners verkantete und ihr aus der Hand gerissen wurde, und der Räuber konnte hinter seinem Schild getrost abwarten, was sie versuchen würde, um seine Abwehr zu durchbrechen. Erneut deutete sie eine Attacke an, brachte ihre Klinge diesmal jedoch sehr viel schneller nach unten und nach links und hieb von dort nach dem Unterarm ihres Kontrahenten, als dieser seinen Gegenschlag anbringen wollte. Das Schwert schlitzte nur eine lederne Armschiene auf. Rhiana sprang enttäuscht zurück. Noch einmal würde der Räuber auf diesen Trick nicht hereinfallen.

Überrascht von der Geschwindigkeit, mit der die Gefangene ihrem Kumpan den Todesstoß versetzt hatte, wichen die beiden anderen Räuber zurück und zogen endlich ihre Waffen. Doch das befreite Opfer ließ ihnen keine Zeit. Die Frau wirbelte herum, wobei ihr rechtes Bein nach oben flog und ihr Stiefel gegen das Kinn des Mannes krachte. Der eigene Schwung ließ sie sich noch einmal um die eigene Achse drehen, bevor sie den Arm mit dem Messer nach vorn schnellen ließ. Aber der Räuber war von ihrem Tritt hintenübergefallen und damit aus ihrer Reichweite. Seine Spießgesellin erkannte, dass die Bande plötzlich nicht mehr in der Überzahl war, und wandte sich zur Flucht. Ihre Gefangene ließ den benommenen Kerl liegen, um mit einem zornigen Aufschrei die Verfolgung aufzunehmen. Sie sprang der Räuberin, die vom dichten Unterholz behindert wurde, förmlich in den Nacken und schlitzte ihr die Kehle auf.

Rhiana verschwendete ihre Kraft nicht mit Schlägen gegen den Schild ihres Gegners. Sie hatte seine Bewegungen nun lange genug studiert und setzte alles auf eine Karte. Mit zum Schlag erhobener Klinge ging sie frontal auf ihn los, als habe sie die Geduld verloren. Der Räuberhauptmann brachte siegessicher grinsend seine Abwehr hoch, aber Rhiana führte keinen Hieb aus, sondern warf sich mit der Schulter gegen ihn, drehte sich am Schild entlang und gelangte dadurch in den Rücken des Mannes, wo sie ihr Schwert in seinen Körper bohrte, bevor er auch nur halbwegs gewendet hatte.

»Zu langsam, du Ratte«, triumphierte sie.

»Achtung, hinter dir!«, schrie Finni.

Die Prinzessin riss noch in der Drehung schützend ihre Waffe hoch, doch es bestand keine Gefahr. Der gestürzte Räuber, der sich wieder aufgerappelt hatte, hastete nur ins Dickicht. Finni wollte einen Dolch nach ihm werfen, aber die Entfernung war groß, und nun geriet ihr auch noch die gerettete Frau in die Quere, die hinter dem Flüchtenden hereilte. Eisfell setzte an, sich an der Hetzjagd zu beteiligen, aber da weder Rhiana noch Finni sich rührten, bremste er ab und sah die beiden erwartungsvoll an.

»Wer flieht, hat sich ergeben, mein Junge«, belehrte die Prinzessin ihn, obwohl sie nicht ernsthaft daran glaubte, dass der Hund sie verstand.

»Also das ist eine gewagte Behauptung«, meinte die Halbelfe skeptisch. »Was machen wir, wenn er mit Verstärkung zurückkommt?«

»Er ist doch kein Soldat, sondern nur ein armseliger Halsabschneider«, wiegelte Rhiana ab. »Seine ganze feige Bande haben wir hier zur Strecke gebracht.«

»Ulfert hätte ich jedenfalls nicht entkommen lassen. Dieser Mistkerl!« Finni spuckte angewidert aus.

»Wir sollten nachsehen, ob er wirklich weg ist«, beschloss Rhiana. »Womöglich hat die Frau, die wir befreit haben, ihn eingeholt, und er bringt sie doch noch um.«

Ihre Freundin folgte ihr zu der Stelle, wo der Mann ins Gebüsch gerannt war. »Ich hatte den Eindruck, dass sie prima allein mit einem Gegner fertig wird, wenn sie niemand festhält.«

»Leider habe ich nicht gesehen, was sie getan hat, aber offenbar war es tödlich«, stimmte die Prinzessin ihr zu.

Vor ihnen tauchte die ungewöhnliche Kämpferin wieder aus dem Unterholz auf.

»Das Schwein ist entwischt«, verkündete sie außer Atem.

Ihr fremdländischer Akzent passte zu den schweren, blauschwarzen Haaren, die sie offen trug, und den braunen, mandelförmigen Augen. Ihre Haut hatte die Farbe dunklen Kupfers, wirkte aber rauh und spröde. Vielleicht vertrug sie die feuchte Kälte des Muhrsape nicht. Das ebenmäßige Gesicht hätte schön sein können, wäre nicht ein Ausdruck von kantiger Härte dazugekommen. Als sie fröstelnd ihr Hemd wieder über ihren kleinen Brüsten schloss, fiel Rhiana auf, dass ihr Körper insgesamt hager war, aber gut trainiert.

»Auch den wird seine Strafe schon noch ereilen«, sagte die Prinzessin zuversichtlich. »Seid Ihr verletzt?«

»Wohl nur ein paar blaue Flecken«, schätzte die Fremde. »Ich danke Euch sehr für Eure Hilfe. Ohne Euch hätte ich mir das Gesindel nicht vom Hals halten können.«

»Nicht der Rede wert.« Rhiana winkte ab. »So wie es aussieht, sollten auch wir von dieser Bande überfallen werden. Unser Führer steckte mit ihnen unter einer Decke.«

»Ist ihm nicht gut bekommen. Mein Name ist übrigens Elidana Geraucis«, stellte sie sich vor. »Ich bin mit einem der Handelsschiffe meines Vaters aus Brabak hergekommen und habe wohl die Gefährlichkeit des Havener Pflasters unterschätzt. Die Kerle haben mich entführt, als ich abends noch im Hafen spazieren war.«

»Ja, es gibt da durchaus berüchtigte Ecken«, sagte die Prinzessin in Erinnerung an ihre unangenehme Bekanntschaft mit einer Würgeschlinge. »Ich bin Rhiana. Das ist meine Freundin Finni und das Eisfell. Komm her, Eisfell!«

Der Wolfshund schnupperte vorsichtig an der Hand, die die Frau ihm hinhielt, und ging dann argwöhnisch wieder auf Abstand. Der fremde Geruch schien ihm nicht zu behagen.

»Tja, das ist wieder einmal ausgezeichnet gelaufen. Jetzt stehen wir ohne Führer mitten im Delta«, lenkte Finni ab.

»Mir hatten sie die Augen verbunden. Ich habe keine Ahnung, auf welchem Weg ich hierher gekommen bin«, entschuldigte sich Elidana. »Glaubt Ihr nicht, dass Ihr zurückverfolgen könnt, wie der Mann Euch hergeführt hat?«

Die Halbelfe runzelte nachdenklich die Stirn. »Der Nebel war ziemlich verwirrend, aber ich hoffe doch, ich schaffe es trotzdem.«

»Das geht nicht, Finni«, mischte sich Rhiana ein. »Selbst wenn du zurückfindest, verlieren wir mindestens vier Tage. Wie sollen wir da jemals rechtzeitig zum Ablegen der Schiffe kommen?«

»Ist das dein Ernst? Du willst auf eigene Faust diese Insel im Sumpf suchen?«, staunte Finni. »Das ist doch irrwitzig!«

Die Prinzessin verzog das Gesicht.

»Mir gefällt das ja auch nicht«, gab sie zu. »Können wir nicht versuchen, uns zur Küste durchzuschlagen? Da soll es einige Fischerdörfer geben. Wenn wir dort einen neuen Führer anheuern, verlieren wir nur halb so viel Zeit.«

Elidana sah zweifelnd von einer zur anderen.

»Mag sein, aber das ist doch trotzdem Wahnsinn«, beharrte die Halbelfe.

»Warum? Ob wir nun planlos Richtung Norden wandern, um Havena zu finden, oder Richtung Westen zur Küste, macht doch überhaupt keinen Unterschied«, argumentierte Rhiana. »In beiden Fällen kennen wir uns nicht aus.«

Finni suchte krampfhaft nach der Schwachstelle dieses Gedankengangs, aber ihr fiel einfach nicht ein, was daran nicht stimmen sollte. Da sie eine Weile nach Südwesten gewandert waren, konnte das Meer sogar näher sein als die Stadt.

»Na, gut, versuchen wir das«, lenkte sie ein.

»Ihr wollt das wirklich machen?«, staunte Elidana. »Ihr seid ja verrückt.«

»Niemand zwingt Euch, uns zu begleiten«, stellte Rhiana klar.

»Nur mein gesunder Menschenverstand«, hielt die Südländerin dagegen. »Allein im Sumpf bin ich so gut wie tot, wenn ich einen Fehltritt mache.«

Die Prinzessin nickte. Es widerstrebte ihr, eine Fremde mit auf die Suche nach dem Vermächtnis ihres Vaters zu nehmen, aber sie konnte es auch nicht mit ihrem Gewissen vereinbaren, die Frau sich selbst zu überlassen. Dann hätte sie Elidana gar nicht erst aus den Händen der Räuber befreien müssen.

»Also kommt Ihr mit uns?«, fragte sie. Wenn alles gut lief, fand sich vielleicht ein Fischer, der die Reederstochter mit seinem Kahn nach Havena brachte.

»Wenn Ihr nichts dagegen habt, halte ich das für die beste Lösung«, antwortete Elidana.

»Natürlich könnt Ihr uns begleiten«, empörte sich Finni. »Das wäre ja noch schöner. Da draußen läuft schließlich immer noch dieser Drecksack herum, der uns entkommen ist. Und wer weiß, wie viele Piratennester es im Muhrsape noch gibt!«

Da hat sie Recht, dachte Rhiana. *Wer weiß, was uns noch alles erwartet. Vielleicht ist eine weitere Kämpferin gar nicht das Schlechteste.*

Kapitel 8

Havena, Anfang Boron 914 BF

Die großen, hölzernen Räder des Karrens knirschten im aufgeweichten Sand und Schlamm der Straße von Nostria nach Havena. Nogaba, der Feuerschlucker, zog seinen breitkrempigen Filzhut tiefer ins Gesicht. Mit seinem dunklen Teint und den schwarzen Haaren liebte er es, sich während der Vorstellung als Tulamide zu verkleiden, aber in diesem vom Wind verwirbelten Nieselregen trug er lieber anständige Fuhrmannskleidung als einen Turban. Hinter ihm flatterte das bunte Segeltuch des Planwagens in der leichten Brise und durch die Erschütterungen des von Füßen, Hufen und Fahrspuren zerwühlten Weges. Auf dem Fell der beiden Maultiere, die den Karren zogen, glitzerten die Tropfen dicht an dicht. Es war nur noch eine Frage der Zeit, bis die Tiere durchnässt sein würden, denn ihre Haare wiesen keine so dicke, schützende Fettschicht auf wie die der drei Pferde, die an der Rückseite des Gefährts angebunden waren.

Thorla, ihr Bruder Albin und der schweigsame Boruntin, die für gewöhnlich neben dem Wagenzug ritten, hatten es bei diesem Wetter vorgezogen, bei Nogaba mit aufzusteigen und ihre Pferde hinterher trotten zu lassen. In fadenscheinige, alte Mäntel gehüllt, saßen sie auf und zwischen ihren Sätteln, am Boden des Karrens verankerten Truhen sowie allerlei abgewetzten Kissen und Strohsäcken und spielten *Boltan*, um sich die Zeit zu vertreiben. An anderen Tagen setzten sie nur Kiesel oder Nüsse auf die Karten in ihren Händen, aber da die fingerfertige Trickserin Natalju nicht dabei war, riskierten die drei Kunstreiter ausnahmsweise ihre knappen Kreuzer.

»Ach, Koboldkacke!«, schimpfte Albin. »Ich passe!«

»Schon wieder?«, wunderte sich seine Schwester, die bereits ausgestiegen war. »Zeig her!«

Ihr Bruder warf sein Blatt auf ihren improvisierten Spieltisch. Boruntin grinste nur und wedelte mit einem handfesten *Fünfas*, das ihm in jedem Fall den Sieg beschert hätte.

»Das gibt es doch gar nicht. Du hast dir von Natalju ein paar Kniffe beibringen lassen«, unterstellte Thorla.

Ihr Gegenüber setzte eine beleidigte Miene auf und strich seinen Gewinn ein.

»Ich will auf jeden Fall Revanche«, verkündete die Artistin.

»Macht, was ihr wollt!«, grollte Albin. »Mir habt ihr beiden schon das letzte Hemd ausgezogen.«

Er stand auf und balancierte gebückt in dem ruckenden Gefährt nach vorn, um hinter Nogaba den Kopf aus dem Wageninneren zu strecken.

»Wie sieht's aus?«, erkundigte er sich mit gegen den feinen Niederschlag zusammengekniffenen Augen. »Sind wir denn bald da?«

Der Feuerschlucker zuckte die Achseln. »Weiß nicht. Wenn ich aufschaue, werd' ich bloß nass. Also schau ich nicht auf.«

Der kleine, muskulöse Albin lachte. »Das ist einleuchtend, mein Freund. Du könntest verlöschen wie eine von deinen Fackeln.«

Er reckte sich, um an den beiden Planwagen vorbeizulugen, die vor ihnen herfuhren. Auch diese beiden Karren wurden von Maultieren gezogen, und zwei weitere Langohren marschierten als Reserve hinterdrein. Dazu gesellte sich ein zotteliger Esel, dessen Passer sie zu ihrem Bedauern im wilden Nostria an ein Rudel Wölfe verloren hatten.

Auf dem Bock des vordersten Wagens saß der gutmütige Hüne Gomm. Er hatte die Mauern Havenas durch die grauen Schleier bereits erspäht, wirkte aber keineswegs erleichtert.

»Wir sind gleich da, Leute«, rief er seinen Begleitern zu.

»Dann werden wir ja sehen, ob es klappt«, meinte Connair zu Branwen.

Die beiden fuhren in dem von Gomm gelenkten Fuhrwerk

mit. Branwen, eine ältere Frau in mehreren Schichten verwaschener, rötlicher Röcke und einer grünen Wolljacke, hatte ihre ergrauten Haare zu einer adretten Hochfrisur aufgesteckt, um einen möglichst ordentlichen Eindruck zu machen. Meistens beeindruckte sie damit die einfachen Bauern und Tagelöhner, die zu ihr kamen, um sich aus der Hand lesen und die Zukunft deuten zu lassen, doch in diesem Fall legte sie es darauf an, die Stadtwachen gnädig zu stimmen. Connair, der ihr einen polierten Kupferkessel als Spiegel hatte halten müssen, fand das Ergebnis ihrer Bemühungen recht ansehnlich. Wie eine verlotterte Herumtreiberin sah sie gewiss nicht mehr aus.

Er selbst trug ein geflicktes, aber sauberes Hemd und sein abgeschabtes Lederwams. Selbst der rote Wirrwarr auf seinem Kopf war mit einem Kamm beehrt worden. Branwen wagte nicht, es ihm zu sagen, aber mit seinem Stoppelbart, den unzähligen Narben und vor allem dem Fehlen seiner Beine, von denen nur noch zwei Stümpfe geblieben waren, hätte sogar königlicher Hermelin keinen ehrlich und unverdächtig wirkenden Mann aus ihm gemacht. Die Vorurteile von Gardisten waren da unerbittlich.

Die Gaukler näherten sich dem von zwei runden Türmen flankierten Nostrianer Tor. Sie waren die einzigen Reisenden weit und breit, abgesehen von einer Bäuerin, die ihnen mit einer leeren Kiepe auf dem Rücken entgegenkam. Hinter der Stadtmauer ragte im Dunst der Fürstenpalast auf, der bei schönem Wetter einen prachtvollen Anblick bot. An diesem Tag klebten die Banner Havenas und Albernias jedoch schwer vom Regen an ihren Masten und rührten sich kaum, was dem ganzen Bauwerk einen traurigen, unbelebten Anstrich gab.

Hoffentlich ist das kein schlechtes Omen, dachte Nogaba.

Der Wachposten, der gerade die Bauersfrau lässig durchgewinkt hatte, stand gelangweilt im Schutz des Torbogens an die Mauer gelehnt und sinnierte vor sich hin. Erst als er die drei bunt bemalten Planwagen unter seinem konischen Helm hervor erblickte, kam Leben in den Mann. Gomm beobachtete, wie der Stadtgardist hastig zum Eingang der Wachstube lief, um seinen Kameraden zu melden, dass es Arbeit gab. Während die Gesetzeshüter eilig ihre Schwerter gürteten und die über den Harnischen getragenen Wappenröcke wieder zurechtzogen, schickte Branwen ein Stoßgebet zu Phex, dass ihre Lüge nicht auffliegen möge. Die Kutscher zügelten ihre Maultiere kurz vor dem Tor, wo ihnen die vier Bewaffneten bereits entgegenkamen.

»Steig ab, Gomm!«, bat Connair von hinten. »Die Biester werden schon stehen bleiben. Hilf mir lieber, damit ich nicht zu diesen Kerlen aufschauen muss!«

Der Hüne kletterte umständlich hinunter, als vollführe er gewagte Akrobatik, und begab sich zur Rückseite des Gefährts, wo Branwen ihm ein Holzgestell reichte, das er sich auf die breiten Schultern lud. Dabei ignorierte er, ohne es recht zu merken, den Korporal, der ihm verwundert zusah. Geschickt nahm Connair nun in der Trage Platz, und Gomm drehte sich, damit sie die Gardisten ansehen konnten.

»Praios zum Gruß«, flötete Branwen, die hinter dem Hünen vom Wagen gekrabbelt war, um sich nun vorzudrängen.

»Praios auch mit dir«, antwortete der Wachoffizier irritiert. Er ließ einen prüfenden Blick über den farbenfrohen Zug schweifen, bevor er weitersprach. »Mir scheint, ihr seid Gaukler und Schausteller und wollt in unserem reichen Havena euer Glück versuchen.«

»Ihr seid überaus scharfsinnig, Herr Hauptmann«, schmeichelte Branwen. »Ich bin sicher, dass unsere einzigartigen Kunststücke das hiesige anspruchsvolle Publikum bestens unterhalten werden. Wir bitten Euch, uns eine Genehmigung für ein paar Auftritte zu erteilen.«

»Mein Rang ist der eines Korporals«, stellte der Mann unbeeindruckt richtig. »Und für eine Genehmigung ist man im Stadthaus zuständig. Zunächst müssen meine Männer überprüfen, ob ihr tatsächlich keine Waren oder gesuchte Verbrecher in die Stadt zu schmuggeln versucht.«

»Selbstverständlich, werter Herr«, ließ Connair sich vernehmen, aber der Gardist wandte sich bereits an seine Untergebenen.

»Ich will die Karren gründlich gefilzt haben. Jeder einen Wagen!«, kommandierte er. »Du, Frau, lass alle deine Leute absteigen, damit ich sie sehen und befragen kann.«

»Jawohl, Herr Korporal«, antwortete Branwen im Chor mit der Stadtwache.

Connair konnte sich ein Schmunzeln nicht verkneifen.

»Du!«, blaffte der Offizier ihn an, während seine Männer und ihre Kameradin ausschwärmten und die Gaukler ihre Fuhrwerke verließen. »Was hast du zu grinsen? Du siehst mir ohnehin nicht wie ein Artist aus.«

»Oh, das bin ich aber, verehrter Korporal«, versicherte Connair. »Ihr habt Recht. Früher war ich ein Soldat und habe auf vielen Schlachtfeldern gedient. Seit mir jedoch meine Beine genommen wurden, muss ich mich ganz auf meine Arme verlassen. Es erstaunt die Zuschauer sehr, zu welchen Dingen ein Mann fähig ist, der nicht einmal mehr laufen kann.«

»So, so«, sagte der Gardist gleichgültig. »Was werden das schon für Wunder sein?«

Er wartete keine weitere Antwort ab, sondern blickte stattdessen Gomm an. »Und du?«

Der Hüne hob überrascht die Augenbrauen. In seiner Naivität hatte er nicht damit gerechnet, dass jemand so Unbedeutendes wie er überhaupt befragt werden würde.

»Ich … äh … ich bin ein Jahrmarktskämpfer, Herr«, stammelte er. »Ich ringe mit jedem, der gegen mich antreten will.«

»Er ist auch ein ausgezeichneter Faustkämpfer«, fügte Connair hinzu. »Seit zwanzig Kämpfen ungeschlagen.«

»Das bezweifle ich nicht«, meinte der Korporal und straffte sich, als müsste er hervorheben, dass er mit seiner Klinge und der Rüstung trotzdem einen unbezwingbaren Gegner für den Riesen darstellte.

Er schoss Connair noch einen tadelnden Blick zu, bevor er sich wieder an die zurückgekehrte Branwen wandte, die ihn freundlich anlächelte.

»Bist du einfach nur die Anführerin dieses Haufens, oder beteiligst du dich auch an der Vorstellung?«

»Meine Gabe ist es, Euch zu wahrsagen«, erklärte sie und griff nach seiner Hand. »Wollt Ihr Eure Zukunft erfahren?«

»Lass das!«, forderte der Korporal und schüttelte sie hastig ab. »Es kann dir als Vergehen ausgelegt werden, einen Gardisten in Ausübung seiner Pflicht anzufassen.«

»Vergebt mir, Herr«, bat Branwen. »Ich wollte Euch nur gefällig sein.«

Der Wachoffizier schüttelte den Kopf.

»Weiter hier! Was bist du für eine ... Künstlerin?«, fragte er die schlanke, hoch gewachsene Eillyn, die ihren von ihr selbst mit arkanen Symbolen bestickten, alten Samtumhang – das Geschenk eines Bewunderers – gegen eine Jacke aus blauem und gelbem Tuch vertauscht hatte.

Branwen hielt unwillkürlich den Atem an. Natürlich war das unnötig, denn die junge Frau wäre niemals so dumm, mit ihren magischen Fähigkeiten zu protzen, wenn so viel davon abhing. Aber eine Lüge blieb eine Lüge und löste in der Wahrsagerin allein schon die Angst aus, erwischt zu werden.

»Ich beherrsche Akrobatik«, erwiderte Eillyn brav.

Damit sagte sie sogar die Wahrheit, verschwieg eben nur ihre natürliche Begabung für kleine Zauberkunststücke. Trotzdem gefiel dem Korporal irgendetwas an ihrem Gesicht nicht. Vielleicht bebte ihre Lippe, oder ihre Wangen hatten sich leicht gerötet. Jedenfalls musterte der Mann sie misstrauisch. Eillyn fasste sein Zögern ganz richtig als Zweifel an ihrer Behauptung auf. In ihrer aufwallenden Panik entschloss sie sich rasch zu einer kleinen Demonstration ihres Könnens. Sie schlug ein vollendetes Rad, stand wieder kerzengerade und schloss einen Salto rückwärts an. Zwei der Gardisten klatschten spontan Beifall, was ihnen allerdings die weniger erwünschte Aufmerksamkeit ihres Befehlshabers eintrug.

»Seid ihr schon fertig?«, erkundigte sich der Offizier. »Dann haltet hier nicht Maulaffen feil, sondern erstattet mir gefälligst Bericht!«

»Nur oller Plunder und Flitterkram, Herr Korporal«, meldete einer der beiden.

Der andere nickte dazu, während die Gardistin gerade aus dem ihr zugeteilten Wagen stieg.

»Hier ebenfalls«, bestätigte sie.

»Na, gut«, meinte der Korporal, hinter dessen Rücken sich Eillyn angewidert den Straßendreck von den Händen wischte.

Er richtete seinen Blick auf die junge, zierliche Natalju und schien die verdächtige Artistin bereits vergessen zu haben. Branwen tauschte mit Connair einen erleichterten Blick aus.

»Ich bin Messerwerferin«, gab das Mädchen vor, denn es schien ihr wenig ratsam, dem Gardisten auf die Nase zu binden, dass sie daneben auch noch Karten- und andere Taschenspielertricks vorführte.

»Aha«, machte der Offizier, schenkte ihr jedoch keine weitere Beachtung, da die seltsame Gestalt daneben sehr viel mehr Fragen aufwarf. »Und welche ›hohe Kunst‹ übst du aus?«

Jerrilu hatte die Kapuze seines groben, geflickten Umhangs so weit ins Gesicht gezogen, dass nur die Spitze seiner großen Nase und ein paar unbändige Locken seiner feuerroten Perücke daraus hervorragten. Er beugte den Rücken und hielt dem Gardisten seine Finger wie eine gichtig verkrümmte Klaue entgegen.

»Sieht man das nicht?«, nuschelte er wie ein zahnloser Greis. »Ich bin Bettler. Hast'e ma'n Dukat?«

Der Korporal stutzte über so viel Dreistigkeit, während einige der Gaukler sich nicht verkneifen konnten, vor Lachen loszuprusten.

»Jetzt ist nicht der richtige Moment für deinen Unsinn, Jerrilu«, ermahnte Connair, um die Situation zu retten. »Ihr müsst ihm verzeihen, Herr. Er ist unser Spaßmacher und erheitert das Publikum mit seinen Witzen.«

»Ich bin jetzt nicht in der Stimmung für alberne Scherze!«, herrschte der Offizier den Clown an.

Jerrilu warf sich sofort in eine stramme Stellung und salutierte.

»Jawoll, Herr General!«

Connair hätte seinen Kumpan am liebsten erwürgt.

»Noch so eine Unverschämtheit, und du kannst deine Possen vor dem Kerkermeister reißen!«, drohte der Korporal. »Wie viele seid ihr denn noch? Du, was machst du?«

Tsalita, eine Frau mittleren Alters mit einfachem Gemüt, blickte den Gardisten unter ihrem bunten Kopftuch hervor treuherzig an. Das harsche Auftreten von Wachmännern flößte ihr stets großen Respekt ein, sodass sie eingeschüchtert und ängstlich aussah.

»Ich kann mein Gesicht verändern, Herr«, antwortete sie kleinlaut.

Der Offizier runzelte die Stirn. »Wie habe ich das jetzt zu verstehen?«

»Mein Gesicht besteht aus einem besonderen Gewebe, Herr. Wenn ich mit einer Perücke nachhelfe, kann ich aussehen wie jeder beliebige Mensch unter den Zuschauern«, erklärte sie.

»Es ist höchst beeindruckend«, warf Branwen ein. »Wollt Ihr es einmal sehen?«

»Ja, ich glaube, das muss ich«, stimmte der Korporal zu.

Seine Leute näherten sich neugierig, um die Vorstellung ja nicht zu verpassen. Tsalita betrachtete ihr Gegenüber eingehend und konzentrierte sich. Ganz allmählich veränderten sich ihre Züge. Ihre Nase wurde breiter, das Kinn trat markanter hervor. Ihre Haut verlor ihre weibliche Glätte, bekam größere Poren und den Schatten eines rasierten Barts. Schließlich glich ihr Gesicht so sehr dem des Korporals, dass jenem für einen Augenblick der Mund vor Staunen offen stand.

»Das … das ist Magie«, krächzte er.

»Nein, nein«, beeilte Branwen sich zu sagen. »Es ist nur eine Besonderheit in ihrer Familie. Sie braucht keine Zauberei dazu.«

»Willst du mich für dumm verkaufen?«, empörte sich der Korporal, der sich von seinem Schreck erholt hatte. »Ist sie ein Mensch oder nicht?«

Tsalita, die sich gerade zurückverwandelte, kauerte sich

getroffen zusammen. Zu oft hatte sie in ihrem Leben Spott und Anfeindungen über sich ergehen lassen müssen von Leuten, die sie für ein exotisches Tier hielten und ihr die Menschlichkeit absprachen.

»Sie ist ein Mensch«, verteidigte Connair sie. »Müsst Ihr sie derart beleidigen?«

»Ich will ja gerne zustimmen, dass sie das ist«, behauptete der Gardist. »Aber ich habe noch nie von jemandem gehört, der sich auf diese Weise verändern kann. Daraus folgt: Wenn sie ein Mensch ist, dann benutzt sie Magie. Punktum.«

Er schien sehr stolz auf seine unbestechliche Logik zu sein.

»Aber eine Peraine-Priesterin hat…«, wandte Branwen ein, doch der Korporal fiel ihr ins Wort.

»Du kannst mir viel erzählen«, wehrte er ab, woraufhin nun alle Gaukler wild auf ihn einzureden begannen.

»Ruhe!«, brüllte der Offizier. »Oder ich lasse euch alle einsperren! Diese Frau benutzt Magie. Ich will keine Widerrede mehr hören. Wie euch vielleicht bekannt ist, herrscht in unserer Stadt strengstes Magieverbot. Ich muss euer Anliegen daher abweisen. Ihr dürft nicht in Havena auftreten.«

»Und wenn wir Tsalitas Kunststück aus der Vorführung streichen?«, hoffte Branwen.

»Es bleibt bei meinem Nein. Wer soll denn kontrollieren, ob ihr das tatsächlich einhaltet? Und wer weiß, was sie noch so treibt, das ihr keine Zauberei nennt?«

Die Gaukler ließen betrübt die Köpfe hängen.

»So, nachdem das geklärt wäre, stehlt mir nicht länger die Zeit und dreht um!«, ordnete der Korporal an.

»Aber…«, setzte Connair an und machte eine beschwichtigende Geste, als der Offizier ihn mit Blicken zu erdolchen drohte. »Ich habe verstanden, dass Ihr uns nicht in Eurer Stadt haben wollt«, versicherte er schnell. »Es geht mir um etwas anderes.«

»Was?«

»Wir sind durch das Seenland hierher gekommen, und es ergibt für uns wenig Sinn, dorthin zurückzukehren«, erklärte er. »Die Leute dort kennen unsere Vorstellung nun schon. Entlang der Reichsstraße waren wir auch erst kürzlich. Dürften wir Havena durchqueren, um jenseits der Stadt auftreten zu können?«

»Fahrt eben außen herum!«, mischte sich ein anderer Gardist ein.

»Aber innerhalb der Stadtmauern gibt es eine Brücke. Die nächste ist mehrere Tage entfernt. Bitte, Herr Korporal«, flehte Branwen.

»Also schön«, gab der Offizier nach. »Ihr könnt passieren. Allerdings werde ich euch zwei Männer mitgeben, die euch im Auge behalten, damit ihr den kürzesten Weg nehmt. Keiner entfernt sich von der Gruppe, auch nicht für Einkäufe oder andere Mätzchen! Ihr fahrt ohne Aufenthalt durch das Südtor wieder hinaus! Haben wir uns verstanden?«

Eifriges Nicken um ihn her.

»Ich danke Euch vielmals, Herr Korporal«, sagte Branwen höflich.

Er winkte ab. »Misla, Ardan, ihr übernehmt das!«, wies er seine Untergebenen an, die daraufhin vor und hinter dem Zug Aufstellung nahmen. Ihr Befehlshaber marschierte in seine trockene Stube zurück und überließ das Wachehalten der verbliebenen Gardistin.

»Freunde, ihr habt's gehört«, sagte Connair leise zu den anderen. »Wir müssen uns mit einem Platz außerhalb der Mauer begnügen. Aber vielleicht gelingt es uns ja, die Havener aus ihren Löchern zu locken. Also macht Werbung, was das Zeug hält!«

»He! Wird das jetzt bald was?«, rief einer der Stadtwächter.

Die Gaukler verteilten sich wieder auf ihre Wagen und setzten die Gespanne in Bewegung. Mit lautem Gedröhn rumpelten die Karren über das Pflaster durch das Tor. Dahinter schloss sich die breite, sauber gefegte Nostrische Landstraße an, die durch Havenas reichstes Viertel, Oberfluren, führte. Hier reihten sich die großen Häuser und Anwesen der Adligen und der besonders wohlhabenden Kaufleute auf, um sich im erhebenden Abglanz des Fürstenpalastes zu sonnen. Außer ein paar Dienern in ordentlicher Livree und einer teuren, mit feurigen Elenvinern bespannten Kutsche begegnete ihnen niemand.

Während Branwen ihre Lippen rot färbte und ihre Augenbrauen mit Kohle nachzog, betrachtete Connair neidlos die aufwändigen Fassaden.

Schön haben sie's hier, viel Grün in den Gärten und so wenig Schmutz, dachte er bei sich. *Aber es wirkt recht ausgestorben mit so wenigen Leuten auf den Straßen. Ob sie da nicht einsam sind?*

»Ich wollt' hier nicht leben«, brummte Gomm, als hätte er die Gedanken seines Freundes gelesen. »Die sehen alle nicht fröhlich aus.«

Der Gardist, der vor ihnen herstapfte, bedeutete dem Hünen, nach links abzubiegen. Sie hielten nun auf die prunkvolle Residenz des Fürsten zu, die von einer sieben Schritt hohen Mauer umfasst wurde. Die Gaukler verbogen sich die Hälse, um im Vorüberfahren zu den zehn Schritt hohen Türmen aufzusehen, die an jeder Ecke aufragten, und sie alle hätten zu gerne einen Blick hinter dieses unüberwindlich erscheinende Hindernis geworfen. Über den prächtigen Fürstenhof erzählte man sich in ganz Albernia die unglaublichsten Gerüchte.

Ihr Weg führte jedoch wiederum nach links, an einem Gebäude vorüber, das durch die vielen Gardisten auffiel, die dort Wache hielten und die bunten Wagen voller neugierigem »Gesindel« argwöhnisch beobachteten. Aus dem Inneren der Reichsmünze, wo wegen der Unruhe über das führungslose Gareth zur Zeit nur albernisches Geld geprägt wurde, drang das gedämpfte Knallen der Hämmer und gab den Gauklern weitere Rätsel auf.

Vor ihnen öffnete sich die Straße auf einen kleinen Platz. Gegenüber herrschte reges Treiben. Branwen packte erschrocken Connairs Arm. Etliche ein- und ausgehende Soldaten ließen keinen Zweifel daran, das sie die Garnison Havenas vor sich hatten, wo auch die Stadtwache untergebracht war. Aber ihr Begleiter winkte ihnen, sich rechts zu halten und den Platz wieder zu verlassen. Die Wahrsagerin atmete erleichtert auf.

Endlich erreichten sie dichter bebaute, weniger vornehme Bereiche der Neustadt. Hübsch bemalte Schilder verführten zu beiden Seiten, hier ein neues Gewand und dort eine Auswahl Gewürze aus fernen Ländern zu erstehen. Gepflegte, gastliche Hotels und Tavernen luden den müden oder durstigen Reisenden zum Verweilen ein, und Handwerker aller Künste wetteiferten mit Krämern um die interessierte Kundschaft. Zwischen all diesen Geschäften wimmelte es von Menschen. Wohlhabende Bürger flanierten durch die Gasse, die ihnen ihre Diener bahnten. Bescheideneres Volk mischte sich mit schaulustigen Fremden, Bauern, die ihr auf dem Markt verdientes Geld ausgeben wollten, und dienstfreien Rekruten. Dazwischen hockten Bettler in schmuddeligen Lumpen am Straßenrand, während aufgeweckte Kinder durch die Menge tobten.

In diesem Gedränge, in das sich mit Ochsen bespannte Fuhrwerke und kleine Eselskarren mengten, kamen die Gaukler nur langsam voran, was ihnen jedoch Recht war. Zum Missvergnügen ihrer Bewacher zogen die bunten Planwagen von allen Seiten Aufmerksamkeit auf sich, und die fahrende Truppe nutzte ihre Chance. Gomm drohte den Passanten gespielt grimmig mit seiner freien Faust. Branwen, die ein schwarzes Schultertuch umgelegt hatte und neben ihn auf den Bock geklettert war, hielt eine Kugel aus trübem Glas in der Hand und vollführte mit der anderen beschwörende Gesten, während sie den Leuten anbot, ihnen zu weissagen. Um den Lärm der Straße zu übertönen, musste Connair, der sich hinten aus dem Wagen beugte, schon beträchtlich seine Stimme heben.

»Kommt und staunt, ihr Leute! Seht Wunder, die ihr noch nie gesehen habt!«, rief er. »Die besten Artisten Albernias werden für euch auftreten. Im Süden vor der Stadt.«

Schon liefen Kinder mit den merkwürdig anziehenden Karren mit, um nur keinen der noch seltsameren Insassen zu versäumen. Jerrilu hatte sich das Gesicht mit greller Schminke bemalt und schnitt seinen kleinen Bewunderern wilde Grimassen oder warf unansehnlichen Damen übertriebene Kusshände zu. Auf dem dritten Wagen hatte Albin die Zügel übernommen, damit Nogaba – nun mit Turban und nacktem Oberkörper – die Menge mit fauchendem Feuerspucken ängstigen konnte. Thorla und Boruntin waren auf ihre noch immer angebundenen Tiere gesprungen und ritten rückwärts, stellten sich freihändig auf den blanken Pferderücken oder stemmten sich mit der Wange am Widerrist in einen wackeligen Kopfstand.

Die Havener quittierten die kostenlose Vorstellung mit anerkennenden Ausrufen, fröhlichen Gesichtern und vereinzeltem Applaus. Ein Bäckermeister warf der bunten Truppe sogar Brötchen zu. Einige Kinder schlossen sich den Gauklern unter begeistertem Gejohle durch ganz Unterfluren bis ans Flussufer an, wo die Straßen wieder weiter wurden und Gärten und kleine Höfe das Bild bestimmten. Hier jagte der hinten marschierende Gardist die kleinen Plagegeister fort, damit sie sich nicht zu weit von ihren Elternhäusern entfernten. Eine breite Holzbrücke führte über das Wasser nach Feldmark, dem dörflichsten Viertel Havenas, das – obwohl von der in diesem Bereich noch im Bau befindlichen Stadtmauer umschlossen – von Bauernhöfen, Windmühlen, Wiesen und Feldern geprägt war. Die Hufe der Pferde und Maultiere erzeugten ein hohles Poltern auf den dicken Balken, als die Gaukler den nördlichsten Arm des Großen Flusses überquerten. Von der Brücke aus hatte man einen schönen Blick zurück auf die Stadt, die Connair wehmütig hinter sich ließ.

So eine riesige, jubelnde Menge, und wir dürfen nicht auftreten, bedauerte er. *Eine Schande ist das, Fürst von Albernia. Eine wahre Schande. Ich wette, selbst du hättest Freude an unserer Darbietung gehabt.*

Schon auf der Brücke schlug ihnen ein widerlicher Gestank entgegen. Außer ländlichen Betrieben beherbergte der abgeschiedene Stadtteil auch eine Reihe von Gewerben, die niemand in seiner unmittelbaren Nachbarschaft haben mochte. Die unverwechselbaren Gerüche kündeten von Gerbereien, und auch die Färber gingen hier ihrem Handwerk nach. Über einen kleinen Seitenarm, in den stinkende und eingefärbte Abwässer mündeten, gelangte die Truppe schließlich zum Südtor. Die Gardisten erklärten ihren wachhabenden Kameraden die Lage, während ein paar Bauern neugierig von ihrer Arbeit aufsahen. Connair lud auch sie ein, ins nächste Dorf zu kommen, um die grandiose Vorstellung zu bewundern. Die beiden Bewaffneten, die sie durch Havena eskortiert hatten, wandten sich zum Gehen, aber zumindest einer der beiden zuckte mit einem entschuldigenden Blick die Achseln, um auszudrücken, dass er anders entschieden hätte.

Schweren Herzens verließen die Gaukler die reiche Stadt und schlugen den Weg nach Süden ein. Vor der nächsten, im Verhältnis allzu kleinen und ärmlichen Ansiedlung fanden sie mehr als genug Ödland, wo sie anhalten und ihre Wagen in einem Dreieck aufstellen konnten, um erst einmal die Lage zu besprechen.

»Wir hätten wissen sollen, dass die Pfeffersäcke uns nicht haben wollen«, maulte Thorla. »Jetzt sind wir den ganzen weiten Weg umsonst gefahren.«

»Warum? Die Leute fanden uns doch gut«, widersprach ihr Bruder. »Selbst in Nostria waren sie nicht so aus dem Häuschen, und das ist auch nicht gerade eine kleine Stadt.«

»Ja, klar haben die sich jetzt gefreut, aber glaubst du im Ernst, dass einer von denen hier heraus spaziert kommt, um uns zu sehen? Nie im Leben!«, hielt seine Schwester dagegen. »Das war eine blöde Idee herzukommen.«

»Ach ja?«, regte Nogaba sich auf. »Meinst du vielleicht, dein Vorschlag wäre besser gewesen? In Andergast vor ein paar im Wald verstreuten Holzfällern antreten?«

Jerrilu schulterte eine imaginäre Axt und schlurfte mit gebeugten Knien und tumbem Gesichtsausdruck an Thorla vorüber, die trotz ihres Ärgers lachen musste.

»Wenigstens hätten die uns nicht fortgeschickt«, beharrte sie dennoch.

»Die Havener haben uns jedenfalls auch nicht abgewiesen, sondern dieser übereifrige Büttel«, warf Connair ein. »Es lag nicht einmal an unserem Plan. Eillyn, du hast dich prima geschlagen.«

»Dafür hat er dann auf Tsalita herumgehackt, dieser Idiot«, meinte die Magiebegabte bedauernd. »Wenn sie so strenge Gesetze haben, sollte wenigstens jemand den Dienst versehen, der tatsächlich etwas von Zauberei versteht. Wir sollten uns im Stadthaus beschweren.«

»Das bringt doch nichts«, wehrte Branwen ab. »Da handeln wir uns nur noch mehr Ärger ein. Du weißt doch, dass fahrendes Volk keine Rechte hat in dieser Welt.«

»Ich schlage vor, wir bleiben hier und warten ab, ob morgen jemand zur Vorstellung kommt«, sagte Connair mit diesem Tonfall, der den anderen signalisierte, dass Widerspruch keinen Sinn mehr machte. »Dann sehen wir weiter.«

Das sollte besser klappen, dachte Branwen. *Wir haben kaum noch Geld, und diese Straße führt nirgendwohin als in den Sumpf.*

Kapitel 9

Muhrsape, Anfang
Boron 914 BF

Die Nacht in der Nähe der Leichen zu verbringen, war nicht gerade förderlich für einen tiefen, erholsamen Schlaf gewesen, obwohl die drei Frauen wegen des überlebenden Räubers abwechselnd Wache gehalten hatten. Der Tag dämmerte trüb und grau herauf. Das mehr qualmende als flackernde Lagerfeuer aus feuchtem Brennholz trug auch nicht dazu bei, die Stimmung des Trios zu heben.

Nach dem nahrhaften Graupenbrei zum Frühstück fühlte Rhiana sich jedoch den Herausforderungen des Moors gewachsen und drängte zum Aufbruch.

»Als ob es hier so gemütlich wäre, dass ich gar nicht fort will«, moserte Finni.

Die Halbelfe suchte den verhangenen Himmel nach einer Spur der Praiosscheibe ab, aber das war vergebens. Sie standen am Rand des Bruchwaldes, wo Ulfert sie am Vortag auf die Stimmen aufmerksam gemacht hatte.

»Du hast den besseren Orientierungssinn von uns beiden«, behauptete Rhiana neidlos. »Was meinst du also?«

»Ich bin mir sicher, dass wir uns mehr südlich als westlich gehalten haben, als wir gestern hierher kamen«, sagte Finni und ahmte die Blickrichtung ihrer Ankunft bei den Bäumen nach. »Demnach müsste das Westen sein.«

Sie deutete nach rechts, den Waldrand entlang.

»Solange mir die Wetterseite der Baumstämme das einigermaßen bestätigt, sollten wir klarkommen«, fügte sie hinzu.

»Und was sagt Eure Erfahrung, Elidana?«, wandte Rhiana sich an die Brabakerin.

»Ha!«, machte diese. »Ich verstehe ein wenig von der Navigation auf See, aber an Land bin ich hilflos wie ein Säugling.«

Sie hatte sich aus den Sachen ihrer Entführer die wärmsten Kleidungsstücke zusammengestellt und trug zwei Dolche und Ulferts Rapier am Gürtel. Einzig die teuren Stiefel aus Iryanleder entstammten ihrem eigenen Besitz. Sie steckte außerdem ihre Barschaft und jene der Räuber ein. Etwas Proviant hatte sich ebenfalls gefunden, nur keine Decke. Stattdessen wählte Elidana einen zweiten Umhang aus, den sie zu einer Rolle verschnürte.

»Womit die Verantwortung mal wieder an mir hängen bleibt«, stellte Finni säuerlich fest. »Gehen wir! Vielleicht klart es ja noch auf.«

Sie folgten zunächst dem Waldrand. Eisfell lief munter voraus und sorgte für ein wenig Heiterkeit, als er mit kurzen, hohen Sätzen einem davonhüpfenden Frosch nachjagte. Die Amphibie blieb nach wenigen Schritt erschöpft sitzen, was den Wolfshund sichtlich verwirrte. Er schnupperte auf der Suche nach der vermeintlich leckeren Beute den Boden ab, doch selbst als er seine Nase genau auf den armen Frosch presste, konnte er den Geruch nicht mit etwas Fressbarem in Verbindung bringen. Verwirrt stöberte er unter dem Gelächter der Frauen in eine ganz andere Richtung weiter.

Seine Jagd auf zwei Rehe, die am Waldrand ästen, wäre vielleicht erfolgreicher gewesen, aber Rhiana pfiff ihn sofort zurück. In dem sumpfigen Gelände wollte sie ihn auf keinen Fall aus den Augen verlieren.

Nach einer Weile stellte Finni fest, dass die Bäume nach Süden zurückwichen.

»Jetzt haben wir die Wahl. Entweder folgen wir dem Saum des Waldes – dann weiß ich zumindest, in welche Richtung wir uns bewegen –, oder wir gehen direkt nach Westen. Ohne Anhaltspunkt«, legte sie dar.

Rhiana dachte einen Moment nach.

»Das wäre wohl dumm«, erkannte sie. »Wir bleiben vorerst bei den Bäumen. Der Boden ist hier gar nicht schlecht.«

Finni, die sich innerlich schon auf eine neue Streiterei über die Waghalsigkeit ihrer Freundin eingestellt hatte, atmete erleichtert durch und marschierte weiter. Der niedrig hängende Dunst hatte sich zu Hochnebel entwickelt, sodass die Sicht besser geworden war. Viel zu sehen gab es nicht, aber zumindest das Efeu, das sich an etlichen Bäumen emporrankte, bot dem Auge ein bisschen Grün in der tristen Landschaft.

Es dauerte leider nicht lange, bis der Wald erneut seine Richtung änderte.

»Das war's«, verkündete die Halbelfe. »Wenn mich nicht alles täuscht, würden wir ab hier zurück nach Osten gehen.«

»Mist!«, entfuhr es Rhiana. »Und nun?«

»Wir könnten eine Rast einlegen und ein wenig abwarten«, schlug Elidana vor. »Ich finde, der Nebel wird immer dünner.«

»Einverstanden«, willigte die Prinzessin ein. »Die letzten Tage hat es ja auch geklappt.«

Als die Sonne sich endlich bemerkbar machte, war es bereits Mittag. Rhiana und Finni wollten sofort aufbrechen, aber der Südländerin fiel noch etwas ein.

»Warum schneiden wir uns eigentlich nicht lange Stäbe, um den Boden vor uns prüfen zu können?«, regte sie an. »Seeleute loten ja auch die Wassertiefe aus, bevor sie gefährliche Stellen passieren.«

»Eine ausgezeichnete Idee«, fand die Prinzessin.

Die Frauen statteten sich im Gesträuch mit brauchbaren Stecken aus und wagten sich dann aus dem – wenn auch eher symbolischen – Schutz der Bäume.

Der weiche Wiesenboden wurde immer matschiger. In den Fußabdrücken sammelte sich bald Wasser. Die Nässe fraß sich allmählich selbst durch das robusteste Stiefelleder. Das gewöhnliche, herbstlich welke und vergilbte Gras wich Binsen und Seggenried. Schließlich sanken die Frauen bis über die Knöchel in den Untergrund ein, und es wurde mit jedem Schritt mehr.

»Wartet, wir können nicht einfach stur geradeaus laufen«, mahnte Finni. »Da vorne versinken wir ja gleich.«

»Das sehe ich auch«, erwiderte Rhiana gereizt. Den Fuß immer wieder aus dem Schlamm ziehen zu müssen, erschöpfte sie alle sehr viel mehr als eine Wanderung auf trockener Erde. »Schlag eben etwas vor! Du bist die Führerin.«

»Nur wider Willen«, erinnerte die Halbelfe sie. »Außerdem muss man kein Genie sein, um zu merken, dass wir besser vorankommen, wenn wir nur grob die Richtung halten und ansonsten den einfachsten Weg nehmen.«

Das war jedoch leichter gesagt als getan. Sie hielten sich nun südwestlich, was zumindest bewirkte, dass der Boden nicht noch tiefer wurde, aber dann zwang der Sumpf sie mit einem dunklen Wasserloch voller schleimiger Pflanzenreste, gänzlich von ihrer Richtung abzuweichen. Zweihundert anstrengende Schritt weiter war kein Ende der braunen Rinne in Sicht, und Finni hielt resigniert an, um die trostlose Umgebung zu mustern. Nach Westen hin, jenseits des Wassers, sah die Landschaft nur noch braun und grau aus. Nur ein paar Flecken immergrüner Moosbeere und das leuchtende Weiß vereinzelter Birkenstämme bildeten gelegentliche Farbtupfer.

»Als eure Führerin muss ich euch leider mitteilen, dass ich keinen anderen Weg sehe. Wir müssen da hindurch«, verkündete sie.

»Igitt.« Rhiana rümpfte angewidert die Nase.

»Können wir nicht noch ein Stück weitergehen?«, bat Elidana. »Irgendwo endet dieser …« Ihr fiel kein passendes Wort ein. »… doch bestimmt.«

»Wie Ihr wollt«, meinte Finni. »Ich bin wahrlich nicht scharf darauf, mich da reinzuwerfen. Aber wie lange sollen wir nach Süden marschieren? Die Küste erreichen wir so nie.«

Sie einigten sich darauf, weitere hundert Schritt entlang der Rinne zu marschieren, die mal enger, mal breiter wurde. Am Ende der Strecke bot sich ihnen allerdings kein anderes Bild, weshalb sie ihre Umhänge ablegten und zusammengefaltet mitsamt den Rucksäcken auf den Köpfen balancierten. Vorsichtig mit ihrem Stab herumstochernd, ging Elidana voran, da sie die größte der drei Frauen war. Das kalte Wasser schwappte in ihre Stiefel, dann reichte es über ihre Knie. Zögernd tastete sie sich weiter, bis ihr die Brühe zur Hüfte stieg.

»Wird das noch tiefer?«, erkundigte sich Finni besorgt.

»Ja, aber das stört mich nicht so sehr wie die Vorstellung, was alles in diesem Tümpel hausen mag«, antwortete die Südländerin angespannt.

»Wem sagt Ihr das«, murmelte Rhiana, die mit geschultertem Schwert knapp hinter ihr ging und ihren Stecken Finni übergeben hatte.

»Glaubt ihr eigentlich diese Schauermärchen, dass man nie wieder auftaucht, wenn man in ein Sumpfloch fällt?«, wollte die Halbelfe halb scherzend, halb ängstlich wissen.

»Finni, das ist jetzt wirklich nicht der richtige Augenblick, um schauerliche...«

»Oh, verdammt!«, fluchte Elidana, als sie plötzlich keinen Halt mehr fand und nach vorn kippte.

Rhiana warf sich geistesgegenwärtig vor, um die andere am Gürtel zu packen, aber sie kam einen Augenblick zu spät.

»Was ist los? Was ist los?«, fragte Finni aufgeschreckt, die hinter dem Rücken der Prinzessin nur das wilde Platschen der um sich schlagenden Südländerin hörte.

Elidana hatte heftig gestrampelt und mit dem freien Arm gerudert, als sie das Gleichgewicht verlor. Durch den Schwung katapultierte sie sich ein gutes Stück weiter und spürte erleichtert wieder festeren Boden unter den Füßen.

»Alles in Ordnung«, schnaufte sie außer Atem. »Hier ist ein tiefes Loch, aber es ist nicht sehr breit.«

Sie stand nun bis zur Taille im Wasser. Eisfell zuckelte hinter ihr tapfer auf das Ufer zu, obwohl es auch wieder nur aus Binsenröhricht bestand.

»Finni, geh du vor!«, forderte Rhiana ihre Freundin auf. »Dann können Elidana *und* ich dir helfen, falls du versinkst.«

»Nur weil ich klein bin, heißt das nicht, dass ich nicht besser schwimmen kann als du«, wehrte die Halbelfe ab. »Mit deiner schweren Rüstung bist du viel gefährdeter als ich, also mach schon!«

Die Prinzessin zuckte die Achseln, soweit ihr das mit erhobenen Armen möglich war, und näherte sich der bedrohlichen Stelle. Unter der Oberfläche streiften die abgestorbenen Pflanzen ihre Beine. Manchmal wickelte sich auch etwas um ihre Waden, das zerriss, sobald sie sich dagegen wehrte, aber dennoch machte es sie nervös. Auf diese Art behindert und bis zur Hüfte im Wasser, mit dem Gepäck und der Waffe über sich und dem morastigen Boden unter den Füßen, war es ein waghalsiges Kunststück, über ein unsichtbares Loch springen zu wollen.

Rhiana sammelte ihre ganze Kraft und stieß sich ab. Sich windend und um sich tretend, prallte sie fast gegen Elidana, die sich bemühte, die Prinzessin abzustützen, damit sie nicht doch noch stolperte. Nach einem kurzen Verschnaufen watete Rhiana zwei Schritte weiter, um Platz für Finni zu machen. Die Halbelfe tastete mit den beiden Stäben den Grund ab.

»So tief ist das gar nicht«, meinte sie dann.

Fasziniert beobachteten ihre Begleiterinnen, wie Finni den Hals verrenkte, um ihr Bündel freihändig auf dem Kopf zu balancieren und mit je einer Hand einen Stab unter ihre Arme zu klemmen. Auf die senkrechten Stangen gestützt, stelzte die Halbelfe Stückchen für Stückchen vorwärts, bis sie mit einem Mal nach vorn stürzte. Rhiana hätte beinahe ihr Schwert fallen lassen, um ihre Freundin aufzufangen, aber es gelang Finni auch ohne ihre Hilfe, sich an Elidanas Arm zu klammern. Ihr Gepäck hatte sich jedoch selbständig gemacht, und sie riss es hastig wieder aus dem Wasser, bevor es sich vollsaugen konnte. Schnell waren auch die auf der Oberfläche schwimmenden Stangen wieder aufgefischt, sodass die drei Frauen endlich zu Eisfell aufschließen konnten.

Jenseits der tückischen Rinne verlief nur ein schmaler Riedsaum. Dahinter war der Boden tief unter federndem Torfmoos verborgen. Erschöpft suchten die Gefährtinnen eine trockenere Erhebung und schlugen ihr Nachtlager auf. Eisfell war bereits eingeschlafen, als die Frauen ihren Zwieback kauten. Finni entdeckte einen Blutegel an ihrem Arm, woraufhin sich alle nach diesen Schmarotzern absuchten, aber die Kleidung hatte sie weitgehend vor weiteren blinden Passagieren bewahrt. Zu müde, um Feuerholz zu suchen, wickelten sich Elidana und die Halbelfe bald in ihre Umhänge, während Rhiana die erste Wache übernahm. Doch selbst die merkwürdigen fernen Laute, die mit der Dunkelheit einsetzten und nach Stöhnen und Wimmern klangen, konnten nicht verhindern, dass der Prinzessin bald die Augen zufielen.

Sie erwachte erst wieder, als ein neuer sonnenloser Tag anbrach. Die Stimmung beim Frühstück war gereizt, weil sie es sich bei ihrem Tempo nicht leisten konnten, abzuwarten, bis es aufklarte. Andererseits konnte Finni sich ohne den Stand der Praiosscheibe nicht orientieren. Es ging ihnen allen an die Nerven, zum hundertsten Mal über dieselbe Frage verschiedener Meinung zu sein. Untätiges Herumsitzen lag keiner der Frauen im Blut.

»Jetzt reicht's!«, explodierte Rhiana schließlich. »Wir sind gestern von da gekommen, also ist dort Westen. Wenn ihr hier Moder ansetzen wollt, bitte schön! Ich gehe.«

Grummelnd, aber im Grunde über die Entscheidung erleichtert, machte sich auch Finni auf den Weg, und Elidana blieb wenig übrig, als ihnen zu folgen.

Weißliche Dunstschwaden stiegen aus dem Moor auf und benetzten Jasalinheide und Wollgras, Gagelsträucher und Krähenbeere mit Tau. Anstatt sich zu lichten, wurde der Nebel immer dichter. Winzige, feine Tröpfchen trieben vor den Augen der Frauen umher wie der Staub in einem einzelnen Sonnenstrahl. Das feuchte Haar klebte den Gefährtinnen bald lästig am Gesicht, aber sie wollten sich nicht der spärlichen Sicht weiter berauben, indem sie ihre Kapuzen aufsetzten. Immer wieder mussten sie unheimlichen Löchern voll dunkelbraunem Wasser ausweichen. Ihre eigenen Vorräte gingen zur Neige, aber sie konnten sich noch nicht überwinden, aus diesen finsteren Tümpeln zu schöpfen.

Es war bedrückend still in der geisterhaften Einöde, und nichts rührte sich außer den wandernden Menschen und ihrem Hund. Einmal glaubte Rhiana, irgendwo im Nebel Flügelschlag gehört zu haben, aber sie bekamen keinen Vogel zu Gesicht.

Finni freute sich über jede noch so kleine, verkrüppelte Birke, auf die sie stießen, auch wenn die Wetterseite in dem ewig feuchten Klima des Sumpfes längst nicht so eindeutig zu erkennen war, wie sie es sich gewünscht hätte. Trotzdem war es gerade eines der zwergenwüchsigen Bäumchen, das sie nach mehrstündigem Marsch in schiere Verzweiflung stürzte.

Die Halbelfe und Eisfell gingen voran. Finni stets mit ihrem Stock den Boden prüfend, der Hund in einem fort innehaltend und witternd. Als sie sich einer Gruppe niedriger Zwergbirken näherten, blieb Finni plötzlich stehen und starrte die kahlen Zweige an. Mit ungläubigem Blick umrundete sie einmal ganz das Gesträuch, wobei sie sogar vergaß, ihren Stab zu benutzen.

»Oh, nein, ich fasse es nicht«, stöhnte sie und packte sich an die Stirn. »Wir sind im Kreis gegangen.«

»Das kann doch gar nicht sein«, meinte Rhiana wenig überzeugend. »Diese Dinger sehen einfach nur alle gleich aus.«

»Tun sie nicht!«, widersprach ihre Freundin. »Ich erkenne diesen verdrehten Ast genau wieder. Nur dass wir letztes Mal von dort kamen.«

Die Halbelfe deutete vage nach links. Elidana machte ein düsteres Gesicht und biss sich auf die Lippen. Es fiel ihr sichtlich schwer, sich mit Vorwürfen zurückzuhalten.

»Bist du sicher?« Die Prinzessin wollte ihre missliche Lage noch immer nicht wahrhaben.

»So sicher, wie man sich nur sein kann.«

»Du hast nicht zufällig einen kleinen Zauber zur Hand, der uns weiterhilft?«, hoffte Rhiana.

»Nein«, seufzte Finni. »Dazu fällt mir überhaupt nichts ein.«

Sie sank ins Moos und ließ ratlos den Kopf hängen.

Elidana machte ihrem Ärger mit einem Tritt nach einem unschuldigen Strauch Luft, bevor sie sich ebenfalls setzte.

»Trübsinn hilft uns jetzt auch nicht weiter«, sagte sie

gefasst. »Warten wir eben wieder ab, bis der Nebel sich verzieht.«

Aber die Stunden vergingen, und die Dämmerung setzte ein, ohne dass sich die Sonne gezeigt hätte.

Am Himmel stand nur ein einziger, roter Stern. Sein Anblick erfüllte Rhiana mit Unbehagen.

Wo sind die anderen Sterne?, fragte sie sich. *Wahrscheinlich sind sie hinter all diesem rötlichen Nebel verborgen. Rötlicher Nebel?!*

Die wallenden Schwaden umwogten sie, als stünde sie auf dem Grund eines sturmgepeitschten Sees. Sie atmete den Dunst ein und merkte, dass er nicht feucht war, sondern trocken wie Weihrauch. Ein metallischer Geruch stieg ihr in die Nase. Ihre Kehle verengte sich, sie rang nach Luft.

Ich muss hier weg! Ich ersticke!

Sie wollte davonlaufen, aber ihre Beine fühlten sich ungewohnt schwer an. Mühsam zog sie einen Fuß aus dem Morast und sah schockiert an sich herab.

Das ist Blut! Ich wate durch gerinnendes Blut!

Panik ergriff sie. Mit der Kraft der nackten Todesangst kämpfte sie sich vorwärts. Der Rauch wurde lichter. Rhiana konnte undeutliche Schemen dahinter ausmachen, vor ihr, hinter ihr, überall. Die Umrisse von Waffen schwingenden Gestalten in Rüstungen. Allmählich drangen auch Geräusche an ihre Ohren. Das Klirren von aufeinander prallenden Klingen, der dumpfe Laut eines Treffers, Wutgebrüll und Schmerzensschreie. Immer mehr erweiterte sich Rhianas Blickfeld unter dem roten Himmel, immer lauter wurde der Schlachtenlärm. Reihe um Reihe erstreckten sich die kämpfenden Horden, so weit das Auge reichte. Männer und Frauen fochten und fielen, triumphierten und tränkten die Erde mit ihrem Blut.

Das Tosen der kriegerischen Massen dröhnte in Rhianas Schädel. Brutalität und Entsetzen, Wut und Qual drangen tausendfach auf sie ein, überfluteten ihre Sinne und rissen jeden

Gedanken an Ehre und Tapferkeit mit sich fort. Dies war kein edles Streiten, kein Messen der Kunstfertigkeit im Kampf. Dies war ein blankes Ringen ums Überleben. Ein Schlachten, bevor man selbst geschlachtet wurde.

Das ist der Krieg.

Reglos stand Rhiana inmitten des tobenden Chaos. Wohin sollte sie sich auch wenden?

Eine veränderte Bewegung im Totentanz der namenlosen Streiter fesselte ihre Aufmerksamkeit. Selbst die zerfetzten Banner überragend, auf denen neunfingrige Klauen und schwarze Raubkatzen abgebildet waren, schritt eine riesige, dunkle Gestalt durch das Heer wie durch ein Weizenfeld. In der Hand führte das Wesen einen langen, geschwärzten Spieß, aber das Schaurigste an ihm war sein mächtiges Löwenhaupt. Rhiana hörte sein tiefes, kehliges Gelächter über den Kampflärm hinweg.

»Nein!«, schrie sie. »Du bist nicht mein Bruder. Das kann nur ein Albtraum sein!«

Schweißgebadet fand sie sich unter dem höhnisch klaren Nachthimmel des Muhrsape wieder. Eisfell stand über ihr und schaute sie besorgt an.

»Hast du schlecht geträumt?«, flüsterte Finni.

»Ich weiß es nicht. Vielleicht war es auch wieder eine Vision«, antwortete die Prinzessin noch etwas verwirrt. »Ich habe Kor gesehen.«

»Kor?«, wiederholte Finni verständnislos. »Kommt mir bekannt vor. Wer war das noch gleich?«

»Er ist der Sohn Rondras und Famerlors. Der Geifernde Schnitter«, erklärte Rhiana.

»Das klingt nicht freundlich«, stellte die Halbelfe fest.

»Er sah auch nicht danach aus.« Die Prinzessin schüttelte sich vor Abscheu. »Niemals bin ich seine Halbschwester. Hörst du, Rondra? Der Gedanke ist abartig!«

»In Ordnung, Mädels«, ließ Elidana sich vernehmen. »Ich weiß zwar nicht, wovon Ihr da redet, aber wenn wir ohnehin wach sind, können wir auch genauso gut wieder aufbrechen, oder? Anhand der Sterne finde ich mich nämlich ganz gut zurecht.«

»Warum nicht?«, stimmte Finni zu. »Es ist nicht viel dunkler als im Nebel, und wir haben ja die Stäbe.«

Also machten sich die drei Frauen wieder auf den Weg. Das Madamal und die Sterne spendeten ausreichend Licht, um die schwarz gähnenden Löcher der Mooraugen rechtzeitig zu sehen. In gerader Linie durch den Sumpf zu marschieren war bei Tag und Nacht gleichermaßen unmöglich. Die Gefährtinnen gerieten immer wieder einmal in eine Sackgasse und mussten dann eine neue Strecke auskundschaften. Finni ging mit Eisfell voran, damit Elidana weniger auf den Untergrund achten und so oft wie nötig zum Himmel aufsehen konnte. Rhiana bildete die Nachhut.

In der nächtlichen Stille wurde jedes kleine Rascheln oder Glucksen zur Bedrohung. Einmal erschraken sie, als ein flinker Schatten über sie hinweg flatterte, aber es war wohl nur eine harmlose Eule.

Mit der Zeit fiel die Unruhe von Rhiana ab. Sie dachte an ihren Vater und sein Auftauchen in ihrer letzten Vision von Rondra. Welches Geheimnis umgab ihn? War seine Mission so wichtig, dass er tatsächlich bei einer Göttin gelegen hatte?

Jäh wurde sie mit einem überraschten Aufschrei aus ihren Gedanken und von ihren Füßen gerissen. Etwas Dickes und unglaublich Starkes umklammerte ihre Unterschenkel, sodass die Beine fest zusammengepresst wurden. Was auch immer es war, es zog an ihr. Spann für Spann rutschte sie auf einen der unheimlichen Tümpel zu. Ein Blick nach unten, während sie sich krümmte und bog, um sich aus dem stählernen Griff zu winden, fachte ihre Anstrengungen umso mehr an. Ein armdicker, im schwachen Licht glänzender Tentakel hatte sich um ihre Waden geschlungen.

Eisfell stürmte heran und schlug seine Fänge augenblicklich in die zähe Haut des Untiers. Dennoch spürte Rhiana kein Nachgeben. Das unbekannte Grauen zerrte sie weiter auf das Sumpfloch zu. Elidana schlug fluchend mit ihrem Stecken auf den Fangarm ein, während Finni ihre Freundin packte, um sich gegen die Kraft des Monsters zu stemmen.

»Nein, nein!«, wehrte Rhiana ungehalten ab. »Nimm mein Schwert! Ich kann so nicht vernünftig ausholen.«

Noch vor der Halbelfe hatte Elidana den Schwertgriff gepackt.

»Schaff den Köter aus dem Weg!«, herrschte sie Finni an.

Die Halbelfe verstand. Eisfell hing knurrend an dem Tentakel und war schon fast ins Wasser gezogen worden, blockierte damit jedoch den letzten Abschnitt vor Rhianas Beinen. Finni legte ihm die Arme um den Hals, um ihn wegzuziehen.

»Lass los, Eisfell! Aus!«, schrie sie, aber der Wolfshund schien sie nicht zu hören.

»Aus!«, brüllte auch Rhiana und verdichtete dabei in ihrem Geist ein so lebendiges Bild des ablassenden und sich samt Finni überschlagenden Hundes, dass sie Wirklichkeit von Vorstellung nicht mehr unterscheiden konnte.

Die Brabakerin ließ die Klinge auf den ledrigen Fangarm niedersausen. Wieder und wieder schlug sie mit wütendem Aufstöhnen zu. Rhiana schien es endlos. Ihre Füße näherten sich unaufhaltsam dem Loch.

»Ah!«, schrillte Elidana mit einem letzten Hieb, woraufhin der verstümmelte Tentakel blitzartig zurückgezogen wurde.

Finni und Rhiana zerrten hektisch an dem verbliebenen Stück, das noch immer die Beine der Prinzessin fesselte.

»Schneller! Wer weiß, was das Ding sich als Nächstes einfallen lässt!«, drängte Elidana, die mit erhobenem Schwert die trügerisch ruhige Wasseroberfläche im Auge behielt.

Endlich wurde der Fangarm schlaffer und ließ sich lösen. Die Halbelfe half Rhiana auf, dann eilten die Frauen einige Schritt von dem Tümpel weg.

»Was war das?«, fragte die Südländerin.

»Keine Ahnung, aber ich will hier weg«, erwiderte Finni.

»Nicht nur du«, pflichtete Rhiana ihr mit weichen Knien bei. »Nicht nur du.«

Kapitel 10

Schwarze Sichel, Tobrien, Peraine 914 BF

Luidprants Pferd stemmte sich die letzte Steigung des schmalen Gebirgspfades hinauf. Zu beiden Seiten strebten schroffe Felstürme fernen Gipfeln entgegen, doch vor dem Ritter breitete sich eine flache Bresche im Kamm aus, die Scheitelstelle des Passes. Von hier bot sich ein grandioser Blick auf das Ehrensteiner Massiv, und Luidprant hielt neben Baron Rodebert, um die Aussicht auf sich wirken zu lassen. Der Nordhang zu ihrer Linken war noch von Schnee bedeckt, während die südliche Flanke des Berges zu ihrer Rechten bereits grüne Grasflecken zwischen jähen, schwarzen Abbrüchen des Schiefers zeigte, aus dem die Sichel bestand. Auf dem Sattel, den nach und nach auch die schnaufenden Landwehrler und Gardisten erklommen, wehte ein scharfer Wind, der die verschwitzten Wanderer frösteln ließ.

»Zweifellos ein erhebender Anblick«, gab Luidprant zu. »Aber warum nehmen wir diese Kraxelei in Kauf? Hier oben gibt es höchstens ein paar Waldläufer, die uns wahrscheinlich riechen können, bevor wir sie sehen, und sich eiligst aus dem Staub machen.«

»Der Herzog hat sich unmissverständlich ausgedrückt«, erwiderte der Baron, während seine Truppe um ihn her auf die Steine sank, um die kurze Rast zu nutzen. »Ich habe mit einem vollzähligen Banner anzurücken, ganz egal wo ich diese Leute auftreibe. Die Mittel dazu hat er mir zur Verfügung gestellt. Also werden wir genau das tun.«

»Das ist mir bekannt, Euer Hochgeboren«, versicherte der Ritter. »Dennoch habt Ihr mir damit nicht enthüllt, *woher* Ihr die fehlenden Rekruten nun nehmen wollt. Immerhin fehlt uns noch eine ganze Rotte.«

»Mein lieber Freund«, sagte Rodebert geduldig, »wollt Ihr mir tatsächlich weismachen, dass Ihr vergessen habt, wo man in der Sichel auf Dörfer stößt, wenn man sie so bezeichnen kann? Gerade Euer Stammsitz ist durch diese Lager doch zu seinem Reichtum gelangt.«

»Ihr meint die Minen?«, staunte Luidprant.

»Exakt«, bestätigte der Baron.

»Haltet Ihr das für klug?«, rutschte es dem Ritter heraus.

Rodebert lächelte schief.

»Stellt Ihr den Verstand unseres Herzogs in Frage? Die Idee stammt von ihm.«

»Natürlich nicht«, beteuerte Luidprant rasch. »Ich finde die Sache nur ... ein wenig kühn.«

»Da befindet Ihr Euch in bester Gesellschaft«, meinte der Baron.

Was man von uns bald nicht mehr behaupten kann, dachte der Ritter.

»Reiten wir weiter, sonst werden sich die Soldaten noch verkühlen«, forderte Rodebert ihn auf.

Sie setzten ihren Weg nun bergab fort. Der Pfad wurde bald so steil, dass auch die beiden Edelmänner gezwungen waren, abzusteigen und ihre Rösser zu führen. Murmeltiere pfiffen beim Anblick der Menschen ihre Warnrufe und verschwanden in ihren Höhlen. Gelegentlich verriet Steinschlag, dass über den Köpfen der Truppe Bergziegen durch die Felsen turnten. Abgesehen von dem beängstigenden Geräusch der herabfallenden Felsklumpen war es gespenstisch still. Die Bauern warfen beunruhigte Blicke um sich und machten heimlich Abwehrzeichen gegen das Böse. Hatten sie nicht von klein auf gelernt, dass die Gigantin Sokramor* den magischen Kräften in ihrem Reich freien Lauf ließ?

Immer tiefer führte der Pfad in eine Schlucht hinab. Im

* Sokramor ist der mystische Name der Schwarzen Sichel.

Schutz des engen Tals säumten Kiefern und Bergahorn den Stieg. Die Schatten wurden länger. Die abendlichen Sonnenstrahlen erreichten den Grund nicht mehr. Der Baron befahl, anzuhalten und das Lager aufzuschlagen. Die Nächte im Gebirge wurden empfindlich kalt, sodass die Landwehr freiwillig so viel Brennholz sammelte wie zu finden war, um möglichst mehrere Feuer bis zum Morgen in Gang halten zu können. Für die Adligen errichteten sie ein Zelt. Der Korporal teilte aus seiner auf vierzig Männer und Frauen angewachsenen Truppe Wachen ein, denn in der Schwarzen Sichel war der Reisende nie gegen Überfälle von Goblins oder Räubern gefeit.

Nach dem Abendessen kehrte allmählich Ruhe unter den erschöpften Wanderern ein, die zu ihrer Erleichterung bis zum Morgen nicht gestört wurden. Bei Sonnenaufgang besprach der Baron sich mit dem Gardisten, der einige Jahre als Vorarbeiter in der Mine gearbeitet hatte, die sein Herr nun ansteuerte, und daher als Einziger den Weg kannte. Seine Kameraden ahnten, wohin Rodebert sie führte, aber sie hatten strenge Order, darüber Schweigen zu bewahren, damit die Moral der Landwehr nicht vorzeitig litt. Gerüchte und Befürchtungen konnten sehr viel mehr Schaden anrichten als vollendete Tatsachen, so unangenehm sie auch sein mochten.

Weiter und weiter wand sich der Weg in das Gebirge hinein. Haldoran Winsheymer hatte längst gelernt, die aufgeriebenen Blasen an seinen Füßen zu vergessen. Da die Striemen auf seinem Rücken noch immer nicht verheilt waren, musste er zumindest keinen Rucksack schleppen, sondern durfte eines der Packtiere führen. Der Kätner war für seinen Fluchtversuch vor versammelter Mannschaft ausgepeitscht worden, und Ritter Luidprant hatte zwei Hiebe für den verletzten Hund hinzufügen lassen. Haldoran bildete sich ein, dass Lindgards wachsamer Blick ständig auf ihm ruhte. Die übereifrige Bäuerin war damit beauftragt, ihn im Auge zu behalten, falls er Lust zu weiterem Ungehorsam verspüren sollte. Davon konnte jedoch keine Rede sein. Mit zerschundenem Rücken und wunden Füßen wollte der junge Mann nur noch unbehelligt bleiben. Den

Kopf gesenkt, trottete er dahin, ein krasser Gegensatz zu seiner forschen Bewacherin, die nie zu ermüden schien.

»Vorsicht!«, rief Lindgard und riss Haldoran aus seiner Geistesabwesenheit.

Der Kätner stolperte in seinen Vordermann, denn die ganze Kolonne war zum Stehen gekommen.

»tschuldigung«, murmelte er, doch der andere Bauer beachtete ihn nicht.

Aller Augen waren auf etwas an der Spitze des Zuges gerichtet, nein, noch weiter davor. Haldoran folgte den Blicken und starrte mit offenem Mund das seltsame Schauspiel an, das sich der Truppe bot. Etliche Hände schlichen sich in Taschen oder unter Hemden, um schützende Wolfskrallen und glückbringende Fuchspfoten zu umklammern.

»Gütige Mudder Perain!«, rief Lindgard aus. »Wat is dat?«

Ein kleines Stück voraus führte der Pfad unterhalb eines steilen Abhangs entlang. Große Gesteinsbrocken verhinderten, die Stelle in einem Bogen zu umgehen. Es war aber nicht die Angst vor einem möglichen Abgang losgetretener Steine, die die Adligen zum Anhalten bewogen hatte, sondern der Berg selbst. Just am Fuß der Felswand bewegte sich der Schiefer. Haldoran blinzelte.

Dat muss en Truchbild sin, sagte er sich. *Et givt bestimmt keine lebenden Berge, oder doch?*

Bei genauerem Hinsehen erkannte er, dass das Gestein nicht seine Form veränderte, sondern nur seine Farbe. Es pulsierte eben noch bläulich und nun eher grün. Was die Angelegenheit kaum weniger unheimlich und Furcht einflößend machte.

»Haldoran! Answin! Vortreten!«, bellte der Korporal.

Wat ick? Bin ick bekloppt?, dachte der Kätner erschrocken.

»He, dat wor en Befehl«, stellte Lindgard klar. »Giv mir solang dat Muli!«

Zögernd reichte Haldoran ihr den Führstrick und begab sich widerwillig zu seinem wartenden Baron.

»Ein bisschen schneller, ihr feigen Memmen!«, forderte der Korporal.

Die beiden Bauern eilten die letzten Schritte nach vorn und salutierten, wie man es ihnen in den vergangenen Tagen beigebracht hatte.

»Euer Auftrag lautet, euch dieser Steilwand zu nähern und euch zu vergewissern, dass wir gefahrlos passieren können«, erklärte der Gardeoffizier ihnen.

Haldoran wurde leichenblass.

Dat hev ick nu von mein dämlichet Ungehorsam. Die schicken mich vör, wennet brenzlich werd.

»Hab' ich mich nicht klar und deutlich ausgedrückt, ihr verblödeten Hinterwäldler?«, donnerte der Korporal. »Marsch, marsch!«

Die beiden jungen Männer schoben sich ängstlich an den seltsamen Fels heran. Mittlerweile hatte sich das Grün immer mehr aufgehellt und ging allmählich in Gelb über. Die unnatürliche Farbe blendete Haldoran. Er und Answin, der ebenfalls wegen seiner Aufsässigkeit für diesen erzgefährlichen Einsatz ausgewählt worden war, rückten Schulter an Schulter vor. Ihre Knie bebten, aber das merkten sie kaum. Jeden Augenblick erwarteten sie den Angriff der heimtückischen Macht, die sich hinter diesem Treiben verbarg.

»Und du bist sicher, dass sich an dieser Stelle früher gewöhnliches Gestein befand?«, vergewisserte sich Rodebert noch einmal bei dem ehemaligen Minenvorarbeiter.

»Ja, Herr«, antwortete der Gardist. »So etwas würde ich doch nicht vergessen.«

Der Baron nickte nur und richtete seine Aufmerksamkeit wieder auf seine unfreiwilligen Kundschafter. Die hatten den Steilhang fast erreicht. Aus der Nähe betrachtet erinnerte der leuchtende Schiefer, dessen Färbung nun ins Orange spielte, Haldoran an Wasser. Kleine Wellen durchliefen scheinbar das schimmernde Gestein. Ein leichtes Prickeln ging von ihm aus, ansonsten blieb alles harmlos. Die beiden Bauern folgten dem Pfad an der pulsierenden Stelle vorbei und atmeten auf, als auch hierbei weder ein Monster aus dem magischen Fels sprang, noch ein plötzlicher Sog sie hineinsaugte.

»Dat is nah genuch, oder?«, flüsterte Answin. »Gehn wer zurück!«

Haldoran brummelte eine Zustimmung, ohne seinen Schicksalsgefährten anzusehen. Sein Blick war von dem durchscheinenden Feuerrot gefangen, in dem das Gestein nun loderte. Fasziniert näherte er seine Hand dem Leuchten.

Isset wirklich Schiefer? Oder kann ick do reinpacken? Et sieht so flüssich aus.

Ein Schrei entfuhr ihm, als sein Zeigefinger in die Farbe tauchte. Er konnte nicht unterscheiden, ob es schneidende Kälte oder sengende Hitze war, die jäh in seine Haut biss. Answin wirbelte herum und war einen Augenblick starr vor Schreck, weil er annahm, dass Haldorans Hand von einer fremden Gewalt in den roten Fels gezerrte wurde. Doch dann besann er sich, packte seinen gelähmten Kameraden und riss ihn von der Steilwand weg. Haldoran schnappte nach Luft, als hätte man ihn vom Grund eines Sees heraufgezogen.

»Wat möcks du denn dor?«, fuhr Answin ihn an. »Biss völlich irre?«

Die beiden brachten mehr Abstand zwischen sich und das magische Gestein.

»Was ist passiert?«, verlangte Baron Rodebert zu wissen.

Haldoran sah auf seinen pochenden Finger hinab, um sich zu vergewissern, ob er verletzt war.

»Is dat Blut?«, fragte Answin und beugte sich darüber.

»Kommt gefälligst sofort her und erstattet Bericht!«, rief der Korporal erbost. Was trauten sich diese Bauernlümmel?

Haldoran betrachtete noch immer ungläubig seine Hand. Die Haut des Zeigefingers war ledrig, die Gelenke traten deutlicher hervor, und der Nagel hatte sich leicht gekrümmt, sodass er an eine Klaue erinnerte. Aber am meisten befremdete die beiden Männer, dass die vordere Hälfte flammend rot angelaufen war. Haldoran hatte sich schon manches Mal bei der Arbeit einen Finger gequetscht und wusste, wie ein Bluterguss aussah. Dies hier veränderte seine Farbe nicht, wenn er daran herumdrückte. Es gab auch keine Schwellung.

»Wi möck wohl besser, watter Gardist sacht«, mahnte Answin und löste schaudernd seinen Blick von Haldorans Hand.

Rodebert kam zu dem Schluss, dass es ungefährlich war, durch den Engpass zu marschieren, solange niemand den Felsen berührte. Er ritt selbst als gutes Beispiel voran und überließ es Ritter Luidprant, als Nachhut dafür zu sorgen, dass ihm auch wirklich jeder dieser abergläubischen Dörfler folgte. Wie erwartet wurde niemandem von geheimnisvollen Kräften ein Haar gekrümmt. An den unglücklichen Wulfrother verschwendete der Baron keinen Gedanken mehr. Dummheit wurde eben bestraft. So war das nun einmal im Leben.

Gegen Mittag erreichte der Trupp einen weiten Talkessel, an dessen Wänden Schutthalden aufgehäuft und krumme Bretter zu kümmerlichen Verschlägen zusammengezimmert worden waren. Ein wagemutiges Rinnsal stürzte sich aus großer Höhe der Talsohle entgegen und versorgte die Bewohner des schäbigen Lagers mit Wasser. Zwischen den niedrigen Hütten fanden sich zwei sorgfältiger errichtete Unterkünfte, und über allen erhob sich ein solides, mit Schieferplatten gedecktes Haus aus Stein, über dem das Banner der Mark Osterfelde wehte.

Der Baron ließ seinen Blick über die gut gefüllten Vorratsschuppen schweifen, in denen Berge von pechschwarzen Kohlebrocken auf ihren Abtransport warteten. Seine Landwehr sah sich neugierig um, aber erst als sie den finsteren Eingang eines Stollens in der Talwand entdeckten, dämmerte den Bauern, dass sie sich in einem der berüchtigten Minendörfer befanden. Vor dem großen Loch im Fels hatte man eine Rampe angelegt, unter der ein Ochsenkarren stand. Der Fahrer lehnte sich müßig gegen seinen Wagen und döste mit auf die Brust gesunkenem Kinn.

In einem Zwinger neben dem Haupthaus bemerkte plötzlich ein Rudel Zornbrechter Bluthunde die Fremden. Mit wütendem Bellen stürzten sich die vier Tiere gegen das Gitter, und augenblicklich stemmte sich die Bracke des Barons in ihre

Leine, um gebührend zu antworten. Der Mann bei den Ochsen schreckte auf, blieb jedoch an seinem Platz. Erst jetzt fiel Rodebert auf, dass eine dicke Eisenkette den Gefangenen an schnellen Schritten hinderte. Mehrere Gestalten rührten sich bei den Hütten. Ihren Uniformen nach zu schließen, handelte es sich um Wärter und Vorarbeiter, die beruhigt innehielten, als sie erkannten, dass die Warnung der Hunde keiner Angelegenheit galt, die in ihren Zuständigkeitsbereich fiel.

Die Tür des Hauses wurde aufgerissen, und eine kleine, aber äußerst stämmige Gestalt erschien darin. Aus dem wild wuchernden Bartgestrüpp, gegen das die Haartrachten der Tobrier wie das Bärtchen eines Gecken wirkten, ragte eine knollige Nase. Mehr war auf die Entfernung nicht vom Gesicht des Zwerges zu sehen. Dafür stach die nach unten spitz auslaufende Schneide des Lindwurmschlägers sehr viel mehr ins Auge, die in seiner kräftigen Faust blitzte. Beim Anblick der beiden Adligen steckte er das Kampfbeil grummelnd in den Gürtel, mit dem er seine Tunika in der fülligen Taille zusammenhielt. Auf dem dicken Schopf saß eine einfache Lederkappe, und seine Füße bedeckten ganz nach Zwergenart schwere, genagelte Stiefel.

Der Baron entschied, dass es den vermutlichen Aufseher über die Mine gnädiger stimmen würde, den beachtlichen Größenunterschied nicht allzu offensichtlich zu machen. Er ritt näher an das Haus heran, jedoch nur so weit, bis der ansteigende Untergrund ihn mit dem Angroscho auf eine Höhe brachte. Ritter Luidprant ahmte ihn nach, ohne diese taktvolle Feinheit zu ahnen.

»Ingerimm zum Gruße, werter Meister«, hob Rodebert an. »Ich bedaure, Euren Alarm ausgelöst zu haben.« Er wies dabei zu den Zornbrechtern hinüber, die beim Erscheinen ihres Herrn verstummt waren und nun leise grollend auf und ab schlichen. »Mein Name ist Rodebert von Ehern, Baron zu Willbergen, und in meiner Begleitung seht Ihr Luidprant Lauting, Ritter zu Granelfels. Wir sind im Auftrag unseres Herzogs hier.«

»Mhm«, brummte der Zwerg. »Ich bin Cadox, Sohn des Crudrim, vom Markverweser eingesetzter Verwalter dieser Mine.«

»Das dachte ich mir«, behauptete der Baron. »Die Angroschim verstehen seit jeher mehr vom Bergbau als unsereiner.«

Cadox entblößte geschmeichelt eine Reihe gelber, aber lückenloser Zähne.

»Ich tue, was ich kann«, meinte er, ohne dabei bescheiden zu klingen. »Das Schwierigste in dieser Zeche ist nicht das Handwerk, sondern die Arbeitsmoral.«

Das kann ich mir vorstellen, dachte Rodebert, lächelte jedoch schweigend dazu.

»Welche Anordnung Herzog Kunibrands führt Euch denn nun in diese gottverlassene Gegend?«, wollte der Zwerg wissen. »Sieht nicht so aus, als wärt Ihr hier, um Kohle abzuholen.«

»Nein, wir sammeln Truppen für den nächsten Feldzug«, klärte der Baron ihn auf.

»Bei mir?« Die buschigen Brauen wanderten in die Höhe, sodass die darunter versteckten Augen zum ersten Mal deutlich zu sehen waren. »Ich kann keine Aufseher entbehren. Wer soll diese ganzen Lumpensöhne und –töchter im Zaum halten?«

»Seid unbesorgt!«, beschwichtigte Rodebert. »Dem Herzog ist dieser Umstand bewusst. Er wünscht, dass Ihr mir genügend Eurer *Arbeiter* überlasst, um mein Banner aufzufüllen.«

Cadox entrang sich ein Geräusch, das entfernt nach »Uff« klang.

»Wenn Ihr das ernst meint, sollten wir beim Mittagessen darüber sprechen«, schlug er vor. »Tretet ein, werte Herren!«

»Es wird uns eine Ehre sein«, versicherte der Baron, bevor er sich zu seinem Korporal umdrehte. »Lass die Leute hier rasten, aber nicht herumstreunen!«

Luidprant hielt seinen Becher zur Seite, damit der Page des Barons ihm nachschenkte.

»Ich hoffe, mein Wein trifft Euren Geschmack«, sagte der

Zwerg mit vollem Mund. »Den gibt es nur zu besonderen Gelegenheiten, denn wie Ihr Euch denken könnt, bekomme ich hier oben nicht viel davon.«

»Es überrascht mich, dass Ihr uns überhaupt Rebensaft anbieten könnt«, erwiderte Rodebert und umschiffte damit geschickt einen Kommentar zu dem säuerlichen Gesöff. »Der Pfad, auf dem wir gereist sind, erscheint mir zu schmal, um größere Mengen von Waren zu befördern. Gibt es noch einen anderen Weg?«

»Nein, das ist es ja«, antwortete Cadox. »Alles muss über diesen Steig hierher geschafft werden.«

»Aber wie transportiert Ihr all die Kohle da draußen?«, erkundigte sich Luidprant.

»Tja, mit Packtieren«, eröffnete ihr Gastgeber ihnen. »Ende des Monats wird der erste Säumerzug hier eintreffen und Vorräte für uns mitbringen. So ein Muli schleppt immerhin Hundert Stein. Bis zum Herbst tragen sie alles fort, was wir aus dem Berg fördern, und wir sammeln genügend Nahrungsmittel, um durch den Winter zu kommen.«

»Das ist wahrhaftig mühsam«, stellte der Ritter fest. »Zum Glück haben wir es in Granelfels da leichter. Wir können unser Erz mit Karren nach Willbergen verfrachten.«

Der Zwerg horchte auf. »Ah, dann beschäftigt Ihr Euch auch mit Bergbau?«

»Nicht selbst. Ich habe hoffentlich ebenso fähige Verwalter wie Euch. Auch wenn sie keine Angroschim sind.«

»Solltet Ihr erkennen, dass sie unfähig sind, wendet Euch an mich«, bot Cadox an. »Ich kann Euch vielleicht jemanden aus meiner Sippe vermitteln.«

»Ritter Luidprant ist Euch für dieses Angebot sicher dankbar«, mischte der Baron sich ein, bevor sein Reisegefährte zu einer abschlägigen Antwort ansetzen konnte. »Ich würde nun gern auf den eigentlichen Grund unserer Anwesenheit zu sprechen kommen.«

Der Minenleiter legte eine abgenagte Murmeltierkeule auf seinen Teller zurück.

»Jetzt mal Scherz beiseite«, sagte er lauernd. »Ihr habt es doch auf meine Vorarbeiter abgesehen, nicht wahr?«

»Nein, das war völlig ernst gemeint«, widersprach Rodebert. »Hier habt Ihr den Erlass des Herzogs mit seinem Siegel. Kunibrand bietet den Strafgefangenen, die Ihr und ich auswählen, eine Amnestie, wenn sie im Gegenzug gewillt sind, wie anständige Tobrier in der Landwehr zu dienen und den Anweisungen ihrer Offiziere Folge zu leisten.«

Cadox lachte auf. »Ihr wollt mich auf den Arm nehmen. Diese Kerle sind Schwerverbrecher. Mordbrenner, Giftmischerinnen, Vergewaltiger, Piratinnen. Viele stammen nicht einmal aus Eurem schönen Tobrien. Die schwören Euch alles, wenn man ihnen dafür die Ketten abnimmt.«

Dessen bin ich mir bewusst, grollte der Baron bei sich. *Aber ich werde keine Schwangeren und Krüppel in den Krieg jagen, nur weil unser Herzog seine Regimenter um jeden Preis auf Sollstärke sehen will. Wir werden mit diesen Schuften schon fertig.*

Entschlossen schob er dem Zwerg das herzogliche Schreiben zu. »Ich brauche zehn Männer und Frauen, die körperlich in der Lage sind, mit uns nach Ysilia zu marschieren und eine Waffe zu benutzen.«

»Besteht Ihr wirklich darauf, sie freizulassen? Ich warne Euch. Die bleiben Euch keinen Tag erhalten«, prophezeite Cadox.

»Man könnte meinen, Eure Sträflinge seien Euch so ans Herz gewachsen, dass Ihr sie gar nicht mehr hergeben wollt«, stichelte Luidprant.

»Pah!«, machte der Angroscho. »Mein Nachschub reißt so schnell nicht ab. Ich spreche nur aus Erfahrung.«

»Über die Ihr sicher reichlich verfügt«, gab der Baron zu. »Ich bitte Euch, Euer Wissen mit uns zu teilen. Wie sorgt Ihr dafür, dass Euch kein Arbeiter entwischt?«

»Ist das nicht offensichtlich?«, wunderte sich Cadox. »Alle tragen Tag und Nacht ihre Ketten. Meine Aufseher haben jeden Abend zu kontrollieren, dass sämtliche Gefangenen anwesend und in Eisen sind. Diese Aufgabe nehmen sie ernst, denn jeder Fluchtversuch wird ihnen vom Lohn abgezogen. Bei Nacht lasse ich meine schwarzen Bestien da draußen frei. Sie sind unbestechlich, und selbst die Wärter tun gut daran, in ihren Unterkünften zu bleiben, bis die Hunde sich morgens wieder zur Fütterung bei mir einfinden.«

»Das ist alles?«, fragte Rodebert.

»Seit ich hier Verwalter bin, hat es keiner weiter als bis zum Talausgang geschafft«, erklärte der Zwerg stolz. »Und bevor Ihr auf falsche Ideen kommt: Die Biester sind unverkäuflich. Die werden hier gebraucht.«

»Selbstverständlich.«

Der Baron konnte sich vorstellen, dass die vier langbeinigen, muskulösen Höllenhunde mit den blendend weißen Gebissen jeden Ausbrecher in Fetzen rissen. Er hatte jedoch keine Zornbrechter zur Verfügung, und in Ketten konnten die Sträflinge nicht im notwendigen Tempo ausschreiten, wenn Rodebert rechtzeitig zur Heerschau am Yslisee eintreffen wollte.

»Jetzt seid Ihr doch ein wenig nachdenklich geworden, was?«, triumphierte Cadox.

»Was nichts an den Tatsachen ändert«, erwiderte der Baron entschieden und leerte seinen Becher. »Sucht mir die zehn heraus, die einen Funken Ehre im Leib haben mögen!«

»Wie Ihr wünscht«, lenkte der Angroscho ein. »Einen letzten Rat gebe ich Euch aber noch: Nehmt mehr mit als zehn! Ihr werdet unterwegs Verluste haben. Mein Wort darauf!«

Unter den Bauern der Landwehr herrschte gedrückte Stimmung. Kleinlaut und voll vager Befürchtungen saßen sie beisammen und verzehrten ihre Rationen. Nachdem auch dem Naivsten unter ihnen klar geworden war, wo sie sich befanden, hatte es der Ermahnungen durch den Korporal nicht mehr bedurft. Keinem von ihnen wäre es eingefallen, auf eigene Faust ein Lager voller Zuchthäusler zu erkunden.

»Wat mienste? Ob die uns in Wohrheit gor nich bei de

Truppe brauchen, sonnern hier?«, raunte Answin seinem neuen Freund zu.

»Dat is doch Quatsch«, wehrte Lindgard, die ihre Ohren immer dort hatte, wo Haldoran war, energisch ab. »Wozu hätt wi denn dann wohl unser Bögen mitnehm solln?«

»Dat kann doch en Trick wesen sin«, beharrte Answin. »Sons hätt wi zu früh gemerkt wat los is.«

»Du spinnst doch«, mischte sich ein weiterer Bauer ein, aber er klang alles andere als überzeugt.

»De Herzoch brauch nich nur Soldaten, sonnern auch Stahl«, fuhr Answin fort. »Von wo kömmt wohl dat ganze Erz un die Kohle füre Waffenschmiede? Ausse Minen!«

Haldoran schüttelte den Kopf. Jedoch nicht, weil er den Adligen vertraute, sondern nur weil ihm kein vernünftiges Gegenargument einfiel.

»Vielleich solln wi den Geleitschutz för en Lieferung an Kunibrand stelln«, mutmaßte Lindgard.

»Un wo is diese Lieferung?«, hielt Answin dagegen. »Ick seh weit und breit keine.«

»Dat het jedenfalls mehr Sinn als dien Hirngespinste!«, verteidigte sich die Bäuerin.

»Pst! Holtet Muhl! Da isser Baron widder«, unterbrach Haldoran das lauter werdende Wortgefecht.

Sie beobachteten, wie ihr Grundherr, der Ritter und der Zwerg sich vor dem Haus aufbauten und zum Eingang des Stollens hinüberblickten.

»Is dor wat zu sehn?«, wollte Answin wissen, aber er bekam keine Antwort, denn in diesem Moment rührte sich etwas in der Dunkelheit.

Da der Wind aus ihrem Rücken wehte, drangen zunächst keine Geräusche zu den Bauern und Gardisten herüber. Scheinbar lautlos rollten auf ungleichmäßigen Schienen drei niedrigwandige Loren auf die Rampe hinaus. Gezogen wurden sie jedoch nicht von Grubenponys oder Eseln, sondern von unter der Anstrengung gebeugten Zweibeinern, die Zugstränge mit beiden Händen gepackt und über die Schulter gelegt. Dahinter spuckte der Berg weitere dieser finsteren Dämonen aus, deren Augen unnatürlich aus den schwarzen Gesichtern leuchteten.

»Isegrimm steh uns bi!«, hauchte Haldoran.

Die von Kopf bis Fuß mit Kohlestaub verschmierten Gestalten, die sich vor ihm aus dem Stollen schleppten, hatten wenig Menschliches an sich. Sie stierten die Fremden in ihrem Lager ausdruckslos an, sofern sie überhaupt vom Boden aufsahen. Mit lautem Poltern rumpelte ihr Tagwerk über die Rampe auf den Karren hinab, was den Ochsen nicht mehr als ein Zucken der großen Ohren entlockte, aber der Szene ihre gespenstische Wirkung auf die gebannten Zuschauer raubte, die sich unbewusst noch enger zusammenscharten.

»Sin ... sin dat Orks?«, fragte ein junges Mädchen, das gerade alt genug für den Wehrdienst war.

»Nee, Orks hev doch en dreckiget Fell«, klärte Answin sie auf. »Hess noch nie en Ork sehen?«

»Ever Du wa!?«, bezweifelte Lindgard, die in den dunklen Gestalten keine Monster erkannte.

»Ick säch euch, dat sin Oger«, behauptete ein anderer.

Haldoran hörte der heftigen Debatte, mit der die Bauern ihren Ängsten Luft machten, nicht länger zu. Auch wenn diese Wesen auf den ersten Blick wie Ausgeburten der Niederhöllen wirkten, handelte es sich doch um Menschen. In Eisen gelegte, dreckige und vollkommen erschöpfte Männer und Frauen, die ebenso schmutzige Hosen und ärmellose Hemden trugen, jedoch keine Schuhe. Die Schädel hatte man ihnen völlig kahl geschoren, samt Kinn und Wangen, soweit Haldoran es erkennen konnte. Zwischen den Sträflingen schritten Aufseher und Vorarbeiter umher, die kaum weniger schmutzig waren. Sie unterschieden sich eher durch ihre bessere Kleidung, die aufrechte, herrische Haltung und nicht zuletzt die Peitschen, die sie von Zeit zu Zeit knallen ließen. Bei dem Anblick juckten plötzlich die kaum verheilten Striemen auf Haldorans Rücken.

Der Angroscho winkte einen seiner Männer heran, um ihm Anweisungen zu erteilen. Während die Adligen und ihr Gastgeber sich gemessen der Rampe näherten, ertönten gebrüllte Kommandos, und die von der Plackerei steifen Gefangenen mussten in einer langen Reihe antreten, während hinter ihnen der Ochsenkarren wegfuhr und andere Aufseher einen Trupp noch sauberer, frischer Arbeiter zackig von den Verschlägen in den Berg schleusten.

»Wi nehm welche mit«, murmelte Haldoran, als ihm schwante, was der Baron beabsichtigte.

»Hä? Wat hass sacht?«, erkundigte sich Answin, der noch immer mit Lindgard darüber stritt, ob Dämonen grundsätzlich Hörner und Schwänze besaßen oder nicht. Was im Grunde keiner von beiden beurteilen konnte, da sie ihre Meinungen einzig auf die Märchen ihrer Dorfältesten stützten.

»Ick hev sacht, wi wern welche mitnehm«, wiederholte Haldoran. »Se wähln se grad aus.«

Answin und Lindgard fuhren herum.

»Ever dat sin doch geföhrlich Verbrecher«, stammelte die Bäuerin verwirrt. »Wie… Waröm… Dat kann nich sien.«

»Wat het de Baron mit sonne Mordbuben nur vor?«, fragte Answin.

»Dat wees ick och nich«, antwortete sein Freund und fügte leiser hinzu: »Irgendwer muss völlig bekloppt worn sein.«

Kapitel 11

Muhrsape, Anfang Boron 914 BF

Rashid ay Thalusa stand das Wasser bis zum Hals. Genau genommen reichte es ihm erst bis zum Schlüsselbein, schwappte jedoch manchmal bereits bis zu seinem Kinn hinauf. Der Tulamide hatte jedes Zeitgefühl verloren und konnte nicht abschätzen, wie lange ihm noch blieb, bis die brackigen Fluten über seinem Kopf zusammenschlugen. Seine Henker hatten etwas von drei Stunden bis zum Höchststand der Tide gefaselt, aber Rashid war zu benommen gewesen, um ihren seltsamen Dialekt richtig zu verstehen, als sie mit ihm hier heraus gerudert waren. Dann hatten sie ihn in die anderthalb Schritt tiefe Flussmündung geworfen, genau am Übergang zwischen Delta und Meer, und ihn, während er noch salzige Brühe spuckte, mit dem Rücken an einen baumdicken Pfahl gezerrt, um ihn dort festzubinden. Das kalte Wasser hatte den Nebel in seinem Kopf mit einem Schlag zerrissen, doch vielleicht wäre es gnädiger gewesen, sich des herannahenden Todes nicht so bewusst zu sein.

Mittlerweile spürte der Novadi seinen ausgekühlten Körper kaum noch, nur eine schwache Ahnung eines unendlich schweren, unbeweglichen Dings irgendwo unter ihm. An den Fesseln zu friemeln und schließlich verzweifelt zu reißen, hatte er längst aufgegeben. Die rauen Taue waren dafür gedacht, den stürmischen Winden auf See zu trotzen, und die Fischer, auch wenn Rashid sie in seinem Zorn Piraten schimpfte, verstanden zweifellos etwas von Knoten.

Mit der Wärme verließen auch Sinne und Bewußtsein allmählich seinen Körper. Rashids Wahrnehmung reichte nicht mehr weiter als bis zum benachbarten Pfahl, wo ihm die grausigen Überreste eines Vorgängers sein Schicksal lebendiger vor Augen führten, als gut für seinen Verstand war. Wie er selbst war auch dieses Opfer mit einem zusätzlichen Strick um die Brust gefesselt worden, damit der Tod möglichst lange auf sich warten ließ. Nun bewirkte dieses aufgequollene Seil, dass das weitgehend abgenagte Skelett, dem bereits ein Arm fehlte, noch immer aufrecht an seinem Richtpflock hing. Je weiter nach oben der Blick wanderte, desto mehr Fleisch und Sehnen waren noch vorhanden, obwohl eine kreischende Möwe sich bemühte, im Flug ein paar Happen zu ergattern. Das Schlimmste war jedoch, als Rashid eine Bewegung in dem zerfressenen Gesicht bemerkte. Für einen Moment ragten zwei spitzige Beine und die kräftige Schere eines Krebses aus einer Augenhöhle des Schädels hervor.

Oh, Rastullah, Gebieter der Welt, ich weiß, ich habe gesündigt, aber ich bitte dich flehentlich um Vergebung, betete Rashid inbrünstig. *Lass mich nicht so jämmerlich vergehen wie diesen Erbarmungswürdigen! Was habe ich getan, um in der Fremde von niederem Getier verspeist zu werden?*

Über dieser Frage brütete er nun schon geraume Zeit. In seinem immer träger werdenden Geist wogten die Bilder der letzten Tage in einem verschwommenen Reigen umher, ohne viel Sinn zu ergeben. Allmählich wurden sie dem Tulamiden auch gleichgültig. Er schwankte zwischen kurzen Augenblicken hoffnungsvollen Glaubens in die Gerechtigkeit seines Gottes und der stillen Ergebenheit in sein unabwendbares Schicksal.

Zwei Tage zuvor …

Dieses Land ist wahrhaft reich an Wasser, dachte Rashid. Auch wenn zu seiner Linken die Wellen des Meeres der Sieben Winde sanft auf dem Sand ausliefen, bezogen sich seine Überlegungen aber viel mehr auf die Salzsümpfe zu seiner Rechten. Er hatte bereits erfahren, dass sich dahinter Meile um Meile an Mooren und Seen, Au- und Bruchwäldern erstreckte, genährt durch das unerschöpfliche Wasser des Großen Flusses. Einige seiner Lehrmeister in Rashdul hätten vielleicht behauptet, dass das Muhrsape von Efferd gesegnet sei, aber Rashid wusste es besser. Ihm erschien es eher so, als ob Rastullah die Ungläubigen in dieser Gegend besonders grausam strafen wollte, denn der Gott schenkte ihnen solche Mengen des kostbaren Nass, nur um es in widerlichen Tümpeln verrotten und die Menschen darin versinken zu lassen. Da zog der Novadi die kleine, aber saubere Quelle in seinem Geburtsort Keft doch allemal vor. Umgeben von den unendlichen Weiten der Wüste war die Oase ein *echtes* Gottesgeschenk.

Das feucht-kalte Wetter in diesen Breiten trug seinen Teil dazu bei, dass Rashid die Vorzüge der Khom pries. Selbst die Straße vermoderte hier unter seinen Füßen. Er bewegte sich auf einem uralten Knüppeldamm, den sicher schon seit Ewigkeiten niemand mehr ausgebessert hatte. Das Holz war an manchen Stellen hart mit glitschiger Oberfläche und ließ ihn und sein Pferd gleichermaßen ausrutschen, dann wieder so weich, dass es unter den Hufen des Rappen zu Spänen zerfaserte. Wann immer es möglich war, wich Rashid daher auf den Strand aus, wo er wenigstens reiten konnte. Hier fand sich auch gelegentlich eine höhere, mit Strandgräsern bewachsene Düne, die eine karge Mahlzeit für den grazilen Shadifhengst bereithielt.

Wohlmeinende Einheimische südlich des Deltas hatten Rashid davor gewarnt, sein Pferd mit in die Sümpfe zu schleppen, aber der Novadi hing mit dem ganzen Besitzerstolz seines Volkes an dem Tier, das ihn getreu durch all die fremden Lande getragen hatte, in die das Schicksal ihn verschlug. Und lehrte nicht auch der weise Shabob al-Hillhil, dass Pferde und Frauen der kostbarste Besitz eines Novadi seien? Undenkbar, diesen Schatz einem Ungläubigen anzuvertrauen!

Allmählich versank die Sonne in farbiger Pracht im westlichen Meer, und neuer Nebel stieg vom Boden auf. Rashid beschleunigte seine Schritte. In Fiering hatte er einem der mürrischen Fischer entlocken können, dass der nächste Ort an der See entlang binnen eines Tages zu erreichen war, wenn man nicht herumtrödelte. Zumindest hatte der Tulamide das aus den zwischen Zähnen, Priem und Bart hervorgenuschelten Lauten entnommen. Er war kein ängstlicher Mann, der eine Nacht im Freien gescheut hätte, zog es aber vor, kultivierter zu übernachten.

Von weitem sah es aus, als würden die geduckten Reetdächer der kleinen Häuser in einem See aus Nebel schweben. Um die Fundamente herum ballte sich der undurchsichtige Dunst wie der Rauch um den Unterleib eines Dschinns aus dem Märchen, und darüber leuchteten einladend vereinzelte Fenster. Beim Näherkommen verlor das kleine Nest jedoch den Anschein des Magischen. Es gab nur drei Gebäude aus Stein, von denen fast aller Putz herabgebröckelt war, und einige kaum weniger schäbige Hütten. Im schwindenden Licht erkannte Rashid einige Boote, die am Strand in der schwachen Dünung schaukelten. Davor waren die in Küstenorten allgegenwärtigen Fischernetzte aufgespannt.

Der Novadi straffte sich unter seinem abgetragenen Wollumhang. Für gewöhnlich fielen zunächst die räudigen Dorfköter kläffend über jeden Neuankömmling her, doch hier blieb es merkwürdig still. Kein Mensch hielt sich mehr im Freien auf, den Rashid hätte ansprechen können. Nur aus der größten Kate drangen Stimmen an sein Ohr, sodass er zu ihrer Tür hinüberging und anklopfte.

In dem breiten Spalt, der sich kurz darauf auftat, erhaschte Rashid den Blick auf eine Runde vierschrötiger Zecher, bevor ihm ein kräftiger, untersetzter Mann mittleren Alters die Sicht versperrte. Der Fremde trug einen mehrfach geflickten Kittel aus grobem Leinen und aufglänzende Fischschuppen in seinem struppigen Bart.

»Hm«, brummte er nur.

»Seid gegrüßt, werter Herr«, begann der Novadi. »Ich bin ein einsamer Wanderer und sah in der Nacht das …«

»Wat willst du?«, unterbrach der Fischer ihn unfreundlich.

»Ich erbitte ein Lager und eine Mahlzeit unter Eurem Dach«, antwortete Rashid hastig. »Selbstverständlich kann ich Euch angemessen entlohnen.«

Er konnte sehen, wie die grauen Augen unter den rötlichen Brauen ihn von oben bis unten musterten.

»In mein Haus setzt kein fremdländischer Rumtreiber sein' Fuß«, stellte der Fischer klar und knallte dem Tulamiden die Tür vor der Nase zu.

Rashid starrte zuerst fassungslos die verwitterten Bretter an, dann blickte er verwirrt an sich herunter. Nun gut, sein Umhang war alt. Den schönen Kamelhaarmantel hatte er bei einem Würfelspiel in Grangor verloren. Aber seine Stiefel waren nicht dreckiger als die eines jeden Reisenden, und was man von seiner eng anliegenden Jacke aus dunkelblauem Samt sehen konnte, erweckte nicht den Eindruck, als sei er ein armer Schlucker. Prüfend betastete er Haare und Gesicht. Auf seinen schwarzen Locken saß die kunstvoll mit Fasanenfedern geschmückte Kappe aus dem gleichen Stoff, der nun zusätzlich mit feinen Wasserperlen besetzt war. Sein knapper Bart um den Mund herum fühlte sich akkurat gestutzt an.

Welcher Dämon hat diesem Vater der Grobheit vorgegaukelt, ich sei ein Karawanenräuber?

Rashid runzelte die Stirn und pochte noch einmal an die Tür. Dieses Mal wurde sie geradezu aufgerissen. Der rüpelhafte Fischer schwang drohend ein Schlachterbeil.

»Verzieh dich, Mann!«, polterte er. »Sonst jagen wir dich mit Gewalt aus unserm Dorf!«

Feuertanz, der Hengst des Tulamiden, tänzelte nervös angesichts dieses Wüterichs, und auch sein Herr wich unwillkürlich zurück. Wieder wurde der Eingang vehement geschlossen. Rashid sah ein, dass er hier kein Glück haben würde. In Fiering waren die Menschen bereits abweisend gewesen, aber dies strafte alle Reden über die angeblich im Norden verehrte Göttin der Gastfreundschaft Lügen. Das konnte einfach nicht wahr sein.

Mittlerweile war es stockfinster geworden. Nur der spärliche Feuerschein aus dem Haus und einer der Holzhütten spendeten noch etwas Licht. Rashid ging zu der kleineren Kate hinüber, um dort anzuklopfen. Es dauerte für ein so winziges

Haus erstaunlich lange, bis jemand öffnete. Die zahnlose, alte Bewohnerin riss beim Anblick des Novadi erschrocken die Augen auf und warf überraschend flink die Tür wieder zu. Ein schnelles Schaben machte Rashid klar, dass die Frau rasch einen Riegel vorgeschoben hatte.

»Rastullah lasse diesen Hort der Ungastlichkeit im Moor versinken!«, murmelte er und wanderte unschlüssig durch das Dorf.

Hinter den letzten Hütten begann das mit Binsen und Ried bestandene Ufer eines Flußarms, der etwa hundert Schritt weiter westlich in die See mündete. Ein hölzerner Steg führte über den Morast in das flache Gewässer hinaus, wo zwei gedrungene Ruderboote mit entsprechend wenig Tiefgang vertäut lagen. Rashid kletterte in einen der Nachen und fand, was er gesucht hatte. Am Boden lag ein Eimer, der gewöhnlich benutzt wurde, um eindringendes Wasser wieder an seinen Ursprungsort zu befördern, aber der Tulamide schöpfte nun damit aus dem Fluss, um sein Pferd zu tränken, damit das Tier nicht vor Durst auf die Idee kam, in den Sumpf zu waten. Danach ging Rashid zum Strand, wo er die Nacht verbringen und die Fischer noch einmal bei Tageslicht ansprechen wollte.

Er nahm Feuertanz Sattel, Zaum und das mit Rauten und Dreiecken aus gestanztem Goldblech verzierte Vorderzeug ab. Da weit und breit nicht mit Stuten zu rechnen war, verzichtete er darauf, das Pferd anzubinden. Mit einer wehmütigen Erinnerung an die Wüstennächte unter einem prachtvollen Sternenhimmel breitete er die Satteldecke im Sand aus, verspeiste die Hälfte des altbackenen Brotkantens, den er aus Fiering mitgebracht hatte, und war bald darauf eingeschlafen. Während der Nacht erwachte er nur ein einziges Mal, als der Hengst sich mit dem typischen gepressten Grunzen neben ihm niederließ.

Der Morgen brachte keine Veränderung. Noch immer hing Nebel über dem Land und in dem kleinen Dorf rührte sich nichts. Nicht einmal ein Hahn krähte. Aber was hätte Geflügel hier auch fressen sollen? In dem trockenen Sand und der sauren Moorerde gedieh ohnehin nichts. Rashid fragte sich bereits, ob die Einwohner des seltsamen Ortes womöglich verschwunden oder gestorben waren, als doch leise Geräusche aus den Behausungen drangen. Mit einem Mal war er sich sicher, dass neugierige Augen ihn heimlich beobachteten.

Was ist das für ein verschrobenes Spiel?, fragte er sich. *Wahrscheinlich eine Art Prüfung.*

Der Novadi entschied sich, bei diesem befremdlichen Gebaren mitzumachen. Sie wollten wissen, ob er harmlos war? Also schön. Abgesehen von einem erneuten Ausflug zum Fluss, um sich und Feuertanz mit Wasser zu versorgen, hielt Rashid sich den ganzen Vormittag am Strand auf und bemühte sich, ein Bild der langweiligsten Friedfertigkeit abzugeben. Das Gefährlichste, was er in dieser Zeit tat, war, sich mit Hilfe eines kleinen Spiegels und seines Dolches die Bartstoppeln von den Wangen zu schaben. Sein Publikum zeigte sich jedoch wenig beeindruckt, denn es ließ sich niemand blicken.

Erst als die Sonne die letzten Dunstschleier zerriss, kamen mehrere der rauen, ärmlich gekleideten Gestalten aus ihren Hütten. Fünf wettergegerbte Männer und Frauen marschierten zum Strand, doch zu Rashids Verblüffung übergingen sie seine Anwesenheit. Die Fischer packten ihre Ausrüstung zusammen und stiegen in ihre Boote. Einzig der rüde Kerl vom Vorabend, der ihr Anführer zu sein schien, warf dem Tulamiden einen feindseligen Blick zu.

»Bist du immer noch hier?«, knurrte er. »Hau endlich ab!«

Rashid sah halb verwundert, halb zornig zu, wie die Segel gesetzt wurden und die Kähne aufs Meer hinaus verschwanden. Allmählich hatte er wirklich genug von diesen aufgeblasenen Sumpfkröten, aber wohin sollte er sich wenden? Soweit er es beurteilen konnte, endete der Weg in diesem von allen Göttern verlassenen Nest. Er setzte sich wieder in den Sand und döste fast über der Frage ein, ob er nun umkehren oder einen letzten Versuch bei den Fischern machen sollte.

Ein leises Kichern und Tuscheln hinter seinem Rücken holte ihn in die Gegenwart zurück. Doch als er sich nach den Stimmen umdrehte, ertönte ein schrilles Kieksen, und zwei in Lumpen gehüllte Kinder rannten schreiend davon. Rashid zuckte die Achseln. Man gewöhnte sich an alles. Auch daran, ein Schreckgespenst zu sein.

Nach einer Weile bildete er sich ein, wieder ein Wispern zu hören, rührte sich aber nicht gleich. Wahrscheinlich machten sich die kleinen Ratten doch nur aus dem Staub, wenn er sie ansah.

»Pst! Fremder!«, zischte es hinter ihm.

Nun blickte Rashid sich doch rasch um. Aus dem rückwärtigen Fenster des größten Hauses lehnte sich eine rundliche, junge Frau mit hübschem Gesicht und krausen, blonden Locken, die unter einer altmodischen Haube hervordrängten. Sie winkte ihm verstohlen, näher zu kommen.

»Passt op, dat Euch keiner sieht!«, flüsterte sie, als der Tulamide hinüberging.

Rashid fragte sich, wie in aller Welt er sich unbemerkt zu dem Häuschen begeben sollte, da es an jeglicher Deckung mangelte. Er würde sich vor diesen Leuten auch nicht die Blöße geben, heimlich zu tun, obwohl ihn jeder sehen konnte.

»Ihr müsst hier reinklettern«, erklärte die Unbekannte. »Vorne an der Tür sieht Euch gleich die olle Raike.«

Rashid hatte aufgehört, sich über die hiesigen Sitten zu wundern, und setzte an, sich durch das niedrige, nur durch Läden verschließbare Fenster zu schwingen.

»Aber dat da müsst Ihr erst ablegen«, forderte die Frau mit einer Geste zu seinem eleganten Reitersäbel und dem Dolch in seinem Gürtel.

»Entschuldigt meine Gedankenlosigkeit«, bat der Novadi und schämte sich. Ihm bereitete schon der Gedanke Unbehagen, das Heim eines Mannes gegen dessen erklärten Willen zu betreten, aber seine durch die Abwesenheit ihres Beschützers hilflose Gastgeberin auch noch zu erschrecken, indem er bewaffnet ihr Haus betreten wollte, war unverzeihlich.

»Ach, da gibt's doch nix zu entschuldigen«, wehrte die

Unbekannte ab. »Ihr habt bestimmt schon ein' ganz schlechten Eindruck von hier.«

Rashid landete auf der anderen Seite des Fensterbretts und verneigte sich vor dem sommersprossigen Blondschopf.

»Da Ihr Euer Herz für einen hungrigen Fremden erwärmt habt, sei alles andere vergessen. Mein Name ist Rashid ay Thalusa«, stellte er sich der errötenden Frau vor.

»Und ich heiße Lyn«, antwortete sie verlegen. Offenbar hatte sie ein wenig der Mut verlassen. »Viel hab' ich Euch nicht zu bieten. Ihr seid sicher von Stand. Aber wenn Ihr eine Fischsuppe mögt?«

»Was immer Ihr entbehren könnt«, erwiderte Rashid höflich.

Lyn eilte zu ihrer Feuerstelle, um neues Holz aufzulegen und einen Kessel darüber zu hängen. Das Innere des Hauses bestand lediglich aus zwei Räumen: einem großen Zimmer, das als Küche, Schlafzimmer und Wohnstube in einem diente, und einer kleinen, ungeheizten Speisekammer, aus der die Fischersfrau nun Zwiebeln, Kräuter, Graupen und eine ansehnliche Salzarele hervorholte. Rashid setzte sich an den kunstlos gezimmerten Tisch, an dem am Vorabend das ganze Dorf Platz gefunden hatte.

»Ihr habt wohl nicht oft Gäste an dieser einsamen Küste«, vermutete er, als Lyn sich ihm gegenüber niederließ, um die Zutaten mit flinken Fingern klein zu schnippeln.

»Oh«, machte sie. »Weil mein Mann so grob zu Euch war? Ja. Hier kommen sonst nur Räuber und Piraten vorbei. Da darf man nicht lang fackeln.«

Der Novadi nickte verstehend.

»Ich weiß, dat schickt sich nicht«, gab Lyn zu, »aber ich bin einfach so neugierig. Wat hat Euch denn nu' ausgerechnet zu uns verschlagen?«

»Ihr habt ein Anrecht, diese Frage zu stellen«, meinte Rashid. »Ich hätte es Euch ohnehin erzählt, weil ich auf Eure Hilfe hoffe. Habt Ihr von dem berühmten Alchimisten Bennwir Curran gehört?«

»Alchi-wat? Ist dat ein Magier?«, erkundigte sich die Fischersfrau.

»Nein, Alchimie arbeitet auch ohne Zauberei. Deshalb befasse ich mich ja auch mit ihr, denn ich bin nicht im Mindesten magisch begabt«, erläuterte der Tulamide. »Es ist die Wissenschaft von den Stoffen und ihren Wirkungen, wenn man sie vermischt.«

»Aha«, sagte Lyn, ohne etwas verstanden zu haben. »Also von einem Bennwir Curran hab' ich noch nie gehört. Wenn er so bekannt ist, dann wohnt der bestimmt in Havena und nicht hier. Alle reichen Leute wohnen da.«

»Das Dumme ist nur, dass mir erzählt wurde, er lebe zurückgezogen in diesem Delta«, erklärte Rashid.

»Ich glaub', da hat bloß einer Seemannsgarn gesponnen«, meinte die Frau lachend. »Von hier bis Havena wohnt kein Mensch mehr am Strand. Und im Sumpf erst recht nicht.«

»Dann werde ich wohl weitersuchen müssen. Wo verläuft denn der Weg zu Eurer viel gerühmten Hauptstadt?«

»Dat tut mir leid. Da gibt's kein' Weg«, eröffnete Lyn ihrem Gast. »Jedenfalls kein' wie den nach Fiering. Wer sich nicht auskennt, kommt da um.«

Sie stand auf, um die Zutaten in das kochende Wasser des Kessels zu geben.

»Ist dat denn so wichtig mit der Alschimsi?«, wollte sie wissen.

»Al-chi-mie«, wiederholte Rashid lächelnd. »Damit lassen sich allerhand nützliche Dinge anstellen. Zum Beispiel gehen Alchimisten der Frage nach, wie man noch besseren Stahl erzeugen kann. Oder sie entdecken neue Heiltränke und Tinkturen.«

»Ach so, sie sind Heiler«, freute sich Lyn. »Dann versteht Ihr auch wat von Krankheiten?«

»Meine Künste auf diesem Gebiet sind äußerst bescheiden«, behauptete ihr Gast.

»Schade.« Die Frau war sichtlich enttäuscht.

»Ich bin tief betroffen, Kummer auf Eurem hübschen Angesicht zu erblicken. Vielleicht kann ich Euch mit meinen geringen Kenntnissen ja doch zu Diensten sein, wenn Ihr Euch mir anvertrauen wollt«, bot Rashid an.

»Na ja, ich hätte da…« Zum Erstaunen des Tulamiden zog sie ihr Hemd aus dem Rock und legte ihre Taille frei. »…so eine schrecklich juckende Stelle. Wenn Ihr Euch die mal ansehen wollt.«

Sie sieht in dir nur den heilkundigen Medicus, rief Rashid sich in Erinnerung und ging hinüber, um das Leiden der Frau zu begutachten. Die Haut an der linken Seite war deutlich gerötet und bereits blutig gekratzt.

Was hat der ehrwürdige Meister Jachman doch gleich über Ausschläge gesagt?, grübelte der Novadi. *Ah! Aber wo soll ich denn hier Kamelpisse herbekommen?*

»Möglicherweise…«, begann er, doch in diesem Moment flog die viel strapazierte Tür auf und die erbosten, durcheinander brüllenden Fischersleute stürmten herein.

Rashids Blick schweifte auf der Suche nach einem Fluchtweg unwillkürlich zum Fenster, aber dort stand bereits ein breitschultriges Weibsbild vor dem Haus, eine Harpune auf ihn gerichtet. Der Tulamide war so schnell umringt, dass Gegenwehr keinen Sinn mehr ergab.

»Wusst ich doch, dat der sich an min Deern ranschmeißt«, schimpfte Lyns Mann Trom.

»Wolltest sie wohl auf'm Sklavenmarkt verhökern«, unterstellte eine Fischerin.

»Dat wird die Sau büßen«, prophezeite ein anderer.

»Aber er ist doch nur ein Alschimüsiker«, protestierte Lyn erschrocken.

»Wat? Ein Zauberer?«, entsetzte sich die Frau am Fenster.

»Efferd steh uns bei!«, rief Trom. »Macht ihn unschädlich, bevor er uns alle verhext!«

Rashid öffnete den Mund, um diesen Wahnsinnigen zu widersprechen, aber ein schwerer Gegenstand traf ihn an der Schläfe und schickte ihn in tiefe Bewusstlosigkeit.

Mit den Wogen unterm Kinn und halb geschlossenen Augen sank Rashid in seinen Fesseln zusammen. Ob Rastullah ihn trotz all seiner Sünden wider die 99 Gesetze ins Paradies aufnehmen würde? Vielleicht konnte der weiße Seevogel wenigstens einen Teil von ihm zum Himmel tragen, wie es einem Novadi eigentlich zukam.

Wie fühlt es sich an, wenn man stirbt?, fragte er sich müde. *Ich spüre nichts mehr. Bin ich schon tot? Wohin treibt meine Seele, wenn Rastullah mich zurückweist? Ist das noch das Meer? Nein, das ist das liebliche Plätschern einer Quelle. Das Paradies muss wie eine Oase sein. Da sind auch Stimmen. Süße, weibliche Stimmen, die von Errettung und Labsal für den Geschundenen sprechen …*

Sein Kopf wurde angehoben, aber Rashid fühlte die Finger auf seiner Haut nicht mehr. Ein verschwommenes Gesicht schob sich vor das seine, umrahmt von einem Gespinst blonder, vom Nebel feuchter Fäden. Er blickte in strahlend blaue Augen voller Sorge.

Der alte Mawdli hatte doch recht, dachte er. *Im Paradies erwarten den Gläubigen Jungfrauen von ungekannter Schönheit.*

Versunken in die Trugbilder seines scheidenden Geistes dämmerte er in barmherzige Dunkelheit hinüber.

Kapitel 12

Das Hotel *Zum Großen Fluss* verdiente seinen Ruf als bestes Haus Havenas zu Recht. Einladend am Kaiserplatz gelegen, bot das weitläufige Eckgebäude anspruchsvollen, adligen Reisenden, die nicht bei Verwandten oder Freunden in deren herrschaftlichen Anwesen unterkommen wollten, gediegene Suiten. Auch Baronin Sarja hätte die großzügige Gastfreundschaft im Havener Stadthaus ihres Schwagers, des Grafen von Honingen, in Anspruch nehmen können, doch dort hätte sie sich von seinen Bediensteten beobachtet gefühlt. Ihre Talania betreffenden Pläne wollte sie so lange wie möglich geheim halten. Ganz besonders vor dem Grafen, der sich alle Mühe gab, sie nicht aus ihrer Abhängigkeit von seiner Gnade entkommen zu lassen.

Havena, Anfang Boron 914 BF

Warte nur ab!, dachte sie trotzig. *Wenn ich erst Königin von Talania bin, wirst du dir die Haare raufen, dass du mich nicht unterstützt hast.*

Sarja hatte die Hoffnung noch nicht aufgegeben, dass Tedesco aus Mortenberg einen Grafen oder Herzog machen würde, den sie dann nur noch heiraten musste, um dem provinziellen Abilacht zu entfliehen.

Aber mein umtriebiger Ritter könnte auch auf das falsche Pferd gesetzt haben. Ich glaube sogar, dass er gefährliche Intrigen spinnt, von denen er mir nichts erzählt. Warum sonst hätte Rhiana ihn mit diesem Flammenbund in Verbindung bringen sollen? Wer weiß, ob er sich nicht am Ende die Finger verbrennt. Ich bin klüger beraten, mich nicht auf ihn zu verlassen. Besser, ich nehme mein Schicksal selbst in die Hand.

Sarja räkelte sich noch einmal wohlig unter den in Damast

eingeschlagenen Decken und genoss das Gefühl von Freiheit, das es ihr verschaffte, nackt zu schlafen. Doch dann setzte sie sich entschlossen auf, um nach ihrer Zofe zu rufen. Die Dienerin war bei Sonnenaufgang aufgestanden, um alles für den Tagesablauf ihrer Herrin vorzubereiten, sodass sie nun schon eine Weile im Nebenzimmer gewartet hatte, bis die Baronin geruhte zu erwachen. Sie reichte Sarja eine mit kleinen Flussperlen bestickte Seidenjacke, damit die Baronin nicht fröstelte, während die Zofe ihr gründlich das Haar bürstete und die vorwitzigsten Strähnen feststeckte, die Sarja sonst beim Frühstücken hinderlich gewesen wären.

»Gibt es Neuigkeiten von meinem abscheulichen Sohn?«, erkundigte sich die Baronin.

Seit sich in sehr frühem Alter herausgestellt hatte, dass der Junge geistig zurückgeblieben war und niemals fähig sein würde, all die Hoffnungen zu erfüllen, die Sarja für ihren Nachwuchs gehegt hatte, war das Kind aus ihrer näheren Umgebung verbannt worden. Prinz Elim bewohnte einen eigenen Flügel der Abilachter Burg und wurde von seiner Mutter gemieden wie ein Aussätziger. Die Baronin ertrug sein kindisches Geplapper ebenso wenig wie seinen verwirrten Blick, denn beides gemahnte sie an ein Versagen, das es in ihrem Selbstbild nicht geben durfte. Wie sie, die kluge, geschickte und rahjagefällige Schönheit zu diesem unsäglichen Monster gekommen war, stellte für sie ein Rätsel dar, das zu viel Ekel und Selbstzweifel weckte, um es ernsthaft lösen zu wollen. Sarja verabscheute alles Hässliche und Unvollkommene gerade so, wie sie alles Schöne und Edle am liebsten selbst besitzen wollte.

Dass sie dennoch nach dem Jungen gefragt hatte, beruhte keineswegs auf reuigen Muttergefühlen, sondern war aus der Sorge um ihre neuesten Pläne geboren. Auch wenn Prinz Elim ein Schwachkopf war, blieb er doch König Arlos' einziges eheliches Kind. Sarja hatte ihrem ermordeten Gatten niemals verziehen, dass er nicht alle seine Geheimnisse mit ihr geteilt und sogar diese Göre zweifelhafter Herkunft zu seiner Erbin erklärt hatte. Rhiana mochte tatsächlich seine Tochter sein, aber in den Augen der Baronin war sie nichts weiter als ein Bastard, der nicht einmal seine Mutter kannte. Dass sie sich Prinzessin nannte, war eine dreiste Anmaßung. Ihr Sohn, Elim, war der einzige legitime Nachkomme des Königs von Talania, und somit stand nur ihm der Thron dieses Inselreiches zu.

»Nein, Herrin, es ist keine Nachricht gekommen«, bedauerte ihre Zofe. »Soll ich einen Kurier anfordern?«

Sarja schüttelte den Kopf. Es war eine völlig neue Erfahrung für sie, dass ihre Gedanken um das Wohlergehen ihres Sohnes kreisten, aber in der letzten Botschaft aus Abilacht hatte ihre Verwalterin berichtet, dass der Junge an einem schweren Fieber erkrankt war. Er glühte wie ein Stück Kohle aus dem Kamin und schwitzte stündlich ein Laken durch. Die Baronin wollte sich weitere Details lieber nicht vorstellen. Krankheit empfand sie als eine Form von Entstellung, die in ihrem von Eleganz und Schönheit bestimmten Leben nichts verloren hatte. Noch vor einem Jahr hätte sie diese Neuigkeit möglichst rasch vergessen und insgeheim gehofft, den geistigen Krüppel loszuwerden. Doch nachdem die talanischen Flüchtlinge und Rhiana wieder so mit Macht in ihr Leben getreten waren, sah die Angelegenheit anders aus.

Wenn Mortenberg und seine Spießgesellen wie dieser aufgeblasene Zaraldus glaubten, dass sie hinter Sarjas Rücken in Abilacht treiben konnten, was ihnen so einfiel, ohne dass die Baronin davon erfuhr, waren sie erstaunlich naiv. Sarja hatte einige ausgezeichnete Spitzel unter den Bediensteten und auch unter den Eisenfaust-Soldaten des Grafen. Sie wusste sehr wohl, dass Rhiana sogar gewagt hatte, in die Burg einzudringen. Dieses überraschende Ereignis hatte die Baronin veranlasst, ihre lange schlummernde Verbindung zu einem Zuträger unter den Flüchtlingen wieder herzustellen. Von diesem Verbündeten war Sarja in den letzten Monaten darüber auf dem Laufenden gehalten worden, wo die Talanier sich versteckten und was sie nach Havena getrieben hatte. Sie wusste auch, dass die Flüchtlinge sich zur Zeit in der überschwemmten, unheimlichen Unterstadt aufhielten, aber das hatte sie Emerthon nicht auf die Nase gebunden, damit er nicht misstrauisch wurde und sich fragte, wie sie zu so detaillierten Angaben kam. Wenn es nach ihr ging, sollte der Fürst nur mit Rhiana kurzen Prozess machen. Für die restlichen Talanier wollte Sarja dann wie eine großartige Retterin in Erscheinung treten.

Gedankenverloren betrachtete die Baronin das Werk ihrer Zofe in dem kleinen, goldenen Handspiegel, den die Dienerin ihr gereicht hatte. Ohne es weiter zu würdigen gab sie ihn ihr zurück und lehnte sich an die Kissen am Kopfende des Bettes, damit die Zofe ihr das Frühstück servieren konnte.

Niemand außer ihr ahnte in Abilacht, dass Elim ein Prinz war, weil ihr Vater damals König Arlos offiziell als verarmten Adligen aus dem Süden ausgegeben hatte. Dass der Junge ernsthaft sterben könnte, verdarb ihr den Appetit. Mit so hohem Fieber war nicht zu spaßen. Jahr für Jahr forderte Boron durch diese Waffe einige Seelen auf der Burg ein. Sarja hatte deshalb unverzüglich angeordnet, dass für ihren Sohn alle erreichbaren Heiler und Priesterinnen aufgetrieben und reich entlohnt werden sollten, wenn sie ihm Linderung verschafften. Wenn der Prinz starb, konnte sie mit ihm jede Aussicht begraben, Königin von Talania zu werden, wie es ihr durch ihre Ehe eigentlich zustand.

Am anderen Ende der Suite klopfte es. Die Baronin hörte die Schritte ihrer Zofe, die zur Tür eilte. Die Dienerin wechselte einige Worte mit jemandem, bevor sie zu ihrer Herrin zurückkehrte.

»Der junge Mann, Callan, ist da, den ihr zu sprechen wünschtet«, meldete sie.

»Bestens«, meinte Sarja. »Das wird mich von Elims Krankheit ablenken. Schick ihn zu mir, und lass uns allein! Du kannst nebenan warten. Oh, und nimm das kleine Scheusal da mit! Am Ende beißt es wieder jemanden ins Bein.«

Die Zofe knickste, fing den kleinen, cremefarbenen Rahjatänzer ein und entfernte sich. Sarja richtete sich ein wenig mehr auf, störte sich aber nicht im Mindesten daran, dass sie unter den Decken noch immer nackt war und ihren Gast vom Bett aus empfing. Der sommersprossige Bursche hatte desgleichen offensichtlich nicht erwartet, denn er errötete bis an die Ohrenspitzen, als er eintrat und sich verbeugte.

Meine Güte, wie schüchtern!, lachte die Baronin bei sich. *Hat er noch nie eine Frau in einem Bett gesehen?*

»Rahja zum Gruße, Callan«, sagte sie dagegen laut, um sich noch mehr über seine Verlegenheit amüsieren zu können. »Wie geht es dir?«

»Gut, Herrin«, brachte der schlaksige, junge Mann heraus.

»Das will ich hoffen. Schließlich entlohne ich dich auch sehr gut.«

Sarja hatte ihn angeworben, nachdem sie von Rhianas Verbindungen mit dem berüchtigten Bel Ghadi erfahren hatte. Das einflussreiche Mitglied der Havener Unterwelt war der einzige Verbündete der Prinzessin in dieser Stadt, sodass die Baronin es für einen geschickten Zug hielt, sich von einem seiner Lakaien über die Vorgänge bei den Flüchtlingen unterrichten zu lassen. Gegen die entsprechende Barschaft hatte Bel Ghadi keine Einwände erhoben. Das Schicksal der Flüchtlinge berührte ihn nicht. Er hielt sich nur strikt an seine Abmachung mit ihnen, um seinen Ruf als »Geschäftsmann« nicht zu gefährden, war darüber hinaus aber für andere Arrangements offen.

»Bist du zufrieden mit deiner Bezahlung, Callan?«, wollte Sarja wissen.

»Ja, natürlich, Herrin«, versicherte er eifrig.

Die Baronin genoss es, ihn so nervös von einem Fuß auf den anderen treten zu sehen.

»Schön. Dann prüfen wir einmal, ob ich mit deinen Diensten ebenso zufrieden bin«, eröffnete sie ihm und machte absichtlich eine Pause, um die Zweideutigkeit ihrer Worte wirken zu lassen, bevor sie den Burschen auf den Boden der Tatsachen zurückholte. »Was kannst du mir über Rhiana berichten? Hat sie wieder Verbindung zu deinem Herrn aufgenommen?«

Callan musste sichtlich seine Verwirrung abschütteln, bevor er eine sinnvolle Antwort geben konnte.

»Es ... es war eher umgekehrt, Herrin«, berichtete er. »Ich wurde mit einem Schreiben für diese Druidin Maruna an einen abgelegenen Ort in der Unterstadt geschickt. Der Brief war versiegelt, sodass ich nicht hineinsehen konnte.«

»Dummkopf!«, tadelte Sarja. »Ist dir nicht bekannt, wie man ein Siegel löst und wieder verschließt? Lass es dir schleunigst beibringen, wenn du es in diesem Geschäft zu etwas bringen willst! Du bist also geradewegs in das Versteck der Flüchtlinge gesandt worden? Da musst du doch etwas Nützliches erfahren haben.«

»Über die Talanier kann ich nur sagen, dass sie dort elendig hausen und Hunger leiden«, behauptete Callan.

»Was gehen mich diese Leute an?«, schnaubte die Baronin. »Hast du Rhiana getroffen?«

»Ja, Herrin«, antwortete der junge Mann, der sich nicht gern als dumm beschimpfen ließ. Er fühlte sich gezwungen, sich zu verteidigen. »Aber auch wenn ich nicht weiß, was in dem Schreiben stand, so konnte ich aus den Gesprächen doch entnehmen, dass es um die Abreise aus Albernia ging.«

»Ah, wahrscheinlich um die Schiffe, die dazu benötigt werden«, vermutete Sarja. »Was glotzt du so? Glaubst du, ich habe keine anderen Quellen, die mir die nötigen Nachrichten verschaffen? Sprich weiter, wenn du etwas *Neues* für mich hast!«

»Ich habe Rhiana und ihre Elfenfreundin vor ein paar Tagen auf der Straße getroffen«, eröffnete Callan ihr.

»*Das* ist, was ich meine«, lobte die Baronin. »Sie ist also wieder in der Stadt. Wo hält sie sich auf? Bei deinem Herrn oder bei den anderen in der grässlichen Pfütze da draußen?«

»Sie ist dort gewesen, aber ich musste ihr einen Führer ins Muhrsape vermitteln, mit dem sie bald in die Sümpfe aufgebrochen ist.«

»In das dreckige, gefährliche Delta?«, wunderte sich Sarja.

»Heraus damit, wenn du auch weißt, was sie dort zu suchen hat! Die Konversation mit dir ist reichlich zäh.«

»Es wurde ein großes Geheimnis daraus gemacht, warum die Prinzessin diese Reise unternehmen wollte, aber der Führer sollte unbedingt wissen, wo die *Insel der Nebelgeister* liegt«, erklärte Callan. »Ich hatte noch nie von diesem Ort gehört, aber unter den alten Moorgängern hat man mir versichert, dass es dort nichts Lohnenswertes gibt, abgesehen von verschwundenen Menschen und Spukgeschichten.«

»Wenn Rhiana – und hör gefälligst auf, den Bastard Prinzessin zu nennen! – sich in den Sumpf wagt, um diese Insel zu finden, kannst du deinen Kopf darauf verwetten, dass sich dort mehr verbirgt als nur Nebel«, stellte die Baronin klar. »Aber das soll mir jetzt egal sein. Sie wird zurückkommen müssen, bevor die Talanier sich einschiffen.«

Ob sie das tatsächlich tut, ist jedoch fraglich, dachte der junge Mann. *Ulferts Worten nach zu urteilen, vermodert ihre Leiche jetzt in einem Faulsee. Er wollte sie wohl in einen Hinterhalt locken, der alte Pirat. Davon erzähle ich der Abilachterin besser nichts, sonst ahnt sie, dass ich noch mehr Herren diene. Das wird alles immer verworrener. Bald weiß ich nicht mehr, wem ich was berichten darf. Ich sollte mit dieser Spioniererei aufhören, bevor ich auffliege. Allerdings werden all diese mächtigen Leute mich nicht in Ruhe lassen, solange ich für Bel Ghadi arbeite. Und der lässt mich am allerwenigsten gehen …*

»Gibt es viele Wege in das Muhrsape?«, unterbrach Sarja seine Überlegungen.

»Nein, Herrin, nur einen«, antwortete Callan. »Wer nicht mit dem Boot die Küste entlang fährt, nimmt die Route über das Dorf Gwydin.«

»Rhiana ist aber zu Fuß gegangen, nicht wahr?«

»Ja.«

Dann kommt sie auf diesem Weg auch wieder zurück, schloss Sarja daraus. *Das muss ich unverzüglich Emerthon mitteilen, damit er sie dort abfangen kann.*

»Weißt du, wann die Schiffe auslaufen sollen?«, erkundigte sie sich.

»Das hängt vom Wetter ab, Herrin, aber anscheinend ist die Abfahrt für die Mitte des Monats geplant. Das ist den meisten Kapitänen ohnehin schon zu spät im Jahr.«

Die Baronin nickte nur. Zunächst hatte sie tatsächlich erwogen, dem jungen Mann ihre Gunst zu schenken. Sie fand es von Zeit zu Zeit erfrischend, einen grünen Jungen in ihr Bett zu nehmen. Doch seine Neuigkeiten hatten ihre Gedanken in eine andere Richtung gelenkt, und sie wollte sogleich eine Nachricht an Fürst Emerthon notieren.

»Danke, Callan, du darfst dich entfernen«, gestattete sie ihm. »Melde dich sofort bei mir, wenn du wieder von Rhiana hören solltest!«

Der Spitzel verbeugte sich. Seine Erleichterung über das Ende dieses Gesprächs war nicht zu übersehen. Er verließ das Zimmer und wurde von Sarjas Zofe aus der Suite geleitet.

»Bring mir Papier, Tinte und Feder!«, befahl die Baronin, als die Dienerin zurückkam. »Ach, nein, ich stehe besser auf, um dem Fürsten zu schreiben.«

»Wenn Ihr die Absicht habt, Seiner Durchlaucht zu schreiben, wollt Ihr vorher bestimmt diese Botschaft lesen, die von einem Pagen abgegeben wurde, während Ihr mit Callan gesprochen habt«, meinte die Zofe. »Es ist das fürstliche Siegel.«

»Was? Her damit!«, forderte Sarja aufgeregt.

Rasch überflog sie die wenigen Zeilen. Emerthon teilte ihr mit, dass er trotz gründlicher Nachforschungen keinen Hinweis darauf gefunden hatte, dass die fraglichen zweihundert Bewaffneten jemals bedrohlich in Erscheinung getreten waren. Da seine Untergebenen bislang keinen Aufenthaltsort so vieler Fremder ausfindig machen konnten, glaubte er nicht, dass sie sich tatsächlich in der Stadt befanden. Schon eher in den Weiten des Deltas, wo eine Suche jedoch viel zu aufwändig war, wenn sie Aussicht auf Erfolg haben sollte. Entweder hatten sich die Betreffenden bereits wieder abgesetzt, oder sie existierten überhaupt nicht. Er wollte zwar allen Grafen eine Warnung zukommen lassen, wachsam zu sein, aber ansonsten war damit die Angelegenheit für ihn erledigt, falls Sarja nicht mit handfesten Beweisen aufwarten konnte.

Enttäuscht und wütend zerriss die Baronin das Schreiben in kleine Schnipsel.

»Vergiss das mit dem Brief!«, fauchte sie die unschuldige Zofe an. »Ich habe dem Fürsten nichts mitzuteilen.«

Sie hielt es keinen Augenblick länger in ihrem Bett aus. Unbeherrscht warf sie die Decken von sich, stand auf und stapfte im Zimmer auf und ab, um sich Luft zu machen. Ihr Hündchen sprang kläffend hinterdrein.

So ein Idiot!, dachte sie. *Ich* weiß, *dass diese Leute in seinem Land sitzen. Aber wenn ich ihn geradewegs auf sie stoße, hilft mir das auch nicht. Dann hat er am Ende noch Mitleid und hilft Rhiana, den talanischen Thron zurückzuerobern. Nein, das wird er nicht. Die Unruhen im Reich beanspruchen sicher den größten Teil seiner Aufmerksamkeit. Tedesco wird ihn bestimmt auffordern, ihn auch militärisch zu unterstützen. Nein, Emerthon hat einfach andere Sorgen. Wahrscheinlich zeigt er deshalb auch wenig Elan, diese Verschwörer zu aufzuspüren.*

Diese Erkenntnis dämpfte ihren Zorn, änderte aber nichts daran, dass sie nun nicht mehr darauf zählen konnte, dass der Fürst Rhiana für sie aus dem Weg schaffte. Dabei war ihr der Plan so perfekt vorgekommen. Rhiana hätte niemals beweisen können, dass sie es *nicht* auf Emerthon abgesehen hatte, und die Fakten, vor allem die Heimlichtuerei, sprachen gegen sie.

Tja, vorbei, musste Sarja sich eingestehen. *Ich scheine einfach kein Glück damit zu haben, Männer für meine politischen Ziele einzuspannen. Die taugen nur für teure Geschenke und Tändelei.*

Deshalb die Hände in den Schoß zu legen und aufzugeben, entsprach jedoch überhaupt nicht dem Charakter der Baronin.

»Hilf mir beim Ankleiden!«, befahl sie ihrer Zofe, während sich in ihrem Kopf neue Ideen formten.

Wenn niemand Rhiana für mich beseitigt, muss ich das eben selbst besorgen, nahm sie sich vor. *Ich weiß, wo ich sie abfangen kann, und sie ist keine Hellseherin. Sie wird nichts ahnend in meine Falle tappen. Alles, was ich brauche, ist ein Haufen goldgieriger Söldner. Das hier ist Havena, nicht Abilacht. Hier wimmelt es von verkommenen Gestalten, die für Geld ihre Seele verkaufen. Wäre doch gelacht, wenn ich keine Halsabschneider finde, die sich für mich die Finger schmutzig machen. Dann werden wir ja sehen, wer Königin von Talania wird.*

Kapitel 13

Muhrsape, Anfang Boron 914 BF

»Sagt mir nicht, dass ich mir völlig umsonst den Tod geholt habe!«, drohte Elidana. »Er lebt noch, oder?«

Sie saß neben dem Lagerfeuer, das die drei Frauen mit dem spärlich gesäten Treibholz nährten, und kämmte ihre von der ewigen Feuchtigkeit verfilzten Haare aus. In den Flammen vor ihr stand ein kleiner Blechtopf, um Wasser für einen aromatischen Tee abzukochen.

»Er kann nicht gestorben sein, wenn Finnis Heilzauber gewirkt hat. Hat er doch?«, vergewisserte sich Rhiana, die über der Halbelfe stand und Eisfell im Auge behielt, der den Strandvögeln nachjagte.

»Ja«, bestätigte Finni zum wiederholten Mal. »Das wäre der erste Tote, dessen Herz noch schlägt.«

Sie kniete an der Seite des schlanken, dunkelhaarigen Mannes, den die Prinzessin und die Brabakerin am Vortag aus der Flussmündung gerettet hatten. Außer einer Beule an seinem Kopf wies er keine Verletzungen auf, die sie mit ihrer Magie behandeln konnte, aber da er kalt wie ein Eisklumpen gewesen war, hatten die Gefährtinnen ihn unter all ihren Decken und Umhängen in die Mitte genommen und sogar den Hund hinzugerufen, um den Fremden vor dem Erfrierungstod zu bewahren. Rhiana und Elidana waren von ihrem mutigen Bad selbst gefährlich ausgekühlt, doch im Gegensatz zu dem Unbekannten fühlten sie sich an diesem Morgen wieder warm und kräftig.

»Seine Haut ist schon viel wärmer geworden«, meinte Finni. »Alles, was er vermutlich braucht, ist eine warme Mahlzeit.«

»Wer braucht das nicht?«, seufzte die Südländerin und warf einen sehnsüchtigen Blick in den Topf. »Ha! Es kocht!«

Rasch bugsierte sie den Behälter mit Hilfe zweier Stöcke aus dem Feuer und streute eine Handvoll getrocknete Blätter hinein.

»Ich finde ja auch, dass er schon viel besser aussieht«, pflichtete Rhiana bei. »Aber warum wird er nicht wach?«

»Du kannst es ja mit sanfter Gewalt versuchen, wenn du ihm die Ruhe nicht gönnst«, spottete ihre Freundin.

»Es geht mir nur darum, dass wir nicht mehr allzu viel Proviant haben und eigentlich aufbrechen müssten«, verteidigte sich die Prinzessin.

Der Schlafende regte sich und murmelte etwas vor sich hin.

»Da, siehst du? Er kommt zu sich«, freute sich Finni.

»Was hat er gesagt?«, wollte Rhiana wissen. »Ich habe kein Wort verstanden.«

»Er spricht Tulamidya«, klärte Elidana sie auf. »Faselt irgendetwas vom Paradies.«

»Ach, der Arme«, bedauerte die Halbelfe. »Denkt bestimmt, er sei tot. He! Aufwachen! Du bist noch ganz lebendig.«

Sie rüttelte an seinem unter der Decke verborgenen Brustkorb.

»Wer hat eben noch gesagt, ich soll ihn in Ruhe lassen?«, frotzelte Rhiana.

Der Mann schlug die Augen auf und erblickte eine vor Stolz und Freude über ihre gelungene Rettung glühende Finni. Seine Worte klangen heiser und brüchig, als er sie in seiner fremden Sprache anredete.

Elidana lachte auf. »Er grüßt dich, Unsterbliche aus dem Jenseits«, übersetzte sie amüsiert.

»Wie kommt er denn darauf?«, fragte Rhiana, während ihre Freundin den Tulamiden mit großen Augen ansah.

Er runzelte die Stirn, blinzelte und versuchte einen Blick auf den Ursprung der anderen Stimmen zu werfen.

»Glaubt ihr, er versteht uns gar nicht?«, wandte Finni sich an ihre Gefährtinnen.

»Doch«, ließ der Mann sich vernehmen. »Vergebt mir meine Verwirrung! Ich …«

Ein überraschter Ausdruck erschien auf seinem Gesicht, als er sich aufsetzte und ihm die Decke von den muskulösen Schultern rutschte.

»… bin unbekleidet.«

Rhiana errötete, während die Halbelfe ein verlegenes Lächeln zustande brachte. Nur Elidana war nicht im Geringsten peinlich berührt und lachte frei heraus.

»Wir mussten Euch die nassen Sachen ausziehen, um Euch zu wärmen«, erklärte Finni betont förmlich, um sich das Kichern zu verkneifen.

»Jetzt sind sie bestimmt wieder trocken«, sagte die Prinzessin schnell und reichte ihm Hemd und Hose, bevor sie sich verschämt abwandte.

»Zumindest so trocken, wie hier irgendetwas sein kann«, schränkte Elidana ein.

Sie senkte nicht einmal den Blick, während Finni geschäftig ihre Holzschalen, die gleichermaßen für Getränke, Suppen und Brei geeignet waren, mit Tee füllte, als der Fremde aufstand, den Sand aus seinen Kleidern schüttelte und sich anzog.

»Nun, da ich wieder unter die Augen sittsamer Damen treten kann«, verkündete er mit einem anzüglichen Lächeln in Richtung der Brabakerin, »würde ich mich geehrt fühlen zu erfahren, welchen unvermutet schönen Zierden des Deltas Rashid ay Thalusa sein Leben zu verdanken hat.«

Finni starrte ihn entgeistert an.

»Ich … äh … ich«, stotterte sie.

»Ihr Name ist Finni«, sprang Rhiana für sie ein.

Rashid verneigte sich. »Seid meiner ewigen Dankbarkeit gewiss«, bat er. »Eure Anmut gleicht jener der geschmeidigen Gazelle, die über den Sand zu schweben scheint.«

Die Halbelfe war noch immer ganz entgeistert. So hatte noch kein Mann in ihrem ganzen Leben zu ihr gesprochen. Sie fragte sich unwillkürlich, ob er das ernst meinen konnte.

»Und dies ist Elidana Geraucis«, stellte die Prinzessin vor.

»Auch Euch gilt mein Dank, stolze Herrin des Südens«, versicherte Rashid. »Der Nachthimmel verblasst gegen die samtene Schwärze Eures prachtvollen Haars.«

Die Brabakerin schmunzelte nur.

»Dann darf ich Euch mit Rhiana bekannt machen, ohne deren Überredungskunst ich niemals einen Fuß in diesen Fluss gesetzt hätte«, gestand sie freimütig.

Rashid wandte sich der Prinzessin zu und verneigte sich noch tiefer.

»Mein Leben war es nicht wert, das Eure aufs Spiel zu setzen«, erklärte er ernst. »Wenn Eure Schönheit verginge, wäre das, als ob die Sonne für immer hinter den Horizont versinkt.«

Rhiana schüttelte peinlich berührt den Kopf.

»Unsinn«, wehrte sie ab. »Wir konnten Euch doch nicht einfach ertrinken lassen.«

Der Novadi lächelte. »Ich ziehe es zweifellos vor, hier zu sein und Euren wunderbaren Anblick zu genießen.«

»Mögt Ihr Tee?«, mischte Finni sich ein und hielt ihm ihre Schale hin.

Er rang einen Augenblick mit sich, bevor er sich setzte und das Gefäß entgegennahm.

»Ich habe gesündigt und bitte um Vergebung«, murmelte er in seiner eigenen Sprache.

Elidana packte das letzte Dörrobst aus, während auch Rhiana sich beim Feuer niederließ.

»Die Lage, in der wir Euch gefunden haben«, begann die Prinzessin. »Sie sah mir ganz nach einer, wenn auch absolut barbarischen, Hinrichtung aus. Ich frage mich, welche Menschen so etwas fertigbringen. Und warum.«

Rashid nickte. Er berichtete seinen Retterinnen ausführlich, was ihm widerfahren war, denn er hoffte, dass sie ihm erklären konnten, weshalb die Fischer ihn so behandelt hatten. Aber die drei Frauen äußerten nur Unverständnis und Abscheu gegenüber diesem Dorf.

»Das sind ja tolle Aussichten«, meinte Finni. »Da finden wir doch nie einen neuen Führer. Ich hab' gleich gesagt, wir sollten zurück nach Havena gehen.«

»Dazu ist es jetzt zu spät«, behauptete Rhiana.

»Und mich bringen auch keine zehn Pferde in dieses Moor zurück, solange keiner den Weg kennt«, stellte Elidana klar.

»Wir werden den Ort eben umgehen und zum nächsten Dorf weiterziehen«, beschloss die Prinzessin. »Wie hieß es doch gleich? Fiering?«

»So ist es«, bestätigte Rashid fröstelnd.

»Wie dumm von uns«, sagte Finni prompt. »Elidana, Ihr müsst ihm Euren zweiten Umhang geben. Es ist viel zu kalt, um im Hemd hier zu sitzen.«

»Ihr werdet ihn heute noch zurückerhalten«, versprach der Tulamide, als die Brabakerin ihm das Kleidungsstück reichte. »Mein eigener Umhang ist wohl bei diesen Ausgeburten des Sumpfes geblieben.«

Die Halbelfe verschluckte sich vor Schreck.

»Heißt das, Ihr wollt noch einmal zu diesen Verrückten gehen?«, erkundigte sich Rhiana erstaunt.

»Selbstverständlich«, antwortete Rashid ebenso verblüfft. »Glaubt Ihr, ich ließe meinen treuesten Freund unter diesen Khoramsbestien zurück?«

»Ihr seid gar nicht allein gewesen?«, wunderte sich Elidana.

»Ich befand mich in Begleitung des unvergleichlichen Feuertanz, den mein weisester Lehrmeister Jachman mir geschenkt hat, um seine Dankbarkeit für die Dienste zum Ausdruck zu bringen, die ich ihm in der Gebrechlichkeit seines Alters erwiesen habe.«

»Ich nehme an, wir sprechen von einem Pferd«, hakte die Südländerin nach.

Der Tulamide nickte. Rhiana überlegte, wie sie an seiner Stelle handeln würde. Keine Frage. Wenn Sturmbraut solchen Rohlingen in die Hände fiele, würde sie keinen Moment zögern. Da die Fischer keine Verwendung und kein Futter für ein Pferd hatten, kamen sie womöglich auf die Idee, das Tier zu essen.

»Wenn Ihr meine Unterstützung annehmen wollt, stehe ich Euch bei«, bot die Prinzessin an.

»Und ich natürlich auch«, beeilte sich Finni zu sagen.

»Habt Ihr alle den Verstand verloren?«, rief Elidana aus. »Wollt Ihr Euch wegen eines dummen Tiers mit einem ganzen Dorf voller Wahnsinniger anlegen?«

»Ich nehme Eure Unwissenheit über den Mut und die Klugheit des edlen Shadif als Entschuldigung für Eure Worte«, äußerte Rashid kühl.

»Ihr seid nicht verpflichtet, Euch an dieser Sache zu beteiligen«, erinnerte Rhiana sie. »Aber ich verstehe Euer Zögern nicht. Ihr seid eine gute Kämpferin. Ihr habt doch nicht wirklich Angst vor diesem Lumpenpack.«

»Immerhin sind es eine ganze Menge Lumpen«, gab die Brabakerin zu bedenken. »Und da sie so arm sind, werden sie ihre Beute nicht freiwillig herausgeben, wenn Ihr sie darum bittet. Schließlich fühlen sie sich im Recht. Nach allem, was unser tulamidischer Freund uns erzählt hat, werden sie mit Knüppeln, Äxten und Harpunen auf uns losgehen. Seid Euch darüber im Klaren, dass das ein Blutbad wird.«

Die Prinzessin und die Halbelfe sahen sich an. Elidanas Argumente konnten sie nicht völlig von der Hand weisen. Es war keine Frage des Mutes, sondern der Verhältnismäßigkeit. Diese Fischer hatten Rashid ihrer Meinung nach nicht bestohlen, sondern seine Sachen erst an sich genommen, als er in ihren Augen als Verbrecher überführt war. Sie würden sich wahrscheinlich nicht davon überzeugen lassen, dass sie falsch geurteilt hatten. So stand Unrecht gegen Unrecht, und es musste zum Kampf kommen, wenn eine Partei auf ihrer Sichtweise beharrte. Rhiana hatte Unterweisungen in den talanischen Gesetzen und den göttlichen Geboten erhalten. Auch wenn sie die Art der Dorfbewohner, sich in dieser rauen Gegend selbst zu ihrem Recht zu verhelfen, ablehnte, durfte sie sich nicht dazu verleiten lassen, selbst zu einer solchen Barbarin zu werden.

»Ihr habt Recht«, stimmte sie zu. »Wir dürfen keine Situation herausfordern, die uns zwingt, diese Menschen zu töten. Sie sind keine Piraten und haben Kinder und Alte zu ernähren. Es muss einen anderen Weg geben.«

Rashid lächelte beeindruckt.

»Eure Schönheit wird nur noch von Eurer Gerechtigkeit übertroffen«, lobte er.

»Uäh, was ist denn das für ein Gestank?«, wechselte Finni abrupt das Thema. »Eisfell, hast du dich etwa in totem Fisch gewälzt?«

Der Wolfshund wedelte freundlich mit dem Schwanz. Eine Wolke widerlich süßlichen Geruchs umgab ihn, und winzige, glitzernde Schuppen in seinem Fell bestätigten Finnis Verdacht.

»Ich glaube, wir sollten jetzt aufbrechen«, schlug Rhiana hastig vor. »Wir können auch unterwegs besprechen, wie wir mit diesen Fischern verfahren wollen.«

Ihre Gefährten schlossen sich ihr nur zu gern an.

»Nein, Finni, das ist viel zu gefährlich«, lehnte Rhiana ab. »Ich weiß, dass du es schaffen könntest, aber wenn dieser Trumm oder Tromm doch aufwacht, sind wir anderen nicht da, um dir zu helfen.«

»Ich kann mich der Meinung Eurer unvergesslichen Freundin nur anschließen«, pflichtete Rashid ihr bei. »Auch wenn Ihr gewandt seid wie eine Sharisad, kann ich nicht verantworten, dass Ihr allein in dieses Haus schleicht. Ich bin der Einzige, der sein Leben in dieser Angelegenheit aufs Spiel setzen sollte.«

»Sie wäre nicht in Gefahr, wenn sie als Erstes den Kerl unschädlich macht, nachdem sie drin ist«, behauptete Elidana.

»Was bedeutet, ihn zu ermorden«, stellte die Prinzessin klar. »Ich dachte, wir seien uns einig, dass wir kein Blut vergießen wollen.«

»Dann habt Ihr mich falsch verstanden«, klärte die Brabakerin sie auf. »Ich wollte lediglich einen offenen Kampf vermeiden, weil mir mein Leben dafür zu lieb ist. Es ist mir vollkommen egal, ob dieser Abschaum umkommt oder nicht.«

»Wie dem auch sei«, sagte Rhiana gereizt. »Ich bin dagegen.«

»Umbringen will ich auch niemanden. Deshalb dachte ich ja, ich stehle mich wie ein Dieb ins Haus und reiche euch die Sachen aus dem Fenster«, wiederholte Finni ihr Angebot.

»Du weißt doch gar nicht, wo sie versteckt sind«, hielt ihre Freundin dagegen. »Wahrscheinlich schläft der Kerl darauf. Vielleicht wurden sie auch unter den Leuten verteilt. Du kannst nicht in jede Hütte einsteigen und danach suchen.«

»Schon gut, schon gut, ich hab's kapiert«, gab die Halbelfe nach. »Wir machen es so, wie wir's besprochen haben.«

Sie gingen schweigend weiter. Finni war unzufrieden, denn der beschlossene Plan wies ihr die einfachste Aufgabe zu. Sie wollte nicht, dass Rashid sie für zu feige oder zu unfähig hielt, an vorderster Front zu stehen. Im Grunde kam ihr das selbst albern vor, aber ihr wäre am liebsten gewesen, er hätte die ganze Zeit nur sie angesehen. Stattdessen ruhte sein Blick meist auf Rhiana.

Hätte ich mal den Rat meiner Ziehmutter befolgt und mir eine hässliche Freundin gesucht, dachte sie und musste dabei über sich selbst lachen.

Da es keinen Weg gab, wanderten sie mit Hilfe ihrer Stecken in weiten Schlangenlinien auf dem sichersten Boden. Sie vermieden es, nahe am Strand zu laufen, damit sie nicht zufällig von einem Fischerboot entdeckt wurden, das den sonnigen Spätherbsttag zum Ausfahren nutzte. Erst als die Firste der Reetdächer vor ihnen auftauchten, legten sie eine Rast ein, um den Einbruch der Nacht abzuwarten. Ausgerechnet an diesem Abend zog kein Nebel auf, obwohl sie ihn sich gewünscht hätten. Aber Rashid war zuversichtlich, dass niemand ihre Anwesenheit bemerken würde, bevor sie losschlagen wollten. Er schätzte, dass die Dorfbewohner wieder alle in der warmen Stube saßen.

Im Dunkeln den restlichen Weg bis zu dem Flussarm zurückzulegen, an dessen Südufer sich das Fischernest befand, hielt sie mehr auf als erwartet. Dann standen sie im mannshohen Schilfröhricht und spähten sehnsüchtig zu den beiden Nachen hinüber.

»Auf ein weiteres Bad kann ich prima verzichten«, sprach Elidana aus, was alle dachten.

Rhiana kam eine Idee.

»Rashid, wie sind die Boote befestigt?«, erkundigte sie sich.

»Äh, mit Stricken«, antwortete der Tulamide verwirrt darüber, nach dem Offensichtlichen gefragt zu werden.

»Nein, ich meine, sind die Taue verknotet? So weit ich das in Havena gesehen habe, sparen viele Seeleute sich diese Arbeit und verwenden fertige Schlingen, die sie nur noch über die Poller werfen müssen«, erklärte die Prinzessin.

»Poller?« Rashid reimte sich zusammen, was sie meinte. »Ja, ich glaube, es sind hier auch nur Schlingen.«

»Gut«, freute sich Rhiana. »Dann wird nur Eisfell ein Bad nehmen. Der hat das nötig.«

»Der Hund soll ein Boot holen?« In Elidanas Gesicht stand unverhohlene Skepsis. Auch der Novadi bedachte den stinkenden Vierbeiner mit einem zweifelnden Blick.

»Wir werden sehen«, sagte die Prinzessin geheimnisvoll.

Sie ging neben Eisfell in die Hocke, deutete über den Fluss hinüber und schloss die Augen. In ihrem Geist ließ sie ein Bild des anderen Ufers entstehen. Sie bemühte sich, so viele Details zu sehen, als ob sie noch immer die Wirklichkeit erblicke. Den Sternenglanz auf dem Wasser, die spiegelglatte Oberfläche, die dunkle Masse des kleineren Kahns ... Dann stellte sie sich den Wolfshund vor, wie er über den Flussarm schwamm. Sie verlor sich völlig darin, seinen Weg vorzuzeichnen. Er watete durch das Ried, schnellte sich auf den Steg hinauf, packte mit den Zähnen das Seil und zerrte es von dem niedrigen Pflock. Dann sprang er in den Nachen und von dort zurück ins Wasser.

Rhiana schreckte auf, als sie ein Platschen hörte. Finni griff nach ihr, damit sie nicht in den Morast kippte. Erstaunt stellte die Prinzessin fest, dass ihr Bild bereits wieder Wirklichkeit geworden war. Eisfell kämpfte sich mit dem Tau im Maul durch den nächtlichen Fluss. Er hatte einigen Widerstand zu überwinden, denn er musste das Boot zunächst drehen, aber zum Glück war das Wasser so seicht, dass er in Ufernähe noch seine Pfoten in den Untergrund stemmen konnte. Sobald er den Kahn in Bewegung gebracht hatte, wurde seine Aufgabe leichter, aber nun musste er schwimmen. Es schien endlos zu dauern, bis er wieder vor Rhiana stand und vor Stolz über seine riesige Beute fast platzte.

Die Prinzessin und Finni lobten ihn überschwenglich, wenn auch leise. Rhiana fingerte ihr letztes Stück getrocknetes Fleisch aus ihrem Rucksack, um den bepelzten Helden mit etwas Leckerem zu belohnen.

»Wie habt Ihr das gemacht?«, wollte Elidana wissen. »Ich dachte, Ihr seid eine Kriegerin, keine Hexe.«

»Ich glaube auch nicht, dass es mit Magie zu tun hat«, meinte Rhiana. »Eisfell sieht einfach, was ich sehe, so wie ich manchmal sehe, was er wahrnimmt.«

»Mit Verlaub, schönste Rose Albernias«, widersprach Rashid, »aber wenn das nicht Zauberwerk ist, welches Wunder verdiente dann diesen Namen?«

»Zum Beispiel, wenn ich durch Auflegen meiner Hand die Beule an Eurem Kopf verschwinden lasse«, warf Finni säuerlich ein.

»Das habt Ihr getan?«, fragte der Novadi erstaunt. Reflexartig betastete er seinen Schädel und schmunzelte. »Ich wusste doch, dass Ihr in Wahrheit ein kleiner Dschinn seid.«

»Was ist ein Dschinn?« Finni war sich nicht sicher, ob es sich um ein Kompliment oder eine Beleidigung handelte.

»Ein Zauberwesen, das Wünsche erfüllt«, erklärte Elidana knapp. »Aber jetzt dürfte wohl kaum der richtige Moment sein, um Märchen zu erzählen.«

Darin waren sich alle einig. Sie stiegen in das Boot und ruderten so leise wie möglich zum Steg hinüber. In den meisten Hütten brannte kein Licht mehr. Nur bei Lyns Heim und ihrem Nachbarhaus waren die Fenster noch erleuchtet. Jenseits der kleinen Ansiedlung konnten sie Rashids Pferd als dunklen Schemen ausmachen.

»Alles klar, Finni?«, flüsterte Rhiana.

»Bin schon unterwegs«, erwiderte die Halbelfe und huschte davon.

Sie drückte sich in die Schatten der Fischerkaten, schlich unter Fenstern hindurch, quer durch das Dorf. Heroisch widerstand sie der Versuchung, einen verstohlenen Blick in Troms Stube zu werfen, und näherte sich dem Hengst, der ihr mit gespitzten Ohren und geblähten Nüstern entgegensah. Die geduckte Gestalt, die sich an ihn heranpirschte, weckte sein Misstrauen. Wer anders als ein Raubtier tat so heimlich?

Finni bemerkte seinen ängstlichen Gesichtsausdruck. Der Strick, den die Fischer dem Pferd um den Hals gelegt hatten, um es daran anzubinden, war straff gespannt, weil es mit hoch gerissenem Kopf rückwärts drängte.

Oh, nein, jeden Moment wird er Radau machen!, befürchtete sie.

»Hoh, mein Guter, hoh«, hauchte sie. »Ich will dir doch nur helfen.«

Feuertanz ruckte panisch an dem Seil. Die Halbelfe zögerte nicht länger. Wenn sie nicht schnell handelte, würde der Hengst womöglich wiehern und schnauben. Sie gab ihre gebückte Haltung auf und schlenderte auf das Tier zu, als ob es nie eine Gefahr gegeben hätte. Prompt entspannte sich das Pferd. Finni sah, dass es vor Hunger bereits eine Kuhle vor sich in den Sand gescharrt hatte. Sie löste rasch den Strick.

»Komm, mein Hübscher!«

Eilig lief sie über den Strand. Irgendwo musste der Knüppeldamm sein, den Rashid beschrieben hatte. Wenigstens folgte der Shadif ihr zutraulich, sodass sie nicht auch noch ein widerspenstiges Pferd zu bändigen hatte. Seine Hufe sanken fast lautlos in den Untergrund. Finni war sicher, dass niemand sie hören konnte. Endlich fand sie den Beginn des befestigten Weges. Hier sollte sie auf die anderen warten. Unbewusst stellte sie sich so hin, dass Feuertanz ein paar Gräser abknabbern konnte, und suchte mit ihrem Blick das Dorf nach den anderen ab.

Rhiana lehnte sich an die vom herabrieselnden Putz sandige Bruchsteinmauer des größten Hauses. Rashid, der ihren Dolch in der Hand hielt, winkte Elidana vorbei, die sich gegenüber dem Eingang postierte. Die Südländerin zog langsam ihr Rapier, damit es kein Geräusch verursachte, und Rhiana tat es ihr mit dem Schwert nach. Sie hatten die Waffen bedeckt gehalten, um sich nicht durch ein Aufglänzen der Klingen zu verraten, aber nun war der entscheidende Moment gekommen.

Der Novadi nickte Elidana zu. Die Brabakerin nahm kurz Anlauf, trat mit beeindruckender Wucht die krachende Tür ein und stürmte laut schreiend hindurch. Rhiana folgte ihr mit ebenbürtigem Getöse. Es war ihnen klar, dass sie damit das ganze Dorf wecken konnten, aber entscheidend blieb der Effekt auf den überrumpelten und hoffentlich eingeschüchterten Gegner hier. Eisfell drängte sich an Rashid vorbei. Dann sprang als Letzter der barfüßige Tulamide in die Höhle des Löwen.

»Keiner rührt sich!«, brüllte Elidana. »Du da, leg das Messer hin! Hinlegen!«

»Ihr beiden an die Wand! Wird's bald!«, herrschte Rhiana eine breitschultrige Fischerin und einen hageren Kerl an.

Die mollige Lyn ging hinter ihrem großen Tisch in Deckung. Ein gewiefterer Mann hechtete aus dem hinteren Fenster, dessen Läden offen standen. Die Angreifer störte das nicht. Sie hatten es nur auf Trom abgesehen.

»War doch klar, dat der Hund noch Komplizen hat«, ärgerte der sich. »Wir hätten dich gleich kaltmachen sollen.«

»Quatsch nicht! Dreh dich um!«, befahl Elidana, während Rhiana die anderen in Schach hielt.

»Zieh deinen Gürtel aus, du Sohn eines Ogers!«, fügte Rashid hinzu.

Trom runzelte die Stirn. Er wog seine Chancen ab.

»Tu, was er sagt!«, fauchte die Brabakerin und ließ ihr Rapier bedrohlich vorschnellen, ohne es in seiner Reichweite zu belassen.

Widerwillig löste der Fischer den dünnen Strick, mit dem er seine vom Schmutz graue Hose zusammenhielt. Die Beinkleider fanden unter seinem Bauch nun keinen Halt mehr und rutschten nach unten. Auf diese Art entblößt, zog es Trom nun doch vor, sich auch umzudrehen, obwohl ihn die Hose dabei behinderte.

»Wirf das Seil hinter dich!«, ordnete Rashid an.

Elidana rückte noch ein Stück näher, damit der bärenstarke Kerl nicht auf dumme Gedanken kam, während der Tulamide den Strick vom Boden aufhob, um Trom die Hände auf den Rücken zu fesseln.

»Eisfell, raus!«, befahl Rhiana.

Der Wolfshund trollte sich. Rashid setzte dem Anführer der Fischer den Dolch an die Kehle.

»Wir gehen jetzt nach draußen«, kündete er an. »Rückwärts und ganz langsam. Wenn einer eine falsche Bewegung macht, ist euer Freund tot.«

Er dirigierte den zähneknirschenden Trom zur Tür. Rhiana und die Brabakerin sicherten den Rückzug. Von den anderen Hütten drang Geschrei herüber. Rashid beschleunigte seine Schritte. Er wollte keine Gegner zwischen sich und dem einzigen Fluchtweg haben. Vor dem Haus wandte er sich in Richtung des Knüppeldamms und blieb nach einigen Schritten stehen. Der knurrende Eisfell und die beiden Frauen mit ihren erhobenen Waffen hielten die Leute auf Abstand, die nun auf dem Dorfplatz zusammenliefen.

»Niemandem wird etwas passieren, wenn ihr mir einfach nur mein Eigentum zurückgebt«, rief der Novadi. »Bringt alles her und legt es hier auf einen Haufen! Dann lasse ich euren Anführer frei.«

In den Gesichtern der Menschen mischten sich Wut und Unsicherheit. Sie verspürten wenig Lust, die kostbaren Dinge wieder herzugeben, die sie im Geiste bereits teuer in Havena verkauft hatten. Viele von ihnen hätten dabei mehr Geld gesehen als in ihrem ganzen vorherigen Leben.

»Es sind nur drei«, ließ sich eine Stimme über dem unverständlichen Raunen der restlichen Leute vernehmen. »Mit denen werden wir fertig.«

Rashid drückte die Klinge so fest auf Troms Kehlkopf, dass der Fischer notgedrungen die Luft anhielt.

»Sag' ihnen, sie sollen gehorchen, oder ich füttere die Krabben mit dir!«, zischte er.

»Wollt ihr mich umbringen?«, krächzte Trom. »Bringt gefälligst den Plunder her!«

Plötzlich erschien Lyn in ihrer Tür. Sie trug Rashids Satteltaschen und warf sie ihrem Mann vor die Füße.

»Ich wollt' Euern Besitz eh nicht haben«, teilte sie Rashid würdevoll mit, bevor sie ins Haus zurückkehrte.

Vereinzelt grummelten immer noch einige Fischer unwirsches Zeug, aber andere waren in ihren Katen verschwunden. Der Hagere schleppte Rashids Sattelzeug herbei, die zahnlose Alte seinen Umhang. Nach und nach landeten auch seine übrigen Kleider, die Stiefel und der Reitersäbel auf dem Stapel.

»Da fehlt immer noch etwas«, stellte Rashid zornig fest. »Bei Rastullahs Bart! Ich warne euch ein letztes Mal. Meine Geduld nähert sich ihrem blutigen Ende!«

Die Umstehenden schubsten die breitschultrige Fischerin.

»Mach schon, Aeb! Dat sind Piraten, die meinen's ernst!«, drängten sie.

Die Frau stampfte wütend mit einem Fuß und wirbelte so vehement herum, dass die anderen ängstlich auswichen. Sie marschierte mit energischen Schritten zu ihrem Haus, um sich kurz darauf mit einem Krummdolch in einer mit besticktem Samt bezogenen Scheide vor Trom und Rashid aufzubauen. Der Griff war mit Einlegearbeiten aus Mohagoni verziert und endete in einem silbernen Knauf.

»Vergiss dat nie, Trom!«, mahnte sie ihren Anführer zornig. »Dat Ding ist tausend mal mehr wert als din elendes Leben. Aber ich tu' dat für min' Mann, weil er din Bruder war.«

Sie ließ den Dolch auf den Haufen fallen und stapfte schweigend davon.

»Das ist alles«, sagte Rashid, damit Rhiana und Elidana wussten, was nun anstand.

»Wir werden jetzt gehen«, verkündete er den Fischersleuten, während die Brabakerin ihr Rapier einsteckte, um Rashids Habseligkeiten zusammenzuraffen. Rhiana legte umso mehr Entschlossenheit in ihre Haltung und wurde dabei von dem knurrenden Eisfell unterstützt.

»Bleibt zurück!«, drohte Rashid. »Ich werde ihn erst freilassen, wenn wir euch nicht mehr sehen können.«

Unter den wüsten Flüchen der enttäuschten Dorfbewohner zogen die Gefährten sich zum Knüppeldamm zurück. Solange ihre Gegner noch gefährlich nah waren, gingen sie langsam und behielten die Leute genau im Auge. Bei der wartenden Finni angekommen, legten sie ein flotteres Tempo vor, aber der von seiner Hose gefesselte Trom verhinderte, dass sie wirklich schnell vorankamen.

»Meine Güte, ist das Zeug schwer!«, ächzte Elidana.

»Deshalb trägt es für gewöhnlich ja auch das Pferd«, versetzte der Tulamide.

Endlich wurden die Hütten der Fischer von der Dunkelheit verschluckt. Rashid schnitt ein Stück von den Beinkleidern ab, die ohnehin nicht ihm gehörten, und stopfte Trom den Lappen als Knebel in den Mund.

»Damit er nicht sofort seine Bande von Halsabschneidern herpfeift«, erklärte er seinen Begleiterinnen.

Sie ließen den wutschnaubenden Trom einfach stehen und eilten in die Nacht.

Kapitel 14

Gomm marschierte festen Schrittes den Weg – denn eine Straße konnte man diese Piste kaum nennen – nach Havena entlang. Sein Freund Connair hockte in dem Tragegestell auf seinem Rücken und bemühte sich, es dem Hünen leicht zu machen. Auch ohne Beine konnte der ehemalige Söldner sich mit Hilfe eines niedrigen Wägelchens fortbewegen, doch dazu benötigte er trockenen oder befestigten Boden. In dem hier vorherrschenden Schlamm wären die kleinen Räder sofort stecken geblieben und sein fahrbarer Untersatz höchstens als Schlitten zu gebrauchen.

Havena, Anfang Boron 914 BF

Connair grinste über die Vorstellung, wie er – den Wagenlenkern beim Donnersturmrennen gleich – mit vier vorgespannten Wehrheimer Doggen durch den Matsch sauste. Wenn die Tiere nicht solche Unmengen an Futter verschlingen würden, wäre das sogar eine echte Attraktion für die Darbietungen der Truppe gewesen.

Ach ja, unsere Auftritte, seufzte er bei sich. Am ersten Tag nach ihrem verlockenden Zug durch Havena waren tatsächlich einige Leute aus der Stadt in das kleine Dorf gekommen, wo sie ihr Lager aufgeschlagen hatten. Gemeinsam mit den ansässigen Bauern waren sie zahlreich genug gewesen, um die Erwartungen der Gaukler zufrieden zu stellen. Die Einnahmen hatten die Sorgenfalten in Branwens Gesicht für einen Abend geglättet. Die nächste Vorstellung sahen jedoch schon ausschließlich Landleute und Handwerker aus Feldmark, und am dritten Tag wurden nur noch die Kinder des Dorfes vom Treiben der Artisten angezogen.

Connair wusste nicht, was er dagegen unternehmen sollte. Einen weiteren Umzug durch Havena würden die Büttel sicher nicht erlauben, weil dieser wieder »Geleitschutz« erforderte. Sonst könnten sie auch gleich einen Auftritt gestatten. Er überlegte, ob sie es einfach am Südtor noch einmal probieren sollten. Bestimmt ließ sich eine Tageszeit finden, an der Gardisten Wache schoben, denen die Gaukler noch unbekannt waren. Aber wahrscheinlich hatten die Männer und Frauen untereinander getratscht, sodass nun jeder über die abgewiesenen Störenfriede Bescheid wusste. Dann waren die Gardisten womöglich darüber erbost, dass man sie für so dämlich hielt, und machten richtigen Ärger.

Nein, das hat wenig Sinn, schlug er sich die Idee aus dem Kopf. *Aber alles andere, was mir einfällt, kostet Geld. Geld, das wir nicht haben.*

Er drehte den Beutel mit Münzen, den Branwen ihm mitgegeben hatte, in seiner Tasche umher.

Die muss ich weise einsetzen, ermahnte er sich.

Am Tor wurden sie dieses Mal nur kurz aufgehalten. Da sie offensichtlich weder Magier waren noch zu verkaufende Güter mit sich schleppten, beließen es die Wachleute bei schiefen Blicken und einer spöttischen Bemerkung. Connair überhörte so etwas meistens. Ihm war bewusst, dass er selbst nicht besser gewesen war, als er noch unversehrt und voller arroganter Kampfeslust mit seiner Unbesiegbarkeit geprahlt hatte. Damit war es lange vorbei. Er musste nicht mehr wegen hohler Worte aufbrausen. Ja, er wollte sogar keine Waffe mehr anrühren, solange ihn niemand ernsthaft bedrohte. Früher war ihm das Leben als eine Anhäufung von Prügeleien, Streit und kriegerischen Auseinandersetzungen erschienen, in der es keinen Platz für friedliche Dinge gab. Doch mittlerweile hatte er entdeckt, dass man sich auch mit anderen Möglichkeiten durchschlagen konnte. Mit List, Geduld, Können und Findigkeit. Damit würde er auch dieses Mal Erfolg haben, wenn Phex ihm hold war.

Gomm und er durchquerten das verpestete Gerberviertel

und gingen über die mächtige Holzbrücke, um sich in das Getümmel der großen Stadt zu stürzen. Eine Weile ließen sie sich einfach von der Menge in Richtung Altstadt treiben. Vereinzelt winkte ihnen jemand zu, der sich an ihre Vorstellung oder auch nur an den bunten Zug durch Unterfluren erinnerte. Andere gafften unverhohlen das seltsame Duo an, das die meisten Passanten weit überragte. Ein paar Kinder hefteten sich an die Fersen des Hünen, bedachten Connair zunächst mit Spottliedern und wurden dann – als die beiden nicht darauf eingingen – eher neugierig.

»Warum hast du denn keine Beine?«, quäkte ein dürres Mädchen in einem zerschlissenen Hemdkleid zu ihm hinauf. Es hatte dicke Lumpen um seine Füße gewickelt, aber der Stoff hatte sich voll Nässe gesogen und war völlig verdreckt, sodass er kaum noch Schutz gegen Kälte bot.

»Warum hast du denn keine Zähne?«, fragte Connair nur zurück, denn das Kind hatte noch Lücken, wo bald Schneidezähne wachsen würden.

»Die verliert doch jeder«, konterte es altklug.

»Und die Beine nicht?«, zog der Gaukler es auf.

»Nee.«

»Tja, dann bin ich eben etwas Besonderes«, behauptete er. »Warte nur, bis sie mir nachgewachsen sind!«

»Die wachsen nicht nach«, mischte sich ein älterer Junge ein. »Dem alten Bennwir fehlt eine Hand und das schon zwanzig Jahre.«

»Oh je, und ich dachte, das wird wieder«, jammerte Connair mit gespielter Verzweiflung.

Die Kinder lachten, aber es war ein verlegenes Lachen, denn sie verstanden seine Ironie noch nicht.

»Du hast uns immer noch nicht gesagt, wie du sie verloren hast«, beschwerte sich das Mädchen.

Gomm schmunzelte über so viel Hartnäckigkeit, während sein Freund nachdenklich auf die Kleine herabsah.

»Weißt du, ich war einmal ein Soldat«, begann er. »Ein großer, starker Mann wie mein braver Lastesel hier.«

Er tätschelte Gomms mächtigen Schädel, was die Kinder erneut erheiterte. Es machte Connair Spaß, sie zu unterhalten und für einen Augenblick von ihrem offensichtlich ärmlichen Leben abzulenken.

»Ja, und damals diente ich einem stolzen Ritter namens Thurbund«, fuhr er fort. »Der wackere Mann war im Herzen vollkommen seiner Göttin Rondra ergeben, aber leider war er nicht sehr hoch gewachsen, und seinen Armen fehlte die rechte Kraft. Das hat ein jeder gesehen, nur er selbst hat es nicht gemerkt.«

Connair machte eine Pause, damit seine kichernden, kleinen Verfolger einem schwerfälligen, mit Torf beladenen Fuhrwerk ausweichen konnten.

»Eines Tages hörte der stolze Thurbund, dass die schöne Tochter seines Nachbarn, Graf Geron, von einem bösen Drachen geraubt worden war«, flunkerte er dann munter weiter. »Natürlich eilte der kleine Mann sofort zu seinem Streitross, das er nur mit Hilfe einer Leiter besteigen konnte, und seine anderen Soldaten und ich, wir mussten ihn begleiten, um die holde Jungfrau zu befreien. Wir stiegen auf einen hohen Berg, wo der böse Drache seine Höhle voller Schätze hatte. Als wir dort ankamen, ritt der mutige Ritter vor das Loch im Gestein und rief dem Ungeheuer seine Herausforderung entgegen. Hui, da ist das riesige Biest aus seiner Höhle geschossen, dass mir fast das Herz stehen geblieben ist! Es hatte ein enormes Maul mit sooo großen Zähnen darin. Stimmt's nicht, Gomm?«

Der Hüne brummte freundlich.

»Gomm war damals nämlich auch dabei«, erklärte Connair seinen faszinierten Zuhörern. »Dann hat das Monster Feuer gespuckt und uns allen die Haare abgesengt dabei. Aber unser tapferer Thurbund hat sich nicht einschüchtern lassen und griff mit seiner Lanze an. Der Spieß bohrte sich in den mächtigen Leib des Untiers, sodass wir schon alle jubeln wollten, doch der böse Drache war ein zäher Bursche. Er hat trotzdem den Ritter samt seinem Streitross gepackt und wollte sie verspeisen. Die anderen Soldaten schlotterten vor Angst, aber ich dachte, dass doch jemand dem armen kleinen Thurbund helfen muss. Also hab' ich all meinen Mut zusammengenommen und bin vor dem Ungeheuer auf- und abgesprungen. »Hier, du Monster, ich töte dich! Versuch doch, mich zu fressen!« Tja, das treue Ross von unserem Herrn Ritter hatte der böse Drache schon in Tausend Stücke gerissen, aber den Krieger in seiner dicken Rüstung hat es tatsächlich wieder ausgespuckt. Stattdessen hat es dann mich mit seinen messerscharfen Zähnen geschnappt. Iiih, ich sag' euch, war das eklig in seinem Maul! Mein guter Herr hat die Bestie mit seinem Schwert zur Strecke gebracht und mich gerettet, nur meine Beine, die waren fort. Deshalb seht ihr mich heute als Krüppel, den sein Freund herumtragen muss.«

»Und was wurde aus der hübschen Jungfrau?«, erkundigte sich das Mädchen.

»Die hat natürlich den heldenhaften Thurbund geheiratet und viele Kinder bekommen«, antwortete Connair sogleich.

Die Kinder waren sehr beeindruckt und wollten mehr von dem kleinen, mutigen Ritter hören.

»Nein, ihr Plagegeister, das Erzählen hat meine Kehle schon ganz rau gemacht«, wehrte Connair ab. »Ich muss jetzt erst einmal etwas zu trinken finden.«

Mit enttäuschten Gesichtern, aber rasch durch andere, nun spannendere Eindrücke abgelenkt, verstreuten sich die kleinen Gestalten in der Menge.

»Die Geschichte wird immer schöner, je öfter du sie erzählst«, lobte Gomm.

Sein Freund lachte. »Ja, nicht wahr? Schade nur, dass mir nie einer glaubt, wenn ich behaupte, den Drachen selbst erlegt zu haben.«

»Eigenlob stinkt nun mal. Das will keiner hören«, meinte der Hüne grinsend.

Um sie herum hatte die Stadt sich verändert. Sie waren in engen, verwinkelten Gassen gelandet, deren Häuser manchmal so überbordend gebaut worden waren, dass die Giebel sich über die Straße hinweg fast berührten. Ein Hauch von Salz und nicht ganz frischem Seefisch hing in der Luft, wo nicht eine der unzähligen Kneipen den Geruch nach Bier und fettigen Speisen verbreitete. Fröhliches Gejohle und lautes Stimmengewirr drangen aus den Schenken, obwohl gerade erst Mittag vorüber war. Unter die typischen Havener mischten sich hier im Nalleshof viele fremdländische Gestalten aus dem nahen Hafen. Dunkelhäutige Südländerinnen mit blitzend weißen Zähnen scherzten mit imposanten Thorwalerkriegern, die ihre blonden Haare und Bärte zu etlichen Zöpfen geflochten hatten. Männliche und weibliche Matrosen aus aller Herren Länder, viele von ihnen mit exotischen Tätowierungen und ungewohnten Haartrachten, schoben sich durch die Gassen auf der Suche nach Vergnügen und Abwechslung vom Alltag auf See. Anzüglich lächelnde Damen präsentierten ihnen Schwindel erregend tiefe Dekolletés und raffiniert geschlitzte Röcke.

Donnerschlag!, dachte Connair beeindruckt. *Das wär' ein Publikum!*

»Gomm! Gaff die Weiber nicht so an!«, schalt er scherzhaft seinen Freund. »Schaff uns lieber in eine von diesen Tavernen, damit wir was in den Magen kriegen!«

Der Hüne steuerte die nächstbeste Schenke an, deren Namensschild er ohnehin nicht lesen konnte. Ihm gefiel jedoch die barbusige Nixe, die neben den blauen Lettern aufgemalt war. Der Eingang war für den großen Mann viel zu niedrig, geschweige denn mit Connair auf dem Rücken. Gomm setzte das Holzgestell daher ab, damit sein Freund heraussteigen konnte. Er nahm die Trage in die eine Hand und hielt mit der anderen die Tür auf. Connair benutzte seine Fäuste als Füße, stemmte sich hoch und watschelte, trotz allem beeindruckend geschickt, in das rauchgeschwängerte, nach Schweiß und Teer, Salz und Bratfisch miefende Innere der *Blauen Meerjungfrau.*

Die Gäste der gut besuchten Taverne rekrutierten sich aus dem gleichen bunten Völkergemisch wie die Menschen in den schmalen Gassen. Sie standen um die Theke herum oder saßen dicht gedrängt an den Tischen, schäumende Bierhumpen vor sich und in süßlichen Pfeifenrauch gehüllt. Zwei kleine Äffchen jagten sich kreischend vor Connair über den klebrigen Kneipenboden, bevor sie sich rücksichtslos an irgendwelchen Seeleuten hinauf in höhere Gefilde schwangen.

Der Anblick des seltsam halbiert wirkenden Veteranen erregte hier nur wenig Aufsehen. Gomm, der den besseren Überblick hatte, fand einen freien Stuhl und hob seinen Freund hinauf. Eine Bewegung, die so nüchtern und beiläufig ausgeführt wurde, dass keine Ähnlichkeit mit einer übervorsichtigen Mutter entstand, die umständlich ihr Kind betüddelte. Die Männer und Frauen am Tisch nickten den Neuankömmlingen freundlich zu, bevor sich die meisten wieder ihren eigenen Gesprächen zuwendeten.

»Wirt! Zwei Bier für mich und meinen Freund!«, rief Connair, als eine mit leeren Krügen beladene Gestalt, eine schmuddelige Schürze um den Bauch gebunden, vorübereilte.

»Du gefällst mir!«, blökte die angetrunkene, tief gebräunte Matrosin ihm gegenüber. »Lässt dich von deinem Schicksal nicht unterkriegen, obwohl du ne Landratte bist.«

»Wärst prima geeignet als Galionsfigur, wenn du nicht so hässlich wärst«, scherzte ein anderer. »Die brauchen keine Beine.«

»Vielleicht hilft ja ein wenig Schminke und ne Perücke«, schlug Connair grinsend vor, was allenthalben wieherndes Gelächter auslöste.

Die Bedienung brachte eine neue Runde, und die beiden Gaukler stießen mit den Seeleuten an.

Die sind gerade recht, freute sich Connair. *Für jeden Spaß zu haben, und das Geld sitzt locker.*

Er hörte eine Weile den wüsten Geschichten der fröhlichen Runde zu, gegen die sein Märchen über die Heldentaten des tapferen Thurbund geradezu glaubhaft wirkte. Seine neuen Bekanntschaften erkundigten sich, woher er kam und wie es ihn nach Havena verschlagen hatte. Connair berichtete, dass er zu einer Gruppe Gaukler gehörte und wie sie mit dem Korporal der Stadtwache verhandelt hatten.

»Jetzt können wir hier nicht auftreten, obwohl gerade euch unsere Darbietungen sicher gut gefallen hätten«, bedauerte er. »Und Gomm hier...« Er deutete auf seinen ruhigeren Gefährten. »... Gomm hätte den meisten Spaß von allen gehabt. Er ist nämlich der stärkste Mann Albernias und lässt sich gern einmal von neuen Gegnern herausfordern.«

»Der stärkste Mann Albernias?«, wiederholte ein Matrose.

Diese Prahlerei rief ein großes Hallo unter den Seeleuten hervor.

»Das soll er mal beweisen!«

»Den schaff ich mit links!«

»Wetten, dass der nur angibt?«, tönte es von allen Seiten.

»Aber, Freunde, das hier ist doch ein Gasthaus«, mahnte Connair. »Wir können hier keinen Ringkampf veranstalten.«

»Feigling!«

»Der will sich drücken.«

»So leicht kommst du mir nicht davon, bei Swafnir!«, dröhnte ein kräftiger Thorwaler. »Ich fordere dich heraus!«

»Bist du mit einem Armdrücken einverstanden?«, fragte Connair. »Gomm, was sagst du dazu? Ich halte jede Wette, dass mein Freund diesen Seebären besiegen kann.«

»So viel Geld hast du doch gar nicht«, erwiderte jemand.

Stimmt, aber das müsst ihr ja nicht wissen, dachte der Veteran bei sich. Er holte wortlos seinen gut gefüllten Geldbeutel hervor, der die gesamte Barschaft der Gaukler enthielt. Die Münzen bestanden zwar nur aus Hellern und Kreuzern, klimperten jedoch trotzdem sehr vielversprechend. Connair verbarg den Beutel wieder unter seinem Wams und sah sich erwartungsvoll um. Die Blicke schweiften zwischen dem robusten, schweren Gomm und dem muskulösen, kaum kleineren Thorwaler abschätzend hin und her. Der Seemann schob sein kantiges Kinn vor. Seine Augen blitzten von entschlossenem Siegeswillen, während der rundgesichtige Gomm gutmütig lächelte.

»Ha, ich setze fünf Silbertaler auf meinen Landsmann«, verkündete eine ebenso stattliche Blondine.

Mittlerweile war das ganze Lokal auf das bevorstehende Kräftemessen aufmerksam geworden. Nicht nur mit Connair, sondern auch untereinander wurden eifrig Wetten abgeschlossen. Die meisten setzten freilich nicht so viel wie die kühne Thorwalerin, die aus Stolz auf ihre eingeschworene Schiffsgemeinschaft handelte. An Connairs Tisch rückten die Seeleute zusammen, um Platz für die beiden Kontrahenten zu schaffen, damit sie sich gegenüber sitzen konnten. Der Herausforderer zog sein Hemd aus, das ihn womöglich einengen konnte. Seine breite, blond behaarte Brust, die das Bild eines stolzen Drachenschiffes zierte, brachte ihm anerkennende Zurufe des weiblichen Publikums ein. Gomm nahm die ganze Aufregung scheinbar gelassen. Er spannte prüfend seinen Bizeps an und befand seinen Ärmel für weit genug, um ihn nicht zu behindern.

»Greift zu!«, forderte ein älterer, von vielen Narben gezeichneter Matrose die beiden Gegner auf. »Auf mein Kommando geht's los.«

Die beiden Hünen packten sich bei der Hand und stellten ihre Unterarme zurecht.

»Los!«

Unter dem anfeuernden Gebrüll der begeisterten Seeleute ging eine Verwandlung in Gomms Gesicht vor sich. Plötzlich zeigte sich auch auf seiner Miene grimmiger Kampfgeist. Seine kräftigen Finger umklammerten die schwielige Hand des Thorwalers, bis die Knöchel weiß hervortraten. Die mächtigen Körper der Kontrahenten versteiften sich vor Anstrengung, während Gomms Pranke die Oberhand gewann. Sein Gegner knirschte mit den Zähnen.

»Du wirst dich doch nicht von einer Landratte niederzwingen lassen!«, schimpfte die blonde Seefrau. »Streng dich an! Für unsern Hetmann! Für die Wogenreiterotta!«

Die Muskelpakete am Arm des Thorwalers wollten schier bersten, als er mit einem Knurren gegen Gomms Griff aufbegehrte und tatsächlich das Ruder herumwarf. Mit einem Mal war es der riesige Gaukler, dessen Hand sich bedrohlich der Tischplatte näherte. Schweiß trat den Männern auf die Stirnen. Überall spannten sich Sehnen wie Segeltaue unter hartem Wind. Connair sandte ein stummes Gebet an Phex. Er starrte gebannt auf die ineinander verschlungenen Fäuste und nahm das Geschrei um ihn herum nicht mehr wahr.

Du musst gewinnen, Gomm, dachte er nur. *Du musst einfach. Ich kann unsere Wettschulden sonst nicht begleichen, und Branwen reißt uns den Kopf ab, wenn wir ohne Geld zurückkommen.*

Noch immer hielt sein Freund dem Druck des Thorwalers stand, obwohl jener klar im Vorteil war. Die Muskeln der beiden Gegner begannen zu zittern. Mit einem unbeschreiblichen Laut, der weder von einem Mensch noch einem Tier zu stammen schien, presste Gomm die widerstrebenden Fasern noch weiter zusammen und stemmte die Hand seines überraschten Kontrahenten wieder noch oben. Ungläubiges Raunen lief durch die Reihen der Zuschauer, bevor sie mit neuer Begeisterung ihren jeweiligen Favoriten anspornten.

Mit hochroten Köpfen kämpften die Männer gegeneinander an. Ihre Hände schwankten quälend langsam mal in die eine, dann wieder in die andere Richtung. Ihre Gesichter waren zu verbissenen Masken verzerrt. Plötzlich sausten die Fäuste unter einem vielfachen Aufschrei nach unten. Der Handrücken des Thorwalers landete in der Bierlache auf dem Tisch. Gomm ließ los und brüllte über den Lärm der Umstehenden seinen Sieg heraus.

»Du hast es geschafft! Du hast es geschafft!«, jubelte Connair und hätte auf seinem Stuhl herumgehüpft, wenn ihm nicht im letzten Augenblick eingefallen wäre, dass ihm die Beine dazu fehlten.

»Wirt! Feuer für die beiden Kerle! Aber gleich einen ganzen Eimer!«, forderte der alte Seebär neben ihm.

Gomm strahlte und ließ sich mit hochgereckten Armen feiern, wobei die niedrige Decke ein wenig hinderlich war. Doch der Hüne vergaß seinen Gegner, der ihn fast besiegt hätte, nicht. Er reichte ihm noch einmal die Pranke, diesmal in einer freundschaftlichen Geste, und der Thorwaler schüttelte seine Enttäuschung ab, um grinsend einzuschlagen.

»Das war ein guter Kampf, bei Swafnir!«

In einem anderen Teil der Stadt streunte Natalju ziellos umher. Gomm und Connair hatten keine Ahnung, dass das Mädchen von etwa fünfzehn Jahren – genau wusste sie es selbst nicht – sich kurz nach ihrem Aufbruch angeschickt hatte, Havena auf eigene Faust zu erkunden. Sie fand sich alt genug, um auf sich selbst aufzupassen. Hatte sie das nicht schon getan, seit sie ein Dreikäsehoch gewesen war?

Im Lager der Gaukler gab es für ein aufgewecktes Mädchen wenig, um sich die Zeit zu vertreiben. Den anderen beim Proben zuzusehen, hatte schon lange seinen Reiz für Natalju verloren. Ihre eigenen Fertigkeiten trainierte sie beiläufig, fast schon im Schlaf. Ihr fehlte ein Vorbild, ein Lehrer, der ihr neue Kartentricks zeigen oder verrückte Spielereien beibringen konnte, denn Natalju war nicht für Akrobatik und Kraftakte geschaffen. Ihr schmächtiger Brustkorb und die hängenden Schultern allein hätten sie nicht daran gehindert, ein geschmeidiger Artist zu werden, doch ihr mangelte es an Körperbeherrschung und Muskulatur. Von klein auf hatte sie bei ihrer Mutter in der Hütte sitzen und beim Flechten von Weidenkörben helfen müssen. Durch diese Arbeit waren ihre Finger flink und geschickt, sogar stark geworden, aber der Rest ihres Körpers war verkümmert. Ihren Vater hatte sie nie kennen gelernt. Die Mutter sprach nicht darüber. Sie war bettelarm, lebte einzig vom Verkauf ihrer Körbe, und Natalju musste oft mit ihr Hunger leiden. Dann zog ein Mann bei ihnen ein, den das kleine Mädchen Stiefvater nennen sollte. Es gab nun mehr zu essen, aber noch weniger Freude. Ihre Mutter bekam weitere Kinder, kümmerte sich jedoch kaum noch um ihre Älteste. Ihr neuer Mann hatte für den schwächlichen Bastard – das Mädchen konnte noch immer den verächtlichen Ton in der einschüchternden Stimme hören – nur Schläge übrig, sodass Nataljus Lebenswille eines Nachts ihre Furcht überwand und sie sich davonschlich. Sie irrte durch die Dörfer des Abagund, stopfte in sich hinein, was sie in Abfallhaufen fand und auf Märkten stibitzen konnte. Niemand hätte einem so jungen, zerbrechlich wirkenden Mädchen zugetraut, sich auf diese Art zwei lange Jahre durchzuschlagen, bis Tsalita sie erwischte, wie sie sich aus dem Sammelhut der Gaukler bedienen wollte. Die seltsamen Gestalten hatten die staunende Natalju bei sich aufgenommen und waren für sie zu ihrer wahren Familie geworden.

Eine Familie, die allerdings wieder einmal selbst kurz davor ist, hungern zu müssen, wenn sie nicht eines ihrer Zugtiere verkaufen will, seufzte das Mädchen bei sich.

Die Maultiere und Pferde stellten für die Gaukler zwar eine beachtliche Notreserve dar, doch ihnen war bewusst, dass sie in guten Zeiten sehr viel länger sparen mussten, um ein verlorenes Tier ersetzen zu können, als sie in schlechten Zeiten vom Erlös des Verkaufs leben konnten. Deshalb schöpften sie stets alle anderen Möglichkeiten aus, um an Geld zu gelangen, bevor sie sich von einem der Vierbeiner trennten.

Natalju schlenderte durch die betriebsamen Straßen und sog die Atmosphäre der großen Stadt in sich auf. Die Vielfalt der Gerüche überflutete ihre Nase, bis sie sie kaum noch unterscheiden konnte. Tausende Geräusche drangen in immer schnellerem Wechsel auf sie ein, um sich zu einem steten Brausen in ihren Ohren zu steigern. Häuser, Geschäfte, Fahrzeuge und unzählige Menschen wirbelten durch ihr Blickfeld und berauschten gemeinsam mit all den anderen Eindrücken ihre überforderten Sinne. Das Mädchen hatte bei der Durchquerung Havenas im vertrauten Planwagen bereits einen Vorgeschmack auf diesen Trubel erhalten, aber sich allein und zu Fuß darunter zu mischen, übertraf seine Vorstellung bei weitem. Sie fühlte sich als Teil dieses geschäftigen Treibens, wie ein Fisch geborgen in seinem riesigen Schwarm, und zugleich flößte ihr die Masse fremder Gesichter, von denen die meisten ihr keine Beachtung schenkten, Angst ein. Angst und eine

Ahnung von Einsamkeit, die sich vom Alleinsein in der freien Natur vollkommen unterschied.

Nach einer Weile strandete Natalju auf einem freien Platz zwischen den Häuserfronten. Sofern man bei einem belebten, von Buden, Ständen und Fuhrwerken übersäten Markt von einem *freien* Platz sprechen konnte. Das Mädchen fühlte sich allmählich elend. Ihr Magen krampfte sich zu einem schmerzenden Loch in ihrer Mitte zusammen, und ihre Füße waren schwer geworden. Ermüdet von dem steten Ansturm neuer Eindrücke, hielt sie nach einer ruhigen Ecke Ausschau, in die sie sich ein wenig zurückziehen konnte. Doch einen solchen Ort vermochte sie um sich herum nicht zu entdecken. Hier ging es eher noch lebhafter zu. Die Händler und Marktschreier priesen lautstark ihre Waren an. Überall wurde beurteilt und gefeilscht. Geflügel schnatterte und gackerte. Irgendwo trällerte eine Flöte. Münzen klimperten. Münzen…

Genau vor Nataljus Nase fiel einem feisten Koch das Geld aus der Hand, weil sich ein Bauernpaar mit leeren Kisten und Kiepen in seinem Rücken vorbeizwängte und gegen ihn stieß. Ungeduldig balancierte die Verkäuferin einen Arm voller Kohlköpfe, während ihr Kunde grummelnd nach seiner Barschaft suchte. Eine silbrig glänzende Münze rollte auf das Mädchen zu. Mit einer reflexhaft schnellen Bewegung ließ sie den Taler unter ihrem Schuh aus altem, aufgesprungenem Leder verschwinden und musterte plötzlich ganz beflissen die Auslagen der Krämerin, vor deren Stand sie angehalten hatte. Ihre Aufmerksamkeit galt jedoch keineswegs der kruden Mischung aus folkloristisch bestickten Schals und Deckchen, almadanischen Tabakdosen und bornländischen Götterbildchen, sondern dem schnaufenden Dickwanst, der sich ob seiner Körperfülle nur beschwerlich zum schmutzigen Pflaster hinunterbeugen konnte.

»Hast du nun endlich mein Geld? Ich muss noch andere Leute bedienen«, drängte die Gemüsehändlerin.

Der Koch richtete sich missmutig wieder auf und zählte ihr den passenden Betrag in die Hand, bevor er seinen Weißkohl entgegennahm. Er packte die Köpfe zu seinen restlichen Einkäufen in einen Korb, den er gegen gewitzte Diebeshände mit einem groben Tuch abdeckte. Natalju atmete erst auf, als der Mann mit einem letzten bedauernden Blick auf den Boden davonstapfte.

»Was lungerst du die ganze Zeit da herum?«, fuhr die Krämerin sie an, deren Laune mangels Kundschaft denkbar schlecht war.

Das Mädchen zuckte die Achseln, bückte sich rasch nach seiner Trophäe und trollte sich. Sie rieb die blinkende Münze an ihrem ohnehin fleckigen Hemd ab und umschloss sie dann wieder fest mit den schlanken Fingern. Ihre Müdigkeit war wie weggeblasen.

Phex ist mit mir, freute sie sich.

Der Taler in ihrer Hand bescherte ihr ein Gefühl von Reichtum. Dieses Geld hatte der Gott ihr geschenkt, ihr ganz allein, damit sie es sich endlich einmal gut gehen lassen konnte. Beschwingt flanierte sie über den Markt und genoss die Vorstellung, sich alles zu kaufen, was ihr gefallen mochte.

Sei nicht albern, Natalju!, ermahnte sie sich. *Ein Silbertaler reicht nicht einmal für ein neues Kartenspiel.*

Ihr Blick fiel auf den Stand eines Bäckers, wo klebrig-süße Honigkuchen neben rosinengespickten Hefeschnecken um ihre Gunst buhlten.

Aber die kann ich mir leisten, dachte sie trotzig und genehmigte sich von jeder Sorte ein Stück.

Am Rand des Platzes stieß sie auf ein niedriges Podium, um das sich kostümierte Gestalten zu schaffen machten. Kauend und schmatzend beobachtete das Mädchen, wie die fremden Schausteller letzte Vorbereitungen zu ihrem Auftritt trafen. Sie musterte neugierig deren bunte Kleidung und die exzentrische Art, sich zu schminken, die ihren Mienen einen verwegenen, fremdartigen Ausdruck verlieh. Die meisten von ihnen besaßen ein Musikinstrument; einige hatten sich zusätzlich mit Schellen besetzte Bänder um die Knöchel geschnallt, sodass bei jeder Bewegung ein vielstimmiges Geläut ertönte.

Natalju beneidete die Spielleute darum, dass sie vor diesem großen Publikum auftreten durften, während ihre eigene Truppe in einem öden Dorf festsaß. Die Darbietung wollte sie jedoch keinesfalls verpassen. Da die letzten Bissen der köstlichen Süßigkeiten immer trockener in ihrer Kehle klumpten, erstand sie rasch noch einen Becher Milch, um die Krümel herunterzuspülen. Mit angenehm vollem Bauch schleckte sie sich die zuckrigen Finger ab, während die Schaulustigen zusammenströmten, um zu sehen, was auf der kleinen Bühne geboten wurde, auf der sich die Musikanten und Gaukler formiert hatten.

Das überraschend einsetzende Dröhnen der großen Trommel fuhr Natalju in die Glieder. Im ersten Augenblick erschrak sie, doch dann fielen Schalmei und Fiedel mit einer wilden Melodie in den Rhythmus ein, und unwillkürlich wippte das Mädchen im Takt. Eine Feuerschluckerin wirbelte zu den Klängen in einem flotten Tanz mit ihren Fackeln über das Podium. Natalju klatschte begeistert in die Hände, doch plötzlich stach sie ihr schlechtes Gewissen. Hier stand sie, vollgestopft mit Leckereien, und applaudierte einer mitreißenden Vorstellung, während Branwen und Connair sich den Kopf zerbrachen, wie es mit ihrer Truppe weitergehen sollte.

Was bin ich nur für ein selbstsüchtiges Luder!, schalt sie sich selbst. *Anstatt mich hier zu vergnügen, sollte ich mir lieber etwas einfallen lassen, wie ich meinen Leuten helfen kann!*

In dem dichter werdenden Gedränge um die Bühne rempelte sie jemand an. Wie von selbst griff Natalju nach ihrem Gürtel, wo sie die restlichen Münzen verstaut hatte, denn sie kannte die Tricks der Taschendiebe nur zu gut. Ihr Geld war noch an seinem Platz, aber dem Mädchen dämmerte, dass die Gelegenheit günstig war wie nie. Sie hatte schon früher gestohlen, um über die Runden zu kommen. Warum sollte sie diesem Schubs des Schicksals nicht nachkommen und ihren Leuten eine Freude machen? Sie mussten nicht erfahren, woher der Segen wirklich stammte, wenn sie ihnen weismachte, dass sie es durch eine kleine Darbietung verdient hatte.

Vorsichtig schickte sie ihre Hände auf die gefährliche Wanderschaft in Jackentaschen und Mäntel, in vielversprechende Falten und Säckel, während sie sich durch die Menge schlängelte. Da! Sie erwischte eine kleine Börse und drängelte sich eilig von ihrem Opfer weg. Ein paar Schritt weiter hielt sie inne, um ihr Diebesgut verstohlen zu inspizieren. Ihr Herz schlug heftiger, als es ihr golden und silbern entgegenblinkte.

Phex meint es heute wirklich gut mit mir, jubelte sie im Stillen. *Ich bin die Größte! Da werden die anderen vielleicht Augen machen!*

Sie zwängte sich wieder zwischen die nichts ahnenden Menschen, die dem fröhlichen Gesang der Spielleute lauschten, zu dem ein Artist mit bemalten Eiern jonglierte. Nataljus Finger tasteten sich über feinen Samt und kratzigen Wollstoff. Wieselflink huschte ihre Hand hierhin und dorthin. Sie schaute keinem in die Augen, denn sie wusste, dass manche Leute unehrliche Absichten aus dem Gesicht lesen konnten, und ein keckes Lächeln erregte zu viel Aufmerksamkeit. Nein, Natalju war eine geschickte Beutelschneiderin. Ihre Finger streiften eine verlockende Gürteltasche. Sie spürte die Kanten der Münzen durch das weiche Leder und zog sich zurück.

Wie leichtsinnig dieser Mann sein Geld herumträgt.

Das Mädchen zückte sein kleines Messer. Um an diesen dicken Braten heranzukommen, würde sie ihn – kaschiert durch einen kleinen Zusammenstoß – abschneiden müssen. Die Trommel kündete donnernd ein weiteres Tanzlied an. Das Publikum geriet in Bewegung. Kinder hüpften umher. Junggebliebene wiegten und drehten sich. Natalju nutzte ihre Chance und warf sich genau berechnet gegen den Fremden. Die Riemen waren durchtrennt, noch bevor sie »Entschuldigung« gemurmelt hatte, ihre Bewegung fließend. Aber eine stählerne Faust schloss sich so brutal um ihr Handgelenk, dass sie die unauffällige Klinge fallen lassen musste.

»Du glaubst wohl, weil ich nicht im Dienst bin, kannst du's mit mir machen«, zischte der kräftige Kerl.

Natalju wand sich wie ein Aal, kratzte, biss und trat um sich, wie sie es schon als kleiner Dotz getan hatte, wenn sie erwischt worden war. Doch der Mann ließ sich davon nicht ablenken. Geübt drehte er den Arm des Mädchens auf den Rücken und zog ihn nach oben, während er mit der anderen Hand Nataljus Rechte einfing, die noch immer ihre Beute umklammert hielt. Für seine breite Pranke war es ein Leichtes, die beiden schmalen Handgelenke des Mädchens zu packen, das sich krümmen musste, um den Schmerz in seinen Schultern zu mildern. Der Fremde pflückte sein Eigentum aus Nataljus Fingern und zeigte die Börse selbstzufrieden den Umstehenden, die zurückgewichen waren, soweit es die Menge gestattete.

»Sag' noch einmal jemand, die Stadtwache würde nicht durchgreifen«, tönte er. »So, du dreckige, kleine Ratte, ab in den Kerker mit dir!«

Das Mädchen fühlte sich an den Armen herumgerissen und durch die Zuschauer bugsiert. In diese erniedrigende Haltung gezwungen, ließ sie auch den Kopf einfach hängen. Sie schämte sich, auch wenn sie nicht genau unterscheiden konnte, ob für den Diebstahl oder dafür, erwischt worden zu sein. Aus dem schraubstockartigen Griff des Gardisten gab es kein Entkommen. Nataljus Hochgefühl über ihre Glückssträhne war purer Verzweiflung gewichen. Taub und blind für die eben noch so aufregende, herrliche Stadt ließ sie sich durch die Straßen schleifen. Beine in den schweren Stiefeln der Stadtwache tauchten in ihrem Blickfeld auf, um sich ihrer Richtung anzuschließen, aber sie hörte nicht, was die Männer über ihr sprachen. Sie war eine aus dem fahrenden Volk, eine heimat- und damit rechtlose Gesellin. Das, was niemals geschehen durfte, war ausgerechnet ihr passiert. Die Hüter eines Rechtes, das für sie galt und ihr doch keine Gerechtigkeit anzubieten hatte, weil sie außerhalb des Gesetzes stand, hatten sie erwischt. Was sie mit ihr anstellen würden, blieb allein ihrer Willkür überlassen.

Kapitel 15

Muhrsape, Boron
914 BF

Bei Nacht über den alten, zerfallenden Knüppeldamm zu hetzen, erwies sich nicht gerade als Vergnügen. Sobald die Gefährten das Gefühl hatten, einen ordentlichen Abstand zwischen sich und etwaige Verfolger gelegt zu haben, hielten sie an, um die Lasten neu zu verteilen. Rashid schlüpfte in seine Kleider und konnte nun in Stiefeln auch sehr viel besser laufen. Feuertanz wurde gesattelt und gezäumt, sodass Elidana ihre Hände wieder frei hatte.

Danach liefen sie langsamer weiter, aber keiner fühlte sich sicher genug, um an ein Nachtlager zu denken. Wenn die Fischer rachsüchtig waren, mochten sie gar am nächsten Morgen in die Boote steigen und hätten die vermeintlichen Piraten dann schnell eingeholt. Da war es doch angenehmer, noch ein wenig Abstand zwischen sich und sie zu bringen.

Nach Mitternacht frischte der Wind auf und blies nun kräftig vom Meer her. Rhiana und die Brabakerin banden ihre Haare zu lockeren Zöpfen zusammen, damit ihnen die Strähnen nicht ständig vor die Augen geweht wurden und ihre Sicht behinderten. Die steife Brise machte ihre Wanderung ungemütlicher, aber andererseits ersparte sie ihnen die seltsamen, unheimlichen Laute, die zuvor aus den Sümpfen an ihre Ohren gedrungen waren. Das gequälte Stöhnen und Jammern hatte ihnen immer wieder Schauder über den Rücken gejagt.

Gegen Morgen eröffnete sich ihnen ein völlig unerwarteter Anblick. Nach Osten hin erstreckte sich meilenweit der Rand eines Waldes, der vor ihnen in felsiges Gelände überging. Der Boden stieg zu den Gesteinsbildungen hin an und war endlich einmal trocken. Der Knüppeldamm endete vor einer einladenden Wiese, auf der die Gefährten eine Rast einlegten. Rashid ließ seinen Hengst grasen, während Eisfell nach Mäusen stöberte. Die vier Wanderer teilten sich zum Frühstück ihren letzten, aus allen Taschen zusammengekratzten Proviant.

»Hinter den Felsen ist es nicht mehr weit nach Fiering«, eröffnete der Novadi seinen Begleiterinnen. »Man kann das Dorf von dort oben aus schon sehen.«

Im Licht der aufgehenden Sonne entdeckten sie einen ganz neuen Rashid. Er trug jetzt wieder seine geschmeidige, lederne Reithose und die Samtjacke mit aufgestickten, floralen Ornamenten. Dazwischen lugte eine dunkelrote Schärpe hervor, in welcher der kostbare Dolch steckte. Nur seine Kappe hatte er nicht aufgesetzt, weil der Wind sie davonzuwehen drohte.

»Herrlich!«, freute sich Finni, die den Tulamiden in seiner geschmackvollen Aufmachung noch anziehender fand. »Ich kann's kaum erwarten, mal wieder eine ordentliche Mahlzeit in einem anständigen Gasthaus zu bekommen. Oder umgekehrt.«

»Zu meinem tiefsten Bedauern muss ich Eure Hoffnungen ein wenig dämpfen, kleiner Dschinn«, meinte Rashid. »Auch wenn die Bewohner dieses Ortes nicht so unzivilisiert sind wie jene ungehobelten Rohlinge…« Er gestikulierte gen Norden. »…so werdet Ihr hier doch nicht gerade mit offenen Armen empfangen.«

»Was?«, fragte Rhiana aufgebracht. »Soll das heißen, wir werden auch dort keinen Proviant und keinen Führer finden?«

»Ihr seid selbst im Zorn schön wie der Lotos«, stellte der Tulamide fest. »Ich vermag nicht zu prophezeien, ob sich jemand erbarmen wird, Euch den rechten Weg zu weisen, aber erwartet einfach keine Annehmlichkeiten.«

»Gibt es in dieser Gegend denn überhaupt keine freundlichen Menschen?«, wunderte sich Finni, worauf nicht einmal dem wortgewandten Rashid eine Antwort einfiel.

Sie stiegen auf einem erkennbaren Pfad durch das steinige Terrain, das im Westen in Form von steilen Klippen ins Meer hineinragte. Auf der anderen Seite der Anhöhen verlief der

Weg wieder zum Strand hinunter und später an einigen bereits winterlich kahlen Feldern vorbei, bevor sie die verstreuten Gehöfte von Fiering erreichten. Ein paar abgemagerte Schweine suhlten sich in winzigen Pferchen, ansonsten war kein größeres Vieh zu sehen als Hühner und Enten.

»Ganze vier Bauern«, registrierte Elidana. »Zu Reichtum werden die's hier auch nicht bringen.«

Einer dieser Landmänner stand, auf seinen Spaten gestützt, in seinem Garten und beobachtete die Neuankömmlinge.

»Peraine zum Gruß«, sprach Rhiana ihn freundlich an. »Ein schöner Tag für die Rübenernte, nicht wahr?«

»Hm«, brummte der Mann und machte ein verkniffenes Gesicht.

»Kannst du uns sagen, wo wir hier eine Schenke finden?«, erkundigte die Prinzessin sich unbeirrt.

»Weiß der doch«, antwortete der Bauer mit einem Nicken in Rashids Richtung und packte seinen Spaten, um weiter das Beet umzugraben.

Rhiana wartete völlig perplex noch eine Weile, aber der Mann ließ sich von ihrer Anwesenheit nicht mehr stören. Finni schob ihre Freundin schließlich von dem Zaun aus Flechtwerk weg.

»Komm! Die sind hier eben so.«

»Ihr hier im Norden lasst Euch von solchem Gesindel einfach zu viel gefallen«, meinte Elidana. »Bei uns in Brabak würde ich dem unverschämten Flegel erst mal die Peitsche zu schmecken geben.«

»Gewiss wäre es nicht verkehrt, ihm einen Hauch von Höflichkeit einzuprügeln«, stimmte Rashid ihr zu. »Er ist jedoch ein freier Mann, kein Sklave.«

»Ganz recht«, schnaubte Rhiana. »Und es ist mir völlig gleichgültig, wie man im Süden mit ärmeren Menschen verfährt. Ich habe noch nie einen meiner Leute geschlagen und werde das auch nicht!«

»Das wäre ja auch noch schöner«, empörte sich Finni. »Prinzessin hin oder her.«

»Ihr seid eine Prinzessin?«, fragte der Tulamide überrascht.

Rhiana schoss ihrer Freundin einen bösen Blick zu.

»Ist mir so rausgerutscht«, entschuldigte Finni sich.

»Und welches beneidenswerte Reich hat das Glück, Euch Untertan sein zu dürfen?«, wollte Rashid wissen.

»Es wäre besser, Ihr wüsstet das weiterhin nicht«, wich Rhiana aus.

»Ach, kommt schon!«, drängte Elidana. »Kein Land kann so schrecklich sein, dass Ihr Euch seiner schämen müsst.«

»Nein, das muss ich wahrhaftig nicht!«, brauste die Prinzessin auf.

»Wir wollen es nicht sagen, weil dieses Wissen Euch in Gefahr bringen kann«, sagte die Halbelfe schnell und legte Rhiana beruhigend die Hand auf den Arm.

»Entschuldigt«, bat die Brabakerin. »Das ist natürlich ein ehrenhafter Grund zu schweigen.«

»Dann wollen wir es dabei belassen«, lenkte Rhiana ein. »Ich ersuche Euch beide, dieses Geheimnis zu bewahren.«

»Bei Rastullah!«, schwor Rashid. »Kein verräterisches Wort soll je über meine Lippen kommen.«

»Und ich will auch besser aufpassen«, versprach Finni.

Elidana nickte nur.

Zur See hin bildeten einige Häuser und Katen so etwas wie das Dorfzentrum. Ein verrottender Kahn lag in der Nähe auf dem Strand, wo herumliegendes Gerät verriet, dass für gewöhnlich sehr viel mehr Betrieb herrschte. Offenbar hatten die Fischer alle das sonnige Wetter genutzt, um ihrer Arbeit nachzugehen.

Neben einem winzigen Efferdschrein protzte das größte Haus des Ortes mit einem Schild, auf dem »Tawerne zuhm Brembudd« zu lesen stand. Rashid kramte einen Becher aus seiner Satteltasche und wies sein Pferd an, vor dem Gebäude stehen zu bleiben, da es weit und breit keinen Anbindring oder Pfosten gab. Eisfell hatte sich bereits abgesetzt, um seinen eigenen Neigungen nachzugehen.

»Wollen wir hoffen, dass die Wirtin besser kochen als schreiben kann«, frotzelte Rhiana und folgte den anderen in die Schankstube.

Obwohl die Tür nicht verschlossen war, befand sich niemand in dem niedrigen, mit drei Tischen und einer Theke aus Bierfässern eingerichteten Raum. Es roch nach Fisch und kaltem Rauch, aber der Wirt hielt es offenbar nicht für nötig zu lüften. Durch die kleinen, mit dünnen Häuten bespannten Fenster drang wenig Licht, und die rußgeschwärzten Wände und Decken machten den Raum ebenfalls nicht heller. Rhiana entschied sich, die Tür lieber nicht zu schließen, damit sie nicht in stickiger Düsternis sitzen mussten.

»Hallo!«, rief Finni. »Travia zum Gruß! Ist jemand zu Hause?«

Im Durchgang zu den privaten Zimmern tauchte ein breites, griesgrämiges Gesicht auf.

»Ihr seid ja früh dran«, brummte die Wirtin. »Wir führen kein Frühstück.«

»Kannst du nicht einfach einen simplen Brei für uns kochen, gute Frau?«, fragte Rhiana schnell, bevor Elidana zu einer schärferen Erwiderung ansetzen konnte.

»Nee, hab' ich nicht«, behauptete die korpulente Erscheinung. Sie hatte sich zur Gänze in den Schankraum geschoben und die Arme vor dem gewaltigen Busen verschränkt.

»Was hast du dann anzubieten?«, bohrte die Prinzessin.

»Hier gibt's nur Bier.«

Rhiana warf Rashid einen Hilfe suchenden Blick zu. Seine Miene drückte nur zu deutlich aus: *Hab' ich doch gleich gesagt*. Dennoch wandte er sich an die Wirtin.

»Gütige Herrin dieses gastlichen Hauses«, schmeichelte er ihr. »Ihr habt mir diese Antwort schon einmal gegeben, und doch konnte ich Euer Herz erweichen, mir eine schmackhafte Mahlzeit zu servieren. Ihr wisst, dass ich gut dafür bezahle.«

»Da warst du aber allein«, hielt die Frau dagegen. Ob sie vor Scham oder Ärger errötete, ließ sich nicht entscheiden. »Vier Mäuler kann ich nicht stopfen.«

»Wir nehmen, was du übrig hast«, warf Finni ein.

»Ich hab' nichts!«, schnappte die Wirtin. »Wollt ihr jetzt Bier oder nicht? Sonst raus mit euch!«

»Stur wie ein Maulesel«, schimpfte Elidana.

»Ja, so bin ich nun mal«, plapperte die Halbelfe hastig los. »Also ich nehme ein Bier. Immer her damit!«

»Setzen wir uns«, schlug Rhiana vor und bedachte die Brabakerin mit einem tadelnden Kopfschütteln.

»Was ist?«, wollte jene wissen. »Das muss ich mir doch nicht bieten lassen.«

»Ihr wollt doch zurück nach Havena«, antwortete die Prinzessin. »Verscherzt es uns mit den Leuten hier, und Ihr könnt den ganzen Weg die Küste hinauf allein Euer Glück versuchen.«

Elidana schob trotzig das Kinn vor, sagte aber nichts mehr. Die Gefährten nahmen an einem der abgewetzten Tische Platz, und die Wirtin brachte ihnen den Gerstensaft in irdenen Krügen.

»Vielen Dank, gute Frau«, richtete Rhiana das Wort an sie. »Ich hätte noch ein paar Fragen an dich.«

»Hm?«

»Meine Freundin und ich suchen einen Ortskundigen, der uns im Moor führen kann«, erklärte die Prinzessin.

»Da geht man nicht so zum Vergnügen spazieren«, rügte die Wirtin.

»Das weiß ich«, entfuhr es Rhiana scharf. Auch ihre Geduld hatte Grenzen. »Aber es ist sehr wichtig, dass ich einen bestimmten Platz finde. Gibt es jemanden, den du mir empfehlen kannst?«

»Fragt den Lughaid!«, erwiderte die Dicke knapp, während Rashid hinter ihrem Rücken Bier aus dem Krug in seinen Becher umfüllte.

»Was macht Ihr da?«, flüsterte Finni.

»Ich befolge die Gebote unseres allmächtigen Herrn Rastullah«, eröffnete der Tulamide ihr ebenso leise.

»Und wo finde ich diesen Lughaid?«, wollte Rhiana wissen.

»Der ist auf See.«

»Schön«, seufzte die Prinzessin. »Unsere Freundin Elidana hier wurde von Räubern entführt und wäre den Fieringern sehr dankbar, wenn jemand sie mit seinem Boot zurück nach Havena bringen könnte.«

»Da fragt ihr auch den Lughaid.«

»Aha«, machte Rhiana. »Ich nehme an, wenn wir Proviant kaufen wollen und einen Platz zum Übernachten suchen, wenden wir uns auch am besten an Lughaid.«

»Nee.«

»Sondern?«

»War nur'n Scherz.«

Nachdem die Gefährten ihr Bier getrunken hatten, machte sich bleierne Müdigkeit in ihnen breit. Der nächtliche Marsch forderte vehement seinen Tribut. Rashid gab seinen Hengst zum Grasen frei, dann ließ er sich bei den anderen nieder, die sich im Windschatten des Hauses, das dem Strand am nächsten lag, in ihre Decken und Umhänge gewickelt hatten. Auch Eisfell tauchte wieder auf und rollte sich zwischen Rhiana und Finni zusammen. Alle waren sie zu erschöpft und enttäuscht, um sich daran zu stören, dass sie am helllichten Tag quasi mitten auf dem Dorfplatz schliefen.

Als sie am Nachmittag einer nach dem anderen wieder erwachten, hatte der Wind noch an Stärke gewonnen. Er trieb einzelne Wolkenfetzen vor sich her, deren Formen den Betrachter einluden, seltsame Fabelwesen und wilde Dämonen in ihren Umrissen zu erkennen. Ein kleines Fischerboot lag bereits wieder am Spülsaum auf dem Strand, und von seiner Besatzung war nichts mehr zu sehen. Nur das zum Trocknen aufgehangene Netz bezeugte, dass jemand seiner Arbeit nachgegangen war. Finni machte sich gelangweilt zu einem Spaziergang auf, um sich die Beine zu vertreten, und wurde prompt von einem erfreuten Eisfell begleitet.

Kurz darauf steuerten zwei weitere Kähne ihre Heimat an. Die Fischer zogen ihre Boote auf den Sand, verstauten ihre

Ausrüstung und packten die Körbe mit ihrem Fang. Rhianas Magen knurrte so laut, dass sie befürchtete, die Männer und Frauen in ihren groben Kitteln würden sie deswegen misstrauisch beäugen. Sie stand auf, um den Leuten ein paar Schritte entgegenzugehen.

»Efferd zum Gruß«, rief sie. »Ist einer von euch Lughaid?«

»Nee«, antwortete eine Fischerin, während die anderen kopfschüttelnd oder vor sich hin starrend weitergingen. Rhiana hatte das eindeutige Gefühl, dass dieses Kopfschütteln weniger ihrer Frage als ihrem Lagerplatz und ihren Waffen galt.

»Ist er noch auf See?«, hakte sie rasch nach, bevor auch die Frau wegging, die sich wenigstens zu *einem* Wort der Erwiderung herabgelassen hatte.

»Jo.«

»Vielen Dank. Würdest du uns ein paar von deinen Fischen verkaufen?«

Die Prinzessin jubelte insgeheim, als die Angesprochene innehielt und sie nachdenklich ansah.

»Nee.«

»Aber warum?«, mischte Elidana sich ein. »Wir bezahlen dir mehr als üblich.«

Die Fischerin winkte ab und wandte sich zum Gehen.

»Behalt man dein Geld!«, sagte sie. »Hier gibt's ja nichts zu kaufen.«

»Immerhin noch Bier«, bellte die Brabakerin ihr nach.

»Ach, lasst sie! Das führt zu nichts«, meinte Rhiana.

»Sollen wir hier höflich verhungern, oder wie stellt Ihr Euch das vor?«, fuhr Elidana sie an.

»Es hilft uns nicht, wenn wir uns gegenseitig zerfleischen«, mahnte Rashid. »Wir müssen eben auf den Hairan des Dorfes warten und ihn an die Pflichten der Gastfreundschaft erinnern.«

»Damit habt Ihr ja bereits gute Erfahrungen gemacht«, höhnte die Brabakerin. »Ich lasse mich jedenfalls nicht ersäufen. Egal wie viel Blut dann fließt.«

»Da sind wir uns ausnahmsweise einmal einig«, stimmte Rhiana zu.

Die drei setzten sich wieder in den Sand und blickten aufs Meer hinaus. Der Hunger machte sie grimmig und gereizt. Die Sonne senkte sich weiter dem Horizont entgegen, als endlich eine winzige Nussschale auf den Wellen in Sicht kam. Darin saß ein kräftiger, älterer Mann, dessen zerzaustes, graues Haar unter einer speckigen Lederkappe hervorquoll. Sein Gesicht war hinter einem krausen Vollbart verborgen, über dem auch die Augen in unzähligen Falten nahezu verschwanden, weil sie ein ganzes Leben lang gegen Wind und Sonne zusammengekniffen worden waren.

Die Prinzessin, Elidana und Rashid eilten zum Wasser, um dem Fischer zur Hand zu gehen, als er sein Boot auf den Strand zerrte. Nachdem das geschafft war, spuckte der Mann seinen Priem aus und brummte ein »Danke«.

»Du bist Lughaid, nicht wahr?«, erkundigte sich Rhiana.

»Mhm.«

»Die Wirtin hat uns an dich verwiesen«, eröffnete Rhiana ihm und zählte alles auf, was die Gefährten brauchten.

»Mhm«, wiederholte der Alte.

Während er so in tiefes Nachdenken versunken dastand, wurde die Prinzessin immer ungeduldiger. Sie fürchtete, er könne jeden Moment einschlafen. Ganz geruhsam ging er daran, seine Reusen, Leinen und seine Angel aus dem Kahn zu räumen, bevor er ebenso bedächtig seinen Fang sortierte.

»Hier«, sagte er plötzlich und hielt Rhiana einen großen Blaudorsch hin.

Verdutzt nahm die Prinzessin das schwere, glitschige Tier entgegen.

»Seid tausendfach bedankt, gütiger Hairan«, freute sich Rashid. »Bei jedem Bissen dieses köstlichen Mahles werden wir Eure Großzügigkeit preisen.«

Der Alte warf dem Tulamiden einen undeutbaren Blick zu.

»Was bekommst du für diesen Fisch?«, erkundigte sich Elidana.

»Spendet Efferd dafür!«, erwiderte Lughaid und machte sich auf den Weg zu seiner Kate.

»Äh, halt!«, rief Rhiana im nach, die noch immer den Dorsch auf den Armen hatte. »Was ist mit unseren anderen Anliegen?«

»Moin.«

»Moin?«, wunderte sich Rashid. »Was soll denn das nun heißen?«

»Morgen«, klärte die Brabakerin ihn auf.

Finni brachte von ihrem Ausflug zum Wald hinter Fiering einen prall gefüllten Wasserschlauch mit und hatte sich eine Rispe der hübschen, roten, doch leider giftigen Beeren der Schlangenwurz an die Fibel gesteckt, die ihren Umhang hielt. Als sie zu ihren Gefährten zurückkehrte, brutzelte ein stattlicher Fisch über dem Lagerfeuer. Elidana betrat freiwillig noch einmal die Taverne und holte einen großen Krug Bier, um die Mahlzeit zu bereichern.

Nach dem Essen war es bereits wieder Nacht geworden. Aus der kleinen Kneipe drang noch eine Weile das Summen vieler gedämpfter Stimmen zu ihnen herüber, während Eisfell unter Knacken und Schmatzen den Fischkopf verdrückte. Die Geräusche hätten störend sein können, aber Finni fühlte sich durch sie geborgen. Verbunden mit dem sanften Rauschen des Meeres gaben sie ihr das Gefühl, an einem sicheren Ort zu sein, und ließen sie bald einschlafen.

Als sie wieder aufwachte, war es still geworden im Dorf. Außer dem Wind und den Wogen hörte sie nur Rhianas tiefes, entspanntes Atmen. Ein Stein drückte sich durch die Decke in Finnis Hüfte, und so suchte sie eine bequemere Position, um weiterzuschlummern, aber irgendetwas nagte am Rand ihres schläfrigen Bewusstseins. Bilder von Rashid, seinen funkelnden, nahezu schwarzen Augen drängten sich auf. Finni entfuhr ein leises Seufzen.

Nein, ich will jetzt nicht an ihn denken, wehrte sie ab. *Er nimmt ohnehin nur Rhiana wahr.*

Dennoch wanderte ihr Blick durch die Dunkelheit zu ihm hinüber. Plötzlich war sie hellwach. Der Novadi lag nicht mehr an seinem Platz. Finni setzte sich auf, um rundum besser sehen zu können.

Reg' dich ab, Mädchen! Er ist bestimmt nur zum Pinkeln gegangen, schalt sie sich selbst. *Aber seine Decke ist auch fort. Die hätte er wohl kaum mitgenommen.*

Die Halbelfe glaubte in der Ferne ein leises Schnauben zu hören. Ihre Augen suchten nach Rashids Sattel, doch der war ebenfalls nicht mehr da. Lautlos stand Finni auf. Ihre Gedanken rasten.

Will er sich einfach ohne Abschied davonschleichen? Warum sollte er das tun? Unsere Wege trennen sich sowieso morgen früh. Gehört er etwa dem Feind an?

Das konnte und wollte sie nicht glauben. Sie musste sich davon überzeugen, was hier vorging, bevor sie ihren Ängsten solche Anschuldigungen erlaubte. Eisfell sah erwartungsvoll zu ihr auf.

»Nein«, wisperte sie. »Pass du auf Rhiana auf!«

Mit der ihr eigenen Gewandtheit glitt sie an Elidana vorbei und um das Haus herum. Sie war sicher, dass das Schnauben des Pferdes von Westen gekommen war. Wollte Rashid etwa zurück zu dem namenlosen Fischernest?

Das ergibt alles keinen Sinn, sagte sie sich. *Weshalb sollte er dort wieder sein Leben aufs Spiel setzen?*

Finni schaute den Strand entlang und glaubte, weit vor sich in der Finsternis eine Bewegung auszumachen. Der Wind wehte ihr ins Gesicht, sodass sie nicht befürchten musste, von Feuertanz gehört oder gewittert zu werden, wenn sie nur genügend Abstand wahrte. Sie hielt sich nahe bei den Häusern und Gärten, um ihre spärliche Deckung zu nutzen, und eilte dem Rand von Fiering entgegen.

Als sie den letzten Schweinepferch passiert hatte, musste sie im Schutz vereinzelter Sanddornbüsche weiterschleichen. Sie konnte den Tulamiden und seinen Hengst nun im fahlen Licht des hinter immer neuen Wolken verschleierten Madamals sehen. Rashid führte das Tier auf dem festeren Untergrund knapp über der Wasserlinie, wo der Rappe weniger einsank.

Er wäre schneller unterwegs, wenn er reiten würde, überlegte Finni. *Nach Flucht sieht das nicht aus. Aber sein Blick schweift immer wieder über das Meer. Vielleicht erwartet er jemanden?*

Sie tauchte in den Schatten des Gesträuchs ab, denn der Novadi war stehen geblieben und hob einen Ast auf. Erst jetzt bemerkte die Halbelfe, dass er die drei Stecken bei sich trug, die den Frauen im Sumpf so gute Dienste geleistet hatten.

Was kann er denn damit vorhaben?, rätselte sie. *Er schadet uns auf diese Art nicht. Wir können uns jederzeit neue Stäbe schneiden.*

Rashid stieß das Stück Treibgut in den Sand und ließ seinen Shadif dort zurück. Finni beobachtete, wie er sich ein Stück vom Wasser entfernte, um einen weiteren Pflock in den Boden zu bohren. Als er in einem rechten Winkel weitermarschierte, begriff sie, dass er ein Areal absteckte. Dann stieg er in den Sattel und ritt in den Mittelpunkt des so entstandenen Quadrats. Dort zügelte er den Hengst mit Blick auf eine der Ecken. Die Halbelfe pirschte sich neugierig noch ein Stück näher.

Der Novadi zog seinen Säbel und grüßte damit in einer stummen Geste, als stünde vor dem schlichten Pfosten ein würdevoller Gegner. Feuertanz drehte sich langsam auf der Stelle, während Rashid reihum in jeder Ecke einem imaginären Kontrahenten die Ehre erwies. Für einen Augenblick senkten Pferd und Reiter den Kopf und erstarrten zu einer lebenden Statue. Von diesem Monument unter dem weiten Nachthimmel ging eine so ernste, schlichte Schönheit aus, dass Finni den Atem anhielt.

Umso mehr erschrak sie, als der Rappe sich plötzlich aus dem Stand nach vorn katapultierte und mit drei Galoppsprüngen fast die Ecke erreicht hatte, wo er aus vollem Lauf auf der Hinterhand wendete, während sein Reiter den Säbel nach einem der Unsichtbaren schwang. Wie in einem wilden Tanz fegte der Shadif hierhin und dorthin, tänzelte seitwärts, rückwärts, wirbelte wieder um die eigene Achse. Der hoch gereckte Schweif wehte wie ein Banner hinter ihm. Rashid ließ seine Klinge nach links und rechts sausen, stieß zu, wehrte ab und bildete selbst dann noch eine Einheit mit seinem Pferd, wenn es in einer kraftvollen Kapriole nach einem hinterhältigen Gegner trat.

Ebenso überraschend wie der rasante Reigen begonnen hatte, stand der Hengst wieder am Ausgangspunkt. Nur das Heben und Senken des Rückens durch die schwere Atmung verriet seine Anstrengung. Rashid hob noch einmal grüßend den Säbel, dann steckte er ihn in die Scheide zurück. Der Bann, der Finni gefesselt hatte, brach.

Mist! Er darf nicht merken, dass ich ihm nachspioniert habe, durchzuckte es sie.

Hastig huschte sie auf dem Weg zurück, den sie gekommen war, aber vergebens. Hinter ihr trommelten Feuertanz' Hufe auf dem Sand. Einem galoppierenden Pferd konnte sie nicht davonlaufen, und sie wollte nicht völlig das Gesicht verlieren, indem sie sich stellen ließ wie ein Verbrecher. Also hielt sie inne, um sich nach ihrem Verfolger umzudrehen. Rashid parierte den schweißglänzenden Hengst genau neben ihr durch und sah sie wortlos an.

»Ich weiß, es geht mich nichts an«, gestand sie. »Ich hätte Euch nicht nachspionieren dürfen. Aber ich habe mir Sorgen gemacht.«

»Um mich?« Sein Ton war spöttisch.

»Nein«, gab sie zu. »Ich dachte, Ihr verschwindet einfach so, mitten in der Nacht, und wollte Gewissheit haben.«

Rashid nahm den Fuß aus dem Steigbügel und reichte ihr eine Hand.

»Steig auf, kleiner Dschinn!«

Sie ergriff seine Rechte, ohne nachzudenken, und schwang sich hinter den Sattel.

»Niemals würde ich mich wie ein Dieb davonstehlen, ohne mich von dir verabschiedet zu haben.«

Finni konnte seine Miene nicht sehen, aber in seiner Stimme schwang ein Lächeln mit.

Kapitel 16

Während die von Minenverwalter Cadox ausgesuchten Strafgefangenen zum Waschen und Einkleiden geschickt wurden, wandte Baron Rodebert von Ehern zu Willbergen sich wieder an seine besorgte Landwehr.

Schwarze Sichel, Tobrien, 914 BF

»Männer und Frauen Tobriens«, rief er, »ich verstehe eure Bedenken, diese verurteilten Verbrecher in unserem ehrenhaften Heer aufzunehmen.«

Wenner wirklich gläuf, dat die Ehr vonne Truppe unser einzich Problem is, hatter genauso wenich Verstand wie unsern Herzoch, dachte Haldoran und erschrak selbst über seine Verächtlichkeit gegenüber den adligen Herren. *Wenn ick sowat vor Lindgard sach, krich ich widder Schläch. Ick dörft dat nichma denken.*

»Aber ich vertraue auf euer Pflichtbewusstsein und eure Stärke«, fuhr der Baron fort. »Gemeinsam werden wir aus ihnen ordentliche Soldaten machen. Jeder Einzelne von ihnen wird im Namen unseres höchsten Herrschers Praios einen Treueid auf Herzog Kunibrand und mich ablegen. Ich unterstelle sie der Aufsicht durch jeweils zwei aus euren Reihen. Geht ihnen mit gutem Vorbild voran, aber lasst es nicht an Härte und Wachsamkeit ihnen gegenüber fehlen! Ihr seid für euren Gefangenen verantwortlich. Wenn ihr ihn entwischen lasst, fügt ihr Tobrien einen Schaden zu, der bestraft werden muss. Wer sich übertölpeln lässt, kann sich auf zwanzig Hiebe gefasst machen.«

Die Bauern und Gardisten waren sprachlos.

Zwanzich! In Haldoran stieg Übelkeit auf. Die Erinnerung an die Peitsche steckte ihm noch immer in den Knochen. Er fragte sich, ob mehr als doppelt so viele Streiche überhaupt auszuhalten waren.

Kurz darauf mussten die ausgewählten Sträflinge wieder vor dem Baron antreten. Die Kohle hinterließ noch immer ihre Schatten auf der oberflächlich geschrubbten Haut, doch ohne geschwärzte Gesichter und in sauberen Kitteln und Hosen aus ungefärbtem Leinen sahen die neuen Rekruten wenigstens wie Menschen aus. Sie trugen noch immer Ketten. Einer nach dem anderen wurde aufgefordert, vor dem Baron niederzuknien und seinen Schwur zu leisten. Wer zu lange zögerte, den stießen die Aufseher mit Gewalt auf den Boden.

Haldoran zählte durch. Sein Grundherr hatte tatsächlich vor, zwanzig Gefangene mitzunehmen.

Waröm so viel?, rätselte er. *Wi bräucht nur tien, fürn Banner. Willer vorn Kunibrand besonners glänzen?*

Er betrachtete mit unguten Gefühlen die unfreiwilligen Eidleistenden.

Wat isn erzwungenen Schwur öberhaupt wert? Erwartet Praios dennoch, dat man sich dran halten tut?

Unter den Sträflingen befanden sich Männer und Frauen jeder Statur, aber Baron Rodebert hatte auf wehrfähigen Leuten bestanden. Die von jahrelanger Schinderei ausgemergelten Gestalten hätten den Marsch ohnehin nicht bewältigen können. So musste Cadox zähneknirschend robuste Arbeiter wählen, die erst seit ein paar Monaten in der Mine inhaftiert waren. Haldoran schauderte bei dem Anblick der rauen Gesellen, von denen einige wilde Blicke um sich warfen. Sie erinnerten ihn an die Hunde im Zwinger des Zwerges. Ihnen die Eisen abzunehmen, ähnelte der Dummheit, die Zornbrechter von der Leine zu lassen. Doch genau dies tat Cadox' Schmied, denn die Ringe hatten keinen Verschluss, sondern mussten mit exakt platzierten Hammerschlägen aufgebrochen werden, wenn man den Träger nicht verletzen wollte.

Gerade beugte die vorletzte Gefangene das Knie vor Rodebert, als ein Aufschrei aller Augen auf den Schmied lenkte. Von einer herumgewirbelten Eisenkette getroffen, fiel er hintenüber, während sein Angreifer mit weiten Sätzen davoneilte. Die gut geschulten Wärter wandten sich sofort den anderen Sträflingen zu, um zu verhindern, dass sich weitere Gefangene anschlossen. Ritter Luidprant hastete zu seinem Pferd, Cadox fluchte. Der Baron drehte sich schnell zu seinen gaffenden Bauern um.

»Tobrische Landwehr, legt an!«, brüllte er. »Einen Dukaten für den, der dieses Wild trifft!«

Einige, wie Haldoran, waren zu verblüfft, um den Befehl auszuführen. Auf einen Menschen zu zielen, war nicht dasselbe wie auf eine Scheibe beim Schützenfest. Die anderen fingerten aufgeregt nach ihren Pfeilen. Ein Hagel von Geschossen prasselte um den Flüchtigen nieder. Der Mann lief immer noch weiter, obwohl zwei Pfeile aus seinem Rücken ragten.

»Eine weitere Salve!«, donnerte Rodebert.

Doch die war nicht nötig. Der Getroffene brach zusammen und kroch noch einige Schritt auf allen Vieren durch das Gras, bevor er endgültig liegen blieb.

»Ausgezeichnet«, lobte der Baron, bevor er sich den verbliebenen Sträflingen zuwandte. »Ihr habt gesehen, was wir mit Deserteuren machen«, warnte er sie. »Ein Fluchtversuch bedeutet den Tod! Erwartet keine Gnade von mir, denn das Angebot, eure Freiheit durch den Dienst in der tobrischen Armee zu verdienen, ist mehr Gnade, als je einem wie euch widerfahren ist!«

Der Zwerg nickte beifällig und wollte jemanden ausschicken, um den Toten wegzuschaffen, aber Rodebert unterbrach ihn gleich.

»Nein, lasst die Leiche noch liegen«, forderte er. »Ich will, dass die Truppe bei unserem Abzug daran vorbeimarschiert. Zur Abschreckung. Ihr versteht?«

»Und ob«, erwiderte Cadox. »Ich nehme an, Ihr wollt Ersatz für diesen ersten Verlust.«

»Nein«, sagte der Baron leiser. »Ich habe mehr, als ich brauchen kann.«

Dieser ganze Auftrag widerte ihn an. Wenn er bis Ysilia alle Sträflinge erschießen lassen musste, weinte er ihnen keine Träne nach. Dann konnte er dem Herzog immerhin versichern, dass er seine Befehle ausgeführt hatte, doch an der Verkommenheit der Verbrecher gescheitert war. Es behagte ihm genauso wenig wie seiner Landwehr, nun dieses gefährliche Gesindel um sich zu haben. Im Gefecht gegen einen erklärten Feind anzutreten, ließ sich nicht mit dieser unterschwelligen Bedrohung vergleichen.

Er musterte die grobschlächtige Frau, die nun ihren Eid ablegte. Auf den ersten Blick konnte man sie mit ihren breiten Schultern und dem grimmigen Gesicht leicht für einen Mann halten. Sie sah nicht zu ihm auf, als sie sich erheben durfte.

Was geht in diesem kahlen Schädel vor? Woran denkt sie? Kann man ihr trauen, oder wird sie nur auf eine passende Gelegenheit warten, um sich aus dem Staub zu machen? Ich bin jedenfalls froh, dass ich ihr vorläufig keine Waffe in die Hand geben muss.

»Haldoran, ick sech dir, die hecken wat aus«, flüsterte Answin. »Die tauschen vielsagende Blicke, und wennet geit, flüstern se sich Wörter zu, die ick nich verstehn tu.«

»Jau, hev ick och sien«, bestätigte sein Freund. »Bestimmt hettet jeder merkt.«

»Dat ännert bloß nix dran«, stellte Answin fest. »Wi dürfen se ja nich mal fesseln.«

»De Baron will wissen, wör sich an sin Eid hält und wör nich«, vermutete Haldoran. »Wenn wi se anbinden tun, erfahrn wir et nie.«

»Du kannst wirklich denken wie ein vonne hohen Herrn«, staunte Answin. »Ever mi isset egal, ob die ihrn Schwur ernstnehm oder nich. Se sin mi unheimlich. Ick wörd heut Nacht nich schlopen.«

»Dat wör för uns all dat Beste sien.«

»Hört op zu tuscheln un achtet liver op unser Gefangenen!«, mahnte Lindgard, die der Korporal absichtlich eingeteilt hatte, um mit Haldoran gemeinsam auf einen Sträfling aufzupassen.

Sie hatten die Mine ein gutes Stück hinter sich gelassen, als es Zeit wurde, sich nach einem Lagerplatz umzusehen. Baron Rodebert entschied sich für offenes Gelände, auch wenn es hier kälter war. Nahe Büsche und Bäume hätten einem Flüchtigen zu viel Deckung geboten und die Gefangenen unnötig in Versuchung geführt.

Während Lindgard allein »ihren« Sträfling beaufsichtigte, holte Haldoran sich seine Abendration, eine Schale sämigen Eintopf mit Räucherwurststückchen. Er brachte auch eine Schale für den Fremden mit, der noch kein Wort gesagt hatte. Der Mann war groß und durch die harte Arbeit im Stollen gestählt. Unter rabenschwarzen Brauen leuchteten erstaunlich hellblaue Augen aus seiner verschlossenen Miene. Haldoran fand, dass der Gefangene, hätte man ihn nicht seiner Haare und seines Bartes beraubt, im Grunde aussah wie jeder beliebige Nachbar, den man im Dorf haben konnte. Was er wohl verbrochen hatte?

»Hier. Dat is för dich«, erklärte er und stellte die Holzschale neben dem Fremden ab.

Der Sträfling schnappte sich die Ration, um sie gierig hinunterzuschlingen. Answin hatte weniger Glück. Er bekam den Eintopf seiner Gefangenen mitten ins Gesicht, als sie ihrem zweiten Bewacher trotzig die Schale aus der Hand schlug.

»Frisset selvs!«, fauchte sie.

»Undankbare Kuh!«, knurrte der Soldat. »Dann verhunger' eben, wenn's dir Spaß macht.«

Während Answin sich das Essen aus dem Bart pflückte, musterte Haldoran die temperamentvolle Frau. Mit ihrer kecken, sommersprossigen Nase war sie selbst ohne Lockenschopf hübsch.

»Wat glotzte so, Rotfinger?«, fuhr sie auf.

»He, sitzen bleiben!«, befahl der Gardist sofort.

»Ick heiß Haldoran. Soll ick dich etwa Kahlschädel nennen?«, schoss Haldoran zurück.

Trotzdem deckte er unwillkürlich die entstellte Hand mit der anderen ab.

»Dat macht mich hier ja wohl auch nicht gerade einzigartig«, spottete die Gefangene.

»Un wat macht dich einzigartig, außer dat du mit Eintopf wirfs?«, wollte Answin wissen.

Ihre Augen wurden schmal.

»Ick hev' nen Pfeffersack aufgeschlitzt, der mir anne Wäsche wollt«, zischte sie. »Wor ever gar kein Pfeffer drin, bloß Blut.«

Haldoran schluckte und wandte sich ab.

Dat sin allet Monster!, gellte seine innere Stimme. *Ein Fehler, und du bis tot.*

»Ick will gor nich wissen, wat unser »Freund« hier auffet Kerbholz het«, murmelte Lindgard.

Der Mann tat, als hätte er es nicht gehört, oder es war ihm schlicht egal, was seine neuen Aufseher über ihn redeten.

»Dörf ick de ersse Wach övernehm?«, bat Haldoran. »Ick kann ohnehin nich schlopen.«

»Meinste ick?«, erwiderte die Bäuerin, ließ sich aber doch erweichen. »Is schon gut. Vielleicht falln mi ja doch die Augn zu. Weck mich um Mitternacht!«

Da es auf dem kargen Hang an Brennholz mangelte, gab es im ganzen Lager nur ein Feuer, und selbst das verlosch nach einer Weile. Answin und Haldoran unterhielten sich zunächst noch leise, aber dann ging ihnen der Gesprächsstoff aus. Sie waren zu müde, um sich neue Themen auszudenken, und doch zu angespannt, um einzunicken. Haldoran zwang sich, seinen Blick auf dem ihm zugeteilten Sträfling ruhen zu lassen, obwohl die vielen anderen Gestalten in der Dunkelheit eher noch unheimlicher waren. Der Brustkorb des Mannes hob und senkte sich im Rhythmus tiefer Atemzüge. Fast hätte sein Bewacher sich gewünscht, dass er schnarchte, denn das wäre weniger einschläfernd gewesen.

Haldoran fiel in einen schwebenden Zustand zwischen Wachsein und Traum. Er sah weder die lautlos über ihn hinwegstreichende Eule noch den prächtigen Sternenhimmel. Ein kleines Geräusch bemerkte er jedoch und tauchte aus seiner Versunkenheit auf.

Da! Schon weer!

Answins Gefangene regte sich. Haldoran bildete sich ein, dass auch andere Gestalten sich bewegten.

Geit hier wat vör, oder erschrecke ick jetz schon, wenn sich einer im Schloop ömdreit?

Erneut drang ein leises Schaben oder Scharren an sein Ohr. Seine Unruhe wuchs. Sollte er den Korporal wecken? Noch bevor er sich entschieden hatte, rief jemand anders eine Warnung, und überall sprangen plötzlich Leute auf. Es gab ein wildes Durcheinander ringender Schatten, die schrien und keuchten, aber Haldoran hatte genug mit seiner unmittelbaren Umgebung zu tun. Während er sein Messer zog, stürzte die sommersprossige Furie sich bereits auf Answin. Sie hielt einen Felsbrocken in den Händen, den sie auf dem steinigen Boden gefunden hatte, und ließ ihn auf ihren Wächter niedersausen. Answin sah sie kommen, konnte jedoch nicht schnell genug ausweichen. Der Klumpen traf ihn statt am Kopf auf der Schulter, dass Knochen knirschten. Der Arm hing nutzlos herab, während Answin umkippte.

Haldoran heulte gequält auf. Er wollte seinem Freund zu Hilfe kommen, konnte sich aber nicht dazu durchringen, dafür seinem eigenen Gefangenen den Rücken zuzudrehen. Der Mann stand mit erhobenen Händen vor ihm, und Haldoran hielt ihn mit dem Messer in Schach. Ob Lindgard schon wach und kampfbereit war, konnte er nicht sehen.

Die Mörderin wollte über den gestürzten Answin hinwegspringen, doch mitten in der Bewegung erstarrte sie einen Augenblick, bevor sie auf ihrem Opfer zusammenbrach. Ihr zweiter Bewacher zog sein Schwert aus ihrer Seite und sah sich um, wo er noch gebraucht wurde.

»Wat is mit Answin?«, schrie Haldoran hinter ihm her, als der Gardist davoneilte.

»Ick söh' nach ihm«, sagte Lindgard und war schon zur

Stelle, um die sterbende Gefangene von dem jungen Bauern herunterzuziehen.

»Er levt«, verkündete sie. »Answin? Kanns du dich denn opsitten?«

»Se… se het mi de Schulter zertrümmert«, stöhnte Answin. »Nee, nich anpacken!«

Er wurde ohnmächtig, als Lindgard die Stelle abtasten wollte.

»Oh, dammich!«, entfuhr es der Bäuerin.

Um sie herum legte sich der Kampf, aber nicht die Aufregung. Jemand warf das Brennholz auf die Glut, das eigentlich für das Frühstück vorgesehen war, doch Licht war jetzt wichtiger.

»Wo ist dein Sträfling?«, herrschte Ritter Luidprant ein Mädchen an, das mit blutiger Nase über die Leiche eines Kameraden gebeugt war.

Es war offensichtlich, dass der Gefangene entkommen war, auch wenn das zitternde, junge Ding keine Antwort herausbrachte.

»Ihr wörd se doch nich schlagen wolln«, wagte Dankrats Sohn einzuwenden.

»Nein«, entschied Rodebert.

»Aber das habt Ihr…«, setzte Luidprant an, doch der Baron unterbrach ihn mit einem gereizten Blick.

»Ich weiß selbst, was ich gesagt habe!«, ärgerte er sich. »Sie ist ein halbes Kind und verletzt. Wollt Ihr nicht besser sein als dieser Abschaum?«

Er wartete keine Antwort ab, sondern fuhr mit seiner Bestandsaufnahme fort.

Wenigstens haben sich nicht alle Sträflinge beteiligt, stellte er fest, um dem Vorfall etwas Positives abzugewinnen.

»Korporal, wie viele sind entwischt?«, erkundigte er sich.

»Nur einer, Herr«, eröffnete der Gardist ihm. »Meine Männer haben zwei getötet. Zwei weitere konnten lebend festgehalten werden.«

»Und wie viele Verluste haben *wir?*«

»Ihr habt den einzigen Toten gesehen, aber es gibt ein paar Verletzte.«

»Jeder Gefallene ist in dieser Sache einer zu viel«, grollte der Baron. »Möge er seinen Frieden in Borons Hallen finden! Danke, Korporal. Die Leute haben sich tapfer geschlagen. Wir überlassen die Leichen den wilden Tieren und begraben morgen früh nur den Mann unserer Landwehr. Ich will danach unverzüglich aufbrechen. Wir haben in diesem Gebirge schon zu viel Zeit verloren. Die beiden Eidbrüchigen werden auf der Stelle exekutiert.«

»Jawohl, Herr Baron«, erwiderte der Offizier zackig, stand dann jedoch etwas verloren da, anstatt zu handeln.

»Gibt es noch was?«, fragte Rodebert ungeduldig.

»Ich ... ich habe noch nie jemanden hingerichtet. Wie soll ich es anfangen, Herr? Es gibt hier nicht einmal einen Baum, an dem wir sie aufknüpfen könnten.«

Luidprant schnaubte ungläubig, während der Baron seufzte.

»Schafft die beiden Deserteure her!«, ordnete Rodebert an.

Er fühlte, dass wie so oft alle Augen auf ihm ruhten. Seit hundert Jahren hatte kein von Ehern mehr eigenhändig einen Verbrecher erschlagen. Für diese Aufgabe hatte man Scharfrichter eingesetzt, aber die waren weit fort. Dennoch konnte sich der Baron nicht überwinden, diese schmutzige Arbeit selbst zu verrichten. Die Gardisten hatten seinen Befehlen Folge zu leisten, auch wenn sie sich noch so ungeschickt dabei anstellen mochten.

»Bindet ihnen die Hände auf den Rücken, dann sollen sie sich hinknien!«

Seine Soldaten führten die Anweisungen fahrig und umständlich aus, obwohl sie kein Mitleid mit dem Mann und der Frau hatten, die eben noch brutal über sie hergefallen waren.

»Im Namen unseres Herrn Praios verurteile ich diese beiden wegen Eidbruch und Untreue zum Tod durch das Schwert«, verkündete Rodebert so laut, dass jeder im Lager es hören konnte. »Schlagt ihnen die Köpfe ab!«

Die Gefangene stieß einen trotzigen Schrei aus und sprang

auf. Die Gardisten hechteten hinter ihr her, aber Ritter Luidprant war schneller. Er zog blank, und die Frau rannte ihm förmlich mit der Kehle in die Klinge.

»Hinrichten!«, wiederholte der Baron mit einer Geste zu dem zweiten Sträfling.

Der Korporal hatte sein Schwert bereits in der Hand. Er bot all seine Kraft auf, um den resigniert wartenden Mann mit einem einzigen Schlag zu enthaupten.

Auf dem felsigen Untergrund gelang es der Landwehr nicht, ein Grab auszuheben, das tief genug gewesen wäre, um ihren Kameraden vor hungrigen Schnauzen zu bewahren. Stattdessen schleppten die Bauern und Soldaten Steine heran und türmten sie zu einem kleinen, aber schweren Hügel auf. Die Leichen der Deserteure ließ der Baron am Wegrand nebeneinander legen. Den Schädel des Enthaupteten hatte der Korporal absichtlich ein gutes Stück oberhalb des Halses platziert, damit niemand übersehen konnte, dass er abgetrennt worden war. Schweigend marschierte die Truppe beim Aufbruch an dem grausigen Anblick vorbei.

Hoffentlich schreckt das endlich auch den Letzten ab, der Fluchtgedanken hegt. Wir haben schon sechs Gefangene verloren. Was für ein Glück, dass ich auf Cadox gehört habe, sonst könnte ich jetzt wieder umkehren, stellte Rodebert fest. *Aber meiner Landwehr kann es nicht schaden, wenn sie sich an solche Szenen gewöhnt. Im Krieg werden sie noch ganz andere Gemetzel zu Gesicht bekommen.*

Der Morgen war kalt und wolkenverhangen, was der Baron als passend zur Stimmung seiner Leute empfand. Er hätte jedoch strahlenden Sonnenschein vorgezogen, um die Moral wieder zu heben. Ein feiner Sprühregen machte die Steine auf dem Weg gefährlich glatt. Rodebert und Luidprant zogen es daher vor, ihre Pferde zu führen. Der Pfad erlaubte es die meiste Zeit nur, im Gänsemarsch voranzukommen, sodass sich die Tobrier in einer lang gezogenen Reihe durch die Berge schlängelten. Dankrats Sohn, Hugen, fühlte sich an einen

Lindwurm erinnert und stimmte zu Haldorans Überraschung plötzlich das alte Lied von der tapferen Drachenwehr an. Nach und nach fielen alle Rekruten und Soldaten mit ein. Ihr Baron lächelte ergriffen, als er der Trommlerin ein Zeichen gab, den Takt aufzunehmen, obwohl er bisher in der Schwarzen Sichel solchen Lärm untersagt hatte. Sollten doch alle Goblins und Harpyien hören, dass die stolze Willbergener Landwehr keine Angst hatte, durch ihr Gebirge zu marschieren!

Das Singen versetzte die Truppe endlich wieder in gute Laune, und jeder schritt nun flotter aus. Die Gardisten trugen ein bekanntes Kriegslied bei, dass von den Bauern mit dem augenzwinkernden *Lob des Gelbkohls* beantwortet wurde. Als dann alle gemeinsam den fröhlichen *Trinkhorn-Reigen* anstimmten, wurde es Baron Rodebert aber doch zu ausgelassen, und er ordnete wieder Ruhe und Wachsamkeit an.

»Das war eine sehr gute Idee«, lobte er Hugen während der Mittagsrast und war bereits weitergegangen, bevor der verdutzte Jungbauer eine angemessene Antwort parat hatte.

»Fehlt nur noch, dass er dir einen Orden fürs Trällern verleiht«, spottete ein Gardist.

»Dat wör ungerecht«, beschwerte sich Answin. »Wenn wer ne Auszeichnung verdient hätt, dann ick. Schließlich hev ick mitgebrömmt, obwohl ick en Arm inne Schlinge trach und mir gor nich nach lustigen Weisen is.«

»Solange du noch so laut lamentieren kannst, geht's dir noch viel zu gut«, sagte der Soldat lachend.

»Wat? Ick sollt eigentlich getragen wern, du Sängerknav«, empörte sich der Verletzte.

»Wenichstens wörd dein Schulter weer heiln«, meinte Haldoran und blickte dabei vielsagend auf seinen noch immer roten Zeigefinger.

»Ach, mach dir man keine Sorgen«, versuchte Answin, ihn aufzumuntern. »Isser nich schon wat blasser worn? Dat geit bestimmt auch mitte Zeit wech.«

»Wie ist das passiert?«, ließ sich eine unbekannte Stimme vernehmen.

Die beiden Bauern wandten sich dem Sträfling mit den hellblauen Augen zu, der die Frage gestellt hatte.

»Ick hev' nen verhexten Felsen anfasst«, erklärte Haldoran. »Hier inner Sichel, am Wechrand. De Finger het die Farv vonnen Stein angenommen.«

»Wirklich? Das ist ja ein Ding«, staunte der Mann. »Vielleicht solltest du in Ysilia einen Zauberer um Hilfe bitten. Ich hab' gehört, dass die dort eine Art Schule haben.«

»Danke, dat wer ick wohl machen«, sagte Haldoran erleichtert darüber, dass ihn womöglich doch jemand von diesem Makel befreien konnte.

»Mein Name ist übrigens Reinmar«, stellte sich der Gefangene vor.

Haldoran reichte ihm die Hand. »Willkomm beier Landwehr, Reinmar.«

Im Gesicht des Mannes zuckte es.

»Gewöhn' dich einfach dran!«, riet Answin. »Haldoran ist ook vor de Werber abhaun, ever et het ihm nur Schläch einbracht. Dabie isset doch gar nich so üvel, hier dabie zu sin.«

»Das sagst du, obwohl dir gerade jemand die Knochen gebrochen hat?«, wunderte sich Reinmar.

»Och, tu Huus könnt mich de Stier op de Hörners nehm, oder en Ackergaul haut mi dat Knie kapott, oder min Olle zieht mi de Pann övern Schädel, wenn ick's mittem Schnäpsken överdrieven heb. Da passiert doch ook immer wat«, behauptete Answin.

»Hess du nich sächt, du bis gor nich vorhierat?«, hakte Haldoran nach.

»Stimmt, ever dat kann ja allet noch wern.«

»Nee«, schnaubte Lindgard entschieden, was den jungen Männern erneutes Gelächter entlockte.

»Aufhörn!«, stöhnte Answin. »Mi tutet Lachen doch noch weh!«

»Säch mol, Reinmar«, begann Haldoran wieder ernst. »Wenn du gor nich hier sein wills, waröm hess du heut Nacht nich versökt, mitten anneren zu fliehn?«

»Das hätte ich wohl kaum tun können, ohne dich zu überwältigen«, erwiderte der Sträfling. »War mir zu riskant. Ich bin Wilddieb, kein Mörder.«

»Für irgendnen ollen Hasen kommt man inne Mine?«, bezweifelte Answin.

»Für einen sicher nicht«, stimmte Reinmar ihm zu. »Mich hat der Graf allerdings ein paar Mal zu oft beim Wildern erwischt. Hätt' ich nur mal den fetten Rehbock liegen gelassen. Dann wäre ich vielleicht entwischt. Aber so hieß es, keine Gnade mehr.«

»Na, vielleicht hesse ja Gnad vorn Gevatter Firun funden. Jedenfalls bist nu hier bei uns, anstatt innen Berch römzukriechen.«

»Wer weiß«, murmelte der Sträfling.

Auf dem Weitermarsch fühlte Haldoran sich wie befreit. Es beruhigte ihn, dass aus dem namenlosen Fremden, der ihm womöglich ans Leben wollte, ein gewöhnlicher Mann geworden war, der lediglich ein unter den jungen Bauern beliebtes Spiel zu weit getrieben hatte.

Also het mich mein ersten Eindruck nich trogen, freute er sich. *Reinmar is ein von uns. Ever heißt dat nu, dat ich ihn nich mehr bewachen muss?*

Die knifflige Frage bereitete ihm einiges Kopfzerbrechen, während sie Stunde um Stunde bergauf und bergab wanderten, ohne einer Menschenseele zu begegnen. Hoch über ihnen zog ein großer Raubvogel stetig seine Kreise unter den unwirtlichen Wolken. Zumindest hoffte Haldoran, dass es nur ein Adler sei.

Gegen Abend schlugen sie ihr Lager auf der kleinen Wiese zwischen einem schroffen Gipfel und einem schmalen Wäldchen auf, hinter dem es deutlich steiler zu Tal ging. Haldoran verspürte ein dringendes Bedürfnis, für dass er sich gern in die Büsche zurückgezogen hätte. Er sah sich nach Lindgard um, damit sie solange für ihn auf ihren Gefangenen aufpasste, aber die Bäuerin half bei der Versorgung der Verwundeten.

»Du siehs aus, als wörsse dir gleich inne Bux schieten«, stichelte Answin auch noch, ohne zu ahnen, wie nah er der Wahrheit tatsächlich kam.

Haldoran warf ihm einen vernichtenden Blick zu und erwog für einen Moment, seinem Freund den Sträfling anzuvertrauen. Doch das kam natürlich nicht in Frage. Der verletzte Answin stellte nun wirklich keinen Gegner dar.

»Reinmar, kömmse?«

Der Gefangene brauchte keine zweite Aufforderung. Haldoran nahm seinen Bogen mit, obwohl er die Waffe spätestens ablegen musste, wenn er die Hose herunterließ. Er kam sich albern vor. Reinmar würde ihn nicht angreifen. Aber wenn der Mann nun doch fliehen wollte? Verärgert über die ganze würdelose Angelegenheit stapfte er in das Wäldchen. Er erreichte die andere Seite, noch bevor er sich so recht außer Sicht fühlte. Reinmar und er standen über dem steilen, unwegsamen Hang. Wenige Schritt unter ihnen flachte das Gelände wieder ab, und niedriges Gesträuch wechselte sich mit Gestein und Grasflecken ab.

»Wenn du mich da hinunterklettern lässt, holt mich keiner mehr ein«, sagte der Wilderer plötzlich. »Bis die anderen hier sind, geben mir die Felsen dort hinten Deckung.«

»Biste verrückt? Ick kann dich nich gehn lassen«, regte Haldoran sich auf. »Waröm sächse sowat?«

»Was du machst, ist deine Sache«, erwiderte Reinmar. »Aber ich hab' keine Lust, mein Leben auf einem Schlachtfeld auszuhauchen. Ich mach' mich aus dem Staub.«

Damit schwang er sich über die Kante und begann hinabzuklettern.

»Nee, bliev hier!«

Haldoran beugte sich vor, um den Sträfling zu packen, doch der war schneller.

»Ick kann dich nich gehn lassen«, wiederholte er eindringlich. »Die kloppen mich tot!«

»Dann verschwinde doch auch«, schlug Reinmar vor, ohne innezuhalten.

»Nee, die kriegn uns. Dat het doch kein Zweck.«

Der Wilderer hatte den flacheren Boden fast erreicht. Haldoran geriet in Panik.

Du muss ihn ophalten! Willsse etwa wegen ihm weer auspeitscht wern?

Er fingerte einen Pfeil aus dem Köcher und schaffte es, ihn trotz seiner bebenden Hände auf der Sehne zu platzieren.

»Bliev stehn, du Idiot, oder ick schieß!«, schrie er.

Reinmar blickte kurz zu ihm auf, dann hatte er den Fuß des Steilhangs erreicht und drehte sich um. Haldoran stiegen Tränen der Verzweiflung in die Augen.

Waröm tut de verfluchte Mistkerl mi dat on? Er is doch einen von uns!

Der Abstand zwischen innen vergrößerte sich.

»Stehen bleiben!«, brüllte Haldoran noch einmal.

Hinter sich hörte er aufgeregte Stimmen, und Leute brachen sich ihren Weg durch das Unterholz. Er wollte Reinmar nicht töten. Der Mann hatte ihm nichts getan. Sie hätten gute Freunde werden können. Aber Haldoran legte an. Er konnte noch immer fühlen, wie seine Haut unter den Hieben der Peitsche aufgeplatzt war. Und dieses Mal würde es noch viel schlimmer werden. Er biss die Zähne zusammen, um das Zittern seines Arms zu unterdrücken. Der Pfeil schwirrte davon. Haldoran wandte sich ab, bevor das Geschoss sein Ziel fand. Er hörte den Schrei und brach selbst wie getroffen zusammen.

»Aus dem wird noch ein richtig guter Soldat«, hörte er Ritter Luidprant sagen.

Kapitel 17

Am nächsten Morgen trieb der Wind keine einzelnen Fetzen mehr vor sich her, sondern ganze Wolkenbänke. Je tiefer die dräuenden Massen hingen, desto grauer waren sie, sodass selbst ein tageslichtscheuer Zwerg hätte prophezeien können, dass es bald regnen würde. Rhiana und ihre Gefährten frühstückten kalten Fisch und Wasser, während sie auf Lughaid warteten. Der alte Mann erschien schon bald nach Sonnenaufgang und grüßte erwartungsgemäß wortkarg. Dann ließ er sich jedoch zu einer für seine Verhältnisse eindrucksvollen Ansprache hinreißen.

Fiering, Boron
914 BF

»Ich hab' mir all Eure Probleme lange durch den Kopf gehen lassen«, behauptete er und kratzte sich, da ihn irgendwo in den Tiefen seines Bartes ein Floh biss. »Meine Fieringer sind keine schlechten Leute. Das dürft Ihr nicht denken. Wir haben einfach nicht viel, denn auf den Äckern gedeiht kaum was, und das Wetter hindert uns oft am Fischen. Es komm' auch keine Händler hierher, weil wir nichts zu tauschen haben und schon gar kein Geld. Trotzdem hab' ich meine Freunde gebeten, alles, was sie entbehren könn', in den *Prembutt* zu bringen. Ihr könnt die Sachen nachher dort abholen und bezahlen.«

»Wir werden das deinem Dorf nie vergessen und großzügig sein«, versprach Rhiana ehrlich ergriffen.

Lughaid nickte und kaute eine Weile auf seinem Priem.

»Zu Eurer Frage nach ei'm Boot nach Havena«, fuhr er schließlich fort. »Da muss ich Euch enttäuschen. Das traut sich um diese Jahreszeit keiner mehr, weil man's nicht an ei'm Tag schafft. Ihr seht ja das Wetter. Moin kann das ein Sturm sein, oder es zieht wieder Nebel auf.«

Elidana seufzte.

»Scheint, als müsste ich weiter durch diesen elenden Sumpf waten«, meinte sie mutlos. »Wäre ja auch zu schön gewesen.«

Der alte Fischer kniff die Augen noch weiter zusammen, und seine Kiefer mahlten heftiger, aber er sagte nichts mehr zu diesem Thema.

»Konntest du jemanden überreden, uns im Moor zu führen?«, erkundigte sich Rhiana.

»Wie man's nimmt«, sagte er vage. »Die jungen Leute werden jetzt alle auf den Feldern gebraucht, beim Rübenernten und Umpflügen. Von den' kennt sich aber eh keiner mehr so richtig aus. Die Geisterinsel ist für die bloß so'n Gerücht. Sieht so aus, als müsstet Ihr mit dem alten Lughaid zufrieden sein.«

»Ich glaube, einen besseren Führer können wir uns kaum wünschen«, erwiderte die Prinzessin aufrichtig.

»Gut«, brummte der Fischer.

»Dann können wir also aufbrechen?«, vergewisserte Rhiana sich.

Lughaid nickte. Finni sah mit ihren großen Mandelaugen Rashid an. Auch wenn er auf ihre Frage nach seinem nächtlichen Ritt nur ausweichend geantwortet hatte, dass er damit einen alten Schwur befolge, hegte sie keinen Argwohn mehr gegen ihn.

»Was wirst du jetzt machen?«, fragte sie.

»Ist das nicht klar wie eine sprudelnde Quelle?«, wunderte er sich. »Selbstverständlich werde ich die drei Zierden des Deltas auch weiterhin begleiten. Wenn sie nicht mit Euch verwandt wären, müsste ich sagen, Schande über Eure Väter und Brüder, dass sie ihre Frauen allein solchen Abenteuern überlassen.«

Rhiana setzte zu einer heftigen Antwort an, aber Finni würgte sie mit einem energischen Kopfschütteln ab.

»Geh doch mit Elidana schon mal den Proviant kaufen«, schlug sie vor. »Ich erklär' es ihm.«

Die Prinzessin schmunzelte über den Eifer ihrer Freundin und ging zur Taverne hinüber.

»Vergiss nicht, ihm auch deutlich zu machen, dass wir nicht darauf versessen sind, in seinem Harem zu landen!«, rief Elidana über die Schulter zurück, während sie Rhiana folgte.

»Rashid, wahrscheinlich sind die Sitten in deiner Heimat anders«, begann Finni. »Aber hier im Norden, und wohl auch in Brabak, brauchen wir Frauen keine Männer, um auf uns aufzupassen. Wir können uns sehr gut selbst verteidigen.«

»Das höre ich nicht zum ersten Mal«, gab der Tulamide zu. »Selbst wenn es wahr sein sollte, dass Ihr alle Kämpferinnen seid – was ich in deinem Fall sehr bezweifle, denn du bist zart wie ein Schmetterling...« Die Halbelfe spürte, wie ihre Wangen sich vor Verlegenheit röteten. »...so bleibt es trotzdem die Aufgabe der Männer, Euch beizustehen und gegen übermächtige Gefahren zu verteidigen.«

Finni wusste nicht so recht, wie sie ihm begreiflich machen sollte, worum es ihr ging. Hatte sie es nicht gerade einleuchtend erklärt?

»Das ist ja lieb von dir gedacht«, meinte sie verwirrt. »Gelegentlich könnten wir auch etwas Hilfe brauchen, aber nicht weil wir Frauen sind.«

Sie entnahm Rashids Blick, dass er ihr nicht folgen konnte, und gab es auf.

»Falls es deine Meinung von unseren nordischen Männern hebt, sollst du wissen, dass ich eine Waise bin und keine Verwandten habe, die für mich sorgen könnten«, klärte sie ihn auf. »Rhianas Vater wurde vor vielen Jahren ermordet, und da ihr einziger Halbbruder schwachsinnig ist, hat sie geschworen, die Tat zu rächen.«

»Ah, jetzt verstehe ich«, behauptete Rashid, aber Finni war sicher, dass er alles wieder ganz falsch aufgefasst hatte.

Kurz darauf hatten sie die Rationen aus den spärlichen Vorräten der Fieringer verteilt und ihre Wasserschläuche am Waldrand aufgefüllt. Finni entfernte hastig ein paar verdächtige Hühnerfedern von Eisfells Schnauze, dann schloss sich ihnen auch schon Lughaid mit seiner Ausrüstung an. Auch er trug einen langen Stab, um damit den Boden prüfen zu können, bevor er einen Fuß darauf setzte. Grummelnd musterte er seine neuen Reisegefährten und schüttelte immer wieder den Kopf.

Rhiana verkniff sich, ihn nach den Gründen zu fragen. Diese Moorbewohner waren allesamt sonderbar, so viel hatte sie begriffen. Wenn der alte Mann wichtige Einwände gehabt hätte, wäre er sicher nicht Stockfisch genug, um damit hinterm Berg zu halten. Er setzte sich an die Spitze und führte sie auf einem Trampelpfad, der fleißig von Menschen und Schweinen benutzt wurde, in den Wald hinein. Obwohl kein Laub mehr in den kahlen Kronen hing, spendeten die Bäume doch Schutz vor dem kühlen Wind. Nach einer Weile hörten sie leises Quieken und Grunzen im Gestrüpp, wo die Schweinehirtin die gesammelten Borstentiere des Dorfes nach Nahrung wühlen ließ. Danach tauchten sie in die Stille unberührter Natur ein, die durch das Rascheln ihrer Füße im Gestrüpp und Laub unter den Bäumen lediglich untermalt, aber nicht gestört wurde.

Der Pfad verlor sich im Unterholz, was Lughaid nicht weiter beachtete. Er folgte unbeirrbar einem nur ihm bekannten Weg, wobei er die wildesten Dickichte jedoch umging. Eisfell war völlig in seinem Element und lief mal voraus, dann hinter seinem Rudel. Rashid ließ Feuertanz frei hinter sich hertrotten, da er niemals als Einziger geritten wäre, selbst wenn ihn niedrige Zweige nicht dabei behindert hätten.

Das Marschieren erforderte ein wenig Aufmerksamkeit, da es schlammige, von Pflanzen überwucherte Pfützen und herumliegendes Geäst gab, die einen Wanderer straucheln lassen konnten, aber es war nicht mit dem Durchqueren des Moors vergleichbar. Rhiana blieb genügend Muße, ihren Gedanken nachzuhängen. Sie grübelte darüber, wie es dazu hatte kommen können, dass sie ihre in aller Heimlichkeit begonnene Mission nun in Begleitung zweier Fremder vorantrieb. Wie albern, sich daran zu stören, denn Elidana hatte schließlich nicht darum gebeten, entführt zu werden. Die Brabakerin im ungastlichen Fiering zurückzulassen, bis sich im Sommer ein Fischer erbarmte, sie nach Havena zu fahren, wäre Rhiana nie in den Sinn gekommen. Und welche zwingenden Gründe gab es schon, die Anwesenheit des gut aussehenden Novadi abzulehnen?

Er erinnerte sie ein wenig an Vilko Turibai Montas, doch dem jungen Talanier fehlte das Temperament des Tulamiden, das immer wieder zwischen seinen guten Manieren aufblitzte. Trotz seiner geraden Schultern und der durchaus vorhandenen Muskulatur wirkte Rashid rein physisch nicht sehr eindrucksvoll, sondern eher schmal. Das verlieh seinen Bewegungen jedoch eine spielerische Leichtigkeit, die durch seine gebärdenreiche Art zu sprechen noch verstärkt wurde. Rhiana suchte nach der richtigen Beschreibung für diesen Umstand, der nur körperlich ausdrückte, was auch für den Geist des Novadis galt.

Rashid wirkt sehr lebendig, erkannte sie. *Männer wie mein Ziehvater Tjalmar sind ein Fels in der Brandung, aber Rashid tanzt einfach auf den Wellen mit. Beides hat etwas für sich.*

Sie ärgerte sich plötzlich über ihre eigenen Ideen.

Was tue ich hier eigentlich? Es wird mich nur von meiner Aufgabe ablenken, so viele Gedanken an einen wildfremden Mann zu verschwenden. Diesen Rashid habe ich schließlich gerade erst kennen gelernt. Rahja, verschone mich vor weiteren gut aussehenden Kerlen! Mein Leben ist auch so schon schwierig genug.

Um die Mittagszeit rasteten sie auf felsigerem Gelände, das ihnen bei sonnigem Wetter einen weiten Ausblick über die Sümpfe und Auen des Deltas geboten hätte. Der alte Fischer behauptete, dass man im Norden sogar Havena sehen konnte. Da der Himmel sich jedoch vollkommen in Grau gehüllt und ein feiner Nieselregen begonnen hatte, reichte die Sicht nach Osten hin nicht weiter als bis zu einer kleinen Insel inmitten eines Sees.

»Ist das der Ort, den wir suchen?«, erkundigte sich Rhiana bei ihrem Führer.

»Nee«, antwortete Lughaid mit einer Böses abwehrenden Geste. »Da drüben wohnt eine Hexe, da geh ich nicht hin. Wir müssen viel weiter gen Rahja. Die Insel, die Ihr sucht, ist eigentlich keine richtige. Es ist mehr ein Hügel, der aus dem Sumpf aufragt. Sieht halt aus wie eine. Vor allem im Nebel.«

»Bist du schon einmal dort gewesen?«, wollte Finni wissen.

»Nee.« Er wiederholte das Schutzzeichen. »Ich hab' diesen verfluchten Platz nur von weitem gesehen. Der trägt sein' Namen ja nicht umsonst.«

Er kniff auf seine typische Art die Augen zusammen.

»Warum wollt Ihr nur unbedingt da hin?«, fragte er dann.

Rhiana fühlte Rashids und Elidanas neugierige Blicke auf sich, aber sie wollte ihre Gefährten weder völlig in ihre Angelegenheiten einweihen, noch zu geheimnisvoll tun.

»Mir wurde gesagt, dass mein Vater dort etwas für mich hinterlassen hat«, erklärte sie, ohne die ganze Wahrheit zu enthüllen. »Ihr versteht sicher, dass ich deshalb unbedingt nachforschen will.«

»Ein gutes Versteck«, brummte Lughaid. »Da sucht bestimmt niemand.«

Sie machten sich wieder auf den Weg. Ihr Führer trug ihnen auf, unterwegs Brennholz für den Abend zu sammeln. Bald hatten sie den Waldrand erreicht und fanden sich auf den feuchten Wiesen wieder, die den See der Hexe umgaben. Vom Ufer aus konnten sie auf der Insel einige Ruinen ausmachen, von denen Lughaid erzählte, dass sie einst zu einem Dorf gehört hätten, das im Wasser versank. Ob die zauberkundige Frau dabei ihre Finger im Spiel gehabt hatte, wollte er jedoch nicht entscheiden.

»Die einen sagen so, die anderen so«, meinte er nur.

Bis zur Dämmerung wechselten sich Wind und Schauer ab. Lughaid fluchte in seinen nassen Bart, ohne das Wetter damit zu beeindrucken. Jenseits des Sees hielt er auf kahle, inmitten sumpfigen Bodens aufgetürmte Felsen zu, zwischen denen es trockenere Bereiche gab, die sich zum Lagern anboten. Der alte Mann winkte seine müde Truppe allerdings so lange weiter, bis er einen Gesteinsüberhang gefunden hatte, der ihnen Obdach vor dem Regen bot. Schwarze Rußflecken an der niedrigen Decke zeugten davon, dass schon viele Wanderer hier untergeschlüpft waren.

Während Elidana und Finni unter Lughaids Anleitung die Ritzen und Spalten im Stein nach Schlangen absuchten, um die unerwünschten Mitbewohner zu vertreiben, und Rashid absattelte, brachte Rhiana ein Feuer in Gang. Sie aßen Zwieback und Räucherfisch, tranken Tee und fragten den alten Fischer über das Moor aus.

»Ach, da gibt es unzählige alte Geschichten«, wehrte er ab. »Von Piraten und Irrlichtern, Sumpfranzen und Orks. Heutzutage gibt es – den Göttern sei Dank! – keine Schwarzpelze mehr hier. Aber da hat sich genug anderes Gesindel gefunden, um uns ehrlichen Leuten das Leben schwer zu machen.«

»Nur von dem berühmten Bennwir Curran will keiner etwas gehört haben«, beschwerte sich Rashid.

»Das muss daran liegen, dass es den gar nicht gibt«, feixte Elidana.

Der Tulamide runzelte die Stirn.

»Vielleicht findest du ihn ja wirklich in Havena«, versuchte Finni ihn zu trösten. »Ich hoffe nur, wir bleiben von dem ganzen Gelichter verschont. Für meinen Geschmack hatten wir schon genug davon.«

»Das mögen die Zwölfe geben«, wünschte sich auch Lughaid. »Aber gefährlich kann's im Sumpf auch ohne all das werden. Moin betreten wir das eigentliche Moor. Da müsst Ihr genau in meiner Spur bleiben. Vor allem mit Eurem Pferd, Herr Rashid. Was da nach Rasen aussieht, kann in Wahrheit ein Faulsee sein.«

»Was ist ein Faulsee?«, erkundigte sich Rhiana.

»Das ist ein stinkendes Schlammloch«, erklärte ihr Führer. »So'n schwarzer, öliger Schlick, in dem man festklebt wie die Fliege am Sonnentau.«

»Wirklich gut, dass Ihr die Idee mit den Stäben hattet«, sagte die Prinzessin zu Elidana. »Wer weiß, wie oft wir sonst schon in so eine Falle getappt wären.«

»Und es gibt noch mehr Dinge, auf die Ihr aufpassen müsst«, fuhr Lughaid fort. »Nehmt Euch auch vor den Mooraugen in Acht!«

»Mooraugen?«, wiederholte Rhiana verständnislos.

»Na, Ihr wisst aber auch gar nichts«, meinte der Alte kopfschüttelnd. »Die Tümpel im Moor. Mein Vetter Odil ist in so ein Loch gefallen. Da war ich noch 'n junger Hüpfer. Den hat man nie wieder gefunden. Kein Stecken war lang genug, um bis zum Grund von diesem kleinen Teich zu reichen.«

Die Prinzessin erbleichte. Auch Finni erinnerte sich sogleich an das trübe Wasser, das sie auf provisorischen Stelzen durchquert hatte. Einer der Stöcke hatte damals unter ihr nachgegeben. In ihrem Magen wallte plötzlich Übelkeit auf.

»Erinnert mich daran, dass ich nie wieder einen Fuß in einen Sumpf setze, wenn wir heil hier herauskommen«, bat sie.

Über Nacht hatte sich der Wind gelegt, und neuer Nebel verband sich mit den letzten Wolken, um das Delta wie in Watte zu hüllen. Die Gefährten folgten Lughaid durch die unwirkliche Landschaft wie durch einen verschwommenen Traum. Der Alte schritt wacker voraus, murrte jedoch gelegentlich etwas über unnötige Umwege nur wegen des Zossens in seinen Bart. Trotz dieser Bemühungen sank der Hengst meist tiefer in den Boden als alle anderen, was ihn ängstigte und vor Aufregung schwitzen ließ. Rashid redete ihm gut zu, versprach ihm Berge von Gerste und Heu, wenn sie erst Havena erreicht hätten. Eisfell wollte dabei behilflich sein, das zurückbleibende Rudelmitglied weiterzuscheuchen, und drängelte an Feuertanz' Flanke, woraufhin ein Hinterhuf knapp an seinem Ohr vorüberzischte. Von diesem Moment an durfte der Wolfshund sich nicht mehr in der Reichweite des Pferdes blicken lassen, ohne dass es drohend die Ohren anlegte und nach ihm schnappte. Da Eisfell das Ganze auch noch für ein spannendes Spiel hielt, rief Rhiana ihn lieber zu sich nach vorn.

Gegen Mittag löste sich der Nebel auf, und in immer größeren Wolkenlücken kam die Sonne zum Vorschein. Sobald die Kraft ihrer Strahlen jedoch nachließ, stieg neuer Dunst aus den Senken auf.

»Schietkram!«, schimpfte Lughaid. »Ich hatte gehofft, wir würden heute noch ankommen.«

»Ist es noch weit?«, wollte Rhiana wissen. »Wenn nicht, könnten wir doch im Dunkeln weitergehen. Falls du dich zurechtfindest.«

Der Alte warf ihr einen Blick zu, der sie deutlich für geisteskrank erklärte.

»Ich frage ja nur«, rechtfertigte sich die Prinzessin. »Meine Freundinnen und ich sind diese Woche schon nachts im Moor gewandert und haben es eigentlich ganz gut hinbekommen.«

»Wenn man von diesem Tentakelmonster absieht, dass Euch fressen wollte«, warf Elidana ein.

»Das hätte vielleicht auch bei Tag angegriffen«, hielt Finni dagegen.

»Pah!«, rief Lughaid. »Ruhe! Das wär' ja noch schöner, wenn so ein paar Landratten wie Ihr glaubt, Ihr kämt hier besser klar. Ich bin schon mit den Torfstechern losgezogen, da haben Eure Väter noch in den Windeln gelegen. Na ja, das ist wohl übertrieben, aber was soll's? Los jetzt! Gehen wir weiter, damit wir trockenen Boden unter die Füße kriegen.«

Sie setzten ihren Weg fort, aber der alte Fischer gab ein langsameres Tempo vor. Im schwindenden Licht prüfte er den Untergrund noch genauer und blickte sich länger nach Orientierungsmalen um. Der Nebel waberte zunächst nur bis zu ihren Knien und kroch allmählich höher, sodass vom Sternenzelt noch zu sehen war, was die Wolken nicht verdeckten. Rhiana erschien es, als ob sie durch einen See aus Dampf waten. Außer ihnen und ein paar gespenstisch kahlen Birken ragte nichts aus den weißen Schleiern hervor. Abgesehen von den leisen, quatschenden Geräuschen ihrer Schritte herrschte tiefe Stille.

Eigentlich ist es wie immer in diesem götterverlassenen Moor, versuchte die Prinzessin sich zu beruhigen. *Aber warum habe ich dann plötzlich so ein mieses Gefühl?*

Eisfell blieb ruckartig stehen und spitzte in die Dunkelheit.

Hat er etwas gehört?

Rhiana sah sich nervös um. Unbewusst wechselte sie ihren Stab in die linke Hand, und ihre rechte griff nach ihrem Schwert. Ohne es recht zu merken, hatten sie alle angehalten und starrten in die Nacht. Da war doch etwas vor ihnen. Eine Anhöhe erhob sich dort aus dem Dunst und verlor sich in der Finsternis.

»Das muss es sein«, wisperte Finni. »Die Insel.«

»Schscht!«, machte Rashid. »Hier ist mehr als das.«

Nun konnten sie es hören. Aus mehreren Richtungen drangen platschende Schritte und gedämpfte Rufe an ihre Ohren.

»Die kreisen uns ein«, vermutete Rhiana.

»Fragt sich nur wer«, meinte Elidana. Sie hatte ihr Rapier gezogen und einen Parierdolch in der anderen Hand.

»Da!« Rashid deutete auf den schwarzen Umriss einer näher kommenden Gestalt.

»Das ist nicht der Einzige«, stellte die Prinzessin fest, als sie sich umsah.

»Warum haben die es so gar nicht eilig?«, wunderte sich Finni besorgt. »Das ist unheimlich.«

»He da!«, brüllte die Brabakerin. »Wer seid ihr?«

Mehrere unverständlich dumpfe Stimmen antworteten ihr.

»Ich verstehe kein Wort«, schrie Elidana schriller. »Was wollt ihr von uns?«

»Gebt Euch keine Mühe, Herrin«, flüsterte Lughaid mit schreckgeweiteten Augen. »Das sind keine Menschen mehr. Das sind Leichen.«

Zwischenspiel

Rondrick Saldor von Gernatsgrund patrouillierte auf dem alten Wall. Stunde um Stunde erfüllte er seine Pflicht. Der Mond ging auf und ging wieder unter. Nacht für Nacht. Gerade so wie Rondrick seine Runden zog. Der Krieger folgte dem ausgetretenen Pfad hinter der Palisade, bei deren Errichtung er selbst mitgewirkt hatte. Er fand, dass die gesamte Verteidigungsanlage in desolatem Zustand war und dringend Ausbesserungen benötigte. Aber im Dunkeln ließ sich schwer sagen, wie schlimm es wirklich stand, und seit einiger Zeit war es immerzu dunkel. Rondrick konnte sich nicht mehr erinnern, wann er zum letzten Mal das Tageslicht gesehen hatte. War es Wochen her? Jahre? Äonen? Manchmal kam es ihm so vor.

Ein Geräusch erregte seine Aufmerksamkeit, und augenblicklich hatte er sein Schwert in der Hand. Dort draußen in diesem verfluchten Moor lauerte der Feind.

»Seid auf der Hut!«, hatte der Kommandant ihnen eingeschärft. »Wir bewachen hier einen Schatz, der kostbarer ist als alles Gold der Welt. Ihr wisst, wovon ich spreche.«

Wertvoller als alles Gold der Welt, und *er* trug die Verantwortung dafür. Er horchte in die Finsternis.

Nebel, nichts als Nebel, grollte er bei sich. *Selbst das verdammte Wetter ist mit dem Feind im Bunde.*

Ein Schemen schälte sich aus dem Dunst und kam gemessen auf ihn zu.

Praios sei Dank. Es ist nur der junge Urban.

Der breitschultrige, mit einem Ringmantel gerüstete Mann hob grüßend seinen Arm, und Rondrick schob seine Klinge zurück in die Scheide. Urban gehörte zu den Wächtern dieses Ortes, genau wie er.

»Rondra mit Euch«, murmelte er, als ihre Wege sich kreuzten. »Ist alles ruhig?«

»Alles ruhig«, erwiderte der jüngere Krieger.

Unwillkürlich fragte Rondrick sich, wie oft sie diese Worte in den letzten Jahren ausgetauscht hatten. Hunderte, nein, tausende Male? Die Antwort war stets dieselbe gewesen. Auch wenn nicht jede Nacht gleich verlief. Es hatte Gefechte gegeben. Meist nur kleine Scharmützel, die kaum der Rede wert waren. Keiner dieser lächerlichen Angreifer hatte auch nur den äußeren Wall erreicht. Doch es geisterten auch andere Bilder durch seine Erinnerungen. Bilder von einer richtigen Schlacht. Ein ganzes Heer hatte die Palisade bestürmt, um den Schatz an sich zu reißen, den Rondrick und die anderen Getreuen verteidigten. Der schwarze Torf trank das Blut vieler guter Männer und Frauen. Auch Rondrick war verwundet worden, aber sie hatten ihn nicht besiegt. Er stand immer noch hier, auf seinem Posten. Und er würde hier stehen bis ans Ende aller Zeiten, wenn es sein musste. Sein Schwur band ihn.

In Rondras Namen, niemals werde ich in meiner Entschlossenheit wanken, den Befehl meines Kaisers zu befolgen, hörte er sich im Geiste wieder sagen. *Tod den Widersachern der göttlichen Ordnung!*

Die göttliche Ordnung … Rondrick wusste, dass der Schatz, den sie bewachten, das Gleichgewicht der Kräfte bedrohte. Die Magier hatten ein großes Geheimnis daraus gemacht, was sie im Inneren der Anlage versteckten, aber es gab Gerüchte. Man flüsterte von einem magischen Auge, einem Schwarzen Auge, das in die Vergangenheit und in die Zukunft blicken konnte. Der Krieger schnaubte unwillig bei dem Gedanken.

Zauberer! Erst erschaffen sie solche lästerlichen Artefakte, wie sie nur Göttern und wahrhaft Gerechten zustehen, und dann darf unsereins die Suppe auslöffeln! Der Kaiser hat gut daran getan, ihnen ihr gefährliches Spielzeug zu nehmen und es uns, seinen geschworenen Getreuen, anzuvertrauen.

Ein heiserer Schrei ließ den Krieger aufschrecken. Unter ihm im Dunst tauchten zwei ihrer Späher auf.

»Angreifer!«, rief einer von ihnen. »Fünf Bewaffnete vor dem Südtor!«

Sofort erschien der Kommandant auf dem Wall.

»Alle Wachen zu mir!«, bellte er. »Ihr!« Er deutete auf Rondrick. »Der Feind darf das Tor nicht erreichen.«

Der Feind!, durchfuhr es den Krieger. *Sie versuchen es erneut. Sollen sie nur kommen! Wir werden ihre Leiber in die Moorseen werfen, wie all die anderen zuvor.*

Mit gezücktem Schwert marschierte er erhobenen Hauptes in den Kampf. Er sah seine Gegner, ohne die Lider zu öffnen. Seine rostige Klinge reflektierte kein Licht.

»He da! Wer seid ihr?«, gellte es zu ihm herüber.

»Rondrick Saldor von Gernatsgrund nimmt Eure Herausforderung an«, meinte er der Widersacherin entgegenzuschmettern, aber seiner durchtrennten Kehle entrang sich nur ein schauerlicher Laut.

Kapitel 17 (Fortsetzung)

Mit wachsendem Entsetzen merkten die Gefährten, dass Lughaid Recht hatte. Sie waren von Untoten umzingelt, die immer näher kamen.

»Gewaltiger Rastullah, ich bin nur ein um Vergebung flehender Sünder, aber lass mich dein Werkzeug sein, diese Kreaturen zu richten«, betete Rashid. »Oh, mächtiger Al'Ankhra, leihe mir von deiner Stärke!«

Hastig schickte er seinen Hengst einige Schritte rückwärts, um mehr Raum zum Kämpfen zu gewinnen, bevor er den Angreifern wieder in die ledrigen, vom Moor geschwärzten Gesichter blickte. Schlamm und Tümpelwasser triefte von nassen Haaren und aufgeweichter Haut. Modrige Pflanzenreste klebten an löchrigen, verrosteten Kettenhemden und Harnischen.

Rhiana hatte sich von ihrem ersten Schreck erholt und besann sich auf ihre Ausbildung und ihren gesunden Menschenverstand. Sie empfand sich als Anführerin der kleinen Truppe, denn sie alle waren nur in diese Lage geraten, weil sie ihr gefolgt waren. Nun lag die Verantwortung bei ihr.

»Egal was passiert, bleibt zusammen, Leute!« mahnte sie. »Ein Fehltritt kann uns hier in eins der Sumpflöcher befördern. Diese Kerle sind schon tot, Elidana. Ihr könnt sie nicht erstechen, nur zu Brei schlagen.«

Sie wandte sich an die zitternde Finni. »Kannst du irgendwelche Magie einsetzen?«

»Ich könnte sie fesseln«, sagte die Halbelfe mit zittrigen Knien. »Aber wenn's schief geht und ich erwische dann einen von uns...«

»Keine Zeit mehr!«, schnappte die Brabakerin, die rasch

Rapier und Dolch gegen ihren nun beidhändig geführten Stab vertauscht hatte.

Die von ihrem blinden Eifer getriebenen Wiedergänger drängten heran. Einer von ihnen trat in ein Moorauge und versank darin wie ein Stein. Die restlichen wandelnden Leichname schenkten ihm keine Beachtung. Sie stierten blicklos auf die eingekreisten Lebenden. Schwerfällige Zungen hinter gelbbraunen Zähnen stießen heisere Kampfrufe und kehliges Gestammel aus, während sie den grausigen Ring enger zogen.

Lughaid schüttelte seine lähmende Angst ab und hielt seine einzige Waffe, die hölzerne Stange, fester. Der knurrende Wolfshund neben ihm flößte ihm den Mut der Verzweiflung ein. Die drei vordersten Untoten kamen in Reichweite und griffen an. Elidana hieb auf den Schwertarm dessen, der einen Streich gegen den alten Fischer führen wollte. Morsche Knochen krachten unter dem verrottenden Kettenhemd, und die Hand, die noch immer den Schwertgriff umklammerte, baumelte nutzlos herab. Rashid focht gegen den zweiten Gegner, während Rhiana dem Streitkolben eines dritten auswich, um mit beidhändig geführter Klinge seinen Arm abzuhacken.

Leider brach der so Getroffene nicht wie ein lebendiger Gegner vor Schmerz zusammen, sondern überraschte die Prinzessin, indem er ihr mit der anderen Hand nach der Kehle griff. Seine schlammigen, dunklen Finger erwischten zwar nur ihr Haar, aber Rhiana hatte nun keinen Raum mehr für einen Hieb. Mit einem panischen Aufschrei stach sie nach dem Unterleib des Wiedergängers, doch das schien er, wie befürchtet, gar nicht zu bemerken.

Finni fiel bei diesem Anblick fluchend aus der Konzentration für ihren Zauberspruch. Sie schnappte sich einen ihrer Dolche und kam ihrer Freundin zu Hilfe. Ohne dem Untoten in sein verstörendes Antlitz zu sehen, packte sie sein Handgelenk und säbelte wie eine Besessene durch zähe Haut und Sehnen.

Weitere Kriegerleichen gingen zur Attacke über. Rashid trennte seinem ersten Kontrahenten mit einem wuchtigen

Säbelhieb den Kopf ab und trat den enthaupteten, aber immer noch stehenden Körper zur Seite, um sich der neuen Bedrohung widmen zu können. Lughaid und Elidana wehrten je einen Gegner ab. Endlich glitt Finnis stumpf gewordene Klinge durch die letzte Schicht, sodass die Halbelfe die widerliche Hand aus Rhianas Haar lösen konnte. Die Prinzessin überließ es ihr, den verstümmelten Untoten von den Beinen zu holen und mit kräftigen Schlägen ihres Stocks dafür zu sorgen, dass er sich nicht wieder erheben konnte. Rhiana kämpfte bereits mit zwei neuen Angreifern.

Finni versuchte, noch einmal ihre Magie herbeizurufen. Fieberhaft spürte sie ihren elfischen Wurzeln nach.

Gefahr! Gefahr!, pulste es durch ihre Adern. *Lasst mich jetzt nicht im Stich!*

Seltsame Gedankenfetzen wirbelten vor ihrem inneren Auge vorüber, Bilder ihrer Mutter und anderer Elfen, die sie noch nie gesehen hatte. Einer von ihnen schüttelte drohend seine Faust.

Der Donner soll in sie fahren!, dröhnte es in Finnis Ohr.

»Das ist es!«, entfuhr es ihr. »Der Donnerkeil soll in dich fahren!«, rief sie und ließ die geballte linke Hand in die Richtung des nächsten Gegners vorschnellen.

Der anvisierte Leichnam prallte zurück, als hätte Finni ihn mit einem Rammbock getroffen. Ein großes Loch platzte in seinem Brustharnisch auf, und dahinter ragten zertrümmerte Rippen und Wirbel aus schwarzem Fleisch, durch das nun das Licht des Madamal fiel. Der durchstoßene Wiedergänger brach zusammen, aber Finnis Triumph währte nur kurz. Sie spürte, dass sie in ihrer Panik viel zu viel Kraft in diesen einen Zauber gelegt hatte. Einen weiteren Spruch konnte sie nun nicht mehr wirken, obwohl sie mittlerweile von so vielen Feinden umringt waren, dass die Halbelfe den Überblick verlor. Sie verschloss ihre Gedanken vor der Erkenntnis der Niederlage und schlug aufs Neue mit ihrem Stab zu.

Eisfell kämpfte mit einem zu Boden gegangenen Leichnam, der nun versuchte, Rhiana zu Fall zu bringen. Der Hund biss sich im Nacken des Untoten fest. Knorpel und Knochen knackten zwischen seinen kräftigen Kiefern. Rashid und Elidana wehrten jeder verzweifelt vier Gegner gleichzeitig ab, und weitere drängten nach. Lughaid fiel getroffen unter dem Ansturm zweier Wiedergänger.

Es war hoffnungslos, das Ende nur noch eine Frage der Zeit.

Kapitel 18

Stadtgarnison von Havena, Boron 914 BF

Natalju fühlte sich gegen das schlecht gehobelte Holz der Absperrung geschleudert, die den hereinkommenden Bürger von den Diensthabenden in der Wachstube trennte. Endlich hatte der bärtige Gardist, der sie beim Stehlen ertappt hatte, ihre schmerzenden Handgelenke freigegeben. Das Mädchen zog es vor, einfach gegen die Bretter gelehnt sitzen zu bleiben, um abzuwarten, bis seine gequälten Schultern aufhören mochten, nach einem Ende ihrer Folter zu schreien. Doch ihr Peiniger packte sie am Arm und riss sie wieder auf die Beine.

»Sieh die Weibelin gefälligst an, wenn sie mit dir redet!«, brüllte der Mann.

Seine Gefangene bemühte sich, aufrecht zu bleiben und endlich wieder wahrzunehmen, was um sie herum vor sich ging. Hinter der Absperrung standen eine stämmige, rotgesichtige und eine drahtigere Frau mit herrischem Blick. Auf ihren Uniformen prangte das Wappen Havenas, eine silberne Krone über einer ebensolchen Wellenlinie auf blauem Grund.

»Was bringst du uns da für eine schmächtige Rotznase, Conneff?«, wollte die schneidige Unteroffizierin wissen. Im Gegensatz zu den einfachen Gardisten, die sich mit tristem Grau begnügen mussten, war ihr Rock in sattem Grün gefärbt. »Die sieht nicht so aus, als könnte sie viel Ärger machen.«

Der Wachmann in Zivil warf seinen Geldbeutel auf die Deckplatte der Abtrennung.

»Ein sauberer Schnitt, Herrin«, erklärte er knapp. »Die Kleine ist eine Diebin, die sich das Gedränge auf dem Marktplatz zunutze machen wollte. Hatte nur das Pech, an mich zu geraten.«

Die Weibelin musterte Natalju kalt.

»Hat sie noch mehr gestohlen?«, erkundigte sie sich. »Durchsuch sie! Dinan, geh ihm mal zur Hand!«

Conneff beschränkte sich darauf, das Mädchen festzuhalten, während die untersetzte Gardistin nach verborgenen Taschen tastete und sowohl die Münzen in Nataljus Gürtel wie auch die zuerst entwendete Börse entdeckte. Ihre Offizierin zählte das Geld.

»Die paar Kröten haben möglicherweise ihr gehört, aber das hier…« Sie wedelte mit einem Dukaten. »…nie und nimmer. Schafft sie hier an den Tisch! Wir müssen sie verhören.«

Dinan und Conneff schoben Natalju in den hinteren Bereich der Wachstube. Die Gardistin setzte sich und griff nach Papier und Gänsekiel, während das Mädchen weiterhin stehen musste. Sie spürte die Gegenwart des Wachmannes wie eine stete Bedrohung in ihrem Rücken. Die Weibelin baute sich vor ihr auf, sodass sie zu ihr aufschauen musste.

»Wie heißt du?«, verlangte sie zu wissen.

»Natalju«, antwortete das Mädchen fester, als es selbst erwartet hatte.

»Und wie weiter?«

»Nichts weiter, Herrin. Einfach nur Natalju.«

»Das hätte ich mir ja denken können«, meinte die Offizierin. »Wo wohnst du? Wer sind deine Eltern?«

Die Gedanken des Mädchens überschlugen sich. Sollte sie behaupten, in Havena zu leben? Als Bewohnerin der Stadt stand ihr ein ordentliches Gerichtsverfahren zu. Wenn sie behauptete, eine Waise zu sein, konnte auch niemand nach ihren vermeintlichen Eltern fahnden. Nur was sollte sie als ihr Zuhause angeben? War auch ein obdachloses Straßenkind ein Bürger mit Rechten? Aber für eine Bettlerin war sie zu gut gekleidet.

Ein scharfer Schmerz ließ sie aufschreien, als der Gardist sie am Ohr packte und kräftig daran zerrte.

»Hast du die Weibelin nicht gehört?«, donnerte der Mann. »Rede, wenn du gefragt wirst!«

Die Lust auf eine Lüge war Natalju gründlich vergangen. Sie wollte sich lieber nicht vorstellen, was dieser Kerl mit ihr anstellte, wenn herauskam, dass sie schwindelte.

»Ich ... ich habe keine Eltern«, sagte sie schrill, da Conneff noch immer an ihrem Ohr riss. »Ich gehöre zu einer Gauklertruppe. Sie lagert draußen vor der Stadt.«

»Na also«, brummte der Gardist und ließ das Mädchen los, dessen Ohr wie Feuer brannte.

»Schicken die dich zum Stehlen aus?«, wollte die Offizierin wissen.

Nataljus Augen weiteten sich vor Schreck. Brachte sie nun auch noch ihre Freunde in Schwierigkeiten? Connair würde sie einen Kopf kürzer machen, falls die Stadtwachen das nicht für ihn erledigten.

»Nein!«, beteuerte das Mädchen eindringlich. »Bitte! Sie haben nichts damit zu tun! Das war ganz allein meine dumme Idee. Die Honigkuchen und die Musikanten und all das haben mich darauf gebracht. Bestraft mich dafür, aber keine Unschuldigen!«

Die Stille nach diesem heftigen Ausbruch wurde nur durch das Kratzen der Feder auf dem rauen Papier gestört. Der Gardist und seine Vorgesetzte tauschten über ihre Delinquentin hinweg vielsagende Blicke aus.

»Ich glaube dir«, behauptete die Weibelin schließlich.

Natalju atmete erleichtert auf.

»Du siehst allerdings nicht wie ein Gaukler aus«, stellte sie fest. »Was für eine Rolle hast du in eurer Darbietung?«

»Ich trage mein Kostüm nur während der Vorstellung, Herrin«, antwortete das Mädchen. »Es ist aus zu teurem Stoff gefertigt, um es im Alltag aufzutragen. Ich zeige den Leuten Kartentricks und bin auch geschickt mit dem Wurfmesser.«

»Praios steh uns bei, eine Spielerin und Messerstecherin ist sie auch noch«, ließ Conneff sich vernehmen, doch es klang spöttisch.

Seine Offizierin sah ihn strafend an, weil er den Namen des göttlichen Hüters der Ordnung für einen Witz missbraucht hatte.

»Diese Angelegenheit ist ernst«, betonte sie und wandte sich wieder an Natalju, die ihre strenge, gefühlskalte Miene frösteln ließ. »Mädel, dein Vergehen wird dadurch erschwert, dass du vorsätzlich und ohne Not gehandelt hast. Solche wie du verdienen eine Strafe, die sie ihr Lebtag nicht vergessen werden. Gefreiter Conneff, du kannst gehen. Dinan, bist du fertig? Dann steck sie zu den anderen in unsern ›Schlafsaal‹!«

»Damit sie sich mit ihresgleichen vergnügen kann und noch ein paar neue Kniffe lernt?«, protestierte der Gardist. »Mit Verlaub, Herrin, ich bitte Euch, diese Entscheidung zu überdenken.«

»Du hast Recht«, pflichtete die Weibelin ihm so sachlich bei, dass sie eher an Autorität gewann, obwohl sie einen Fehler einräumte. »Sie kommt in Einzelhaft. Wir haben genug ›Zimmer‹ frei.«

Die rotwangige Gardistin legte den Gänsekiel beiseite und stand auf. Conneff blieb an seinem Platz, bis seine Kameradin Natalju durch die Hintertür davongeführt hatte. Sie zog das Mädchen an seinem Hemdkragen mit sich durch einen schlecht beleuchteten Flur zur Kellertreppe. Natalju stolperte die Stufen mehr hinunter, als dass sie ging, denn die Gefreite nahm keine Rücksicht auf ihre Balance. Vom Fuß der Treppe aus waren es nur wenige Schritt zu einer massiven, mit Eisenbändern verstärkten Eichenholztür. Das Mädchen wurde in den Raum dahinter gestoßen und hörte, wie Schloss und Riegel einrasteten.

Die Zelle maß lediglich zwei auf zwei Schritt. Die aus Granitstein und Mörtel gemauerten Wände waren unverputzt und strahlten feuchte Kälte aus. Gegenüber der Tür befand sich knapp unter der Decke eine niedrige, mit Gitterstäben gesicherte Öffnung, die als Lichtquelle genügen musste. Natalju sprang hoch und packte die Stangen, um sich mit all ihrer

Kraft hinaufzuziehen. Sie erhaschte einen flüchtigen Blick auf den gepflasterten, sauber gefegten Hinterhof der Garnison, der von ein paar kahlen Bäumen und Büschen gesäumt wurde, dann ließen sie ihre zitternden Muskeln im Stich. Sie drehte sich wieder zur Tür um. An der linken Zellenwand stand ein Nachttopf, rechts lag ein löchriger Strohsack. Das war alles an Einrichtung.

Das Mädchen setzte sich auf das nach Moder riechende Polster und sank mutlos in sich zusammen.

In was für einen Schlamassel hab' ich mich da bloß reingeritten?, haderte sie mit sich. *»Phex ist mit mir.« Ich bin so eine Idiotin! Wenn ich wenigstens bescheiden geblieben wäre! Aber nein, ich muss es ja gleich übertreiben. Die werden mich halbtot prügeln und dann mit meiner Hand die Fische füttern. Dieser Conneff wird das gern persönlich übernehmen. Jedenfalls hab' ich mal einen Dieb getroffen, dem sie die Hand abgehackt haben. Und was soll dann aus mir werden? Dann ist es vorbei mit all meinen tollen Tricks. Natalju, der einhändige Kinderschreck. Das ist alles, als was ich dann noch auftreten kann.*

Ihre Gedanken wanderten zu ihren Freunden im Lager am Rande des Moors.

Hoffentlich hat die Weibelin mir wirklich geglaubt.

Sie stellte sich vor, wie die Stadtwache zu dem Dorf ausrückte und alle Gaukler verhaftete. Wie sie sämtliche Wagen und Pferde beschlagnahmte, die Kasse als vermeintliches Diebesgut einbehielt.

Wenn es irgendeinen Gott gibt, der mir noch zuhören will, dann flehe ich dich an: Verschone meine Freunde! Sie sind keine schlechten Menschen. Das hätten sie nicht verdient.

Die Zeit verstrich, und die Stunden dehnten sich zu einer qualvollen Ewigkeit, in der sich Natalju immer die gleichen beängstigenden Bilder wieder und wieder aufdrängten, um sie mit Schuldgefühlen und Furcht zu martern. Allmählich schwand das Licht, während die Kälte zunahm. Nur mit Hemd und Hose bekleidet, begann das Mädchen zu frieren, doch in ihrer Erschöpfung merkte sie es nicht einmal. Sie rollte sich wie ein Hund zusammen und schlief ein, ohne sich an piekenden Strohhalmen zu stören.

Als Natalju erwachte, wusste sie einen Augenblick lang nicht, wo sie sich befand, und sprang panisch auf. Doch dann kehrte die Erinnerung zurück und raubte ihr alle Energie. Mit blau gefrorenen Fingern kauerte sie sich wieder auf ihr Lager. Sie saß hier fest, vollkommen hilflos diesen übel wollenden Fremden ausgeliefert, und konnte nur abwarten. Das trübe Licht eines verhangenen Tages sickerte zu ihr herein, ohne sie zu wärmen. Es war bedrückend still in diesem Gemäuer, bis von draußen laute Befehle, das Stampfen vieler Stiefel und Waffengeklirr an ihre Ohren drangen. Es klang nach Drill und Disziplin. Wahrscheinlich exerzierten die in Havena stationierten Soldaten ganz in der Nähe. Die Geräusche ängstigten Natalju nur noch mehr, anstatt ihr Herz höher schlagen zu lassen. Sie gehörte nicht zu den Mädchen, die von Ruhm und Schlachtenlärm träumten. In ihrem Leben hatte sich stets alles nur um das Überleben gedreht. Frauen und Männer in Rüstungen bedeuteten für sie nur Ärger und Flucht.

Natalju verlor das Zeitgefühl. Wie lange mochte sie nun schon hier sitzen? War es noch Morgen oder schon Mittag? Hatten die Gardisten bereits vergessen, dass sie in diesem Loch eingesperrt war? Sie versuchte sich zu bewegen, um weniger zu frieren, aber die Zelle war zu klein, um auf und ab zu laufen. Das Mädchen drehte sich dabei zu oft, sodass ihm schwindelig wurde. Resigniert ließ sie sich auf den Strohsack fallen und schlug dabei mit dem Schädel gegen die Wand, doch der Schmerz war ihr willkommen. Jedes Gefühl war besser als das endlose Versumpfen im Treibsand ihrer eigenen Gedanken.

Plötzlich schnitt das Schaben der Riegel durch Nataljus Dämmerzustand, und sie war mit einem Schlag wieder hellwach. Der Schlüssel knackte im Schloss, dann schwang die Tür auf, in der Conneff – dieses Mal in Uniform – und einer seiner Kameraden erschienen. Die beiden Männer trugen weder

Helme noch Schwerter. In ihren Gürteln steckten stattdessen Knüppel.

»Komm raus da, Mädchen, bevor dich einer holen kommt!«, befahl Conneff.

»Ha, das ist wirklich eine halbe Portion«, höhnte der andere Gardist. »Da musst du ja aufpassen, dass sie dir nicht entzweibricht.«

Natalju näherte sich ihnen zögernd. Was, wenn sie jetzt losstürzte und an ihnen vorübersauste?

»Sie ist ein flinkes Wiesel«, meinte Conneff, dem das Aufleuchten in den Augen des Mädchens nicht entgangen war, und packte sie rasch am Arm. »Würde mich nicht wundern, wenn die versucht abzuhauen. Deshalb hab' ich ja auch die Kellertür zugesperrt.«

Der kurze Hoffnungsstreif an Nataljus Horizont verblasste wieder. Ihr war klar, dass der Mann diese Vorsichtsmaßnahme absichtlich erwähnt hatte, um ihr die Aussichtslosigkeit eines solchen Unterfangens deutlich zu machen. In ihr Schicksal ergeben, ließ sie sich das kurze Stück durch den Gang in die Schließstube führen, wo die Gardisten am Fuß der Treppe ihren Dienst als Wärter absaßen. Zwei rußende Fackeln zu beiden Seiten verbreiteten flackerndes Licht und einen Hauch von Wärme. Conneff drückte Natalju auf einen Schemel, während sein Kamerad nach einer Schere auf dem Tisch griff.

»Stillhalten!«, knurrte der bärtige Wachmann und beließ seine breiten Hände auf den Schultern des Mädchens, damit dieses nicht aufspringen konnte. »Sonst sticht Finn dir am Ende noch ein Auge aus.«

»Oder ich schnippele ein Ohrläppchen ab«, spann der andere den Faden weiter. »Ist Moloney schon mal passiert.«

Er fasste in Nataljus Haar und bog deren Kopf zur Seite, um einen besseren Winkel für sein Werk zu erhalten. Das Mädchen spürte das Ziehen, das ruckartig nachließ, als Strähne für Strähne zu Boden rieselte. Natalju schloss die Augen. Sie wollte diesen Kerl vor ihrer Nase nicht sehen und auch nicht die fallenden Haare. Sehnlichst wünschte sie sich an einen anderen Ort, aber sie war hier, zwischen diesen beiden hämischen Männern, die sie demütigten, obwohl sie nicht verstand, welchen Sinn es haben sollte, ihr das Haupt zu scheren.

Finn machte seine Sache so gründlich, wie das mit seinem Werkzeug möglich war. Die unterschiedlich langen Stoppeln standen wirr von Nataljus Kopf ab, der sich ohne die dicken Locken für das Mädchen ungewohnt kühl anfühlte.

»So, jetzt haben die Läuse weniger Platz, um sich zu verstecken«, feixte Finn, als er von seinem Opfer abließ.

»Und unsere braven Bürger erkennen dich sofort als Diebin«, setzte Conneff ernst hinzu.

Natalju schluckte den Kloß herunter, der ihr während der erniedrigenden Prozedur in die Kehle gestiegen war. Hieß das, dass sie nun gehen konnte?

»Los, zurück in deine Zelle mit dir!«, machte der Gardist ihre aufkeimende Zuversicht zunichte. »Hopp, hopp! Ich bin nicht zu meinem Vergnügen hier.«

Das Mädchen war sich da nicht so sicher. Sie hatte Hunger und Durst, und die Zähne begannen zu klappern, kaum dass die Tür sich hinter Conneff geschlossen hatte, aber sie wäre nicht auf die Idee gekommen, den Mann zurückzurufen und um etwas zu bitten. Es lag nicht daran, dass sie verstockt oder zu stolz gewesen wäre, sondern es kam ihr schlicht nicht in den Sinn, von ihren Peinigern mehr als neue Gemeinheiten zu erwarten.

Der Tag neigte sich dem Ende zu, als Nataljus Verschlag erneut geöffnet wurde. Die rotgesichtige Dina stellte wortlos einen Becher Wasser und einen Kanten Brot auf dem Boden ab, bevor sie wieder verschwand. Natalju starrte ihr einen Moment ungläubig nach, dann stürzte sie sich auf die karge Mahlzeit. Das Brot war altbacken und zäh, aber sie spülte es mit dem klaren Wasser herunter und freute sich, überhaupt etwas in den Magen bekommen zu haben. Sie dachte an Branwen und Tsalita, die sich bestimmt Sorgen machten, weil sie so lange ausblieb. Auch wenn es immer wieder einmal vorkam, dass Leute die Truppe verließen, wie Finni es getan hatte, so geschah dies nie ohne Abschied. Wahrscheinlich grollte Connair ihr, dass sie ihre Freunde so im Ungewissen ließ und sich einfach abgesetzt hatte. Oder bangten sie alle um sie und malten sich die schrecklichsten Dinge aus, ohne die Wahrheit je zu erraten? Selbst wenn die Gaukler nach ihr suchen würden, machte sich Natalju keine Illusionen, dass sie von ihrer Festnahme erfuhren. Aber angenommen, sie schnappten in den Straßen ein entsprechendes Gerücht auf, würden sie dann das Wagnis eingehen, ihr zu helfen? Was konnten sie schon tun, außer sich selbst in Gefahr zu bringen? Sie waren ebenso rechtlos wie sie selbst und besser beraten, wenn sie sich aus dem Staub machten. Nein, es gab niemanden, von dem sie Beistand erwarten konnte. Sie war ganz auf sich allein gestellt.

»Verdammt, die Dinger rutschen ihr doch alle von den Armen«, fluchte Conneff und knallte die grob geschmiedeten Handschellen auf den Tisch, dass es schepperte.

»Wird daran liegen, dass sie so ein Hänfling ist«, brummte Finn.

Er warf seinem Kameraden einen Strick zu, der ihn geschickt auffing. Für Natalju spielte es keine Rolle, ob der Gardist ihr die Hände auf den Rücken fesselte oder nicht. Conneff hatte sie im Morgengrauen aus dem Schlaf gerissen und in die Schließstube geschleift, bevor das Mädchen recht begriff, was vor sich ging. Eiserne Klammern hatten knapp oberhalb der Knöchel ihre Beine umfasst und würden, dank der Kette, die sie verband, jeden Fluchtversuch vereiteln. Natalju hatte aufgehört, vor Kälte zu zittern. Ihr Körper glühte fiebrig, sodass ihr sogar ein dünner Schweißfilm auf die Stirn trat.

Jetzt bringen sie mich bestimmt zur Auspeitschung, vermutete sie, ohne darüber aus ihrer Teilnahmslosigkeit zu erwachen.

Ihr Kopf fühlte sich schwer an. Benommen schwankte sie die Treppe hinauf, als Finn und Conneff sie anstießen. Auch wenn sie selbst es kaum wahrnahm, bugsierten die beiden sie durch die Garnison ins Freie. Der Wechsel von der muffigen Düsternis des Gebäudes in die Helligkeit und frische Luft belebte Natalju und fegte die Gespinste hinweg, die sich um ihren Geist gelegt hatten.

»Aha, da wittert jemand die Freiheit«, kommentierte Finn die veränderte Haltung des Mädchens.

Erst jetzt bemerkte Natalju, dass ihre Wärter Helme aufgesetzt hatten und mit Hellebarden ausgestattet waren. Ganz wie es für einen offiziellen Anlass angemessen war.

Sie schaffen mich zum Richtplatz, erkannte sie. *Damit alle sehen können, was mit Verbrechern geschieht. In Nostria haben sie einen gerädert. Das war das reinste Volksfest.*

»Trödel nicht rum, Mädchen!«, mahnte Conneff und tippte sie mit der Spitze der Stangenwaffe an. »Dein Publikum wartet.«

Das Mädchen folgte gehorsam dem vorausgehenden Finn. Die Kette zwischen ihren Füßen behinderte ihre Schritte und klirrte auf dem Straßenpflaster. Anfangs schaute sie sich um, hielt insgeheim nach den Mitgliedern ihrer Gauklertruppe Ausschau, aber das verging ihr bald. Die Menschen warfen ihr böse Blicke zu, tuschelten über sie oder spuckten sogar aus. Kleine Kinder zeigten mit dem Finger auf sie, und die älteren deckten sie mit Schimpfnamen ein, die sie sonst nicht in den Mund nehmen durften. Natalju senkte ergeben den Kopf, um die unfreundlichen Mienen nicht länger sehen zu müssen.

Nach einem scheinbar endlosen Marsch erreichten die Stadtwachen einen Platz, den Natalju zuvor noch nicht gesehen hatte. Auch hier fand reges Markttreiben statt, doch anstelle einer Schaubühne überragte ein Podest mit einem zwei Schritt hohen Pfahl die Menge. Finn bahnte ihnen einen Weg durch das Gedränge, und sie erklommen das Podium.

Das ist der Schandpfahl, dämmerte es Natalju. *Sie stellen mich an den Pranger.*

Als Artistin war sie es gewöhnt, im Mittelpunkt der Aufmerksamkeit zu stehen, aber es herrschte ein himmelweiter

Unterschied zwischen der erwartungsvollen Aufmerksamkeit neugieriger Zuschauer und jener Feindseligkeit, die ihr nun entgegenschlug. Den ganzen Tag musste sie sich Stunde um Stunde Fluch- und Spottreden anhören, die ganz allein ihr galten. Fäuste wurden drohend nach ihr geschüttelt. Wildfremde Leute schworen, ihr eine Tracht Prügel zu verabreichen, wenn sie sie nur in die Finger bekämen. Dem Mädchen wurde übel vor Angst. Alle diese Menschen kannten nun ihr Gesicht, wussten, dass sie eine Diebin und ihr nicht zu trauen war. Nie wieder würde sie durch Havena schlendern können, ohne befürchten zu müssen, dass jemand sich an den Langfinger erinnerte, der am Pranger gestanden hatte und von Kindern mit Unrat beworfen worden war.

Die Gardisten ließen den Pöbel gewähren, solange niemand versuchte, zu dem wehrlosen Mädchen hinaufzuklettern. Sie wechselten sich mit ihrer Wache ab, um zwischendurch in einer nahe gelegenen Taverne Mittag zu machen, schwatzten und scherzten mit Bekannten, während Natalju sich immer elender und einsamer fühlte. Sie war eine Ausgestoßene. Die Stadt hatte sie von Beginn an abgelehnt, aber sie war dennoch zurückgekommen und erhielt nun die Quittung dafür.

Erst als die Sonne unterging, stieg Conneff zu ihr hinauf, um sie loszubinden. Das Mädchen konnte sich kaum noch auf den Beinen halten und nur ihre Angst vor dem Gardisten verhinderte, dass sie einfach umkippte. Auf den Stufen des Podests verhedderten ihre geschwächten Füße sich jedoch mit der schweren Kette. Natalju stolperte und stürzte nach vorn. Jemand rief: »Scheiße!»Das war das Letzte, was an ihr Ohr drang.

Sie kam wieder zu sich, als jemand sie auf den Strohsack in ihrer Zelle ablegte. Natalju wollte niemanden sehen. Womöglich gingen sie auch brutaler mit ihr um, wenn sie merkten, dass sie wieder bei Bewusstsein war, also hielt sie die Augen geschlossen.

»Das war wohl ein bisschen viel für die Kleine«, hörte sie Dinans Stimme. »Sie hat Fieber, Bran.«

Eine grobe Wolldecke wurde über sie gebreitet.

»Die ist älter, als du glaubst, Idra«, sagte Conneff. »Und zäher. Die wird schon wieder. Fragt sich nur, was wir mit ihr anstellen sollen. So eine kannst du eigentlich nicht laufen lassen. Die macht gerade so weiter wie zuvor.«

»Du bist gut«, meinte seine Kameradin. »Willst du sie lebenslänglich in die Moorburg schicken?«

Die Stimmen wurden leiser, als die Gardisten sich entfernten und die Tür ihre Worte dämpfte.

»Fällt dir was Besseres ein?«, fragte Bran Conneff, worauf Idra Dinan lachte.

Die Moorburg. Natalju schauderte. Selbst hartgesottene Verbrecher erbleichten bei der Nennung dieses Namens. Wen die Havener Ordnungshüter ein für allemal loswerden wollten, schickten sie in die Moorburg, wo kaum ein Sträfling länger als ein paar Jahre durchhielt. Die kamen meist im Muhrsape um, in die sie Tag für Tag hinausgetrieben wurden, um sich in den schwärzesten Drecklöchern bei der harten Arbeit des Torfstechens schwere Krankheiten zu holen und von giftigem Gewürm dahingerafft zu werden.

Ich bin so gut wie tot.

Verzweifelt weinte das Mädchen sich in den traumlosen Schlaf der Erschöpfung.

Kapitel 19

Muhrsape, Boron
914 BF

Für jede zerfallene Leiche tauchten mehrere neue Angreifer aus dem Nebel auf. Rhiana, mittlerweile mit dem Schild eines überwältigten Wiedergängers bewehrt, begann zu begreifen, dass es dieses Mal kein Entkommen gab. Ihre Gefährten und sie waren verloren. Der schlimmste Albtraum, der in den Tiefen ihrer Seele lauerte, drohte Wirklichkeit zu werden. Sie, die strahlende Prinzessin, die Shastra, die zukünftige Königin und Heerführerin Talanias, hatte nicht nur ihr eigenes, sondern auch das Leben ihrer Freunde verspielt. Eine neue, bisher ungekannte Angst griff mit kalter Hand nach ihrem Herzen: die Angst zu versagen. Und mit ihr kamen die Zweifel. Ihr Gedanken rasten, während sie mechanisch ihre Gegner abwehrte.

Hätte ich mich doch nicht dagegen sträuben sollen, mich mit Rondra zu verbünden? Wäre es so schrecklich gewesen, ihr ihren Willen zu lassen und vorzugeben, dass ich ihre Tochter sei, wenn ich jetzt dafür ein heiliges Schwert führen und mit ihrer Stärke im Arm meine Gefährten retten könnte?

Sie trennte eine Hand ab, die Finnis Stecken umklammert hielt, und verschaffte ihrer Freundin damit Luft. Ein schartiges Schwert traf sie an der Schulter, verhakte sich im Stoff ihres Umhangs. Rhiana zielte unter den Harnisch der untoten Kriegerin und hieb sie mitten entzwei. Aber die wuchtigen Schläge forderten allmählichen ihren Tribut. Hier konnte sie nicht durch Raffinesse überleben, nur durch schiere Kraft. Doch ihre Arme erlahmten ebenso wie die ihrer Gefährten. Wie lange mochten sie noch so um sich treten und schlagen können wie Besessene?

Kann ich jetzt noch auf Rondras Hilfe hoffen?, fragte sie sich verzweifelt. *Selbst mein Vater wollte, dass ich ihr nachgebe. Mein Vater! Irgendetwas ist hier schief gelaufen. Waren diese Toten denn noch nicht hier, als er den Ort besucht hat? Er kann doch nicht gewollt haben, dass ich hier sterbe!*

»Finni! Halt mir einen Moment den Rücken frei!«, bat sie hastig und wehrte nur noch halbherzig den Morgenstern ab, dessen spitzenbewehrte Kugeln ohnehin von den rostigen Ketten geflogen waren, als sie gegen den Schild der Prinzessin prallten.

Statt zu antworten, machte die Halbelfe nur ein grimmiges Gesicht. Als ob sie die ganze Zeit etwas anderes getan hätte, als ihrer Freundin beizustehen.

Rhiana duckte sich unter ihren Schild und bückte sich nach ihrem Rucksack, den sie vor dem Kampf abgesetzt hatte, um mehr Bewegungsfreiheit zu bekommen. Aus dem Augenwinkel beobachtete sie weiterhin die Attacken ihrer Gegner, während sie mit der freien Hand an den Riemen der Verschnürung friemelte.

Komm schon!, flehte sie. *Das ist unsere einzige Hoffnung.*

Endlich stießen ihre Finger auf die gesuchte Seide. Mit einer heftigen Bewegung riss die Prinzessin ihre Hand aus der Tasche und stemmte sich gegen die Schläge der Wiedergänger hoch. Sie reckte den Arm, damit die Untoten das silberne Amulett mit den düsteren Edelsteinen erkennen konnten.

»Seht her!«, rief sie. »Das Zeichen Borons, Eures wahren Herrn! Sein Auge blickt mit Zorn auf Euch. Ich darf hier sein. Weicht zurück!«

Alle, ihre verdutzten Gefährten wie auch die unheimlichen Angreifer, erstarrten. Die Gesichter der Untoten wandten sich dem funkelnden Kleinod zu.

Rondrick Saldor von Gernatsgrund öffnete die lange toten Augen, nur um für immer zu erblinden. Während sein widernatürlicher Blick verging, erhellte sich sein Geist. Die Erinnerung daran, wie er in einer Schlacht gefallen war, die die Menschheit längst vergessen hatte, kehrte zurück, und mit der

Erkenntnis fuhr seine gequälte Seele endlich aus dem überlebten Körper empor, dem Rauschen von Golgaris Schwingen entgegen.

Die Gefährten wagten nicht, dem verheißungsvollen Bild zu trauen, das sich ihnen plötzlich bot. Um sie herum hauchten seufzende Moorleichen ihr unheiliges Leben aus und sanken erschlafft ins Moos. Einige stöhnten, blieben einfach reglos stehen. Nicht alle Toten fanden den Weg in ihr angemessenes Reich, aber sie ließen von diesen Fremden ab, die unter dem Schutz der Götter standen. Schließlich drehten sie um und wankten davon.

Der schwer atmende Rashid fiel auf die Knie und stimmte in seiner eigenen Sprache ein Dankgebet zu Rastullah an. Elidana stützte sich erschöpft auf ihren Stab. Auf ihrem Unterarm klaffte ein tiefer Schnitt, an dessen Rändern das Blut bereits gerann. Finni stolperte zu Lughaid hinüber. Der alte Fischer lag zusammengekrümmt am Boden, halb unter einem vernichteten Wiedergänger begraben. Rhiana steckte das Amulett in ihren Gürtel und half ihrer Freundin, Lughaid von dieser grausigen Bürde zu befreien. Sie glaubte nicht daran, dass er noch am Leben war, doch als sie ihn berührte, wimmerte er leise.

»Wo bist du verletzt?«, fragte Finni mit dringlichem Tonfall, um seine Lethargie zu durchbrechen.

»Da!«, antwortete Rhiana für ihn und deutete auf die Hand, die er auf eine Wunde am Halsansatz presste. Ein stetiger, dunkler Strom rann darunter hervor.

»Das ist zu viel Blut«, fürchtete die Halbelfe. »Und ich bin so entkräftet! Aber ich muss versuchen, ihn zu heilen. Er kann nicht bis morgen früh warten.«

»Vielleicht schaffst du es ja wenigstens, die Blutung zu stillen«, hoffte Rhiana.

»Wir sollten ihn erst auf diesen Hügel tragen«, ließ Rashid sich vernehmen. »Die Verletzung könnte sonst wieder aufreißen, wenn wir ihn bewegen.«

»Stimmt«, bestätigte Finni.

»Wie Ihr meint«, sagte Elidana und richtete sich mühsam

auf. »Schleppt Ihr Euch mit ihm ab! Ich bringe das Pferd und die Stecken mit.«

Angesichts ihrer Verwundung gab es keine Einwände. Rashid legte Lughaid einen provisorischen Verband an, bevor Rhiana und er dem halb ohnmächtigen Alten unter die Arme griffen und ihn zwischen sich aufrichteten. Unterstützt von Finni, die darüber wachte, dass der Kopf des Fischers nicht nach hinten kippte und die Wunde noch weiter öffnete, mühten sie sich durch die vor ihnen liegende Bresche im Wall um die eigentliche Anhöhe. Für ihre Umgebung hatten sie keinen Blick mehr übrig. Sobald sie einigermaßen ebenen, trockenen Untergrund erreicht hatten, legten sie Lughaid ab, damit die Halbelfe ihren Heilzauber wirken konnte. Rashid versorgte erstaunlich fachkundig Elidanas Arm, während Rhiana Eisfell nach Verletzungen absuchte. Um sich selbst kümmerte die Prinzessin sich nicht, obwohl sie annahm, dass sie ebenso zerschlagen und zerkratzt aussah wie der Novadi.

Finni brachte die Blutung an Lughaids Hals zum Stillstand, bevor ihr die Augen einfach zufielen. Rashid hob das zierliche Wesen auf und bettete sie auf ihre Decke. Rhiana setzte sich erschöpft neben ihre Freundin. Da auch die Brabakerin bereits eingeschlummert war, stützte die Prinzessin ihr Kinn auf ihre angezogenen Knie und wappnete sich dafür, der Müdigkeit zum Trotz Wache zu halten.

»Legt Euch schlafen, Rose von Albernia«, bot Rashid leise an. »Für heute habt Ihr genug getan.«

In einem entlegenen Winkel ihres trägen Geistes regte sich Protest, doch Rhiana war nicht mehr in der Lage zu streiten. Zufrieden, die Verantwortung einem anderen übertragen zu können, wickelte sie sich in ihren Umhang und überließ sich Borons Armen.

Als Rhiana wieder erwachte, wallte der Nebel so dick um den Hügel, dass sie kaum zehn Schritt weit sehen konnte. Es war jedoch erstaunlich hell, da die Sonne über dem Dunst an einem leuchtend blauen Himmel prangte. Ein seltsam hin und her drehender, kühler Wind verriet den Kampf ihrer warmen Strahlen mit der zähen Feuchtigkeit in der Luft.

Elidana saß an einem kleinen Lagerfeuer und tunkte Zwieback in ihren Tee. Rashid schlief nahebei auf seiner ausgebreiteten Satteldecke. Er sah nicht so aus, als hätte die Müdigkeit ihn beim Wachen übermannt. Finni tauchte soeben aus den trüben Schwaden auf und ging zu Lughaid hinüber. Die Prinzessin rieb sich widerstrebend den Schlaf aus den Augen, bevor sie ihren steifen, von Prellungen und Muskelkater schmerzenden Körper zwang aufzustehen. Einzig ihr Pflichtbewusstsein trieb sie dazu, sich zu ihrer Freundin zu gesellen und nach dem Befinden des alten Fischers zu fragen.

»Wenn ich an Götter glauben würde, müsste ich sagen, dass ein Gott seine Hand über ihn gehalten hat«, meinte Finni. »Wäre die Klinge tiefer eingedrungen, hätten wir ihn gestern nicht mehr retten können. Er wäre schon tot gewesen.«

»Aber da du ein elfisches und koboldisches Heidenkind bist, hat er also einfach Glück gehabt«, zog Rhiana sie auf.

»Glück und mich«, berichtigte Finni. »Heute fühle ich mich noch zu schwach, aber morgen früh werde ich noch einmal meine Magie anwenden. Dann werde ich ihn hoffentlich so weit heilen können, dass er mit uns weiterziehen kann.«

»Und wie geht es dir?«

»Zerschlagen, aber lebendig.« Sie wedelte mit der rechten Hand. »Beinahe hätte ein abgerutschtes Schwert mir den kleinen Finger abgehackt, aber der Handschuh hat das meiste abgehalten.«

»Gut«, kommentierte die Prinzessin erleichtert.

Sie frühstückten möglichst leise, um Rashid und Lughaid nicht zu wecken, und unterhielten sich nur im Flüsterton. Um sie herum löste sich der Nebel mehr und mehr auf.

»Ich dachte wirklich, ich erlebe die Morgendämmerung nicht mehr«, sagte Elidana schaudernd. »Womöglich wären wir dann selbst zu solchen Monstren geworden.«

»Uah, seid still!«, verlangte Finni angewidert. »Daran will ich nicht einmal denken.«

»Dieses Ding von Euch«, wandte die Brabakerin sich an Rhiana. »Wir verdanken ihm wohl alle unser Leben. Darf ich es einmal sehen?«

Die Prinzessin zog das Amulett unter ihrem Gürtel hervor.

»Oh«, entfuhr es ihr.

»Was ist?«, erkundigte sich ihre Freundin.

»Es ... es hat sich verändert«, behauptete Rhiana. »Seht ihr? Das Silber ist angelaufen.«

Finni zuckte die Achseln. »Na und? Dein Kettenhemd rostet doch auch in diesem Sumpf.«

»Ja, leider«, gab die Prinzessin zu. »Aber das ist nicht alles. Hier, die Edelsteine. Sie sind stumpf geworden. Sie waren doch klar und haben gefunkelt.«

»Zeig her!«

Rhiana reichte Finni das kleine Kunstwerk, die es eingehend betrachtete, bevor sie es an Elidana weitergab.

»Wirklich schade«, meinte die Halbelfe. »Jetzt ist es wahrscheinlich wertlos.«

»Wertlos?«, empörte sich Rhiana. »Ist das alles, was dir dazu einfällt? Es hat dir gestern das Leben gerettet! Außerdem hat mein Vater es mir vererbt. Schon deshalb wird es für mich immer kostbar sein.«

»Euer Vater hat es Euch vermacht, und Ihr seid hierher gekommen, um etwas zu suchen, das ebenfalls Eurem Vater gehört hat«, überlegte Elidana. »Eure Angelegenheiten gehen mich natürlich nichts an, aber das wird wohl kaum ein Zufall gewesen sein.«

Die Prinzessin nickte nachdenklich. Nach den vielen Gefahren, die sie nun schon mit der Brabakerin durchgestanden hatte, kam sie sich schäbig vor, weiterhin so geheimnisvoll zu tun.

»Wohl kaum«, stimmte sie zu. »Aber ich hatte keine Ahnung, wozu dieses Amulett gut sein sollte. Es ist mir einfach im letzten Moment eingefallen.«

Elidana gab ihr das erloschene Auge zurück. »Sieht so aus, als hätte es seine Aufgabe nun erfüllt.«

»Können wir dann jetzt die letzte Nacht vergessen?«, bat Finni. »Ich will wirklich nicht mehr daran erinnert werden. Lasst mich lieber all eure Kratzer und Schmisse versorgen!«

Rhiana ordnete ihren neuerwachten Tatendrang der Fürsorge ihrer Freundin unter und konnte es schließlich sogar genießen, ihre kleinen Verletzungen reinigen und einsalben zu lassen. Sie legte sich noch einmal hin, um zu dösen. Was auch immer König Arlos hier versteckt haben mochte, durfte nach so vielen Jahren ruhig noch ein wenig länger warten.

Nach einer Weile wurde ihr bewusst, dass die Sonne nicht mehr die Kraft hatte, den Dunst völlig zu vertreiben. Es blieb ein hoher, weißer Schleier, durch den die Praiosscheibe blinkte wie eine Goldmünze. Der Winter nahte unaufhaltsam, besonders an diesem schaurigen Ort.

Warum mein Vater wohl ausgerechnet hier sein Artefakt verborgen hat?, fragte sie sich. *Ich hätte sterben können! Andererseits ist es völlig klar. Er hat es ja nicht mir schwer machen wollen, sondern unserem Feind. Dieser Platz war ideal. Bewacht von unbestechlichen, toten Hütern, deren Anblick allein bereits viele Neugierige in die Flucht geschlagen haben dürfte. Könnte es sein, dass mein Vater selbst diese... Nein, nein, dazu wäre Magie nötig gewesen, schwärzeste Magie. Niemals hätte er diese unschuldigen Seelen einem solchen Schicksal ausliefern können. Das hätte kein anständiger Mensch übers Herz gebracht. Aber woher kamen sie dann? Lughaid hat gesagt, dass es diesen Ort schon lange gibt, nicht erst seit zehn oder zwanzig Jahren. Nein, diese Geister müssen älter sein. Boron, ich bete darum, dass sie nun erlöst sind.*

Sie hörte Stimmen und leises Lachen.

Ach ja, fügte sie in Gedanken noch hinzu, *und ich danke dir dafür, dass du meine Freunde und mich verschont hast. Jetzt wird es Zeit, nach meinem Erbe zu suchen.*

Bei Tageslicht betrachtet machte die uralte Festung gar keinen unheimlichen Eindruck. Sie bestand aus zwei von Satinavs Hörnern nahezu eingeebneten Ringwällen, deren einziger Durchbruch im Süden einst von einem Tor geschützt worden sein konnte, aber davon war nichts mehr zu entdecken. Auf dem inneren Wall erhoben sich die Überreste einer Palisade aus Baumstämmen aus dem Grasteppich, der die gesamte Verteidigungsanlage und den flachen Hügel in ihrem Zentrum überzog. Zwischen den beiden aufgeschütteten Bastionen verlief naturgemäß ein Graben, in dessen Schutz sich Erlen- und Weidengestrüpp angesiedelt hatte.

Auf der dem Wetter ausgesetzten Anhöhe duckten sich nur vereinzelt ein paar Sträucher unter dem stetigen Westwind, der neue Wolken vom Meer herantrieb. Einst war die Kuppe von einem Bauwerk aus Holz gekrönt worden, vielleicht einem Wachturm oder der Unterkunft des Kommandanten. Einige Teile der Grundmauern trotzten noch immer dem endgültigen Verfall. Nur der in einem Sturm seiner Krone beraubte Stamm einer dicken Eiche zeugte davon, dass es einmal ein Gebäude gegeben haben musste, das hoch genug war, einen ganzen Baum vor der Macht Efferds zu bewahren.

Noch weniger war von den Baracken der Soldaten übrig geblieben, die man im Windschatten der Palisade errichtet hatte. Ihre Umrisse zeichneten sich an einigen Stellen unter der Wiese ab, worauf der unbedarfte Betrachter jedoch nur aufmerksam wurde, weil moosbewachsene Pfosten und Balken als Stümpfe aus dem Boden ragten.

Rhiana ließ ihren Blick über all dies schweifen und fand, dass es herzlich wenige Möglichkeiten gab, in dieser Einöde etwas vor Verwitterung geschützt zu verstecken. Im Grunde aber auch wieder unendlich viele, wenn sie in Erwägung zog, dass König Arlos sein Erbe vergraben haben könnte.

Und ich Närrin habe nicht einmal daran gedacht, eine Schaufel mitzunehmen!

Rashid, dessen Blessuren Finni gerade behandelte, bemerkte, dass Rhiana aufgestanden war, und winkte ihr herüberzukommen.

Er ist gar nicht so übel, sagte die Prinzessin sich. *Neel fände ihn wahrscheinlich grässlich, aber wer fragt schon eine alte verbitterte Amazone, wenn es um Männer geht?*

Der Gedanke zauberte ein Lächeln auf ihr Gesicht.

»Ah, endlich leuchten Eure Augen wieder, tapfere Achmad'sunni«, freute sich der Novadi.

»Tapfere was?«

»Achmad'sunni«, wiederholte Rashid langsam. »So nennen wir eine mutige Frau, die für die Familienehre kämpft.«

»Das trifft es wohl ziemlich gut«, meinte Finni.

»Und es beruhigt uns wohl alle zu erfahren, dass ein Novadi nicht zwangsläufig danach trachtet, jede Frau in einen Harem zu sperren«, fügte Rhiana zwinkernd hinzu.

»Bei Euch hört es sich immer an, als sei ein Harem der Inbegriff der Knechtschaft«, beschwerte sich der Tulamide. »Dabei bietet er den Frauen alle Annehmlichkeiten, die ihre Herzen begehren, und es steht ihnen frei, auf dem Basar zu erwerben, was ihnen doch noch fehlt.«

»Das kann ja alles sein wie es will, aber wenn mir nicht eine Menge entgangen ist, befinden wir uns hier nicht auf einem Heiratsmarkt, sondern im von Moorleichen bevölkerten Muhrsape«, ließ Elidana sich vernehmen. »Würdet Ihr also bitte zur Sache kommen, damit wir endlich aus diesem Loch verschwinden können?«

»Genau das wollte ich gerade vorschlagen«, stimmte Rhiana ihr zu. »Hast du Zeit, mir behilflich zu sein, oder bist du noch beschäftigt, Finni?«

»Ich bin fertig. Wo willst du anfangen zu suchen?«, erkundigte sich die Halbelfe.

»Auch ich biete Euch meine Unterstützung an, Schönste aller Sultanas«, kam Rashid einer Antwort zuvor.

»Am besten nehmt Ihr meine gleich dazu«, empfahl die Brabakerin. »Wir haben schließlich alle ein Interesse daran, dass Ihr Eure Erbschaft möglichst schnell findet.«

Rhiana verspürte einen letzten Rest Widerstand dagegen, die beiden neuen Gefährten in ihre brisanten Angelegenheiten mit hineinzuziehen, aber dafür war es reichlich spät. Was kam es schon darauf an, wer von ihnen den ersten Blick auf König Arlos' Artefakt warf?

»Ich danke Euch allen«, sagte sie endlich. »Acht Augen sehen immerhin sehr viel mehr als zwei. Wir sollten mit der Ruine da oben anfangen. Das ist das Offensichtlichste.«

»Wonach genau suchen wir?«, wollte Elidana wissen.

»Ich habe leider keine Ahnung«, gestand die Prinzessin. »Es ist nicht einmal ganz sicher, dass wir überhaupt auf etwas stoßen. Meine Ziehmutter hatte nur Hinweise für mich, keine Tatsachen.«

Sie stiegen zu den Resten des alten Wachturms hinauf und begannen, jeden Winkel zu untersuchen. Finni durchstöberte das Unkraut um die Fundamente. Elidana und Rashid wackelten und klopften an jedem einzelnen Balken, auf der Suche nach losen Teilen oder einem geheimen Fach. Rhiana nahm es auf sich, innerhalb des Gevierts herumzukriechen und mit ihrem Messer nach verborgenen Brettern oder Hohlräumen unter dem Boden zu stochern. Eisfell fand die Stöberei der Menschen zunächst sehr spannend, denn er vermutete, dass sie hinter saftigem Wild her waren. Als sich partout kein Leckerbissen zeigen wollte, erlahmte seine Anteilnahme, und er verkrümelte sich in die verheißungsvolleren Hecken vor dem Wall.

Zwei Stunden verstrichen, bis sich alle einig waren, dass sie sich vergeblich abmühten. Sie hatten sämtliche Insekten und auch noch das kleinste Samenkorn aufgestöbert, aber keine Spur menschlicher Einwirkung aus jüngerer Zeit.

»Hätte nicht *einmal* im Leben etwas einfach sein können?«, seufzte Finni enttäuscht.

»Wer wird denn schon aufgeben?«, hielt Elidana dagegen. »Der alte König war eben nicht so dumm, seine Schätze dort zu hinterlassen, wo jeder Trottel zuerst nachschaut.«

»Niemand hat behauptet, dass es um Gold und Juwelen geht«, stellte Rhiana klar. »Das ist das Letzte, was ich erwarten würde. Bitte hütet Eure Zunge! Lughaid könnte hören, wenn Ihr hier von Königen sprecht, und seine Schlüsse daraus ziehen.«

»Schon gut.« Die Brabakerin rollte die Augen. »Meine

Schlussfolgerung ist jedenfalls klar. Wir müssen woanders weitersuchen.«

»Ja, ich schlage vor, wir gehen den Hügel in alle Richtungen ab und halten nach verdächtigen Stellen unter dem Gras Ausschau«, überlegte die Prinzessin. »Ich nehme den Osthang.«

Die Gefährten verteilten sich. Schritt für Schritt schweiften sie über die gesamte Anhöhe, aber auch dieser Plan fruchtete nichts. Am Ende fanden sie sich alle bei den ehemaligen Unterkünften der Soldaten ein, um diesen Bereich genauso akribisch in Augenschein zu nehmen. Ihre Konzentration ließ jedoch merklich nach, die Augen wurden müde. Elidana jagte verärgert ihren Dolch in die Erde, als wolle sie einen darunter lauernden Feind erstechen, während Finni leise vor sich hin maulte. Rashid ging die Sache spielerischer an, probierte hier und dort herum, aber auch seine Züge wirkten immer angespannter. Darin wurde er jedoch von Rhiana noch übertroffen, die verbissen mit ihrer inneren Schwäche kämpfte, die sie zum Aufgeben verführen wollte.

Der Tag neigte sich allmählich seinem Ende zu. Finni entschuldigte sich damit, nach Lughaid sehen zu müssen, was der Prinzessin bewusst machte, dass ihr Treiben keinen Zweck hatte. Die gesamte verfallene Palisade so eingehend zu untersuchen, würde Ewigkeiten dauern.

»Ihr könnt aufhören«, lenkte sie ein. »Es hat wohl keinen Sinn, weiter ziellos im Dreck zu wühlen. Tut mir Leid, dass Ihr Euch umsonst abgerackert habt.«

»Ach was«, wehrte Elidana ab und erhob sich schwerfällig mit schmerzendem Kreuz. »Wir schaffen das schon. Jetzt stärken wir uns erst mal, und dann werde ich froh sein, mich ausstrecken zu können. Mein Rücken fühlt sich an, als würde ich von nun an krumm und bucklig bleiben.«

Rhiana lachte erleichtert darüber, dass die Brabakerin ihren beißenden Spott ausnahmsweise gegen sich selbst richtete. Es war niederschmetternd genug, dass ihre Anstrengungen keinen Erfolg gezeitigt hatten. Streit mit den anderen hätte die Prinzessin jetzt nicht auch noch ertragen können.

Als sie Tee schlürfend am Feuer saßen und mit ihren Messern den verkrusteten Schmutz unter ihren Fingernägeln hervorpuhlten, kramte Rashid in seinen Satteltaschen. Er brachte ein kleines, mit bunten Fäden besticktes Seidenbeutelchen zum Vorschein, das an einem safrangelben Band aus Samt hing.

»Hier.« Er reichte es Rhiana. »Dies ist ein Glück bringender Talisman aus meiner stolzen Heimat. Möge er Euch helfen, das Vermächtnis Eures Vaters doch noch zu finden.«

Die Prinzessin blickte gerührt auf das hübsche Geschenk. Sie konnte nicht glauben, dass es tatsächlich wirken würde, aber sie freute sich trotzdem über die aufmunternde Geste.

»Ich finde, ich hätte auch mal ein bisschen Glück verdient«, schmollte Finni.

Rashid wandte sich schmunzelnd ihr zu.

»Rastullah hat dich schon so sehr gesegnet, dass du keinen Talisman brauchst, kleiner Dschinn«, meinte er und berührte ehrfürchtig ihr rotbraunes Haar. »Du bist selbst ein Glücksbringer.«

»Nicht aufmachen!«, mahnte Elidana, was den Novadi sofort zu Rhiana herumfahren ließ, die neugierig am Verschluss des Beutels genestelt hatte.

»Nein, nicht aufmachen!«, bestätigte er eindringlich, weshalb ihm Finnis enttäuschter Seufzer entging. »Wenn man hineinschaut, verliert der Zauber seine Wirkung.«

»Wie gemein«, schmollte die Prinzessin, zog den Knoten jedoch gehorsam wieder zu und legte sich das schmale Band um den Hals.

Nach dem Abendessen sammelten die Brabakerin und Finni neues Feuerholz, während Rashid sich mit Schleifstein und geöltem Poliertuch seinem Säbel widmete. Rhiana stieg noch einmal auf den Hügel hinauf, um den Sonnenuntergang zu beobachten und dabei in Ruhe darüber nachzudenken, was bisher falsch gelaufen war.

Als Vater mit Tjalmar hier war, dürfte alles bereits so ausgesehen haben wie jetzt. Wie haben sie den Ort wahrgenommen? Was ist mir entgangen?

Sie stellte sich die beiden Männer vor, wie sie durch die Bresche die alte Festung betraten und ihren Blick darüber wandern ließen. Das einzig Bemerkenswerte weit und breit waren die Überreste menschlichen Tuns, weil sie nicht zur Landschaft gehörten.

Und genau dort würde auch der Feind suchen, wurde ihr klar. *Wir werden also bei den Ruinen nichts finden. Aber was…*

Vor ihrem inneren Auge ragte die Anhöhe in den Himmel.

Natürlich! Der tote Baum! Er ist der höchste Punkt und doch ganz unscheinbar.

Rhiana eilte zu dem abgebrochenen Stamm. Ein wenig Leben steckte doch noch in der zähen Eiche, wie die verkrüppelten Triebe bewiesen, die aus ihren Wurzeln gesprossen waren. Die von tiefen Rissen gefurchte, raue Borke fühlte sich von feinem, grünem Belag schmierig an. Weite Teile waren mit Moos überwuchert. Von Vögeln erweiterte Löcher gähnten im modernden Holz, aber sie waren zu eng, um mit der Hand hineinzufassen. Der Stumpf maß immerhin noch fast zwei Schritt in der Höhe, sodass Rhiana sich auf waghalsig rutschige und schmale Vorsprünge und Öffnungen stützen musste, um hinaufklettern und einen Blick auf die zersplitterte Abbruchstelle werfen zu können. Im ersten Moment wollte ihr der Mut sinken. Auch von oben sah der Stamm nicht hohl aus. Doch dann fiel ihr auf, dass die Rinde nicht ins Innere des Baumes gehörte. Mit einer Hand klammerte sie sich fest, während sie mit der anderen die verräterische Borke aus der Vertiefung zerrte, die ihr Vater oder Tjalmar auf diese Art verschlossen hatten.

Darunter kam ein flaches Holzkästchen zum Vorschein, das die Prinzessin zwischen ihre Zähne steckte, um weiterzutasten. Sie fand jedoch nur noch verrottenden Schmutz. Vorsichtig stieg sie wieder von der Eiche herunter und besah sich ihre Entdeckung.

Das ist es. So eine unscheinbare kleine Schatulle, von Feuchtigkeit aufgequollen und verzogen. Aber mein Vater hatte sie in seinen Händen. Er hat sie hier versteckt, damit ich eines Tages komme und sie finde.

Vor Ergriffenheit kamen Rhiana die Tränen, aber sie blinzelte sie weg. Zum Trauern war immer noch Zeit, wenn sie den Inhalt des Kästchens kannte. Es war mit fein gearbeiteten, silbernen Scharnieren und einem winzigen Haken verschlossen und ließ sich ohne nennenswerten Kraftaufwand öffnen. Die Prinzessin hob den dünnen Deckel an. Darunter lag ein zusammengefaltetes Pergament mit dem königlichen Siegel Talanias, das den sich aufbäumenden Löwen des Wappens zeigte. Rhianas Finger zitterten vor Aufregung, als sie das Wachs vom Untergrund löste. Es ging sehr leicht, da das Schreiben trotz der schützenden Umhüllung feucht geworden war und sich nun klamm anfühlte, aber das Siegel war noch intakt.

Die Enttäuschung traf die Prinzessin wie ein körperlicher Schmerz. Die immer während Nässe des Deltas hatte auch vor diesem Rhiana so teuren Schriftstück nicht Halt gemacht. Auf den ersten Blick schien es, als sei die Tinte so sehr verlaufen, dass die Worte ihres Vaters verloren waren. Doch es gab durchaus noch leserliche Stellen. Rhiana beugte sich im schwächer werdenden Licht über das Pergament und entzifferte auch das, was eher zu erahnen war. Sie las:

»...es geliebte Tochter Rhiana,...n Lebenden weilen. Ich habe Tjalmar aufgetragen, Dir vo...r findest, konnte ich...gefährden. Du jedoch bist meine auserwählte Nachfolgerin und...Erste Schwarze Auge, dessen Blick in Vergangenhe...ment nicht offenb...unser...ur, Dich auf eine Reise zu den Zyklop...werden....Arlos«

Die Prinzessin presste die lückenhafte Botschaft an ihr Herz. Auf diese, wenn auch noch so mittelbare Art noch einmal die Stimme ihres Vater zu hören, war etwas ganz anderes, Ergreifenderes, als ihm in einer Vision zu begegnen, die ihr womöglich nur vorgegaukelt wurde. Dies hier war echt, es kam von ihm, ließ sich anfassen und wieder und wieder lesen. Dieses anrührende Gefühl bedeutete Rhiana sehr viel mehr als der Triumph, die Nachricht doch noch gefunden zu haben. Und es war ihr auch wichtiger als der Inhalt des Briefes selbst.

Die wahrscheinliche Bedeutung der Satzfetzen kam ihr erst allmählich zu Bewusstsein.

Mein Vater war demnach der Hüter des Ersten Schwarzen Auges? Dafür musste er sterben? Wie viel Macht besitzt dieses Artefakt denn? Offenbar immens viel, wenn der Flammenbund einen solchen Aufwand betreibt und über zahllose Leichen geht, um es in seinen Besitz zu bekommen. Wer weiß, welche Kräfte dieses Ding in den Händen eines mächtigen Zauberers entfaltet. Sicher kann man damit eine Menge Übles bewirken.

Ich bin also dazu bestimmt zu verhindern, dass es soweit kommt. König Arlos hat mir die Bürde übertragen, unter der er am Ende zermalmt wurde. Rondra, Rondra, ich wünschte, du wärst tatsächlich meine Mutter und hättest mir übermenschliche Kräfte vererbt. Diese Aufgabe wird hart werden.

Aber es gibt keinen Grund zu verzagen, solange noch Blut durch meine Adern strömt. Es wird sich weisen, ob ich meinem Schicksal gewachsen bin. Als Erstes muss ich auf die Zyklopeninseln, um dort weiterzusuchen.

Sie erhob sich und ging schweren Schrittes zu ihren Gefährten hinunter. Doch anstatt ihnen vor Freude strahlend ihren Erfolg zu verkünden, zeugte ihr Gesicht von der niederdrückenden Last, die sie von nun an zu schultern hatte.

Kapitel 20

Insel der Nebelgeister, Boron 914 BF

Die in großer Höhe dahinsegelnden Wolken tauchten das Muhrsape allmählich in besonders tiefe nächtliche Dunkelheit, obwohl es an diesem Abend kaum Nebel gab. Als Rhiana von der Hügelkuppe herabkam, hatte Rashid sich bereits schlafen gelegt. Finni wechselte im Schein des Feuers noch einmal Elidanas Verband und blickte bei dem Geräusch von Schritten erfreut auf. Zu spät bemerkte sie, dass die Prinzessin von der anderen Seite kommen musste. Die finstere Gestalt, die sich ihnen stattdessen näherte, entlockte der Halbelfe einen erschrockenen Aufschrei. Auch Elidana war sofort auf den Beinen, während Finni sich hastig nach einer brauchbaren Waffe umsah. Rashid blinzelte schlaftrunken unter seinem Umhang hervor und war mit einem Schlag wieder hellwach. Fluchend warf er den schweren Wollstoff von sich, den Säbel bereits in der Hand.

Der wandelnde Leichnam hielt unbeirrbar auf die Gefährten zu. Rhiana entdeckte von oben her weitere Wiedergänger, die aus dem Moor heranstapften.

Und ich habe gedacht, wir wären diese Ungeheuer los, ärgerte sie sich über ihren Leichtsinn. *Im Gegensatz zu unserem Novadi habe ich nicht einmal meine Klinge nachgeschärft.*

Sie rannte das letzte Stück zum Lager. Lughaid hatte die drohende Gefahr ebenfalls erspäht und lag nun mit in den Händen verborgenem Gesicht da. In seiner Hilflosigkeit sprudelte er ein Stoßgebet nach dem anderen hervor. Als ob er um die besondere Schutzwürdigkeit des alten Mannes wüsste, stellte sich Eisfell mit gefletschten Zähnen neben ihn.

»Hol das Amulett aus meinem Rucksack!«, rief Rhiana Finni entgegen, obwohl sie sich absolut nicht sicher war, dass das erloschene Auge noch eine Wirkung hatte.

Rashid und Elidana hieben gemeinsam auf den vordersten Untoten ein. Ein abgetrennter Arm flog zur Seite, bevor die Brabakerin mit einem wuchtigen Schlag den morschen Schädel zertrümmerte. Die Prinzessin sprang hinzu, als Finni auch schon das verzweifelt gesuchte Kleinod zum Vorschein brachte. Rhiana nahm es hastig entgegen und hielt es wie einen lächerlich kleinen Schutzschild vor sich. Die Moorleichen hielten inne, aber das erhebende Gefühl, das die Gefährten am Vortag in diesem Moment ergriffen hatte, blieb aus. Kein Wiedergänger fiel in sich zusammen. Sie standen einfach nur da.

»Es sind weniger als gestern«, stellte Elidana leise fest. »Viel weniger.«

»So weit, so gut«, flüsterte Rhiana. »Aber was nun? Sie sind uns immer noch dreifach überlegen, selbst wenn ich Lughaid mitrechne.«

»Achtung!«, mahnte Rashid.

In die wandelnden Leichen war wieder Bewegung geraten.

»Was... was soll das werden?«, hauchte Finni.

Angespannt beobachteten sie, wie die Untoten sich verteilten. Einige kehrten um und wankten zurück auf das Moor. Die anderen bestiegen die Wälle, ohne die Lebenden weiter zu beachten.

»Das glaube ich einfach nicht«, murmelte Rhiana. »Sie patrouillieren auf den Verteidigungsanlagen. Gerade so, als wären sie nie gestorben.«

»Na, fantastisch«, höhnte Elidana. »Jetzt haben wir also eine entzückende Leibwache.«

»Ihr meint, die werden die ganze Nacht um uns herumschleichen?«, fragte Finni bang. »Das ist ja fast schlimmer als ein Kampf. Ich werde kein Auge zumachen.«

Rashid legte tröstend seinen Arm um ihre Schulter.

»Keine Angst, kleiner Dschinn«, sagte er fest. »Wir teilen

Wachen ein und passen auf diese Ausgeburten der Niederhöllen auf. Sie werden uns nicht wehrlos finden.«

Die Halbelfe entspannte sich ein wenig, aber die Furcht ließ sich nicht so einfach abschütteln.

»Dann … übernehme ich die erste Runde«, bot sie tapfer an. »Ich kann ja ohnehin nicht schlafen.«

»Dafür werde ich unter deiner Obhut umso besser ruhen«, behauptete der Novadi und löste sich zu Finnis Bedauern gleich wieder von ihr.

Elidana lächelte gewohnt spöttisch. »Weck mich, wenn du müde wirst, Zauberfee!«

»Und danach bin ich dran«, legte Rhiana fest.

Rashid nickte. Gemeinsam trugen er und die Prinzessin den zerstörten Wiedergänger außer Sicht, bevor er es tatsächlich schaffte, sich ebenso wie die Brabakerin wieder hinzulegen und kurz darauf eingenickt zu sein. Eisfell rollte sich neben Lughaid zusammen, der vor Angst wieder ohnmächtig geworden war, aber die Ohren des Hundes blieben wachsam gespitzt. Finni setzte sich zu ihrer Freundin, die sich zwar zudeckte, aber noch mit offenen Augen dalag.

»Ich habe in der Dämmerung gesehen, wie du auf diesem Baum herumgekraxelt bist«, begann die Halbelfe leise. »Hast du etwas gefunden?«

»Einen Brief«, flüsterte Rhiana. »Ich habe ihn in meinen Rucksack gesteckt. Ich zeige ihn dir morgen, wenn wir einen Augenblick für uns haben.«

»Morgen? Soll ich vor Neugier platzen?«, beschwerte sich Finni.

»Das meiste ist nicht mehr zu lesen«, wehrte Rhiana ab. »Eigentlich gibt es nur zwei wichtige Stellen.«

»Und?«

»Ich will vor den anderen nicht mehr dazu sagen«, wisperte sie noch leiser.

Die Halbelfe nickte verstehend und schwieg. Die Zeit verstrich. Um sie herum drehten die unheimlichen Wächter ihre Runden auf den Wällen. Das Grauen griff erneut nach ihr, jede

Faser ihres Körpers war gespannt. Das ferne Schlurfen uralter Stiefel verursachte ihr eine Gänsehaut, doch nichts geschah. Auf die Dauer hatten die gleichförmigen Geräusche sogar eine einlullende Wirkung. Finni ermahnte sich streng, wach zu bleiben, aber je konzentrierter sie in die Finsternis starrte, desto schneller fielen ihr die Augen zu.

Wenn mir das noch einmal passiert, muss Elidana mich ablösen, nahm sie sich vor und schlief prompt über dem Gedanken ein.

Elidana verfügte über eine außergewöhnliche innere Uhr, aber vielleicht hegte ihr Unterbewusstsein auch einfach nur größere Befürchtungen bezüglich der untoten Krieger, als ihre oberflächliche Gelassenheit durchblicken ließ, denn es schickte ihr im Traum einen schlammbedeckten Zombie mit rot glühenden Augen, der an ihre Haustür klopfte, bis sie endlich erwachte.

Sie setzte sich ruckartig auf und hielt beunruhigt nach angreifenden Wiedergängern Ausschau, doch die zogen ihre gleichförmigen Bahnen um die Festung wie die Gestirne am Himmel. Erleichtert streckte sie sich wie eine Katze. Von dem kleinen Lagerfeuer glomm nur noch ein wenig Glut in der Asche. Elidana sah sich um und stellte fest, dass die wachhabende kleine Elfe eingeschlafen und der lästige Novadi verschwunden war.

Was soll's? Dann warte ich eben, bis er vom Pinkeln zurückkommt, dachte sie. *Der hat Nerven, allein zwischen den Moorleichen!*

Bei dem Gedanken an einen Rashid, der sich mit zwei Wasser lassenden Untoten die Latrine teilte, hätte sie beinahe laut gelacht. Ihre Erheiterung verflog jedoch genauso schnell, wie sie gekommen war.

Warum hat er mich nicht einfach geweckt? Ich wäre ohnehin an der Reihe. Ich will nur hoffen, dass er mir nicht in die Quere kommt. Wir hätten ihn ersaufen lassen sollen! Aber nein, die noble Prinzessin kann ja nicht wegsehen, wenn ein

Leben in Gefahr ist. Ach, was beklage ich mich? Mir hat ihre dämliche Einmischerei ja schließlich genutzt.

Die Minuten zogen sich hin. Elidana lauschte auf näher kommende Schritte, doch außer dem Rupfen des grasenden Hengstes hörte sie kaum etwas.

Verflucht, wo bleibt dieser Idiot?, schimpfte sie bei sich. *Ist er einem Wiedergänger in die Klinge gelaufen? Wäre nicht das Schlechteste.*

Sie beschloss gähnend, noch eine Weile zu warten, worüber sie kurz eindöste. Von Rashid fehlte noch immer jede Spur.

Vielleicht ist ihm tatsächlich etwas zugestoßen. Umso besser! Wenn er doch noch auftaucht, werde ich schon irgendwie mit ihm fertig.

Elidana erhob sich und legte für den Fall, dass sie fliehen musste, ihren Umhang an. Lautlos glitt sie zu Rhiana hinüber, aber ihr Interesse galt nicht der Prinzessin selbst, sondern deren Rucksack. Die Brabakerin hielt mit gereizter Miene inne, als Eisfell ein warnendes Knurren hören ließ. Seine Drohung galt eindeutig ihr. Mit Rhianas vierbeinigem Freund hatte sie überhaupt nicht gerechnet. Sie richtete sich wieder auf und versuchte, ihre Wut zerfließen zu lassen. Elidana kannte sich mit Tieren aus. Ihr war klar, dass der Hund ihre Emotionen las wie sie ein Buch. Wenn sie Eisfell täuschen wollte, durfte sie keine Feindseligkeit ausstrahlen.

Nur keine Sorge, mein Freund, dachte sie lächelnd. *Ich will deiner Herrin nichts antun. Siehst Du? Meine Hände sind leer. Keine Waffen.*

Sie beugte sich wieder über das Gepäck der Prinzessin, achtete aber darauf, eine lockere, harmlose Haltung zu bewahren. Der Wolfshund behielt sie zwar genau im Auge, blieb jedoch still. Behutsam öffnete Elidana den Rucksack und holte die kleine Kiste heraus, die Rhiana so verstohlen darin verstaut hatte. Die Brabakerin kehrte mit ihrer Beute zu ihren eigenen Sachen zurück, um eine Kerze hervorzukramen, die sie an der glühenden Kohle entzündete und mit ihrem Körper vor den Schläferinnen abschirmte.

Der gute König Arlos, da haben wir also seine letzte Botschaft.

Leise strich sie das Pergament glatt und entzifferte die von der Feuchtigkeit verschonten Stellen.

Die Zyklopeninseln? Wer hätte das gedacht! Will sie tatsächlich mit all diesen elenden Flüchtlingen dort aufkreuzen und erwartet, dass niemand das merkt? Sie ist noch dümmer, als ich dachte. Wenn das Erste Schwarze Auge wahrhaftig dort aufbewahrt wird, kann sie mich jedenfalls geradewegs hinführen. Das erspart mir eine Menge Arbeit.

Sie blies die verdächtige Kerze aus.

Oder soll ich sie lieber doch jetzt umbringen? Offensichtlich hatte sie keine Ahnung, wo das Artefakt aufbewahrt wird, sonst hätte sie diesen Brief gar nicht gebraucht. Wenn sie nicht einmal das weiß, wofür kann sie dann von Nutzen sein?

Elidana faltete das Schreiben wieder zusammen und legte es in das Kästchen zurück.

Aber es besteht immer noch die Möglichkeit, dass das Schwarze Auge gar nicht auf den Zyklopeninseln ist. Vielleicht hat sich dort lediglich ein Verbündeter von Arlos verborgen, der ihr weiterhelfen soll. Dann würde sich dieser Mensch nur ihr zu erkennen geben. Das wäre natürlich ein schöner Reinfall. Ha, du hast gewonnen, Prinzesschen. Dein Leben hat sich hiermit um ein paar Wochen verlängert.

Sie beförderte die flache Schatulle – weiterhin wachsam beäugt von Eisfell – zurück in Rhianas Rucksack. Als sie die Verschnürung wieder zuknoten wollte, erstarrten ihre Finger mitten in der Bewegung. Eine kalte, scharfe Schneide lag plötzlich an ihrem Hals.

»Was treibst du da, hinterhältige Schlange?«, verlangte Rashid zu wissen.

Elidana atmete bewusst ruhig weiter.

»Willst du mich etwa töten?« erwiderte sie gelassen. »Was sollen die beiden Hübschen dann denken? Ich bin unbewaffnet, und du wirst einen blutigen Säbel haben. Das macht sich nicht gut.«

Sie spürte, wie Rhiana sich regte, und hob langsam die ausgestreckten Hände.

»Darf ich aufstehen?«, fragte sie.

Der Novadi duldete, dass sie sich mit seiner Klinge in der Halsbeuge aufrichtete.

»Ich will wissen, was du an Rhianas Sachen zu schaffen hast!«, wiederholte er.

Plötzlich warf sich die Brabakerin in einer Drehung seitlich nach hinten und trat ihren Fuß mit voller Wucht in Rashids Magen. Der um sein Gleichgewicht kämpfende Tulamide krümmte sich unwillkürlich vor Schmerz zusammen. Obwohl er es schaffte, seine Waffe nicht fallen zu lassen, reichte seine Selbstbeherrschung nicht aus, um schnell genug zuzuschlagen. Elidana rannte mit wehendem Umhang davon. Eisfell bellte aufgeregt, aber da er verwirrt darüber war, wer nun wen angegriffen hatte und eigentlich den Feind darstellte, galt seine Warnung eigentlich nur seiner Herrin, die endlich aufwachen sollte.

Der ganze Lärm hatte Rhiana und Finni endgültig geweckt. Die Prinzessin tastete sofort nach ihrem Schwert in dem Glauben, dass die Untoten über sie herfallen wollten.

»Rashid, was ist los?«, rief Finni laut, um den Hund zu übertönen.

Der Novadi wollte im ersten Reflex auf sein ungesatteltes Pferd springen, um die Flüchtige zu verfolgen, doch ihm fiel gerade noch rechtzeitig ein, dass er nicht blindlings in den tückischen Sumpf galoppieren durfte.

»Elidana haut ab«, antwortete er der Halbelfe, während er schon hinter der Brabakerin herlief.

»Sie haut ab?« Finni sah verwirrt zu Rhiana hinüber, die genauso wenig verstand, was vor sich ging. »Warte, Rashid! Was soll denn das alles?«

Die beiden Freundinnen folgten dem Novadi, woraufhin auch Eisfell endlich losschnellte. Lughaid, der nur feststellen konnte, dass die anderen wegrannten und ihn allein zurückließen, schrie ängstlich hinter ihnen her. Der Wolfshund überholte Rashid, der stolpernd stehen bleiben musste, weil das Tier ihm den Weg versperrte.

»Nein, du blöde Hyäne!«, fuhr er Eisfell an. »*Die* musst du fangen!«

Er deutete hinter Elidana her, die nun schon einen guten Vorsprung hatte und bereits durch die Bresche lief. Rhiana und Finni langten neben dem Novadi an, als die Brabakerin hinter den Außenwall abbog.

»Sie hat in Euren Sachen herumgeschnüffelt«, erklärte Rashid, bevor die Frauen nachfragen konnten, und tänzelte an Eisfell vorbei. »Als ich sie gestellt habe, lief sie weg.«

»Eine Spionin?«, wunderte sich Finni.

Sie stürmten aus der Festung. Eisfell, dem klar geworden war, dass nur Elidana die zu fangende Person sein konnte, sauste wieder voran.

»Seht ihr sie noch?«, wollte Rhiana wissen.

»Nein.«

Die Halbelfe fasste geistesgegenwärtig nach Rashids Arm. »Pass auf!«, gellte sie und zerrte ihn zur Seite. Die beiden stürzten der Länge nach ins Moos.

»Bist du verrückt geworden?«, herrschte Rhiana sie an.

»Da ist ein Sumpfloch!«, verteidigte sich Finni, während sie und Rashid sich aufrappelten.

»Bei allen Göttern, du hast Recht«, gab die Prinzessin zu. »Eisfell! Eisfell, komm zurück!«

»Danke, kleiner Dschinn.« Der Novadi sammelte seinen verloren gegangenen Säbel ein. »Der Irrsinn muss mich ergriffen haben, ohne Licht ins Moor zu rennen.«

Aus der Dunkelheit tauchte der Wolfshund schwanzwedelnd wieder auf.

»Glück gehabt«, freute sich Rhiana. »Wenn du in einen Faulsee geraten wärst, hätten wir dich nie wiedergesehen.«

Ein leises Geräusch oberhalb von ihnen ließ alle drei unverzüglich aufschauen. Vier Leichname blickten stumm von den Wällen auf sie herab.

Elidana Charazzar, aus dem Geschlecht der Charazzar zu H'Rabaal, hatte gelernt, ihren Gegner stets durch das Unerwartete zu überraschen. Als sie den äußeren Erdwall zwischen sich und den wutschnaubenden Novadi gebracht hatte, floh sie nicht etwa in das nächtliche Delta hinaus oder am Fuß der Aufschüttung entlang, sondern lief auf den Wall hinauf, an einem stutzenden Wiedergänger vorüber, bis zu einer Stelle, an der das Gesträuch ihr erlaubte, über den Graben zu springen. Ihr Umriss verschwamm in der Dunkelheit mit jenem der verfallenden Palisade, als sie auf dem schmalen Streifen zwischen den Befestigungen und der Böschung weiterrannte. Ihre Aufmerksamkeit galt nun nicht mehr ihren lebenden Verfolgern, sondern den Untoten, die ihre Anwesenheit auf dem Wall womöglich als feindlichen Übergriff betrachteten.

Vor ihr tauchte eine finstere, behelmte Gestalt hinter der Barrikade auf. Elidana konnte hören, dass die Prinzessin und ihre Freunde sich außerhalb der Wälle befanden. Kurz entschlossen überwand sie die Palisadenreste, um vor dem nahenden Wächter zurück ins Innere der Festung zu flüchten. Ihr Plan ging auf. Sobald sie den Verteidigungsring verlassen hatte, wandte sich die Moorleiche von ihr ab.

Sie brachte den Hügel zwischen sich und das Lager, wo sie nur den geschwächten Lughaid hätte beseitigen müssen, um an ihre Habe zu gelangen, aber die Brabakerin war nicht so dumm, sich von der Aussicht auf Proviant und ihren zweiten Umhang zu einem Wagnis verleiten zu lassen. Selbst wenn die anderen lange genug sinnlos im Moor herumsuchten, bis Elidana den Alten getötet und ihre Ausrüstung geholt hatte, wäre eine Spur geblieben, die Eisfell wahrscheinlich aufgenommen hätte. Hier, auf der Rückseite der Anhöhe, war sie dagegen sicher. Der frische Westwind wehte ihre Witterung und alle leisen Geräusche, die sie verursachen mochte, ins Landesinnere davon.

Außerdem kommen diese Anfänger nie auf die Idee, dass ich noch in ihrer Nähe bin.

Elidana hatte vom ersten Tag an vorgesorgt. Sie trug alles

am Körper, was sie dringend brauchte. Auf Nahrung konnte sie eine Weile verzichten, wenn es nötig war. Die hirnlosen Räuber hatten sie zwar ausgeplündert, aber nicht lange Freude an ihrer Beute gehabt.

Diese nichtsnutzigen Möchtegernpiraten, dachte die Brabakerin hämisch. *Ich hätte sie auf eine Galeere verfrachten lassen sollen, damit sie sich beim Anblick echter Korsaren in die Hosen scheißen. Trotzdem, es war ein Fehler gewesen, sie anzuheuern. Ich hätte ahnen müssen, dass sie sich nicht mit ihrem Lohn zufrieden geben würden, solange sie Grund hatten zu glauben, sie könnten alles einsacken. Selbst wenn alles wie gewünscht ausgegangen ist, darf ich zukünftig nicht mehr so vertrauensselig sein. Sieht man ja an unserem Prinzesschen, wo das hinführt.*

Genug getrödelt, ermahnte sie sich selbst und richtete ihren Blick wieder auf die wandelnden Toten auf den Wällen. Sie musste sich noch einen neuen Stock zurechtschneiden, um unbeschadet durch das Moor zu dem Flussarm nördlich von hier zu wandern, wo zuverlässigere Verbündete als die erbärmlichen Räuber mit einem Boot auf sie warteten.

Wenn Rhiana wüsste, wie sehr ich sie an der Nase herumgeführt habe, feixte die Brabakerin. *Die ganze Zeit habe ich sie herumirren und suchen lassen, obwohl wir von dem Ort unserer ersten Begegnung aus schon in zwei Tagen hätten hier sein können.*

Sie passte den Moment ab, als die Wiedergänger ihr die größte Lücke ließen, und schwang sich wieder über die Palisade, um in den Graben hinabzuhuschen. Dort sah sie sich nach einem dünnen, einigermaßen geraden Erlenstämmchen um, das sie über dem Boden verbog, sodass die Spannung im Holz ihr das Schneiden erleichterte. Um den Stecken von Zweigen zu befreien, blieb ihr erst einmal keine Zeit. Sie zwängte sich durch das Gestrüpp, stürmte den äußeren Wall hinauf und kämpfte sich den Weg frei, indem sie den angreifenden Untoten mit dem dickeren Ende ihres Stabes rammte und umwarf.

Am Fuß der Aufschüttung verlangsamte sie ihre Schritte. Falls ihr einige Wiedergänger folgten, musste sie sich mit ihnen eben auseinandersetzen, wenn sie sie einholten. Nun war erst einmal wichtiger, auf sicheren Untergrund zu achten. Elidana hatte die Prinzessin auch in dieser Hinsicht erfolgreich getäuscht. Wie bei allen Charazzar floss in ihren Adern Echsenblut, und sie war der alten Familientradition gefolgt, einige Jahre ihrer Kindheit in der Gemeinschaft der Achaz zu verbringen, um ihre Wurzeln nicht zu vergessen. Diese Zeit hatte ihr nicht nur ein herausragendes Wissen über das Leben in den Sümpfen eingebracht, sondern auch ein ausgeprägtes Gespür für die dort lauernden Gefahren. Sie hatte einen Blick für die winzigen Veränderungen von Boden und Vegetation, die darauf hindeuteten, dass sich unter scheinbar harmlosem Bewuchs ein tödliches Schlammloch verbergen konnte, und wo solche Hinweise für die körperlichen Sinne fehlten, sprang die bei weitem feinere Wahrnehmung ihres Unterbewusstseins ein.

Von der Last befreit, ihre wahren Fähigkeiten geheim halten zu müssen, schritt Elidana erstaunlich sicher zwischen Gagelstrauch und Wollgras aus. Die dichte Wolkendecke erlaubte ihr nicht, sich an den Sternen zu orientieren, aber die Brabakerin benötigte nicht einmal das. Geld spielte bei diesem Auftrag keine Rolle. Sie hatte sich alles kaufen können, was das Überleben im Moor sicherer machte, und so trug sie einen Südweiser in dem Lederbeutel an ihrem Gürtel.

Ich werde lange vor den anderen wieder in Havena sein. Wir können in aller Ruhe Vorbereitungen treffen, um vor den Flüchtlingen die Zyklopeninseln zu erreichen. Der Dragor wird sehr zufrieden mit mir sein.

Rhiana, Finni, Eisfell und Rashid zogen sich zu ihrem Lager zurück und behielten die Untoten dabei genau im Auge. Die Wächter machten jedoch keine Anstalten, sich ihnen zu nähern. Neben der erkaltenden Asche des Feuers wartete Lughaid mit zittrigen Beinen auf sie. Seine Angst hatte ihn aufgescheucht, doch er musste sich mit bleichem Gesicht auf seinen Stock stützen, um nicht hinzufallen.

»Den Göttern sei's gedankt«, keuchte er. »Ich dachte, Ihr überlasst mich den Geistern.«

»Nein, du bist nicht in Gefahr«, versicherte Rhiana ihm, während der Novadi dem alten Mann half, sich wieder niederzulassen.

»Zumindest hast du von den toten Kriegern nichts zu befürchten«, schränkte Finni ein, die rasch überprüfte, ob der Verband noch richtig saß. »Deine Wunde macht mir mehr Sorgen. Du hast Fieber und musst dich unbedingt schonen, bis meine Kräfte reichen, um das zu heilen.«

Lughaid legte sich stöhnend zum Schlafen zurecht. »Als ob ich irgendetwas anderes tun könnte«, brummte er. »Was ist mit der Frau Elidana?«

»Wenn das überhaupt ihr richtiger Name ist«, zweifelte Rhiana. »Sie ist abgehauen.«

Sie ging zu ihrem Rucksack, um nachzusehen, ob die Brabakerin etwas gestohlen hatte. Finni und Rashid gesellten sich erwartungsvoll zu ihr. Die Prinzessin richtete sich mit gequälter Miene wieder auf.

»Es fehlt nichts«, verkündete sie. »Aber Vaters Brief liegt obenauf, und ich bin sicher, dass ich ihn unter den Proviant geschoben hatte. Jetzt wissen wir nicht, ob sie ihn gelesen hat.«

»Hm«, machte Rashid, der enttäuscht war, dass Rhiana die gute Nachricht über ihren Fund für sich behalten hatte. »Als ich sie entdeckt habe, hat sie etwas im Schein dieser Kerze« – er deutete auf den honiggelben Stummel im Gras, der in der Dunkelheit kaum zu sehen war – »in ihren heimtückischen Händen gehalten. Ich bin sicher, dass sie ihren Verrat bereits begangen hatte, als ich sie zur Rede gestellt habe.«

»Dann weiß sie Bescheid«, ärgerte sich die Prinzessin. »Sie hat uns die ganze Zeit etwas vorgespielt. Selbst ihre Entführung...«

Ihr fehlten die Worte angesichts von so viel Hinterlist und Unverfrorenheit. Wie konnten Menschen so falsch, so gewissenlos sein und ihre Hilfsbereitschaft dermaßen ausnutzen? Sie hatte einiges an menschlichen Abgründen kennen gelernt, seit die Söldner des Flammenbundes sie aus der Zuflucht im Abagund aufgescheucht hatten. Skrupelloses Morden, Gewalttätigkeit gegenüber unschuldigem Volk, feigen Hinterhalt und undurchsichtige Intrigen, all das war ihr im Namen des übermächtigen Feindes entgegengetreten, und sie hatte diesem bösen Spiel mutig die Stirn geboten. Aber dies hier war etwas Neues. Selbst der Gestaltwandler war auf seine Art ehrlicher gewesen. Zwar hatte auch er sich nicht als Gegner zu erkennen gegeben, doch er hatte zumindest keine Freundschaft vorgeheuchelt, sondern schlicht ausgenutzt, dass die Prinzessin hinter der Maske eines bekannten Gesichts keine Feindseligkeiten erwarten würde. Diese Frau jedoch hatte sich in ihr Vertrauen geschlichen, mit ihr gemeinsam Gefahren getrotzt und wie eine Freundin Speise und Trank mit ihr geteilt. Rhiana war von diesem ungeheuren Betrug an ihren Gefühlen so betroffen, dass sie dem Wahnsinn nahe kam. Sollte sie denn niemals wieder einem Fremden offen und freundlich begegnen können? War es zu gewagt, jemanden ohne Misstrauen und Angst anzusehen? Würde sie keinem Menschen mehr unbefangen den Rücken zuwenden können, ohne einen Dolch zwischen ihren Rippen zu fürchten? Wäre ein solches Leben überhaupt noch erträglich?

»Ich verstehe leider nicht, was hier vor sich geht«, beklagte Rashid. »Welche Söhne der Niedertracht bringen es fertig, eine so hinterlistige Spionin auf Euch anzusetzen? Was steht so Wichtiges in diesem Brief?«

»Das geht Euch nichts an!«, fauchte Rhiana in ihrer zornigen Verzweiflung. »Woher weiß ich denn, welchem Herrn *Ihr* dient?«

Rashid zuckte gekränkt zusammen, als hätte ihn ein Pfeil getroffen.

»Verzeiht mir, wenn meine Einmischung Euch beleidigt hat«, sagte er kühl und überließ es Finni, sich um die Prinzessin zu kümmern.

»Musstest du ihn so anfahren?«, fragte die Halbelfe gereizt. »Er hat dir doch gar nichts getan.«

»Noch nicht«, verteidigte sich Rhiana mit brüchiger Stimme. »Hast du schon vergessen, was gerade passiert ist? Was wissen wir denn über ihn?«

Schluchzend ließ sie sich auf ihre Decke sinken und konnte die Tränen nicht länger zurückhalten. Finni kauerte sich betroffen neben ihre Freundin, um ihr mitfühlend über das dichte, blonde Haar zu streichen. Da sie nicht wusste, mit welchen Worten sie Rhianas Kummer lindern konnte, murmelte sie elfische Kosenamen, mit denen ihre Mutter sie als Kind getröstet hatte.

»Ich habe Angst, Finni«, brachte die Prinzessin leise hervor. »Ich kann nicht immer nur die starke Heldin sein. Und schon gar keine Halbgöttin. Wie soll ich denn noch Freund von Feind unterscheiden? Dieses ewige Misstrauen hat mich die ganze Zeit schon krank gemacht. Was soll dann jetzt erst werden? Ich will das alles nicht. Ich schaffe das nicht.«

»Du ... du bist einfach nur müde«, behauptete Finni. »Das bin ich auch. Wir haben so viel durchgemacht in den letzten Tagen. Selbst jetzt lungern diese Leichen noch hier herum. Ich glaube, das kommt uns alles viel schlimmer vor, als es in Wahrheit ist. Elidana war ein Spitzel, na und? Was hat sie schon Großartiges erfahren? Wahrscheinlich nichts, was diese Leute nicht ohnehin gemerkt hätten. Es ist völlig egal.«

Rhiana hörte auf zu schluchzen und trocknete ihre Tränen.

»Vielleicht hast du Recht«, hoffte sie, noch immer bebend. »Die wussten bestimmt längst, worum es geht, während Maruna und ich noch im Dunkeln getappt sind. Und spätestens im Hafen hätte irgendeiner ihrer Spitzel mitbekommen, dass wir uns zu den Zyklopeninseln einschiffen.«

Sie atmete tief durch.

»Ich war nur so erschüttert«, erkannte sie. »Es ist schrecklich, so hereingelegt zu werden. Sie hätte uns auch beide im Schlaf ermorden können, verstehst du? Wir hatten großes Glück.«

»Ja, das hatten wir«, bestätigte die Halbelfe, und ihr Blick wanderte zu Rashid, der grübelnd auf der anderen Seite der erloschenen Feuerstelle saß.

»Aber nicht alle Menschen auf der Welt sind schlecht«, meinte sie. »Du hast mich, und Neel. Und wir treffen auch nette Leute. Ich glaube, dass auch Rashid unser Freund ist, wenn du ihn lässt. Ohne ihn hätten wir womöglich erst gemerkt, was Elidana im Schilde führt, nachdem sie uns umgebracht hat.«

Die Prinzessin lächelte dünn.

»Das sagst du doch nur, weil du in ihn verschossen bist«, neckte sie.

»Bin ich gar nicht«, widersprach Finni. »Du lenkst nur vom Thema ab, weil du dich nicht bei ihm entschuldigen willst.«

»Also wenn hier gerade jemand schnellstens das Thema gewechselt hat, dann ja wohl du«, stellte Rhiana klar.

Ihre Freundin schwieg missbilligend und wies nur zu dem Novadi hinüber, dem der Stimmungsumschwung der beiden Frauen nicht entgangen war. Die Prinzessin fasste sich ein Herz.

»Rashid, es tut mir Leid, dass ich Euch so grob behandelt habe.« Ihre Stimme gewann an Festigkeit. »Ich möchte Euch stattdessen für Euer Eingreifen danken und bitte Euch, mir zu vergeben.«

Der Novadi verneigte sich mit erstaunlicher Eleganz im Sitzen.

»Aus Eurem Mund sprach der verständliche Zorn über die Verräterin«, erklärte er. »Ich bin nicht fähig, einer so schönen Frau wie Euch nachzutragen, dass sie ihren Gefühlen nachgegeben hat.«

Eine Hässliche darf sich das also nicht erlauben?, begehrte Rhianas Gerechtigkeitssinn auf, aber sie war tatsächlich müde und wollte keinen neuen Wortwechsel entfachen. *Dieser Mann ist anstrengend,* dachte sie. *Charmant und hilfsbereit, aber trotzdem anstrengend.*

Kapitel 21

»So, Mädel, verabschiede dich von deinem Reich!«, empfahl Bran Conneff seiner Gefangenen. »Auch wenn's schwer fällt.«

Das war's, dachte Natalju bitter. *Sie verlegen mich in die Moorburg und machen ihre Witze darüber.*

Havena, Boron 914 BF

Sie trottete ergeben hinter ihrem Kerkermeister her, der beleidigend sorglos voranschritt, ohne das Mädchen im Auge zu behalten.

Wahrscheinlich steht sein Kumpan, dieser Finn, schon bereit, um mich abzufangen, sollte ich auf dumme Ideen kommen.

Natalju hatte beim Aufwachen Brot und Wasser vorgefunden, das die Gardisten ihr am Vorabend hinterlassen haben mussten. Da sie dank der kratzigen Decke nicht gefroren und nun einen halbwegs gefüllten Bauch hatte, fühlte sie sich körperlich besser, doch auf ihrem Gemüt lastete das Wissen um ihre Verdammnis zum baldigen Tod im Sumpf wie eine düstere Gewitterwolke. Conneff hatte es selbst gesagt. Eine wie sie konnte man nicht freilassen. In den Augen der ehrbaren Leute war sie nur Ungeziefer, das sofort wieder anfangen würde, bei ihnen zu schmarotzen. So eine zerdrückte man besser wie einen lästigen Floh.

Im Vorübergehen erhaschte sie einen Blick auf die Weibelin, die sie verhört hatte. Die Frau saß in einem kleinen Raum über Papiere gebeugt und achtete nicht auf das Geschehen auf dem Flur. In der Wachstube stand wirklich der Mann namens Finn herum, doch er nahm die Beschwerde eines empörten Handwerksmeisters entgegen, was seine Aufmerksamkeit voll und ganz in Anspruch nahm. Nataljus Überlebenswille regte sich. Bot sich nun doch eine Gelegenheit zur Flucht? Sie spähte nach dem Ausgang und wäre beinahe gegen Conneff geprallt, der an einem Tisch stehen geblieben war.

»Wo starrst du denn hin?«, rügte der Gardist. »Hör mir lieber zu! Die Wachen am Südtor wissen Bescheid. Wenn du in einer Stunde nicht dort aufgetaucht bist, landest du schneller wieder in deiner Zelle, als du bis drei zählen kannst. Du solltest also keine Umwege machen und sauber bleiben. Haben wir uns verstanden?«

Das Mädchen sah ihn sprachlos an.

Wie war das? Die erwarten doch nicht, dass ich mich selbst in der Moorburg abliefere. Soll das heißen, ich bin frei?

»Ich … ich kann gehen?«, vergewisserte sie sich.

Conneff nickte, aber Natalju zögerte. Sie konnte immer noch nicht glauben, dass all ihre schrecklichen Vermutungen sich nun doch nicht erfüllen würden.

»Hier.« Der Gardist hielt ihr vier Heller und sieben Kreuzer hin. »Ich nehme an, die gehören dir.«

Das Mädchen schüttelte wie von selbst den Kopf.

»Nein, die hat ein Wirt auf dem Markt verloren«, gestand sie.

Bran Conneff grinste. Er drückte Natalju, die unwillkürlich zusammenzuckte, einen einfachen Filzhut auf die entstellte Frisur.

»Dann hast du *den* eben davon bezahlt«, meinte er und legte das Geld wieder auf die Tischplatte. »Und jetzt raus mit dir!«

Noch verwirrter als zuvor stolperte das Mädchen durch die Absperrung. Sie war tatsächlich frei. An der Tür warf sie einen letzten Blick zurück, wie um sich zu versichern, dass die Gardisten sich keinen üblen Scherz mit ihr erlaubten. Doch Conneff machte nur eine scheuchende Handbewegung. Natalju drehte sich um und rannte hinaus. Vor dem Garnisonsgebäude verlangsamte sie ihre Schritte. Wenn sie wie von Firuns Jagd gehetzt durch die Stadt sauste, hielt sie am Ende noch jemand für einen flüchtigen Verbrecher und schleppte sie zur Wache zurück. Sie zog die alte, aber ansehnliche Kopfbedeckung tief ins Gesicht, damit sie niemand erkannte, der sie womöglich am Pranger gesehen hatte.

Dieser Conneff ist ein komischer Vogel, dachte sie, während sie zielstrebig dem Fluss und der Brücke zustrebte. *Warum hat er mir den Hut geschenkt? Die Leute hätten mich ohne das Ding schon aus der Stadt gejagt. Da wäre mir gar nichts anderes übrig geblieben, als um mein Leben zu rennen. Aber wahrscheinlich hätten sie mich trotzdem erwischt. Das wollte Conneff wohl verhindern.*

Es fiel ihr schwer, diesem Mann dankbar zu sein, der ihr Schmerzen zugefügt und vor dem sie tagelang solche Angst ausgestanden hatte.

Nun, in seinen Augen hatte ich meine Strafe verdient, sagte sie sich. *Hatte ich das? Ich weiß nicht. Ich hatte Hunger. Aber ich wäre nicht gestorben, wenn ich nach Hause gegangen wäre und Tsalitas Bohneneintopf gegessen hätte. Vielleicht hat Conneff also Recht.*

Trotz allem hatte Natalju ein mulmiges Gefühl, als sie auf das Stadttor zumarschierte. Der einzige Gardist, der es für nötig hielt, sie zu mustern, nickte ihr nur flüchtig zu. Das Mädchen ließ Havena hinter sich und fühlte sich erst richtig frei, als sie aus dem Schatten der erdrückend hohen Mauern hinaus auf das flache Land gewandert war.

Jetzt hatte sie es nicht mehr eilig. Sie schlenderte den Weg entlang, genoss die frische Luft und malte sich aus, was sie bei ihren Leuten erwartete.

Bestimmt werden sie mir Vorwürfe machen, vermutete sie. *Wenn sie hören, wo ich war, erst recht. Ich werde versprechen müssen, es nie wieder zu tun. Connair und Branwen sind wie Eltern!*

Natalju fand den alten Lagerplatz verwaist vor, doch das beunruhigte sie nicht. Die Gaukler mussten weiterziehen, wenn ihre Zugtiere die Umgebung abgeweidet hatten, und erst recht, wenn niemand mehr zu ihren Vorstellungen kam. Das Mädchen nahm an, sie ein paar Dörfer weiter zu finden, was ihr noch ein wenig Zeit gab, über die letzten schlimmen Tage nachzudenken.

Ein fernes Schnauben erregte ihre Aufmerksamkeit. Das Geräusch war hinter ihr erklungen, also warf sie einen Blick über die Schulter. Von Havena her näherte sich eine vierspännige Kutsche. Die Pferde – stilvoll alle im gleichen Kastanienbraun – schritten eifrig voran. Das Mädchen blieb stehen, um das vornehme Gefährt in Ruhe zu betrachten, während es sie überholte. Der sauber gekleidete Kutscher hielt geziert eine schmale Peitsche in der behandschuhten Faust und würdigte Natalju keines Blickes.

Eitler Fatzke!, ärgerte sich das Mädchen. *Hält sich wohl für was Besseres, weil er vornehmen Herrschaften den Hintern abwischen darf.*

Die geschlossene Droschke verfehlte dennoch nicht ihren Eindruck auf sie. Da sie selbst lange genug auf ungefederten Karren über die Straßen Aventuriens gerumpelt war, fiel ihr sofort auf, wie sanft diese Kutsche zwischen den hohen Rädern schaukelte. Die Vorhänge hinter dem Türfenster waren nicht verschlossen, aber Natalju konnte aus ihrer Sichthöhe keinen Insassen entdecken. Da kein Wappen auf dem eher schlicht verzierten Holz prangte, nahm das Mädchen an, dass die Reisenden entweder nicht bedeutend genug waren oder nicht erkannt werden wollten. Ihr gefiel die letztere Vorstellung, die ihre Neugier weckte.

Hinter dem Vierspänner ritten zwei junge Männer in einheitlicher Rüstung und mit Schwertern bewaffnet. Auch sie erlaubten ihren Pferden nicht mehr als fleißigen Schritt, um die zehn Männer und Frauen nicht abzuhängen, die dem Wagen zu Fuß folgten. Es handelte sich um eine sehr viel buntere Truppe, die sich nur durch rote Schärpen einen Anschein von Zusammengehörigkeit gab. Natalju hielt sie für Söldner und wich ein Stück zurück. Ihre Begegnungen mit solchen bezahlten Kämpfern waren selten angenehm verlaufen, aber dieser Haufen hatte offenbar Wichtigeres zu tun, als ein fremdes Mädchen anzupöbeln. Einige grinsten ihr lediglich zu.

Natalju ließ ihnen noch einen kleinen Vorsprung, dann folgte sie ihnen in gehörigem Abstand. Es blieb ihr auch nichts anderes übrig, da es nur einen Weg nach Süden gab. Wie eine lästige Fliege schwirrte ihr immer wieder der Gedanke durch den Kopf, dass diese Leute Ärger bedeuteten.

Das bildest du dir nur ein, versuchte sie sich zu beruhigen. *Die Tage im Gefängnis haben dich einfach misstrauisch gemacht. Was sollen* die *mit uns Gauklern zu tun haben?*

Trotzdem ließ sie sich noch weiter zurückfallen. Es konnte nicht schaden, vorsichtig zu sein.

In der Kutsche saß Sarja Galban, Baronin von Abilacht, und ärgerte sich über das langsame Tempo. Sie schätzte es, wenn die Pferde im flotten Trab Meilen fraßen und die Landschaft zu ihrer Kurzweil am Fenster vorüberzog. Im Schritt veränderte sich die Aussicht für ihr Temperament jedoch nur quälend langsam, sodass sie andere Unterhaltung benötigte, die es in einer Kutsche aber einfach nicht gab. Sie hätte ein Gespräch mit ihrer Zofe führen können, doch ihr fehlte die Muße für belangloses Geplauder.

Das dumme Ding hat ohnehin nur modische Raffinessen im Kopf, dachte sie. *Manchmal glaube ich, für sie bin ich ein eigenwilliges Hündchen, das sie frisieren und einkleiden darf. So ein hirnloses Schoßtier wie der da.*

Sie sah auf den cremefarbenen Rahjatänzer hinab, der in seinem Körbchen auf einem Seidenkissen lag und schlief. Das kleine Tier mit dem weichen, lockigen Fell war ein Geschenk des Grafen von Honingen, der sie damit wieder einmal abgespeist hatte, als sie ihn wegen eigener Soldaten ansprach.

Ich werde bis an mein Lebensende von seiner Honinger Eisenfaust bewacht werden, als sei ich eine Aufrührerin! Es ist erniedrigend, nicht die Herrin im eigenen Haus zu sein. Das weiß er ganz genau, und wahrscheinlich genießt er es.

Sie seufzte.

Nun, dafür genieße ich es, diese Söldner angeworben zu haben. Die unterstehen endlich einmal nur meinem Befehl, und der Herr Graf wird von ihnen nicht wieder sofort erfahren, was seine Lieblingsbaronin so treibt.

Die Fußsoldaten waren allerdings auch der Grund dafür, weshalb es so langsam voran ging. Sarja wusste, dass sie mit ihrem Auftritt mehr Wirkung erzielen und daher mehr Erfolg haben würde, wenn sie mit einer Schar Bewaffneter auftauchte, als wenn sie allein mit ihren beiden Leibwächtern vorfuhr. Nur deshalb biss sie in den sauren Apfel und ertrug die Langweile, soweit es ihr möglich war, mit Fassung. Draußen gab es nichts zu sehen als kahle Felder und ärmliche Bauernkaten.

Wie weit kann es noch bis zum letzten Dorf vor dem Sumpf sein? Wie hieß es doch gleich? Gwydin? Die Frau sagte etwas von zwei Stunden. Das zieht sich wie eine Ewigkeit!

Sie verlor sich wieder in ihren Gedanken.

Hoffentlich kommt Rhiana auch wirklich dort vorbei. Ich habe viel aufgeboten, um meine Pläne endlich in die Tat umzusetzen. Aber Callan hat mir versichert, dass es der einzige Weg in und aus dem Muhrsape ist, und sie wird ja wohl nicht querfeldein reiten, wenn sie nichts von meiner kleinen Überraschung ahnt. Wenn sie nicht zurückkommt, obwohl ihre Freunde sich bald einschiffen, kann das eigentlich nur eines bedeuten: dass irgendein Moorungeheuer sie verschlungen hat. Und das würde alles lediglich einfacher machen.

»Heda! Ist das da vorne Gwydin?«, hörte sie ihren Kutscher rufen.

Die Antwort entging ihr, aber das spielte keine Rolle.

»Herrin, wir sind gleich da«, unterrichtete sie der Mann auf dem Bock.

Sarja und ihre Zofe richteten sich auf, um eine bessere Sicht aus den beiden Fenstern zu haben. Die Baronin fand es gewagt, diese Ansammlung schäbiger Hütten als Dorf zu bezeichnen. Sie hatte eine so tiefe Abneigung allem Hässlichen gegenüber, dass es sie Überwindung kostete auszusteigen, als der Wagen vor der größten Kate anhielt. Wie der Kutscher angenommen hatte, lebte in diesem reetgedeckten Häuschen die Vorsteherin von Gwydin, die eilig aus ihrem Hühnerstall herbeigelaufen kam. Sarjas Leibwächter postierten sich mit ihren Pferden links und rechts des Weges, der durch einen kleinen Garten zur Kate führte. So konnten sie ihre Herrin vor den gaffenden Dorfbewohnern abschirmen, die sich nach und nach einfanden, als die Neuigkeit von der Ankunft einer Adligen die Runde machte. Von den Söldnern, die sich um eine geordnete Aufstellung hinter der Kutsche bemühten, hielten sich die Gwydiner freiwillig fern.

Die Baronin bewegte sich nur zwei Schritte von ihrem Gefährt weg, das ihr in dieser Umgebung wie ein heimeliger Hort der Sicherheit und des Geschmacks erschien. Sie war plötzlich sehr froh über die vertraute Nähe ihrer Zofe und der beiden Leibgardisten. Die Dorfvorsteherin versank vor ihr ungeschickt in einem tiefen Knicks, aus dem sie fast nicht mehr aus eigener Kraft hochkam. Der Geruch nach Geflügelmist und Kohlsuppe, der sie wie eine Wolke umgab, ließ Sarja angewidert die gepuderte Nase rümpfen, doch die Baronin war nicht gewillt, sich von diesen Unannehmlichkeiten beeinträchtigen zu lassen. Zu viel stand für sie auf dem Spiel.

»Willkommen in Gwydin, Euer Hoheit«, begrüßte die Bäuerin sie ehrfürchtig. »Ich bin Mil, die Schulzin dieses Weilers.«

Sarja überging die unangemessene Anrede. Woher sollte dieser Trampel wissen, dass sie Baronin war und mit *Euer Hochgeboren* angesprochen wurde? Solange kein Herzog anwesend war, um geltend zu machen, dass dieser Titel allein ihm gebührte, fühlte Sarja sich geschmeichelt.

»Schön, schön«, sagte sie herablassend, ohne sich vorzustellen. »Hör gut zu, Mil! In meiner Baronie ist eine gefährliche Verbrecherin entkommen, und meine Kundschafter haben mich davon in Kenntnis gesetzt, dass sie sich ins Muhrsape geflüchtet hat.«

»Oh, das tun sie alle, die schlimmen Halunken«, behauptete die Dorfvorsteherin. »Da wimmelt es von Räubern und Piraten.«

Pikiert über die Unterbrechung, warf Sarja der Frau einen einschüchternden Blick zu.

»Das ist mir bekannt«, stellte sie klar. »Aber ich weiß auch, dass die Mörderin sich in wenigen Tagen in Havena mit Spießgesellen treffen will, und das bedeutet, dass sie durch dein Dorf kommen wird.«

Mils Gesicht drückte augenblicklich Besorgnis aus.

»Es liegt mir sehr viel daran, dieser Frau habhaft zu werden, damit sie ihre gerechte Strafe erfährt«, fuhr Sarja ungerührt fort. »Deshalb werde ich meine Soldaten …« Sie deutete auf die Söldner. »… hier zurücklassen, um sie gefangen zu nehmen. Ich wünsche, dass du und deine Leute ihnen nach Kräften behilflich seid!«

Die Baronin griff in den Beutel aus hauchfeinem Leder, der unter ihrer kurzen, pelzbesetzten Jacke hervorschaute.

»Hier hast du einen Dukaten.« Sie warf der Dorfvorsteherin die Münze zu. »Du erhältst fünf weitere, wenn die Verbrecherin gefasst ist.«

Die Frau strahlte. »Ganz wie Ihr befehlt, Herrin«, versicherte sie beflissen.

»Ihr werdet sie leicht erkennen«, behauptete Sarja. »Sie heißt Rhiana und hat auffallend blondes, langes Haar. Sie wird wahrscheinlich …«

In diesem Moment schoss der kleine Rahjatänzer kläffend aus der Kutsche und wetzte hinter etwas her, dass nur er gesehen hatte.

»Oh, nein, Rahjana, komm zurück!«, rief die Zofe, aber das Hündchen flitzte aufgeregt durch den Garten und verschwand in einem Gebüsch.

»Ludo, hol' mir das Geschenk des Grafen zurück!«, forderte Sarja einen ihrer Leibwächter auf.

Der junge Mann stieg widerwillig vom Pferd, um dem sich entfernenden Kläffen zu folgen.

Was für eine entwürdigende Aufgabe!, ärgerte er sich. *Alle werden sich über mich lustig machen, dass ich hinter dem dämlichen Köter herkriechen muss.*

Er zwängte sich durch das Gestrüpp, aber Rahjana war ihm längst wieder weit voraus. Ludo sprang über den niedrigen Zaun aus Flechtwerk und hielt auf die Scheune zu, hinter der das Hündchen wie ein Blitz verschwunden war. Als der Mann um die Ecke bog, trippelte der Rahjatänzer auf seinen kurzen Beinen gerade auf einen abgeernteten Rübenacker hinaus. So sehr es Ludo widerstrebte, noch mehr Würde einzubüßen, indem er auch noch hinter dem Tier herrannte, er musste es tun, denn der Abstand vergrößerte sich nur noch mehr. Wutentbrannt trabte er über das Feld, dessen weicher und nun auch noch von den ausgegrabenen Rüben durchlöcherter Boden unter seinen Stiefeln nachgab und das Laufen erschwerte.

Vor der ihre Freiheit voll auskostenden Rahjana schreckte ein Hase auf. Obwohl das Hündchen weder über die Kräfte verfügte, das hakenschlagende Langohr einzuholen, noch eine so große Beute überhaupt zur Strecke bringen konnte, sauste es mit flammender Begeisterung hinterher.

In die Niederhöllen mit allen Schoßhunden der Welt!, fluchte Ludo bei sich.

Zur Belustigung der zuschauenden Bewohner von Gwydin und – was wesentlich schlimmer wog – der Soldaten und seines Kameraden rannte er um das halbe Dorf, bis ihm die Puste ausging. Den Rahjatänzer und den Hasen hatte er ohnehin im Gesträuch zwischen den Wiesen und Äckern aus den Augen verloren. Keuchend blieb er stehen, um wieder zu Atem zu kommen, als sein Blick auf drei bunt bemalte Planwagen fiel, in deren Nähe eine Gruppe Pferde und Maultiere weidete. Er hatte sie vom Weg aus schon hinter den Katen und Schuppen erspäht, ihnen aber keine Beachtung geschenkt. Etliche Gauklertrupps zogen durch das Land, daran war nichts Ungewöhnliches. Doch aus der Nähe kamen sie ihm bekannt vor. Grübelnd, weshalb die Fahrenden ihm auf einmal so wichtig erschienen, kehrte er zur Kutsche zurück, wo seine Baronin ihren Söldnern letzte Anweisungen gegeben hatte und nun wieder einsteigen wollte.

»Ich bitte um Verzeihung, Herrin, aber der kleine Hund ist

mir entwischt«, erklärte er zerknirscht. »Soll ich die Umgebung zu Pferd absuchen?«

Sarja winkte unwirsch ab.

»Sollen ihn doch die Moorwürmer fressen!«, schimpfte sie. »Vergiss das Vieh! Ich bleibe keinen Augenblick länger in diesem Schandfleck Albernias, nur wegen dieses ungezogenen Frettchens!«

Ludo bemühte sich, seine Erleichterung nicht zu deutlich zu zeigen. Plötzlich fiel ihm ein, was in seinem Unterbewusstsein an ihm genagt hatte.

»Herrin, ich habe eine Entdeckung gemacht, die für Euer Vorhaben von Bedeutung sein könnte«, sagte er rasch, bevor Sarja den ersten Fuß auf das Trittbrett setzte.

Sie wandte sich ihm gereizt wieder zu. »Und das wäre?«

»Am Dorfrand haben Gaukler ihr Lager aufgeschlagen«, berichtete der Leibwächter. »Ich bin mir sicher, dass ich genau diese Gruppe vor einiger Zeit in Abilacht gesehen habe.«

»Worauf willst du hinaus?«, erkundigte sich die Baronin mit wachsender Neugier.

»Wie Ihr wisst, hatten die Eisenfaust-Soldaten diese Rhiana bereits gefangen. Sie haben ziemlich viel davon gesprochen, weil es dieser Frau gelungen ist, aus dem Kerker zu fliehen.«

»Das ist mir alles bekannt, Ludo«, unterbrach Sarja ihn ungeduldig. »Du hast mir die ganze Geschichte doch selbst zugetragen.«

»Ja, aber das Wichtige dabei ist, dass Rhiana an diesem Abend ja nicht allein war, wie Ihr Euch ebenfalls erinnern werdet«, fuhr Ludo fort. »Sie war in Begleitung einer Elfe, die wie ein Gaukler in buntes Leder gekleidet war, und mir ist jetzt eingefallen, dass ich kurz darauf die Vorstellung dieser Leute auf unserem Marktplatz gesehen habe. Es ist doch seltsam, dass sie wieder in der Nähe sind, wo Ihr die Gesuchte erwartet.«

Die Baronin starrte den Mann überrascht an.

»Das ist brillant, Ludo!«, lobte sie dann überschwänglich. »Die Götter müssen mit mir gewesen sein, als ich dich eingestellt habe. Wir werden deinen Lohn verdoppeln!«

Was für ein unverschämtes Glück, dass ich mit einem denkenden Leibwächter gesegnet bin!, dachte sie bei sich. *Und ich dachte, er sieht nur gut aus. Es kann kein Zufall sein, wenn diese Gaukler dort auftauchen, wo Rhiana vermutet wird. Darum müssen die Söldner sich unbedingt kümmern.*

Sarja stolzierte entschlossen zu ihren Söldlingen zurück.

»Ich habe gerade noch einen Hinweis bekommen, der über das Gelingen dieser ganzen Mission entscheiden kann«, eröffnete sie dem Weibel, einem kantigen, von Narben gezeichneten Veteranen vieler Schlachten. »Seht Ihr das fahrende Gesindel dort?«

Der Söldnerführer nickte. Er war kein Mann vieler Worte.

»Diese Leute stecken mit der Mörderin unter einer Decke«, behauptete die Baronin. »Sie bieten ihr Zuflucht, und wenn sie erfahren, welchen Auftrag du hast, werden sie bestimmt versuchen, Rhiana zu warnen. Du musst sie unter Arrest stellen, bis ihr die Verbrecherin gefangen habt, sonst können sie euch alles verderben, und du kommst um deine Belohnung.«

»Ich verstehe, Herrin«, meinte der Weibel knapp. »Wir werden das Luder schon schnappen.«

»Das will ich hoffen.«

Thorla, die Kunstreiterin, war bei Mils Nachbarin gewesen, um der Frau einen Korb voll Zwiebeln abzukaufen, als der herrschaftliche Vierspänner vorfuhr. Verwundert über eine solche Karosse in diesem ärmlichen Nest am Rand der Sümpfe hatte die Artistin sich mit den anderen Neugierigen so weit genähert, wie die beiden berittenen Gardisten es zuließen. Sie war ganz Ohr, als die beeindruckende Adlige in ihren teuren Kleidern der Dorfvorsteherin ihr Anliegen vortrug, und Thorla begriff sofort, von welcher Rhiana nur die Rede sein konnte. Während die Bewohner von Gwydin zusahen, wie der Leibwächter hinter dem kläffenden Fellknäuel herjagte, wich die Artistin unauffällig zurück, um ihren Freunden die schlechten Neuigkeiten zu überbringen.

Ihr Bruder Albin und der Feuerschlucker Nogaba waren mit

den Fischern des Dorfes auf den See hinausgefahren, um ihr Glück als Angler zu versuchen. Von Natalju hatte seit Tagen niemand etwas gehört, und alle befürchteten, dass dem Mädchen in Havena etwas zugestoßen war. Gomm, Connair und Tsalita hatten in der großen Stadt herumgefragt, aber sie waren mit ihrer Suche bislang erfolglos geblieben. Sie wollten es am nächsten Tag noch einmal im Hafen probieren.

Jetzt auch noch ein Anschlag auf Rhiana, die uns so selbstlos gegen diese heruntergekommene Bande von Wegelagerern beigestanden hat!, haderte Thorla mit dem Schicksal. *Diese Söldner da sind bestimmt keinen Deut besser. Wir sollten uns lieber aus dem Staub machen.*

»He, du machst ein Gesicht wie zehn Tage Regenwetter«, bemerkte die magiebegabte Eillyn, die zusammen mit dem Clown Jerrilu das Mittagessen vorbereitete.

»Du solltest die Zwiebeln nur kaufen, nicht reinbeißen!«, mahnte der Spaßvogel.

»Die Sache ist ernst«, klärte Thorla ihn auf. »Branwen? Connair? Kommt alle zusammen! Es wird ernst.«

»Was ist los? Gibt es was Neues von Natalju?«, wollte die Verwandlungskünstlerin Tsalita sofort wissen. Das Mädchen war für sie wie eine Tochter, weshalb sie sein Verschwinden besonders hart traf.

»Leider nicht«, musste Thorla sie enttäuschen.

Die Kunstreiterin wartete, bis sie die Aufmerksamkeit aller hatte.

»Ich war bei der Kutsche da drüben und habe alles gehört, was gesprochen wurde. Irgendeine Edeldame ist hinter Rhiana her. Ihr wisst doch noch. Die Kriegerin, mit der Finni fortgegangen ist«, sprudelte sie dann hervor.

»Was? Das geht mir ein bisschen zu schnell«, beschwerte sich Branwen. »*Wer* ist das in der Kutsche? Finni?«

Thorla verdrehte die Augen. »Nein! Ich hab' keine Ahnung, wer die Frau ist, eine Baronin irgendwas, aber sie hat der Schulzin Geld versprochen, wenn die Gwydiner helfen, eine gewisse Rhiana zu fangen.«

»Und wie kommst du darauf, dass *die* Rhiana gemeint ist, die wir kennen?«, erkundigte sich Connair. »Außerdem kann doch auch eine Adlige nicht einfach so daherspazieren und verlangen, dass jemand grundlos verhaftet wird.«

»Sie hat behauptet, dass es eine entflohene Mörderin aus ihrer Baronie sei«, antwortete Thorla und sprach hastig weiter, als Branwen eine wegwerfende Geste machte. »Denkt doch mal nach! Wie viele Leute kennt ihr, die Rhiana heißen? Und hinter ihr waren doch damals schon merkwürdige Gestalten her. Außerdem soll sie lange, blonde Haare haben.«

»Zugegeben, das klingt wirklich nach ihr.« Connair kratzte sich nachdenklich an der Schläfe. »Aber wir wissen es nicht. Wir haben nicht einmal eine Ahnung, weshalb Rhiana eigentlich verfolgt wird. Sie ist eine Kriegerin und kann auf sich selbst aufpassen. Ich finde, wir sollten uns aus den Angelegenheiten der hohen Herrschaften raushalten, oder nicht? Es erwächst nichts Gutes daraus. Ich habe meinen Kopf auf dem Schlachtfeld oft genug für ihre Eitelkeiten und Intrigen hingehalten.«

»Genau, es geht uns nichts an«, stimmte Tsalita ihm zu, die schon allein der Gedanke verängstigte, in eine Auseinandersetzung zwischen Bewaffneten hineingezogen zu werden.

»Findest du das nicht reichlich undankbar?«, fragte Thorla und sah hilfesuchend zu Branwen und der unentschlossenen Eillyn. »Sie hat damals auf der Reichsstraße für uns gekämpft und dabei ihr Leben aufs Spiel gesetzt! Sie hätte auch einfach umdrehen und wegreiten können.«

»Dafür durfte sie sich auch bis Abilacht in unseren Wagen verstecken«, gab Branwen zu bedenken. »Wenn es stimmt, was du erzählt hast, war die Frau in der Kutsche bestimmt die Baronin von Abilacht. Ich habe damals gehört, wie Finni und Rhiana darüber gesprochen haben, in die Burg zu gelangen. Mir scheint, wir waren durch ihre Anwesenheit in viel größerer Gefahr, als wir wussten, und sind mit ihr quitt.«

»Vielleicht *ist* Rhiana sogar eine Mörderin und hat die Baronin umgebracht, sodass jetzt nach ihr gesucht wird«, spann Jerrilu den Faden weiter und wechselte zwischen Grimassen der Wut und des Entsetzens, während er so tat, als erwürge er sich selbst.

»Oh, Mann, mit dir kann man wirklich nicht ernsthaft reden«, stöhnte Thorla.

»Was geht denn hier vor?«, ließ der schweigsame Boruntin sich vernehmen, und bei seinem warnenden Unterton blickten alle sofort um sich.

»He, ihr da! Gauklerpack!«, rief der Söldnerführer. »Wir haben euch umstellt. Im Namen der Baronin Sarja Galban von Abilacht seid ihr hiermit in Gewahrsam, bis wir sicher sein können, dass ihr uns bei unserer Arbeit nicht in die Quere kommt.«

Connair konnte es kaum glauben. Die schwer bewaffneten Männer und Frauen hatten einen Kreis um die Karren gebildet und hielten mehrere Armbrüste auf die Gaukler gerichtet. Wer keine besaß, hatte sein Schwert oder eine andere Klinge in der Hand. Die finsteren Mienen ließen keinen Zweifel daran aufkommen, dass die Söldner bereit waren, von ihrem Arsenal Gebrauch zu machen, wenn ihre Gefangenen sich widersetzten.

»Wir sind ehrliche Leute und haben uns nichts vorzuwerfen«, stellte Connair klar. »Wessen werden wir überhaupt beschuldigt, Kamerad?«

»Ihr sollt Freunde einer entflohenen Mörderin sein«, bestätigte der Weibel, was Thorla aufgeschnappt hatte. »Man hat euch mit ihr gesehen, also spart euch das Leugnen!«

»Wir haben nichts mit Räubern und Mördern zu schaffen«, erwiderte Connair trotzdem. »Selbst wenn uns jemand mit dieser Frau gesehen hat. Vielleicht wussten wir nicht, mit wem wir es zu tun hatten?!«

»Das zu entscheiden ist nicht mein Bier. Ich habe meine Befehle«, beharrte der Söldnerführer. »Tretet mit erhobenen Händen von den Wagen weg! Du, Riese, trag deinen Freund! Ihr marschiert jetzt in diese Scheune da drüben und bleibt da drin, bis ich etwas anderes sage! Meine Leute werden notfalls mit Gewalt dafür sorgen, dass ihr pariert.«

»Scheiße, ich hab' gleich gedacht, wir sollten schnell verschwinden«, fluchte Thorla.

»Dafür ist es jetzt zu spät«, meinte Connair achselzuckend. »Wir müssen sehen, dass wir aus dieser Sache heil wieder herauskommen. Tut, was er sagt!«, fügte er lauter hinzu, um den Weibel zu beschwichtigen. »Ich werde noch einmal versuchen, mit ihm zu sprechen.«

Doch der Mann wollte kein Wort mehr hören. Die Söldner dirigierten die Gaukler in den bezeichneten Schuppen, den sie sich unter dem Protest des dazugehörigen Kätners nun mit dessen Schwein und seinen dort eingelagerten Heu- und Strohvorräten teilen sollten.

»Was wird aus unserem Mittagessen?«, beschwerte sich Eillyn, ohne eine Antwort zu erhalten.

Das Tor der kleinen Scheune wurde geschlossen, und die Gaukler fanden sich im Halbdunkel gefangen wieder.

Kapitel 22

Gwydin, Boron
914 BF

Natalju hatte einen Bogen um das Dorf gemacht, um unbemerkt von den Bewaffneten ins Lager der Gaukler zu schleichen. Als sie sich jedoch näherpirschte, musste sie mit ansehen, wie die Söldner ihre Freunde umzingelten. Sie konnte den anderen keine Warnung zukommen lassen, ohne sich selbst zu verraten, und wohin hätten sie auch fliehen sollen? Die Pferde und Maultiere waren ausgespannt und grasten zu weit entfernt, um eine schnelle Flucht zu ermöglichen.

Das Mädchen fühlte sich verraten und verkauft. Hatten die Gardisten sie nur laufen lassen, um sie nun alle miteinander festzunehmen?

Nein, diese Leute tragen nicht die Uniformen der Wache, sagte sie sich. *Sie gehören nur zu der Person in der Kutsche. Aber was kann die von uns Gauklern wollen?*

Sie beobachtete, wie ihre Freunde in einen Schuppen getrieben und dort eingesperrt wurden. Der Anführer des gedungenen Haufens postierte zwei seiner Soldaten vor dem Tor, von denen stets einer dort stehen bleiben musste, während der andere gemächlich das Gebäude umrundete. So konnten die Gefangenen nicht heimlich die Rückwand aufstemmen und sich davonmachen.

Wo sind Albin und Nogaba? Ich müsste sie warnen, dachte Natalju, aber wie sollte sie die beiden finden?

Sie zog sich in das Erlenwäldchen zurück, das hinter den letzten Feldern begann, und behielt von dort aus das Geschehen im Dorf im Auge. Verzweifelt darüber, nach den Tagen im Kerker und all ihren ausgestandenen Ängsten nun doch nicht in den sicheren Schoß ihrer Wahlfamilie zurückkehren zu können, zermarterte sie sich das Gehirn, wie sie ihren Leuten helfen konnte.

Gemeinsam mit Albin und Nogaba hätte ich eine Chance, heute Nacht die Wächter zu überwältigen, ohne dass sie Alarm schlagen, aber allein… Selbst wenn es mir gelingt, mir meine Wurfmesser aus dem Wagen zu holen, muss ich genau die Kehle treffen und unglaublich schnell sein. Das klappt nie. Und dann sind die Halunken richtig sauer und machen uns alle nieder. Das kann ich nicht wagen. Ich muss erst herausfinden, was eigentlich los ist.

Neben ihr raschelte es plötzlich im Unterholz. Natalju sprang erschrocken auf, aber der Störenfried war nur ein kleines Hündchen mit cremefarbenem Fell, das von seinen Abenteuern der letzten Stunde mit Resten von altem Laub und Erdkrumen gespickt war.

»Hallo, wer bist du denn?«, fragte das Mädchen spielerisch.

Sie setzte sich wieder hin und ließ das Tier an ihren Fingern schnüffeln, bevor sie versuchte, es zu streicheln.

»Du bist ein Rahjatänzer, nicht wahr? Ich hab' schon solche wie dich gesehen«, behauptete Natalju. »Die sind in einer Vorstellung aufgetreten und haben Männchen gemacht. Ob du das auch kannst?«

Gelegentlich etwas Dreck herauspflückend, strich sie dem Hund über die seidigen Locken. Die Anwesenheit des kleinen Tieres tröstete und beruhigte sie. Bestimmt gehörte es niemandem aus dem Dorf. Dazu sah es trotz des oberflächlichen Schmutzes zu gepflegt und wohlgenährt aus. Der Gedanke, den Rahjatänzer zu behalten und für eine Darbietung abzurichten, lenkte das Mädchen von seiner übergroßen Aufgabe ab, die noch früh genug wieder drängend wurde, wenn die Nacht hereinbrach.

»He, da draußen!«, rief Branwen hinter dem verschlossenen Tor. »Wollt ihr uns verdursten lassen? Wenn wir schon nicht unser Essen bekommen, gebt uns wenigstens Wasser!«

Mit der Dämmerung war es still geworden in Gwydin. Ohne das Licht, das am Tag zwischen den Brettern hereindrang, herrschte in der Scheune tiefe Finsternis. Wenn die Gaukler sich bewegten, mussten sie aufpassen, dass sie nicht über einen ihrer Freunde stolperten oder über die niedrige Wand zu dem leise grunzenden Schwein fielen. Der schlecht ausgemistete Verschlag des Borstentieres dünstete allerdings so üble Gerüche aus, dass er selbst im Dunkeln nicht völlig verborgen war.

»Das können die doch nicht machen«, regte Branwen sich auf, als sie keine Antwort bekam. »Wir mögen ja rechtlose Fahrende sein, aber wir sind Menschen.«

»Für die offenbar nicht«, knurrte Connair. »Aber die sollen mich kennen lernen! Wenn die uns heute Abend kein Wasser bringen, schlägt Gomm diesen Schuppen in Stücke, und wir hauen ab. Koste es, was es wolle! Lieber lass ich mich erschießen, als hier drin zu verrecken.«

»Seid mal leise, da tut sich was!«, forderte Jerrilu.

Durch die Ritzen konnten sie einen Lichtschein schwankend näher kommen sehen.

»Mach das Tor auf, Tika!«, befahl der Weibel.

Ein Spalt öffnete sich, gerade breit genug für eine Person. Thorla erkannte ihren Bruder, bevor er vor dem Licht der Laterne zu einem schwarzen Umriss wurde.

»Albin!«, rief sie erleichtert und fiel ihm um den Hals.

»Vorsicht!«, warnte der Kunstreiter.

Er trug einen Eimer Wasser, mit dem er ausweichen musste, ohne etwas zu verschütten, als seine Schwester ihn herzte. Hinter ihm wurde Nogaba durch das Tor gestoßen, dann schlossen die Wächter es wieder. Die Gaukler machten sich im Dunkeln daran, den Eimer behutsam herumzureichen, damit alle ihren Durst löschen konnten.

»Ich bin froh, euch wohlbehalten wiederzusehen«, gestand Connair. »Aber ich hätte mir natürlich gewünscht, sie hätten euch nicht geschnappt.«

»Ha, ich auch«, versicherte Albin. »Aber wir hatten ja keinen Schimmer, was hier vorgeht. Als wir mit Finnabir im Boot zurückkamen, sprangen diese Söldner aus den Büschen am Ufer und schrien herum, wer wir seien und wo wir herkämen und was weiß ich. Da haben wir nichtsahnend die Wahrheit gesagt. Finnabir durfte nach Hause, und uns haben sie gleich die Fische abgenommen und uns hier hergeschleppt. Ich hab' dann lieber meine Klappe gehalten, aber was ist denn eigentlich los? Die können uns doch wohl nicht einfach einsperren.«

Thorla berichtete ihm, was seit dem Vormittag alles geschehen war.

»Schöner Mist«, meinte Nogaba. »Wann brechen wir aus?«

»Schschsch, leiser!«, mahnte Branwen. »Die hören uns doch!«

»Entschuldige! Wie dumm von mir«, räumte der Feuerschlucker ein.

»Gomm, Jerrilu, wie wär's, wenn ihr euch hier hinter dem Tor ganz laut über irgendetwas Unwichtiges unterhaltet?«, flüsterte Connair. »Streitet über eure Darbietungen oder so! Dann können wir anderen uns leise besprechen, ohne dass die Wachposten allzu viel mitkriegen.«

»Ist ja wieder mal typisch, dass meine Meinung dabei nicht gebraucht wird«, schimpfte Jerrilu. »Dass der tumbe Troll hier nicht denken kann, weiß ja jeder, aber ich...«

»Was bin ich? Ein Troll?«, fuhr Gomm auf und fiel damit prompt auf die Masche des Spaßmachers herein.

Während sich zwischen den beiden ein heftiger Streit entspann, der garantiert jedes Wort der anderen Gaukler übertönte, steckte der Rest die Köpfe zusammen.

»Also, wie machen wir's?«, fragte Nogaba.

»Ich bin ja auch dafür, hier zu verschwinden, aber ich finde immer noch, dass wir auch Rhiana nicht einfach im Stich lassen dürfen«, erklärte Thorla. »Ohne sie wäre ich vielleicht von den Wegelagerern geschändet und getötet worden. Gegen diese Übermacht hätten wir nicht lange bestehen können, wenn die beiden Amazonen nicht eingegriffen hätten.«

»Das hast du schon einmal gesagt, und ich denke nach wie vor, dass wir an uns denken sollten statt an eine starke Kriegerin«, beharrte Branwen.

»Hm, heute Mittag habe ich dir noch zugestimmt«, äußerte Connair. »Mittlerweile sehe ich es aber etwas anders. Dieser Haufen hat uns in die Sache hineingezogen, obwohl wir unschuldig sind. Und sie behandeln uns mies. Deshalb glaube ich jetzt eher, dass sie auch Rhiana zu Unrecht verfolgen. Wir wissen nicht, warum sie sich im Muhrsape versteckt hat, aber es ist doch klar, dass sich nicht nur echte Verbrecher dorthin flüchten, sondern auch alle, die verleumdet werden und keine gerechte Behandlung zu erwarten haben. Dann stehen wir auf derselben Seite.«

»Vergesst auch nicht, dass Finni vielleicht immer noch bei ihr ist!«, warf Boruntin ein.

»Ich weiß, dass du eine Schwäche für die hübsche Finni hast, mein Freund«, behauptete Albin. »Aber sie hat uns verlassen und damit auf das bisschen Schutz verzichtet, das wir ihr bieten können.«

»Das kannst du doch nicht ernst meinen«, empörte sich seine Schwester. »Sie ist immer noch eine von uns. Wenn ich verhindern kann, dass sie den Häschern da draußen in die Hände fällt, dann werd' ich das tun.«

»Ich bin auf Thorlas Seite«, betonte Boruntin.

»Langsam, Leute, keinen Streit!«, beschwichtigte Connair. »Wir haben, meiner Meinung nach, drei Möglichkeiten. Entweder wir verkrümeln uns. Das wird gefährlich, und sie werden uns wahrscheinlich verfolgen. Dann müssen wir so schnell wie möglich aus der Gegend verschwinden und verlieren all unsere Habe. Oder wir bleiben hier und halten still, bis die Baronin ihre Händel mit Rhiana geklärt hat und uns freilässt. Da sind wir voll und ganz von ihrer Gnade – oder der dieser Söldner – abhängig. Und drittens können wir hier bleiben, um auszubrechen, wenn Rhiana auftaucht. Das wird auch gefährlich, aber es liegt dann in unserer Hand, wie die Sache ausgeht. Ob wir alles verlieren oder gewinnen. Denkt darüber nach! Ich bin dafür, dass wir abstimmen, welchen Weg wir gehen wollen.«

»Du siehst die Dinge wie immer am klarsten von uns allen«, sagte Branwen bewundernd. »Ich kann jetzt viel besser entscheiden, was wir tun sollten.«

»Ich auch«, stimmte Eillyn ihr zu. »Los, stimmen wir ab!«

»Iiieh, eine Ratte! Mich hat grad eine Ratte angestupst«, zeterte Tsalita plötzlich los.

»Uäh, wo ist sie hin?«, wollte Eillyn sofort wissen und sprang dabei auf.

»Au, pass doch auf, du Trampel!«, ertönte Nogabas Stimme. »So eine Panik wegen eines kleinen Tiers.«

»Von wegen«, verteidigte sich die Magiebegabte. »Weißt du nicht, dass Ratten beißen und dass man sich von ihnen widerliche Krankheiten holen kann?«

Die Gaukler bildeten in der Dunkelheit ein wirres Knäuel aus Leuten, die vor dem Nager flüchteten, und jenen, die mutig genug waren, das Tier fangen und beseitigen zu wollen.

»Ich glaub', ich hab' sie!«, triumphierte Jerrilu. »Aber das ist gar keine Ratte. Wäre jedenfalls die erste mit einem Halsband, an dem ein Stoffbeutel dranhängt.«

»Wie bitte?«, wunderte sich Connair. »Ist das jetzt wieder einer von deinen Witzen?«

»Nein, ehrlich«, beteuerte der Clown. »Fühl' mal selbst! Oh, entschuldige, ich hab' vergessen, dass dein Gesicht so weit unten ist.«

Connair schnappte sich grummelnd das pelzige Wesen, das Jerrilu ihm hinhielt.

»Tatsächlich, das ist ein Hund«, stellte er fest.

»Ein Hund? So klein?«, zweifelte Tsalita.

»Wenn's kein Hund ist, hab' ich so ein Tier noch nie gesehen«, erwiderte Connair trocken. »Er zieht einen Beutel hinter sich her und hat irgendetwas um den Hals geknotet.«

»Was ist in dem Beutel drin?«, erkundigte sich Branwen.

Connair fingerte blind an den Schnüren herum, bis es ihm gelang, sie aufzuziehen und in den Beutel hineinzugreifen.

»Trockenobst«, urteilte er. »Jemand schickt uns ein wenig Proviant. Aber wer?«

»Ist mir egal, ich will wissen, wo der Hund herkommt«, meinte Albin und begann, die Rückwand der Scheune nach einem Durchschlupf abzusuchen.

»Ich würde sagen, das ist ein Strumpf um seinen Hals.« Connair schnupperte. »Ja, lecker! Riecht auch so. Irgendeine Idee, was das zu bedeuten haben soll?«

»Gib mir mal den Strumpf!«, bat Tsalita aufgeregt.

»Kannst du etwa auch Leute am Geruch erkennen? Da sollten wir eine Nummer draus machen«, spottete Thorla.

»Der ist von Natalju«, verkündete die Verwandlungskünstlerin fröhlich. »Da ist die Stelle, die ich vor ein paar Tagen erst geflickt habe.«

»Du stopft dem Mädchen immer noch die Socken?«, rügte Branwen. »Das kann sie nun wirklich schon selbst.«

»Ach, ist doch jetzt egal«, wehrte Tsalita ab. »Auf die Art wissen wir wenigstens, dass sie hier in der Nähe ist.«

»Ja, das sind endlich mal gute Neuigkeiten«, freute sich Connair. »Und vielleicht kann sie uns helfen, heil aus dieser Sache herauszukommen.«

Natalju beobachtete, wie der Söldnerführer drei seiner Leute als Kundschafter am Seeufer ausschickte. Das Mädchen konnte von seiner Warte aus nicht erkennen, wie weit sich das Wasser nach Osten und Westen erstreckte, aber da das gegenüberliegende Ufer etwa eine Meile entfernt war, schätzte es den See sehr groß ein. Zwei Bewaffnete marschierten denn auch in entgegengesetzte Richtungen davon, während der dritte sich nahe dem Bootsanleger versteckte. Die restlichen Söldner schlugen ihr Lager mitten im Dorf auf, wo sie zumindest nicht allzu weit vom Ufer entfernt waren.

Die Bewohner von Gwydin gaben vor, die bedrohliche Truppe nicht wahrzunehmen, aber sie benahmen sich in Wahrheit sehr vorsichtig, um von den Söldnern möglichst vergessen zu werden. Männer, Frauen und selbst Kinder verhielten sich unnatürlich still und zogen sich auffallend früh in ihre Katen zurück, wo sie darum beteten, dass die rauen Gesellen bald wieder verschwanden, ohne das ärmliche Dorf zu plündern. Der ein oder andere glaubte nicht, dass die freundlichen Gaukler Kumpanei mit Mördern hielten, aber keinem der verängstigten Bauern wäre es eingefallen, sich deshalb mit geübten Soldaten anzulegen.

Als die Dämmerung hereinbrach, hob Natalju den kleinen Hund auf und huschte vom Waldrand zu den Planwagen hinüber. Sie kletterte in den Karren, den sie mit Tsalita, Eillyn und Jerrilu teilte, um sich dunkle Kleidung und ihre guten Stiefel anzuziehen, die sonst ihrem Auftritt vorbehalten waren. Dann schwärzte sie sich Wangen und Kinn mit Jerrilus Schminke. Den Filzhut tief in die Stirn gezogen, würde sie nun in der Nacht nicht mehr so leicht zu entdecken sein. Ihr Magen wies mit einem Knurren darauf hin, dass sie seit dem Morgen nichts mehr zwischen die Zähne bekommen hatte. Sie nahm den Rest geräucherten Bauchspeck, der vom Gestänge des Wagens baumelte, und säbelte sich eine Scheibe ab. Die Vorderpfoten an ihrem Knie abgestützt, stellte der Rahjatänzer sich sofort schwanzwedelnd auf die Hinterbeine. Sein gieriger Blick verriet deutlich, dass er einen Anteil der Beute einforderte.

»Magst du Speck?«, wollte Natalju wissen. »Blöde Frage, was?«

Mühsam rang sie der harten Schwarte einen Streifen ab und steckte ihn dem Hündchen zu, das sich zufrieden hinlegte, um genüsslich an dem aromatischen Happen zu nagen. Das Mädchen konnte jedoch nicht still sitzen, während es belegten Zwieback kaute. Sie fürchtete sich zu sehr davor, von den Söldnern überrascht zu werden, weshalb sie sich auf den Bock hinauslehnte und das Dorf im Auge behielt.

Plötzlich entstand am Wasser Tumult. Einige Bewaffnete rissen brennende Äste als Fackeln aus ihrem Feuer, bevor sie ihren Kameraden zum Ufer folgten. Natalju konnte aus der Entfernung nicht verstehen, was gesprochen wurde, aber sie sah im Lichtschein, wie ein paar Leute mit Körben und Eimern zu ihren Häuschen eilten. Zwei dieser Neuankömmlinge wurden jedoch dem Weibel vorgeführt, der als Einziger eine Laterne trug. Nach einem kurzen, scharfen Verhör, das Natalju am Tonfall erkannte, brachten die Bewaffneten ihre Gefangenen zu der Scheune, in der sie die Gaukler eingesperrt hatten. Das Mädchen hatte bereits geahnt, dass es sich bei den beiden Männern um Albin und Nogaba handelte, aber als sie jetzt näher kamen, konnte Natalju sicher sein. Die Söldner steckten sie zu den anderen in den Schuppen.

So viel zu meinem Einfall, mit ihnen heute Nacht die Wächter zu überwältigen, dachte das Mädchen. *Allein schaff' ich das nicht.*

Sie stopfte sich den letzten Bissen in den Mund und zog sich wieder unter die Plane zurück.

Die anderen müssen vorher wissen, dass ich losschlage, damit sie mir helfen können, überlegte sie. *Sonst laufen alle Haudraufs zusammen, bevor wir die Scheune aufbekommen haben. Wie kann ich ihnen eine Nachricht zukommen lassen, ohne dass mich jemand hört? Hätte ich nur mal schreiben gelernt! Ach, was! Ohne Licht könnten die anderen das auch nicht lesen.*

Ihr Blick fiel auf den Rahjatänzer, der schmatzend an der Schwarte kaute. Sie hatte schon Geschichten gehört, in denen tapfere Hunde für ihre Herren wichtige Botschaften überbrachten, aber sie kannte dieses kleine Tierchen nicht und konnte ihm auch keinen Brief umbinden.

Irgendwie muss es gehen, beschloss sie. *Ich muss ihm etwas mitgeben, das die anderen auf mich bringt. Aber was soll das sein? Meine Spielkarten? Die sind zu wertvoll. Wenn das Hündchen damit abhaut, wovon soll ich dann neue kaufen? Meine Wurfmesser brauche ich gegen die Wachen. Es gibt sonst nichts, das mir gehört. Außer meinen Kleidern, aber die erkennt im Dunkeln auch niemand.*

Beinahe hätte sie aufgelacht, als sie sich vorstellte, wie der kleine Rahjatänzer unter einer umgebundenen Jacke oder

Hose verschwand und dann lostrippelte. Sie brauchte etwas Handlicheres. Schließlich fiel ihr der Strumpf ein, den Tsalita schon so oft geflickt hatte, dass er mehr aus Stopfgarn als aus Wolle bestand.

Fragt sich nur noch, warum jemand dem seltsamen Halsband Beachtung schenken sollte. Sie werden ihn für einen Streuner halten, der sich zufällig in den Schuppen verirrt hat. Ich brauche noch etwas, das deutlich macht, dass jemand das Tier in freundlicher Absicht geschickt hat. Na klar!

Das Hündchen zeigte sich von seiner neuen Ausstaffierung nicht besonders angetan, aber Natalju gab ihm keine Gelegenheit, daran zu beißen oder zu kratzen. Sie nahm ihn wieder auf den Arm und sprang aus dem Karren. Zwischen ihr und der Scheune dehnten sich ein leeres Stoppelfeld und einige Hecken und Beerenstauden aus. Angespannt wartete sie, bis die Wachfrau um die Ecke außer Sicht bog, dann rannte sie quer über den Acker, um sich hinter einem Holundergebüsch zu verstecken. Von dort waren es nur wenige Schritt bis zur Rückwand des Schuppens, aber das Mädchen widerstand der Versuchung, sogleich weiterzulaufen. Nur zu schnell erschien die Wächterin wieder. Natalju hielt den Atem an. Der Rahjatänzer zappelte in ihrem Griff.

Oh, sei bloß still!, flehte sie. *Ein Jaulen, und wir landen bei den anderen da drin!*

Aus der Scheune drangen mittlerweile laute und leise Stimmen. Gomm und Jerrilu beschimpften sich gegenseitig als unfähige Hohlköpfe, was Natalju nicht verstand. Hatten die beiden jetzt keine anderen Sorgen? Sie suchte mit den Augen die Bretter nach einem Loch ab, das groß genug für den kleinen Hund war. Davon hing der ganze Erfolg ihres Plans ab. Der Schuppen war, wie alle Gebäude in diesem schäbigen Nest, in heruntergekommenem, fast schon baufälligem Zustand. Deshalb hatte Natalju keinen Moment daran gezweifelt, dass sie eine Lücke für den Rahjatänzer finden würde. Von ihrem Versteck aus stellte sich diese Aufgabe ohne ausreichende Beleuchtung allerdings schwieriger dar, als sie erwartet hatte.

Ein dichter Filz aus kleinen Sträuchern und abgestorbenem Unkraut säumte den Fuß der Wand und verdeckte vielversprechende Stellen, sodass Natalju nicht sicher sein konnte, was sich dahinter verbarg.

Noch einmal stapfte die Söldnerin vorüber, dann wagte das Mädchen einen Versuch. Natalju kauerte sich vor einem breiten, morschen Brett nieder und hatte Glück. Hinter den vertrockneten Disteln war das vermoderte Holz abgebröckelt. Vielleicht hatte auch ein Fuchs oder ein Marder nachgeholfen, denn das Hündchen beschnupperte die Ränder höchst eifrig und aufgeregt.

Keine Zeit, Kleiner!, entschuldigte sich Natalju und schob ihn rasch durch das Loch, um schnell wieder hinter den Hecken verschwinden zu können. Sie hätte noch etwas Zeit gehabt, aber ihr fehlte der Schneid, es darauf ankommen zu lassen. Jetzt musste erst einmal ihr kleiner Freund seine Arbeit tun. Sie lag auf der kalten Erde und lauschte auf die Geräusche aus dem Schuppen. Während die Wächterin grinsend ihre Runde an Natalju vorbei drehte, gab es drinnen große Aufregung über eine Ratte.

Ha, grins' du nur! Wollen doch mal sehen, wer zuletzt über diese Ratte lacht, höhnte Natalju bei sich.

Sie wartete, bis sich die Stimmen in der Scheune zu einem Flüstern gesenkt hatten. War ihre Botschaft verstanden worden?

Sie werden das Hündchen doch nicht erschlagen haben?, bangte sie plötzlich. *Wenn sie wirklich gedacht haben, es sei eine Ratte …*

Hastig eilte sie wieder zu dem Loch in der Wand hinüber.

»Hallo? Connair? Tsalita?«, wisperte sie drängend.

»Natalju? Ich bin's, Albin«, flüsterte es zurück. »Wo hast du gesteckt?«

»Später«, wehrte das Mädchen ab. »Die Wache kommt gleich wieder. Ich weiß nicht, wie ich euch helfen soll. Besprecht euch! Ich muss jetzt weg.«

Sie warf sich erneut hinter die Sträucher.

»War das Natalju?«, wollte Tsalita aufgeregt wissen.

»Nein, ich rede mit dem Holz«, erwiderte Albin schmunzelnd.

»Ist sie noch da draußen?«, erkundigte sich Connair.

»Ja, aber sie musste sich wegen des Söldners zurückziehen«, berichtete der Kunstreiter. »Wir sollen ihr sagen, was als Nächstes zu tun ist.«

»Sie darf sich auf keinen Fall erwischen lassen«, meinte seine Schwester. »Schärf' ihr ein, dass sie vorsichtig bleiben soll!«

»Genau«, pflichtete Connair ihr bei. »Trotzdem müssen wir jetzt erst darüber abstimmen, was die Mehrheit von uns will. Vorher können wir Natalju keine sinnvolle Anweisung geben. Ich bin dafür, hier zu bleiben und gemeinsam mit Rhiana zu kämpfen. Wer dagegen ist, soll es sagen. Ich kann damit leben, wenn ihr mich überstimmt.«

»Ich habe Angst davor, mit Bewaffneten zu kämpfen«, gestand Branwen. »Aber ich will auch nicht mein Leben retten und dabei alles verlieren, was wir uns aufgebaut haben. Ohne die Wagen und unsere Kostüme und die Requisiten und all das wäre ich nur eine alte Bettlerin, die in der Gosse schlafen muss. Dann bin ich lieber tot.«

Die jüngeren Gaukler, die ihre Lage weniger aussichtslos einschätzten, schwiegen betreten, denn sie waren nicht nur zuversichtlicher, was ihre Möglichkeiten anging, ein neues Auskommen bei anderen Fahrenden zu finden, sondern sie schätzten auch ihre Chancen im Kampf rosiger ein. Einzig Tsalita fürchtete sich ebenso wie Branwen, aber sie traute sich nicht, als Einzige gegen Connairs Vorschlag zu stimmen.

»Dann ist die Sache also entschieden«, stellte Connair fest.

Da ihm noch immer niemand widersprach, legte er sich einen Plan zurecht.

»Gut. Wir brauchen etwas Ausrüstung«, überlegte er. »Viel kriegen wir nicht zusammen, aber Natalju soll uns bringen, was sie kann. Dazu wird sie ein größeres Loch in der Wand brauchen. Albin, wenn sie wieder auftaucht, sag' mir Bescheid! Ich will selbst mit ihr sprechen.«

»Und wie schaffen wir die Sachen nun hier herein?«, fragte Jerrilu.

»Das ist wieder ein Auftrag für Gomm und dich«, eröffnete Connair ihm.

»Hm, ist das nicht zu auffällig, wenn wir uns schon wieder streiten?«, grübelte der Clown.

»Es wäre auch nicht laut genug«, stimmte Connair zu. »Ich dachte da eher…«

»Natalju ist hier«, unterbrach ihn Albin.

Das Mädchen hatte zwei Runden der Wächterin abgewartet, dann verlor es die Geduld. Die flüsternden Stimmen in der Scheune schienen kein Ende zu finden, aber Natalju musste endlich wissen, wie lange sie dieses Hin- und Herspringen noch durchhalten sollte.

»Albin?«, hauchte sie.

Hinter den Brettern entstand Bewegung. Sie hörte es an den leisen, schabenden Geräuschen, bevor ihr jemand antwortete.

»Hallo«, begrüßte sie Connair. »Zieh dich zurück, Natalju! Wir werden dieses Brett herausreißen, dann bringst du uns nach und nach alle Messer und Keulen. Öffne meine Truhe! Ich brauche alles, was du darin an Brauchbarem findest. Verstanden?«

»Ja, aber…«, setzte das verwirrte Mädchen an.

»Hau ab! Schnell!«, befahl Connair.

Natalju schluckte ihre Bedenken hinunter und schaffte es gerade noch rechtzeitig, sich hinter die Hecke zu ducken. Ängstlich griff sie nach einem zitternden Zweig, der sie verraten konnte, aber die Söldnerin schlurfte lustlos vorüber, ohne sich umzublicken.

Sie wird müde, hoffte Natalju. *Vielleicht hängt ihr die Runde bald zum Hals heraus und sie bleibt bei ihrem Kameraden. Oder sie setzt sich dann hier an die Rückwand. Bei allen Göttern! Nur das nicht! Ich muss mich beeilen.*

Sie rannte zurück zu den Wagen. Ohne den kleinen Rahjatänzer war ihr plötzlich viel unheimlicher zumute. Die Karren standen so einsam und verlassen in der Nacht. Ihnen fehlte die warme, Schutz und Geborgenheit verheißende Ausstrahlung, die sie sonst für Natalju hatten.

Sie sind mir fremd, erkannte das Mädchen. *Wenn meine Freunde sich nicht in ihnen befinden, sind sie nur totes Holz.*

Mit einem Schauder stieg sie dennoch in das Gefährt, das sie seit Jahren bewohnte. Ihre eigenen Wurfmesser hatte sie bereits in ihren Gürtel gesteckt, aber sie musste etwas für Jerrilu und Tsalita finden. Ihr fiel nur ein Küchenmesser in die Hände. Sie wickelte es in ein dunkles Tuch und kletterte dann in den Wagen der Kunstreiter. Immer wieder blickte sie gehetzt über ihre Schulter. Auch wenn sie versuchte, sich einzureden, dass ihr niemand gefolgt und sie völlig allein war, konnte sie das Gefühl nicht ablegen, dass sie jeden Augenblick ein Feind von hinten anspringen würde.

Plötzlich ertönte ein schrilles Quieken und Quietschen. Natalju ließ vor Schreck das eingepackte Messer fallen. Alarmiert streckte sie den Kopf aus dem Karren, um sich nach der Quelle des schrecklichen Geschreis umzuschauen. Es kam eindeutig vom Dorf herüber.

»Seid ihr wahnsinnig? Was ist los da drin?«, brüllte der Söldner, der vor dem Schuppen Wache stand. »Lasst gefälligst das Schwein in Ruhe!«

Seine Kameradin Tika kam um die Ecke gerannt, und von ihrem Lager eilte der Weibel herbei. In der Scheune quiekte das Borstentier noch immer, als wenn Dämonen hinter ihm her wären.

»Tika, du sollst die Rückwand im Auge behalten!«, donnerte der Söldnerführer. »Nicht aufmachen! Das ist vielleicht ein Trick!«

»Tut mir leid«, rief von innen jemand über den Lärm hinweg, der allmählich abebbte. »Ich bin im Dunkeln in den Schweinekoben gefallen.«

Der Weibel verzog das Gesicht in ungläubigem Zorn.

»Was schleicht ihr auch da drinnen herum?«, schimpfte er.

»Haltet still und schlaft endlich! Wenn ich noch einen Mucks höre, lasse ich euch alle fesseln!«

»Schon gut, wir werden jetzt Ruhe geben«, versprach Connair. »Das war Klasse, Jerrilu«, flüsterte er dem Clown zu.

»Ich hab's am Ohr gezogen. Das mag niemand.«

Die Gaukler kicherten.

»Gomm hat das Brett abgerissen«, teilte ihnen Connair mit. »Er hält es jetzt fest, damit es trotzdem an seinem Platz bleibt. Wir können unsere ›lieben Freunde‹ da draußen also für den Rest der Nacht getrost ihren Träumen überlassen.«

Kapitel 23

Natalju hatte ein schweres Bündel zu schleppen, als sie vom Lager der Gaukler zur Scheune zurückschlich. Abgesehen von dem Seil für Thorla, das über ihrer Schulter hing, trug sie mit beiden Händen eine graue Decke, die sich von all den Gegenständen wölbte, die das Mädchen hineingepackt hatte. Damit kein Klirren oder Klappern sie verriet, hatte sie jedes Stück mit dämpfendem Stoff umwickelt, sodass ihre Last noch umfangreicher geworden war. Sie brachte Gomms Knüppel und mehrere Messer für die anderen, aber am meisten Gewicht verursachte Connairs Ausrüstung.

Das Mädchen hatte nicht gewusst, dass sein väterlicher Freund noch so viele Andenken an seine Zeit als Söldner aufbewahrte. Staunend war Natalju in die Betrachtung des verbeulten Brustpanzers, der Armschienen und des kunstvoll punzierten Helms versunken, die sie aus der Truhe gehoben hatte. Zum ersten Mal war ihr bewusst geworden, wie der Veteran auf dem Schlachtfeld ausgesehen haben musste, als er noch beide Beine besessen hatte.

Er muss ein beeindruckender Soldat gewesen sein. Ich wäre bei seinem Anblick gerade so erschrocken wie bei den Söldnern hier. Ob er auch so ein elender Mistkerl gewesen ist?

Sie hatte den beunruhigenden Gedanken beiseite geschoben und sich wieder an ihre Aufgabe gemacht. Nun marschierte sie mit ihrem Bündel aufrechter über den Acker als ihr lieb war, aber gebückt brach sie schier über dem Gewicht zusammen, und auf ihrem Rücken wollte der bauchige Packen nicht liegen bleiben. So musste sie ihn mit geradem Kreuz vor sich her tragen. Jedes Mal, wenn der Wächter in Sicht kam, der seine Kameradin abgelöst hatte, blieb sie stehen und kauerte sich über ihre Last, bis der Mann wieder verschwunden war. Es kostete sie viel Kraft, den schweren Packen immer wieder anzuheben und das letzte Stück schließlich zu rennen, damit sie nicht zu nah an der Scheune noch einmal ohne Deckung anhalten musste.

Hinter der Hecke angekommen, rang sie mit ihrem verräterisch lauten, keuchenden Atem, den sie unterdrücken musste, wogegen Herz und Lunge Sturm liefen. Natalju zwang sich, die Luft tief in ihren Bauch hinunterzusaugen, anstatt schnell zu atmen. Endlich beruhigte sich ihr Puls, und sie wagte wieder, sich zu bewegen.

Connair hatte behauptet, sie würden das morsche Brett entfernen, sodass Natalju auch größere Gegenstände hindurchreichen konnte. Das Mädchen hoffte, dass ihnen das gelungen war, denn sonst wäre die ganze Anstrengung umsonst gewesen. Trotzdem wählte sie zunächst nur die Messer aus, die sie auch bequem durch das vorhandene Loch schieben konnte, und eilte damit zur Rückwand hinüber. Noch bevor sie die Stelle erreichte, öffnete sich ein breiter Spalt in der Wand, in dem Albins Gesicht erschien. Grinsend nahm er die in Stoff eingeschlagenen Klingen entgegen. Sobald die Übergabe stattgefunden hatte, schob sich das Brett wie von Geisterhand wieder an seinen Platz.

Auf diese Weise spielte Natalju ihren Freunden nacheinander auch Connairs Rüstungsteile, seine Armbrust und Thorlas Seil zu. Als sie das letzte Stück brachte, empfing der Veteran sie wieder an der Öffnung.

»Hör gut zu, Natalju!«, forderte er, während er ihr den Strick abnahm. »Diese Leute sind hinter Rhiana her, der Kriegerin, mit der Finni fortgegangen ist.«

Das Mädchen nickte hastig, um zu zeigen, dass es sich erinnerte.

»Wir wollen hier abwarten, bis sie kommt, um ihr zu helfen«, erklärte Connair.

Natalju trat nervös von einem Bein auf das andere. Sie hatten keine Zeit für lange Vorträge.

»Sie ist im Muhrsape. Wenn du kannst, warne sie vor dem Hinterhalt, der sie hier erwartet«, bat Connair. »Das ist alles.«

Sie wollte schon davonstürzen, hielt aber noch einmal inne.

»Passt mir auf das Hündchen auf!«, wisperte sie, bevor sie sich endgültig losriss.

Als sie einmal mehr auf dem feuchten, mittlerweile zerdrückten Gras hinter den Sträuchern landete, schloss sie für einen Moment die Augen und wünschte sich weit fort. Die leisen Schritte des Wächters nahm sie kaum wahr. Sie hatte sich so erleichtert gefühlt, endlich zum letzten Mal hinter seinem Rücken herumhuschen zu müssen, dass sie nicht darüber hinausgedacht hatte. Nun war ihr von Connair sogleich die nächste Last aufgebürdet worden.

Ich will nicht mehr, dachte sie träge. *Ich bin müde und erschöpft. Wie soll ich Rhiana überhaupt finden? Kann ich nicht einfach meine Ruhe haben?*

Natalju blieb noch eine Weile liegen, doch als sie merkte, dass sie einzuschlummern drohte, riss sie sich zusammen.

Steh auf, Mädchen! Du kannst nicht ernsthaft hier *schlafen wollen!,* ermahnte sie sich selbst. *Bring dich wenigstens vorher in Sicherheit!*

Sie rappelte sich auf und lief zu den Planwagen zurück, wo sie sich eine Decke und ein Kissen suchte.

Ihr Götter! Natalju, fang endlich wieder an zu denken! Du kannst hier nicht bleiben. Die Söldner könnten dich erwischen.

Um wieder wach zu werden, spritzte sie sich Wasser aus einem Eimer ins Gesicht. Sie musste sich unbedingt einen Plan zurechtlegen, wie sie weiter vorgehen wollte, sonst beging sie doch noch einen entscheidenden Fehler.

Das Muhrsape ist jenseits des Sees. Alle sagen, dass der Weg von Havena nach Gwydin der Einzige ist, der in die Sümpfe führt. Deshalb lauern diese Söldner Rhiana hier auf. So weit, so gut. Aber sie könnte von links oder von rechts um den See herumkommen. Woher soll ich das wissen, um ihr entgegenzugehen? Außerdem laufe ich dann vielleicht den Spähern in die Arme, die sie ausgeschickt haben. Nein, ich muss erst genauer wissen, wie die Gegend beschaffen ist. Ich werde morgen auf einen Baum klettern, um einen Überblick zu bekommen.

Sie schnappte sich ihre Decke, tauchte in den Bruchwald hinter dem Dorf ein und rollte sich wie ein Hund unter ein paar Büschen zusammen.

Rashid ay Thalusa musterte besorgt, was von seinem stolzen schwarzen Hengst noch zu sehen war. Der Shadif reckte den noblen Kopf mit geweiteten Nüstern so weit wie möglich über die Wasseroberfläche, während seine verborgenen Beine strampelten, was das Zeug hielt.

»Halte durch, mein Freund!«, beschwor der Tulamide das Tier. »Ich verspreche auch, dich nie wieder in so einen Hort stinkender Pfützen zu verschleppen.«

»Er wird es schon schaffen«, meinte Finni optimistisch. »Alle Pferde können schwimmen. Das hier ist gewöhnliches Wasser, kein Sumpfloch.«

»Ich weiß, aber die Strecke ist lang«, gab Rashid zu bedenken. »Die Ausdauer unserer Wüstenrösser wird gepriesen, doch sie ist nicht unendlich.«

Die Halbelfe wollte ihm nicht zustimmen, um seine Befürchtungen nicht noch mehr anzustacheln. Wenn sie jedoch die aufgerissenen Augen des Hengstes ansah, der hinter ihrem Kahn herschwamm, konnte sie Rashids Zweifel gut verstehen.

»So weit ich sehen kann, ist dies hier ist die schmalste Stelle des Sees«, rechtfertigte Rhiana ihre Entscheidung. »Wir hätten ihn nicht am sumpfigen Ufer umrunden können. Der Schlamm war zu tief. Das hattet Ihr doch selbst gesagt.«

»Ja, habe ich«, gestand der Novadi. »Trotzdem wäre mir lieber, er hätte mit uns ins Boot steigen können wie der Hund.«

»Wir haben es bald geschafft«, tröstete die Prinzessin. »Die Hälfte liegt hinter uns. Will mich nicht jemand beim Rudern ablösen? Ihr müsstet dazu nicht einmal den Blick von Feuertanz abwenden.«

Trotzdem kostete es Rashid Überwindung, dem Hengst nicht mehr seine volle Aufmerksamkeit zu schenken. Von klein auf hatte man ihn gelehrt, sein Pferd zu hüten wie seinen Augapfel, sodass er sich in einem Maß für das Tier verantwortlich fühlte, als sei es sein Kind. Der Verlust des ihm anvertrauten Pferdes wäre eine kaum wieder gutzumachende Sünde gewesen.

Seufzend ließ der Novadi sich auf der Ruderbank nieder und begann zu pullen. Rhiana balancierte stehend in dem schaukelnden Nachen, um sich davon zu überzeugen, dass die Richtung noch stimmte. Sie hatten das Boot an der Stelle vorgefunden, an der sie vor einigen Tagen, die ihr durch die vielen Ereignisse allerdings wie eine Ewigkeit vorkamen, mit ihrem verräterischen Führer Ulfert angelegt hatten. Der alte Lughaid, den Finni so weit geheilt hatte, dass er wieder wandern konnte, hatte sich dort von ihnen getrennt, um auf kürzeren Pfaden nach Fiering zurückzukehren, denn sie waren wegen Rashids Hengst immer wieder zu großen Umwegen gezwungen worden.

Die Prinzessin konnte es kaum noch abwarten, Havena zu erreichen. Sie hatten schon länger als die verabredeten zehn Tage im Muhrsape verbracht, sodass die Zeit drängte. Rhiana stellte sich vor, wie alle Flüchtlinge bereits an Bord gegangen waren und Maruna mit den erbosten, ungeduldigen Kapitänen um jeden Tag feilschte, den sie auf die Prinzessin warten mussten.

Die Seeleute drohen sicher damit, vor dem Winter gar nicht mehr auszulaufen, vermutete sie. *Nicht auszudenken, wenn die Überfahrt nur wegen mir abgeblasen wird! Wo sollen wir dann hingehen?*

»Da ist das Dorf. Haben wir noch ein paar Happen für die Kinder in diesem … wie hieß es doch gleich? Gwydin?«, erkundigte sie sich bei Finni.

»Ich seh' mal nach, was ich zusammenkratzen kann.« Die Halbelfe wühlte in ihrem Rucksack.

»Warte!«, sagte Rhiana plötzlich mit dringlichem Tonfall. »Sieh dir das mal an! Was kann das bedeuten?«

Die Prinzessin zeigte auf den Waldrand hinter dem Ufer, ein gutes Stück links des Weilers, wo sich an einem Baum gerade eine riesige, bunte Fahne entfaltet hatte. Finni richtete sich ebenfalls auf, um besser sehen zu können. Rashid bemühte sich, gleichzeitig weiterzurudern und sich umzublicken, was ihm jedoch nicht gelang.

»Was ist denn da?«, wollte er wissen.

»Ich weiß nicht, das kann keine Flagge sein«, antwortete Finni verwirrt. »Sieht mehr wie ein buntes Bettlaken aus.«

»Zu groß für ein Laken«, widersprach Rhiana.

»Wo denn?«, hakte Rashid nach. »Auf dem Wasser?«

»Nein, an einem Baum oder so.« Die Halbelfe kniff die Augen zusammen. »Irgendwo hab' ich das Muster aber schon mal gesehen.«

»Spielt das eine Rolle? Ich möchte viel eher wissen, warum jemand das gerade jetzt da aufgehängt hat. Soll das ein Signal für uns sein? Wer weiß denn in Gwydin, dass wir kommen?«, rätselte die Prinzessin.

»Jeder, der uns hat wegfahren sehen«, meinte Finni achselzuckend, während sie noch immer grübelte, woher sie die fröhlichen Streifen kannte.

»Aber das ergibt doch gar keinen Sinn«, beschwerte sich Rhiana.

»Oh, jetzt weiß ich es!«, jubelte ihre Freundin. »Das ist die Plane von Connairs Wagen. Meine alte Truppe ist hier!«

»Die Gaukler?«, erriet Rashid.

»Das freut mich auch, Finni, aber findest du es nicht seltsam, dass sie ihren Wagen zerlegt haben, um uns zu begrüßen?«, wunderte sich die Prinzessin.

»Du hast Recht«, gab die Halbelfe ernüchtert zu. »Ich kann mich nicht erinnern, dass wir jemals die Planen von den Karren abgenommen hätten. Das wäre ein ziemlicher Aufstand gewesen. Vor allem, sie danach wieder zu befestigen. Dazu braucht man einen verdammt guten Grund.«

»Also eine Warnung?«, fragte sich Rhiana. »Aber wovor? Es sieht alles friedlich aus.«

»Tut es das nicht immer vor einem Hinterhalt?«, wandte Finni ein.

»Ja, wir sollten das ernst nehmen, aber was machen wir? Umkehren? Und was dann?« Die Prinzessin spielte ihre Möglichkeiten durch. »Kursänderung, Rashid! Wir halten genau auf unsere Freunde zu. Da sie uns von dort ein Signal geben konnten, sitzt der Feind an einer anderen Stelle.«

»Wer auch immer es ist, wird aber sehen, dass wir nicht mehr Gwydin ansteuern, und versuchen, uns trotzdem abzufangen«, gab Finni zu bedenken.

»Ich weiß, aber dazu müssen sie aus ihren Verstecken kommen. Dann sehen wir, mit wem wir es zu tun haben. Sie können uns nicht mehr überraschen.«

Als Natalju das kleine Boot auf dem See entdeckte, war sie sicher, dass keiner der Söldner es vor ihr gesehen hatte. Sie saß in den Zweigen einer hohen Esche und überblickte von dort eine größere Fläche als die Späher, die an verschiedenen Stellen des Ufers kauerten. Zwei Tage waren erst vergangen, seit die Stadtgardisten das Mädchen freigelassen hatten. Natalju war nachts regelmäßig an die Rückwand der Scheune gekommen, in der die Gaukler noch immer unter Arrest standen, und hatte ihre Freunde mit ein wenig Proviant versorgt, da die Söldner ihren Gefangenen nur eine karge Mahlzeit am Tag zugestanden.

Der Anführer der Bewaffneten war verblüfft gewesen, als am zweiten Morgen das leere Gestänge von Connairs Wagen unmissverständlich zeigte, dass sich jemand daran bedient hatte. Er vermutete jedoch Leute aus dem Dorf hinter diesem Vorfall, denn warum hätte ein Verbündeter der Gaukler ihre Sachen entwenden sollen?

Natalju hatte die Plane mühselig heruntergeschnitten und in den Wald geschleppt. Sehr viel schwieriger war es für das schmächtige Mädchen gewesen, seine Beute in die Esche hinaufzuschaffen. Sie hatte sich den Packen schließlich um den Körper gebunden, um die Hände frei zu haben, und war mit der Grazie eines übergewichtigen Zwerges nach oben gehangelt.

Nun saß sie neben den zusammengerollten Stoffbahnen, um sie jederzeit herunterlassen zu können, falls Rhiana über den See kam. Sie hatte den Baum sorgfältig ausgewählt. Seine Äste waren stark genug, und er stand ein wenig zurückgesetzt, sodass sie selbst zwar nicht sehen konnte, was in Gwydin vorging, aber sie lief auch nicht Gefahr, entdeckt zu werden, solange niemand vom Ufer zu ihren Füßen her beobachtete, wie sie ihre provisorische Flagge hisste.

Der Anblick des Nachens versetzte sie in helle Aufregung. Seit die Söldner den Gwydinern verboten hatten, zum Fischen auszufahren, damit niemand heimlich die gesuchte Mörderin warnen konnte, war auf dem See kein Boot mehr aufgetaucht.

Es können nur Rhiana und Finni sein, oder nicht? Und wenn es andere Reisende sind? Die werden bestimmt in Gwydin fragen, was die komische Fahne zu bedeuten hat, wenn ich sie den falschen Leuten zeige.

Sie hielt sich die Hand an die Stirn, um ihre Augen abzuschirmen. Da waren drei Gestalten in dem Kahn, vielleicht sogar vier.

Nein, das ist ein Hund. Rhiana hatte doch diesen halben Wolf dabei. Sie ist es bestimmt.

Jemand stand auf und schüttelte glänzend blondes Haar. Jetzt gab es für Natalju keinen Zweifel mehr. Hastig löste sie die Schnüre und ließ die Plane herab. Mehr konnte sie nicht tun, um Rhianas Aufmerksamkeit zu erregen. Die richtigen Schlüsse musste die Kriegerin selbst daraus ziehen. Natalju benötigte all ihre Kräfte für ihr weiteres Vorgehen.

Hastig hangelte sie sich von Ast zu Ast und sprang die letzten anderthalb Schritt zum Boden hinab. Sie erwartete, dass jeden Augenblick enttäuschtes, zorniges Geschrei ausbrach, wenn die Söldner merkten, dass Rhiana ihnen nicht blind in die Falle tappte, aber noch blieb alles ruhig. Obwohl die Kriegerin nun gewarnt war, stand sie mit ihren beiden Begleitern immer noch zehn geübten Kämpfern gegenüber, die zudem den Vorteil hatten, sich auf festem Grund zu befinden, während Rhiana erst einmal anlegen und aus dem Boot steigen musste, um sich verteidigen zu können. Connair hatte geahnt, dass es so ablaufen würde, und Natalju eingeschärft, ihm sofort zu melden, wenn sich etwas rührte.

Das Mädchen eilte durch den Wald und landete mitten unter den grasenden Pferden und Maultieren. Natalju zögerte. Sollte sie sich auf eines der Tiere schwingen, um schneller zu sein?

Aber dann sehen mich die Söldner auf jeden Fall, bevor ich in Rufweite bin. Wenn ich versuche, mich anzuschleichen, habe ich selbst am helllichten Tag bessere Karten. Es sei denn, sie erwischen mich…

Sie setzte ihre Hoffnungen darauf, dass aller Aufmerksamkeit dem Boot auf dem See galt, und huschte weiter. Je näher sie der Scheune kam, desto klarer wurde ihr, dass ihre nächtliche Taktik nicht aufgehen konnte. Den Hecken fehlte weitgehend das verbergende Laub, sodass sie bei Tageslicht trotz des struppigen Gewirrs aus Zweigen, Ranken und Stängeln kaum Deckung boten. Das Mädchen würde es niemals unentdeckt bis zur Rückwand schaffen.

Natalju wünschte sich nun doch ein schnelleres Fortbewegungsmittel, aber dazu war es zu spät. Entweder gelang es ihr, die Wachen zu überrumpeln, sodass ihre Freunde eingreifen konnten, bevor es ihr an den Kragen ging, oder sie musste selbst sehen, wie sie ihren Kopf wieder aus der Schlinge zog. Sie nahm ihren Mut zusammen und rannte geradewegs auf den Schuppen zu. Um die Söldner zu verwirren, winkte sie heftig, als ob ihre Botschaft ihnen galt.

»Rhiana kommt! Sie ist schon fast da!«, rief sie den überraschten Wachposten entgegen. »Ihr müsst zum Ufer! Sie legt an!«

Die beiden Söldner tauschten einen fragenden Blick. Der Weibel hatte ihnen aufgetragen, die Gaukler zu bewachen, bis die gesuchte Mörderin gefunden war. Aber wenn er nun tatsächlich Hilfe brauchte? Sie hatten die Gefangenen daran gehindert, die Frau zu warnen. Wozu sie also noch festhalten?

»Los, gehen wir!«, beschloss der eine.

Die Männer setzten sich Richtung See in Bewegung, als hinter ihnen lautes Gebrüll und ein Krachen und Splittern von Holz ertönte. Gomm hatte sich gegen das marode Scheunentor geworfen, dessen rostige Angeln unter dem Ansturm gleich mit barsten, sodass der Hüne samt dem Tor zu Boden ging. Dahinter sprangen die restlichen Gaukler johlend und Messer und Bretter schwingend hervor. Die beiden Söldner zückten hastig ihre Waffen und wandten sich fluchend der neuen Bedrohung zu.

»Binde das Pferd los, Finni! Wir müssen schneller rudern«, erkannte Rhiana.

Sie drängte sich neben Rashid auf die Bank.

»Jeder ein Ruder! Und zu-gleich!«, kommandierte sie.

Ihre Aufregung hatte sich auf Eisfell übertragen, der mit gespitzten Ohren rastlos hin und her schaute, obwohl am Ufer noch keine Anzeichen für Feinde auszumachen waren. Rhiana ließ sich davon nicht täuschen. Auch wenn die unbekannten Gegner ihren Kurs zunächst für einen Irrtum oder Unfähigkeit gehalten haben mochten, musste ihnen mittlerweile aufgefallen sein, dass ihr Opfer tatsächlich nicht in Gwydin anlegen wollte. Jeden Augenblick konnten sie hinter Schilf und Gebüsch auftauchen.

Die Prinzessin und der Novadi legten sich so in die Riemen, dass der Nachen doppelt so schnell durch das Wasser glitt. Der See wurde flacher. Rhianas Ruderblatt verhedderte sich in lästigen Schlingpflanzen.

»Da! Der Hengst hat schon Boden unter den Füßen«, rief Finni. »Vergiss das Ruder!«

Sie hüpfte ins Wasser und hielt watend und strampelnd auf das Ufer zu. Der Wolfshund folgte ihr, obwohl er noch schwimmen musste.

»Wenn der kleine Dschinn sich traut, in diesen grünen Pfuhl zu springen, kann ich das auch«, sprach Rashid sich Mut zu, bevor er es nachmachte.

Die Prinzessin schnappte sich sein Ruder und schob sich erst noch weiter ins seichte Wasser. Sie fürchtete, im Schlamm zu sehr vom Gewicht ihres Kettenhemdes behindert zu werden. Plötzlich sauste ein Armbrustgeschoss knapp an ihr vorüber. Blitzschnell warf sie sich über Bord und ging hinter dem Boot in Deckung. Sie hörte, wie ein zweiter Bolzen ins Holz einschlug. Ein Schrei spornte sie an, sich weiter zu beeilen.

Finni!

Die Halbelfe humpelte durch knöcheltiefes Wasser. Rhiana sah das Geschoss aus der Hüfte ragen. Blut breitete sich auf Finnis Hose aus. Die Prinzessin pflügte zornig durch die aufgewühlte Brühe, ohne dabei ihr Behelfsschild, das Boot, zu vergessen. Rashid holte Finni mit schnellen Schritten ein und packte sie mit einem Arm um die Taille, um sie mit sich zu schleifen, bis sie festen Grund erreicht hatten.

Während die Schützen nachluden, brachen fünf bewaffnete Männer und Frauen aus dem verfilzten Gestrüpp. Der Novadi erwartete sie mit blitzendem Säbel. Rhiana ließ den Nachen zurück und eilte ihren Freunden mit gezogenem Schwert zu Hilfe.

Gomms Zerstörung des Scheunentors hatte die Söldner so überrascht, dass sie Natalju nicht mehr beachtet hatten. Das Mädchen zog sich rasch ein Stück zurück, doch als die beiden Männer sich den Gauklern mit Bastardschwert und Streitkolben entgegenstellten, erkannte es, dass einige seiner Freunde im Nahkampf sterben würden, bis ihre Überzahl den Sieg davontragen konnte.

Natalju atmete tief durch. Der Kerl mit der Klinge trug eine Kettenhaube über seiner mit Eisenringen besetzten Lederrüstung. Ein Wurfgeschoss würde an ihm wahrscheinlich nutzlos abprallen. Sein Kamerad besaß jedoch keine so ausgefeilte Wappnung. Natalju ließ ihr Messer fliegen und keuchte vor Erleichterung, als es sich in den Hals des Mannes bohrte. Der zweite Söldner stürzte sich wütend auf sie. Das Mädchen sah ihm wie gelähmt entgegen, doch während er mit dem

Schwertarm ausholte, durchschlug ein Bolzen seinen Brustpanzer. Albin und Nogaba rissen Natalju von dem zusammenbrechenden Mann fort. Connair lehnte mit seiner Armbrust am Torpfosten. In Helm und Rüstung wirkte er mehr denn je, als hätte ihn jemand einfach entzweigeschnitten.

»Wenn du dich endlich aus diesem Müllhaufen gewühlt hast, sollten wir das Traggestell holen«, meinte er zu Gomm, der sich gerade aufrichtete und zersplitterte Bretter abschüttelte.

Die anderen scharten sich triumphierend um Natalju.

»Denen haben wir's gezeigt!«, freute sich Albin. »Wo sind die anderen?«

Natalju warf einen Blick zur Anlegestelle. Alle Söldlinge, die dort gelauert haben mussten, waren verschwunden.

»Ich hab' ein Zeichen für Rhiana aufgehängt«, erklärte sie. »Wahrscheinlich ist sie dort an Land, und die Söldner versuchen, sie trotzdem abzufangen.«

»Dann müssen wir auch dahin. Zeig uns die Stelle!«, forderte Thorla.

Das Mädchen befreite sich aus Tsalitas Umarmung und rannte los.

Finni robbte sich mit schmerzverzerrtem Gesicht in die Deckung des Schilfs. Ihre Verletzung war nicht tödlich, aber sie konnte kaum laufen, geschweige denn kämpfen. Sie schwankte zwischen dem Wunsch, ihren Freunden beizustehen, und ihrem Überlebenstrieb, der sie anpeitschte, sich so weit wie möglich von den Feinden zu entfernen.

Die Söldner waren nicht rondrianisch genug gesinnt, um höflich einer nach dem anderen anzugreifen. Sie wurden für Erfolg bezahlt, nicht für ehrenhaftes Verhalten. Zwei Männer und eine Frau stürmten gleichzeitig auf Rashid zu, während die verbliebenen beiden auf Rhiana eindrangen.

Sollen sie! Damit schirmen sie mich wenigstens von ihren Schützen ab, dachte der Novadi grimmig.

Das spitze Blatt einer Partisane schoss auf ihn zu. Rashid

wich zurück und trat die Klinge zur Seite, was dem Schaft eine solche Wucht verlieh, dass der Söldner loslassen musste. Dem Novadi blieb jedoch keine Zeit, seinen Vorteil auszunutzen. Der Anführer der Söldlinge versuchte, ihn zu umrunden, während die Frau mit einem Schwert von vorne angriff. Rashid musste den Schlag parieren, was ihn gefährlich lange aufhielt. Er sprang hastig zur Seite, stolperte dabei über die Stange der Partisane, die ihr Besitzer gerade aufheben wollte. Der Schaft schlug dem Mann die Nase blutig, aber Rashid musste um sein Gleichgewicht kämpfen und entging nur um Haaresbreite der Streitaxt des anderen Söldners. Er strauchelte rückwärts, und seine Gegner setzten furchtlos nach.

Rhiana blieb nicht stehen, um ihre Angreifer zu erwarten, sondern stemmte sich mit kraftvollen Tritten durch den Schlamm, dem Mann und der Frau entgegen. Die beiden Söldner waren mit vollem Tempo losgerannt, ohne zu bedenken, dass der Boden am Ufer schnell sehr weich wurde. Als sie den matschigen Untergrund erreichten, schlidderten ihnen die Füße weg, und der Mann schlug der Länge nach hin. Die Söldnerin fing sich und tänzelte seitwärts, wieder festerer Erde zu. Rhiana tat es ihr gleich, um die Frau zwischen sich und den Schützen zu behalten. Sie parierte mühelos das Schwert der Fremden, stieß jedoch unsanft mit dem rückwärts taumelnden Rashid zusammen. Die beiden behinderten sich für einen Augenblick gegenseitig, bis sie Rücken an Rücken zu einer günstigeren Position gefunden hatten. Ihre fünf Gegner drangen nun von allen Seiten auf sie ein.

Es gelang dem gewandten Novadi einmal mehr, der langen Spitze der Partisane auszuweichen, doch dafür fuhr die Klinge an ihm vorbei und schrammte zu seinem Entsetzen Rhianas Rücken. Nur das Kettenhemd verhinderte, dass die Stangenwaffe Rhianas Seite aufschlitzte. Die Prinzessin hatte keine Zeit, über die Attacke von hinten zu erschrecken, denn sie musste sich völlig auf ihre Gegenüber konzentrieren. Sie täuschte einen Angriff auf die Söldnerin an, um ihr Schwert dann doch zur Seite zu schwingen, wo der schlammverschmierte Mann die vermeintliche Lücke in ihrer Deckung ausnutzen wollte. Nur knapp entging seine linke Schulter Rhianas Klinge, aber die Prinzessin hatte damit noch nichts gewonnen.

Rashid wehrte noch einmal einen wuchtigen Schlag der Streitaxt ab, wozu er jedoch der Söldnerin mit dem Schwert zu viel Raum lassen musste. Er fühlte den Stahl durch Hemd und Jacke in seinen Oberarm schneiden. Finnis Wurfmesser traf das Gesicht der Frau zu spät. Noch konnte der Novadi seinen Säbel umklammern, aber die verletzen Muskeln verweigerten den Dienst. Grinsend holte der Axtschwinger zu einem neuen Schlag aus, während der Mann mit der Partisane angesichts von Rashids offensichtlicher Niederlage beschloss, Rhiana doch noch von hinten zu durchbohren.

Die Gaukler rannten quer durch das leer gefegte Dorf – dessen Bewohner es vorgezogen hatten, sich in ihren Hütten zu verstecken – zu dem mit Schilf und Weidengesträuch gesäumten Ufer vor dem Wald. Die Armbrustschützen hatten nachgeladen und drehten sich verwundert um, als sie hinter sich die schnellen Schritte vernahmen. Von einem Bolzen in die Schulter getroffen, ging der voranstürmende Nogaba zu Boden. Boruntin gelang es, sich zur Seite zu werfen, als er eine Waffe auf sich gerichtet sah. Der dritte Schütze konnte sich vor Überraschung nicht für ein Ziel entscheiden und wurde von Nataljus zweitem geschleuderten Wurfmesser kampfunfähig gemacht.

Tsalita eilte dem verletzten Feuerschlucker zu Hilfe, die anderen schnappten sich die Ausrüstung der Besiegten. Jetzt holte auch Gomm sie mit Connair auf seinem Rücken ein.

»Thorla, fang!«, rief der Veteran und warf ihr seine Armbrust zu. »Gib mir eine von den abgeschossenen, Gomm! Schnell! Und die Bolzen dazu!«

Da Connair der Einzige war, der mit diesen Waffen umgehen konnte, fingerte Albin ungeschickt an dem Spannmechanismus seiner erbeuteten Armbrust herum, während seine

Schwester bereits anlegte und Rashids fatale Situation erfasste. Der Novadi riss seinen Säbel den durchtrennten Muskelfasern zum Trotz zu einem letzten Gruß an Rastullah nach oben, als Thorlas Geschoss den Söldnerführer zwar nicht wie beabsichtigt ins Herz, aber in den Magen traf. Geistesgegenwärtig parierte Rashid die nur noch ihrem eigenen Schwung folgende Axt mit seinem linken Arm und ließ seinen stöhnenden Gegner zusammenbrechen. Mit einem Tritt beförderte er auch die von ihrem eigenen Blut geblendete Söldnerin zu Boden.

Branwen und Jerrilu knüppelten auf den Partisanenträger ein, als er gerade zu seinem heimtückischen Stoß ausholte. Connair musste warten, bis Natalju aus seinem Schussfeld gelaufen war.

»Nach links, Natalju!«, brüllte er.

Das Mädchen verstand zwar nicht, weshalb der Veteran ihr den Befehl erteilte, während sie doch genau auf einen Feind zuhielt, aber sie wich gehorsam aus. Rhiana staunte nicht schlecht, als plötzlich vor ihrer Nase ein Bolzen aus dem Hals der Söldnerin ragte. Sie zögerte jedoch nicht, die überraschende Chance zu nutzen und endlich ungehemmt ihren zweiten Gegner angreifen zu können. Der Mann wich unwillkürlich vor der neuen Wucht ihrer Attacken zurück. Er bemerkte, dass er auf einmal ganz allein gegen eine beträchtliche Übermacht stand.

»Ich ergebe mich!«, schrie er und warf seine Waffe von sich.

Die Prinzessin hielt augenblicklich inne. Der Söldner hob die Hände, um seine Worte zu unterstreichen. Trotzdem legte Rhiana ihm die Spitze ihres Schwertes an die Kehle.

»Für wen arbeitest du?«, herrschte sie ihn an. »Wem haben wir dieses Gemetzel zu verdanken?«

»Eine Baronin hat uns angeheuert«, krächzte der Mann. »Aus Abilacht.«

Nun also doch noch Sarja, stellte die Prinzessin grimmig fest und ließ endlich ihre Klinge sinken.

Kapitel 24

Havena, Mitte Boron 914 BF

Auch wenn die Blütezeit Havenas längst vergangen war, herrschte im Südhafen noch immer ein geschäftiges Treiben. Vor den großen Speicherhäusern mit ihren Lastenkränen und Flaschenzügen ragte ein beeindruckender Wald von Masten auf, die mit den unterschiedlichsten Flaggen, Segeln und Takelagen bestückt waren, mit denen die Meere Aventuriens bereist wurden. Auf dem Kai arbeiteten die Schauerleute, die den Matrosen beim Be- und Entladen ihrer Schiffe zur Hand gingen, während andere vergeblich darauf warteten, gebraucht zu werden. Sie kauten Prieme, stopften sich Pfeifen und tauschten fachkundige Bemerkungen über die Potte aus, die ein Stück weiter angelegt hatte. Geflissentlich übersahen sie die vielen Seesoldaten, von denen es seit einigen Tagen im Hafen wimmelte.

Plötzlich hallten überraschte, erschrockene Ausrufe, Flüche und der Hufschlag galoppierender Pferde über die Docks. Die Leute spritzten hastig zur Seite, als vier Reiter in Begleitung eines großen Hundes durch das geordnete Chaos aus Menschen, gelöschter Ladung, Taurollen und Pollern sprengten.

»Rasanter Auftritt«, kommentierte Ritter Mortenberg an Bord der *Wogenfee*, ohne sein Fernrohr abzusetzen. »Ist das dieser Novadi, von dem Ihr mir erzählt habt?«

»Allerdings«, bestätigte Elidana Charazzar, die neben ihm stand.

»Scheint, als könne er sich einfach nicht von unserer schönen Prinzessin losreißen«, spottete Mortenberg.

»Genau wie Ihr«, stichelte die Brabakerin.

Der Ritter nahm ertappt das Fernrohr herunter.

»So ein Unsinn«, ärgerte er sich, weil er vor dieser Frau eine Schwäche gezeigt hatte. »Nehmt Euch nur nicht zu viel heraus!«

Du reitest reichlich viel auf deiner Stellung herum, tadelte Elidana im Stillen, lächelte jedoch nur geheimnisvoll dabei. *Wenn du wüsstest, dass ich Flammenrätin bin, würdest du dich nicht so weit aus dem Fenster lehnen. Aber nur zu! Ich werde im richtigen Moment schubsen.*

Die vier Reiter auf dem Kai zügelten ihre Tiere vor einem dreimastigen Holk, auf dessen Reling in schnörkellosen Lettern der Name *Efferdliebe* prangte. Streng genommen handelte es sich um fünf Berittene, denn hinter dem schweigsamen Boruntin glitt Finni vom ungesattelten Pferderücken. Rhiana hatte sich Albins Reittier geliehen, und auf dem vierten Ross saß Thorla, die es sich ebenfalls nicht hatte nehmen lassen, die Prinzessin und Finni in Windeseile zu ihrem wartenden Schiff zu bringen.

Irgendetwas stimmt hier nicht, merkte Rhiana, als sie aus dem Sattel sprang. *Wo kommen all diese Soldaten her? Sieht aus, als wäre die gesamte albernische Flotte in Aufruhr. Das hat hoffentlich nichts mit uns zu tun!*

Sie blickte zum Deck der *Efferdliebe* hinauf und hielt nach einem bekannten Gesicht Ausschau, bis ihr einfiel, dass die Flüchtlinge es in mitten dieses militärischen Aufmarschs kaum wagen durften, sich zu zeigen. Als sie neben dem Bootsmann jedoch eine Offizierin der Seestreitkräfte entdeckte, erbleichte sie und sah sich hastig um, ob die Soldaten Anstalten machten, sie zu verhaften. Doch außer Beschimpfungen und bösen Blicken wegen ihrer stürmischen Ankunft ging von den Männern und Frauen in den bunten Röcken der Seekrieger keine Bedrohung aus.

»Hast du die vielen Uniformen gesehen?«, flüsterte Finni ihr zu. »Was geht nur hier vor?«

»Ich verstehe das auch nicht«, erwiderte Rhiana leise.

Auch die beiden Gaukler fühlten sich unter den Soldaten sichtlich unwohl. Die Prinzessin beschloss, ihre Freunde zu erlösen, bevor sich die Lage womöglich zuspitzte.

»Thorla, es ist wohl besser, ihr verschwindet schnell wieder«, schlug sie vor. »Ich weiß nicht, was das hier zu bedeuten hat, aber es kann nichts Gutes sein.«

Die Kunstreiterin nickte erleichtert. Finni umarmte sie und den errötenden Boruntin, während Rhiana sich darauf beschränkte, den Gauklern die Hände zu drücken. Aber das tat sie mit echter Wärme und Herzlichkeit. Nicht nur ihr selbst glänzten dabei Tränen in den Augen.

»Ich danke Euch so sehr«, versicherte sie noch einmal. »Ohne Euch hätten wir diesen Hinterhalt nicht überlebt. Wenn ich irgendetwas für Euch tun kann, lasst es mich jederzeit wissen! Ich stehe tief in Eurer Schuld.«

»Ach.« Boruntin winkte ab. »Denen haben wir doch gerne heimgezahlt, wie sie mit uns umgesprungen sind.«

»Die hatten es wirklich nicht besser verdient«, stimmte Thorla ihm zu.

»Trotzdem seid ihr ein großes Wagnis eingegangen, um mir zu helfen«, beharrte die Prinzessin. »Das werde ich euch nie vergessen!«

»Abgesehen davon, dass wir uns zukünftig wohl von Abilacht fernhalten sollten, hat es für uns ja auch keine Folgen«, meinte Thorla. »Selbst Nogaba wird bald wieder ganz gesund sein. Dank Finni.«

»Das war ja wohl das Mindeste, was ich für ihn tun konnte«, betonte die Halbelfe.

»Lebt wohl, meine Freunde!«, verabschiedete sich auch Rashid. »Ich hoffe, wir sehen uns bald unter freundlicheren Umständen wieder.«

»Das hoffen wir auch«, beteuerte Thorla.

Sie schwang sich in den Sattel und nahm das Reittier ihres Bruders als Handpferd. Boruntin sprang auf, ohne Finni aus den Augen zu lassen, aber als die beiden sich zwischen den Hafenarbeitern und Soldaten hindurch entfernten, musste er schließlich doch den Blick abwenden, um sich seinen Weg zu suchen. Rhiana und Finni winkten ihnen zum Abschied, bis sie hinter einem Lagerhaus verschwunden waren, dann wandte die Prinzessin sich an einen Matrosen, der gerade über die breite Planke von der *Efferdliebe* herabspaziert kam.

»Ich dachte, dieses Schiff hat Passagiere und wollte längst auslaufen«, sagte sie, ohne ihre Verwunderung spielen zu müssen. »Was ist aus den Leuten geworden?«

»Weiß ich doch nicht«, behauptete der Mann. »Ihr seid wohl nicht von hier, was?« Er warf einen bezeichnenden Seitenblick auf den Novadi. »Die ganze Stadt spricht doch seit Tagen von nichts anderem.«

»Als wovon?«, erkundigte sich Rhiana alarmiert, da sie das Schlimmste für die Talanier befürchtete.

»Na, von den Thorwalern, die angreifen werden«, antwortete der Matrose. »Eine ganze Flotte ihrer Drachen soll hierher unterwegs sein. Deshalb sind ja auch alle großen Schiffe wie das unsrige beschlagnahmt worden. Ich werd' mich jetzt besaufen, solange Havena noch steht.«

Die Prinzessin und Finni sahen sich betroffen an, während der Mann sich trollte.

»Mir scheint, Euer Aufbruch wird sich noch eine Weile verzögern«, schloss Rashid daraus. »Wohin darf ich Euch stattdessen geleiten?«

Rhiana blickte ihn seufzend an. Sie hatte ihr Bestes getan, um Rashid deutlich zu machen, dass seine Schmeicheleien sie nicht beeindruckten, aber offensichtlich war dieser Mann durch nichts davon abzuhalten, sie auch weiterhin zu begleiten, was auch Finni sehr befürwortete. Die Halbelfe bettelte geradezu mit ihren großen, rehbraunen Augen. Rhiana lächelte ihr verschwörerisch zu.

»Und der berühmte Alchimist?«, fragte sie Rashid.

Der Novadi machte eine wegwerfende Handbewegung.

»Rastullah hat mir offenbar verlockendere Aufgaben zugedacht, als weitere Jahre in der Gesellschaft eines alten Mannes zu verbringen«, meinte er verschmitzt.

»Also schön, dann komm eben mit uns«, gab sie nach. *Und wenn ich es nur Finni zuliebe gestatte,* fügte sie in Gedanken noch hinzu.

Rashid verneigte sich erfreut, und Finni strahlte.

»Suchen wir zuerst in unserem alten Versteck«, beschloss Rhiana. »Wenn sie nicht mehr dort sind, werden sie hoffentlich eine Nachricht hinterlassen haben.«

»Sie gehen«, meldete Elidana, woraufhin Ritter Mortenberg sein Fernrohr wieder hob.

»Ausgezeichnet. Sie wird uns geradewegs zu den anderen Talaniern führen«, nahm er an. »Jetzt können wir jeden ihrer Schritte überwachen. Wenn diese unselige Thorwalergeschichte erst ausgestanden ist, lotsen wir sie auf unsere eigenen Schiffe und folgen ihr auf die Zyklopeninseln.«

»*Wenn* sie ausgestanden ist«, betonte Elidana. »Ihr tut gerade so, als wäre das ein Klacks.«

»Ich bin mir bewusst, dass diese Piraten eine ernsthafte Gefahr darstellen«, verteidigte sich der Ritter. »Aber wir haben für diese Aufgabe Fürst Emerthon einen ganz besonderen Mann empfohlen.«

Ein sarkastisches Lächeln umspielte seine Lippen, als die Flammenrätin fragend die Stirn runzelte.

Glossar

Götter und Monate

Gottheit	*Kompetenz*	*Symbol(-tier)*	*Monat*
Praios	Gott der Sonne und des Gesetzes	Greif	Juli
Rondra	Göttin des Krieges und des Sturms	Löwin	August
Efferd	Gott des Wassers, des Windes und der Seefahrt	Delphin	September
Travia	Göttin des Herdfeuers, der Gastfreundschaft und der ehelichen Liebe	Gans	Oktober
Boron	Gott des Todes und des Schlafes	Rabe	November
Hesinde	Göttin der Künste, der Gelehrsamkeit und der Magie	Schlange	Dezember
Firun	Gott des Winters und der Jagd	Eisbär	Januar
Tsa	Göttin der Geburt und Erneuerung	Eidechse	Februar
Phex	Gott der Diebe und Händler	Fuchs	März

Peraine	Göttin des Ackerbaus und der Heilkunde	Storch	April
Ingerimm	Gott des Feuers und des Handwerks	Feuer	Mai
Rahja	Göttin des Weines, des Rausches und der Liebe	Pferd	Juni

Zwischen den Monaten Rahja und Praois liegen 5 Tage ohne Namen, die an den verfehmten 13. Gott, den Namenlosen, erinnern.

Wochentage

Windstag = Montag
Erd(s)tag = Dienstag
Markttag = Mittwoch
Praiostag = Donnerstag
Rohalstag = Freitag
Feuertag = Samstag
Wassertag = Sonntag

Himmelsrichtungen

Osten = Rahja
Süden = Praios
Westen = Efferd
Norden = Firun

Die meisten Aventurier haben von den Thorwalern die Bezeichnung der Himmelsrichtungen übernommen: Norden (thorwalsch: norda), Süden (sijdan), Westen (Wesda) und

Osten (ostion). Ebenso gebräuchlich ist aber auch die Verwendung der vier Götternamen.

Maße

Finger	=	2 Zentimeter
Spann	=	20 Zentimeter
Schritt	=	1 Meter
Meile	=	1 Kilometer

Münzen

Dukat (Goldstück)	=	125,00 Euro
Silbertaler	=	12,50 Euro
Heller	=	1,25 Euro
Kreutzer	=	0,12 Euro

Die Umrechnung in Euro soll eine ungefähre Vorstellung des Wertes ermöglichen. Einprägsamer sind aventurische Preise: ein Maß Bier kostet in der Schankwirtschaft 6 Kreutzer, ein Laib Brot auf dem Markt 15 Kreutzer, ein gutes Leinenhemd 8 Silbertaler, ein Kurzschwert oder eine einfache Lederrüstung 8 Dukaten.

Sonstige Begriffe

99 Gesetze – Grundlage der Religion der Rastullahgläubigen
Abagund – sanfte Hügellandschaft im Fürstentum Albernias
Abilacht – kleine Handelsstadt, im Süden der albernischen Grafschaft Honingen gelegen
Achaz – Eigenname des Volkes der Echsenmenschen
Al'Ankhra – Beiname des Gottes Rastullah (»der Löwe«)

Albernia – an der Westküste Aventuriens gelegenes Fürstentum; Bestandteil des Mittelreiches
Almadaner – beliebte Weinsorte
Altenfaehr – kleine Ortschaft südöstlich von Havena
Alveran / Wächterin Alverans – Heimstatt der Zwölfgötter, deren Wächterin Rondra ist
Angroschim – Selbstbezeichnung der Zwerge Aventuriens
Angroscho – Einzahl von Angroschim
Aventurien – Kontinent der Welt Dere
BF – Bosparans Fall, allaventurische Zeitrechnung; es gibt andere Zeitrechnungen, z. B. nach Hal. Das Jahr 0 Hal entspricht dem Jahr 993 n.BF, das Jahr 0 BF entsprechend dem Jahr 993 v.H.
Boltan / Fünfas – beliebtes Kartenspiel, ehemals von Söldnern entwickelt
Brabak – Stadt und Königreich an der Südspitze Aventuriens. Die große Hafen- und Hauptstadt des gleichnamigen Königreichs lebt von Handel und Fischfang und ist von Sümpfen und Regenwäldern umgeben.
Brabakrohr – ein bis zu 30 Schritt hohes Bambusgewächs
Bracke – aventurische Jagdhundrasse
Damast – feiner Stoff mit eingewebtem Muster
Drachengau – kleine Region der Mark Osterfelde im Westen Tobriens
Dschinn – halbmenschlicher, beschworener Elemtentargeist mit Zauberkräften
Ehrensteiner Massiv – Teilbereich der Schwarzen Sichel
Elenviner – ein vollblütiges Pferd mit viel Temperament
Famerlor – mächtiger Drache mit Löwenhaupt, himmlischer Gefährte Rondras und Vater ihres Sohnes Kor
Fiering – abgelegener Küstenort im Delta des Großen Flusses
Firunsföhren – Nadelbaumart
Flammenbund – Geheimbund, der den Drachen Pyrdacor verehrt und die Macht in Aventurien anstrebt
Gagelstrauch – kleines, strauchartiges, aromatisches Sumpfgewächs

Goblin – aventurischer Ureinwohner, nicht dumm, aber von den Menschen als verschlagen verachtet, äffisches Äußeres
Golgaris Schwingen – der Tod. Der große schwarze Rabe Golgari ist der Götterbote des Totengottes Boron.
Grangor – reiche Handelsstadt an der Westküste Aventuriens
Großer Fluss – längster aventurischer Fluss, der bei Havena an der Westküste in einem großen, sumpfigen Delta ins Meer der sieben Winde mündet
Gwydin – ärmliches Dorf im Mündungsgebiet des Großen Flusses südlich von Havena
H'Rabaal – eine der ältesten Städte Aventuriens. Vor über 5000 Jahren im Süden von Echsenmenschen als religiöses Zentrum gegründet und heißt übersetzt »Heilige Stadt«
H'Ranga – echsische Bezeichnung für Gott
Hairan – tulamidischer Titel für Stammesoberhaupt
Hetmann – thorwalscher Sippen-, Otta- oder Dorfvorstand
Harpyie – fliegendes Mischwesen aus Vogel und Frau, wahrscheinlich schwarzmagischen Ursprungs
Havena – bedeutende Hafenstadt an der Westküste Aventuriens und Hauptstadt des Fürstentums Albernia, nördlich im Mündungsgebiet des Großen Flusses gelegen
Herrscher Alverans – Beiname des Gottes Praios
Holk – Schiffstyp, Weiterentwicklung der Kogge
Honingen – Grafenstadt im Hinterland von Albernia
Iryanleder – in Sumpf gesäuerte Häute von Reptilien
Isegrimm – zweiköpfiger Wolf aus der »Wilden Jagd«, dem Gefolge des Gottes Firun, gilt als Schutzpatron von Tobrien
Jasalinheide – das purpurblühende Jasalinkraut ist typisch für die Heidelandschaft im albernischen Abagund
Kätner / -in – Bewohner einer Kate, eines einfachen Bauernhauses
Keft – Oasenstadt inmitten der Wüste Kohm und religiöses Zentrum und Pilgerort der Rastullahgläubigen
Khom – große Wüste im Süden Aventuriens
Khoramsbestien – schwarzgelb gescheckte, im Rudel lebende, aggressive Wildhundeart

Kr'Thon'Chh – Kriegsgott der Echsenwesen. Seine Repräsentation und heiliges Tier ist der Schlinger

Lindwurmschläger – zwergische, einblättrige Handaxt

Madamal – Bezeichnung des Mondes

Mark Osterfelde – westlichste Provinz Tobriens

Mawdli – Rechts- und Glaubensgelehrter der Novadis

Mishkharas Niederhölle – das Reich einer Erzdämonin, auch als Belzhorash bekannt, Herrin über Pestilenz und Fäulnis

Mohagoni – Holzart, benannt nach den Moha, dem größten Stamm der südaventurischen Waldmenschen

Muhrsape – alter Name des Moor- und Marschlandes im Mündungsdelta des Großen Flusses

Mysob – Fluss im Süden Aventuriens, der bei Brabak ins Meer mündet

Mysobviper – giftige, blaugrau gebänderte tropische Wasserschlange von etwa zwei Schritt Länge

Nostria – Hauptstadt des gleichnamigen Königreichs an der Westküste Aventuriens, nördlich von Albernia

Novadi – in der Wüste Khom nomadisch lebende Stämme der Tulamiden, die sich zum Rastullahglauben bekennen

Oger – ein in Höhlen lebendes, zweieinhalb Schritt messendes menschenähnliches Wesen, das sich primitiver Waffen und Werkzeuge bedient

Ork – ähnlich wie ein Goblin, nur etwas größer und mit schwarzem Pelz ausgestattet

Phexensbecher – weiß blühende Frühlingsblume

Praiosscheibe – Bezeichnung der Sonne

Pyrdacor – einer der mächtigsten Drachen, der allerdings seinem Bruder Famerlor im ersten Drachenkrieg unterlag

Quinja / Quinjaschnaps – eine kraftsteigernde Beerenart aus den südaventurischen Wäldern, deren Wirkung sich durch Destillieren verstärken lässt

Rahjatänzer – kleiner Schoßhund, sehr beliebt bei Hofe

Rashdul – älteste tulamidische Stadt, östlich der Khom gelegen

Rastullah – der Eingott der Novadis

Rondrikane – heftige Stürme aus Nordwest auf dem Meer der sieben Winde

Salzarelen – eine durchschnittlich drei Spann lange Plattfischart

Satinavs Hörner – Satinav ist Halbgott und Hüter der Zeit

Säumerzug – Zug von Lasttieren entlang gebirgiger, schmaler Pfade

Schlinger – eine bis zu vier Schritt große, aufrecht gehende Raubechse, die in den Sümpfen Südaventuriens beheimatet ist und als heiliges Tier der Echsengötter gilt

Schwarze Sichel – Gebirgszug im Westen Tobriens

Selem – Handelshafen am Rand der Echsensümpfe, südlich der Khom

Shabob al-Hillhil – ein bedeutender Mawdli der Novadis

Shadif – edle, temperamentvolle tulamidische Pferderasse

Sharisad – tulamidische Tänzerin

Shastra – talanischer Titel der Thronfolgerin

Sultana – Frauenname abgeleitet vom Titel Sultan

Sumu – Urriesin, die im Kampf mit dem Himmelsgott Los die Welt erschuf

Swafnir – Halbgott, Sohn der Rondra und des Efferd. Der Gottwal wird besonders bei den Thorwalern verehrt

Talania – Inselkönigreich im Meer der sieben Winde

Thorwal – Stadt und Landstrich im äußersten Nordwesten Aventuriens und Siedlungsgebiet der Thorwaler

Thorwaler/-in – Seefahrervolk, kräftig und hochgewachsen und von heller Haut- und Haarfarbe; leben vom Seehandel und Fischfang, sind aber auch als Seeräuber und als Gegner der Sklaverei bekannt

Tobrien – Herzogtum und Bestandteil des Mittelreiches, im Nordosten gelegen

Tulamiden – Volk, das den Süden Aventuriens besiedelt und von dunkler Haar- und Augenfarbe ist

Tulamidya – Sprache der Tulamiden

Wehrheim – große Grafenstadt im mittelreichischen Fürstentum Darpatien gelegen

Wehrheimer Dogge – eine Rasse großer, doggenähnlicher Hunde unterschiedlicher Farbe

Weibel / -in – Dienstgrad, Anführer einer zehnköpfigen Einheit

Willbergen – Baronie in der Mark Osterfelde im Westen Tobriens

Wulfroth – kleines Dorf in Willbergen / Mark Osterfelde / Tobrien

Ysilia – Stadt und Landgrafschaft im Herzogtum Tobrien

Yslisee – großer Binnensee bei Ysilia

Zornbrechter Bluthund – sehr großer, hochbeiniger, bösartiger Kampfhund, meist schwarz, weiß oder gescheckt

Monika Felten

Die Nebelsängerin

Das Erbe der Runen
Roman. 459 Seiten mit CD zum Buch. Gebunden

Finstere Mächte, Unheil und Verrat haben die Magie der Nebel gebrochen, welche die Elben einst woben. Die junge Nebelsängerin Ajana ist eine Grenzgängerin zwischen der realen Welt und dem Volk der Elben. Als Erbin eines uralten Amuletts gerät sie in den Bann verzauberter Runen und wird hineingerissen in einen mächtigen Strudel geheimnisvoller Abenteuer.
Erfolgsautorin Monika Felten hat die junge Sängerin Anna Kristina dafür gewonnen, ihren Roman durch stimmungsvolle Songs zu bereichern. Mit der CD zum Buch erhält Monika Feltens phantastischer Kosmos neben dem geschriebenen Wort noch eine zweite Dimension – die der Musik. Ein bisher einmaliges Projekt in der deutschen Fantasy: der Zusammenklang von unerhörter Spannung und einzigartigem Hörgenuß.

01/1392/01/R

PIPER

Markus Heitz
Die Zwerge

Roman. 621 Seiten. Broschur

Seit jeher bewachen die Zwerge den Steinernen Torweg, um das Geborgene Land, in dem Menschen, Zauberer und Elben in Frieden leben, vor den üblen Geschöpfen der Finsternis zu schützen. Doch eines Tages fällt der Wall, und blutrünstige Orks und Oger überrennen das Land. Mit ihnen kommen die Albae, grausame Wesen voller finsterer Magie – wer durch ihre Hand stirbt, kehrt als untoter Sklave des Bösen zurück. Tausend Sonnenzyklen später wehren sich die Bewohner des Geborgenen Lands noch immer verzweifelt gegen die mörderischen Horden. Stets brechen neue blutige Kämpfe aus. In diesen unsicheren Zeiten begibt sich der Zwerg Tungdil auf Geheiß des mächtigen Magiers Lot-Ionan auf einen Botengang – und gerät in ein schicksalhaftes Abenteuer, in dem er den Tod finden oder zum größten Helden aller Zwerge werden wird …

01/1383/01/L

PIPER

Markus Heitz

Der Krieg der Zwerge

Roman. 605 Seiten. Broschur

Im Geborgenen Land herrscht Festtagsstimmung. Während Zwerg Tungdil mit seinen Freunden den Sieg über den verräterischen Magus Nôd'onn feiert, wälzt sich ein Heer hinterhältiger Orks heran, um das Zwergenreich zu zermalmen. Das Schwarze Wasser, ein düsteres Geheimnis, hat sie unsterblich gemacht, und schon bald müssen Tungdil und seine Gefährten ihre ganze Tapferkeit aufbieten, um sich den Bösewichtern entgegenzuwerfen. Inzwischen braut sich ein entsetzliches Unheil zusammen: Elf Verkörperungen des Gottes des Bösen stehen mit ihrem Heer an der Westgrenze. Doch ein Zwerg gibt sein Land erst auf, wenn die letzte Axt geschwungen ist …
Wer »Die Zwerge« gelesen hat, wird die Fortsetzung verschlingen – ein neues Meisterwerk aus der Bestseller-Schmiede von Markus Heitz.

»Für alle Zwergen-Fans ein Muss!«
amazon.de

01/1399/02/R

SERIE PIPER

Sara Douglass
Die Sternenbraut

Erster Roman des Zyklus
Unter dem Weltenbaum.
Aus dem australischen Englisch von Marcel Bieger. 388 Seiten. Serie Piper

In unversöhnlichem Haß stehen sich zwei Brüder gegenüber: Bornheld, der Thronerbe von Achar, und Axis, königlicher Bastard und Anführer der legendären Axtschwinger. Da erhält Axis den Auftrag, Bornhelds Braut auf einer gefahrvollen Reise zu begleiten. Schon bald fühlen sich die junge Faraday und der Axtherr magisch zueinander hingezogen. Doch eine uralte Prophezeiung zwingt die Liebenden zum Verzicht auf ihr Glück und drängt sie zur Erfüllung eines schicksalhaften Auftrags.

»Die australische Fantasy-Saga entfaltet neue Dimensionen und wurde schon in eine Reihe mit den Büchern von Tolkien gestellt.«
Für Sie

05/1495/02/L

Sara Douglass
Sternenströmers Lied

Zweiter Roman des Zyklus
Unter dem Weltenbaum.
Aus dem australischen Englisch von Marcel Bieger. 379 Seiten. Serie Piper

Im Bann einer uralten Weissagung tritt Axis, charismatischer Anführer der Axtschwinger, den schauerlichen Geschöpfen des dämonischen Widersachers Gorgrael entgegen. Als er tödlich verwundet wird, eilt seine Geliebte Faraday mutig an seine Seite und heilt ihn mittels ihrer zauberischen Gabe. Obwohl sie Axis liebt, fügt auch sie sich der Forderung der Weissagung und heiratet seinen verhaßten Halbbruder Bornheld. Der Axtherr erkennt indes seine wahre Bestimmung. Doch wird es ihm auch gelingen, das Geheimnis um seine Herkunft zu lüften?

05/1655/01/R

Monika Felten

Elfenfeuer

Roman. 476 Seiten. Serie Piper

Finsternis und Unterdrückung herrschen im Land Thale, seit Elfen und Druiden ermordet und die Gütige Göttin vertrieben wurde. Doch bevor er starb, prophezeite der letzte Druide die Ankunft eines Retters, der die dunklen Mächte besiegen und dem zerstörten Land Frieden und Freiheit schenken wird. Viele Jahre später, in einer einsamen Nacht, als sich die Monde verdunkeln, bringt eine Frau aus dem einfachen Volk ein Kind zur Welt: Sunnivah, ein Mädchen, das nichts von seiner großen Aufgabe ahnt. Noch ist sie ein wehrloser Säugling, der mit allen Mitteln vor den Soldaten und Kreaturen des dunklen Herrschers versteckt werden muß. Doch der Tag wird kommen, da sie als Kriegerin vor die Festung des Unbesiegbaren treten und ihn mit Hilfe ihrer Gefährten herausfordern wird.

»Märchenhaft gut!«
Flash Magazin

05/1498/01/L

Monika Felten

Die Macht des Elfenfeuers

Roman. 479 Seiten. Serie Piper

Seit nunmehr fünf Generationen gilt Asco-Bahrran, Meistermagier des finsteren Herrschers, als tot – doch in Wahrheit ist seine Macht unsterblich. Verborgen in den Gefilden der Finstermark, versammelt er ein Heer bestialischer Rächer, um ein Fürstentum des Grauens zu errichten. Die Gütige Göttin, seine erhabene Feindin, träumt derweil in den Gärten des Lebens – bis die Kunde eines schrecklichen Anschlags sie erreicht: Blutrünstige Bestien haben das Volk der Nebelelfen überfallen, und schon brennt das Grasland vor den Mauern der Festungsstadt …

»Spannende Unterhaltung ist garantiert!«
Kieler Nachrichten

05/1594/01/R

SERIE PIPER